Zu diesem Buch

Bisweilen lohnt es sich auch für einen frischgebackenen Inspector, ein interessantes Buch zur Hand zu nehmen. Hätte Sholto Lestrade den Bestseller «The Phantasms of the Living» aus dem Jahre 1888 gelesen, dann wäre er sehr viel klüger und wüßte, daß der Autor Parapsychologe und Mitglied der «Society for Psychical Research» in Personalunion gewesen ist. Warum starb dieser Edmund Gurney in einem heruntergekommenen Hotel an einer Überdosis Chloroform? Während Lestrade beharrlich dieser Frage nachgeht, macht ein anderer unappetitlicher Serienkiller Whitechapel unsicher. Zuerst wird Martha Tabram die Kehle durchgeschnitten, dann Mary Ann Nicholls aufgeschlitzt. Aber die beiden Prostituierten werden nicht die einzigen Opfer des wahnsinnigen Messerfetischisten sein. Der überaus dreiste Mörder packt später sogar noch die Niere eines seiner Opfer einem Brief an Scotland Yard bei. Der Massenmörder wird in die Geschichte eingehen als Jack the Ripper. Auf dessen Fersen haben sich auch der trottelige Sherlock Holmes und sein Adlatus Dr. Watson geheftet. Diese Tatsache bereitet Sholto Lestrade erhebliches Kopfzerbrechen. Schließlich gehen auch noch die Bluthunde Barnaby und Burgho bei einer Hetzjagd im Nebel verloren. Holmes kommt den Behörden ständig in die Quere und durchkämmt, allerdings ohne großen Erfolg, in den absonderlichsten Frauenverkleidungen London. Die Spekulationen über die Herkunft des Rippers schießen nur so ins Kraut. Ein höchst zwielichtiges Element beschuldigt sogar den Duke of Clarence der bestialischen Taten. Mal soll der Ripper ein polnischer Jude sein, mal ein russischer Spion, der die britische Ordnungsmacht blamieren will. Als Chief Inspector Abberline die Unterstützung eines Hellsehers anfordert, beschließt der unübertreffliche Lestrade, sich nur noch auf die eigenen kleinen grauen Gehirnzellen zu verlassen.

Nach Erscheinen des ersten Bandes um Inspector Sholto Lestrade urteilte die *Times* knapp und euphorisch: «Ein intelligentes, literarisches Lesevergnügen.»

M.J. Trow, geboren in Rhondda Valley, behauptet von sich, daß er der einzige Waliser sei, der weder singen noch Rugby spielen könne. Er lebt mit seiner Familie in Havenstreet auf der Isle of Wight. Die ersten Romane erschienen unter dem Titel «Lestrade und die Struwwelpeter-Morde» (Nr. 2952), «Lestrade und der Tasmanische Wolf» (Nr. 2965), «Lestrade und der Sarg von Sherlock Holmes» (Nr. 2976), «Lestrade und die Reize der Mata Hari» (Nr. 2983) und «Lestrade und das Einmaleins des Todes» (Nr. 2990). Weitere werden in der Reihe rororo thriller folgen.

M. J. Trow

Lestrade und Jack the Ripper

Aus dem Englischen von
Hans J. Schütz

rororo

Rowohlt

rororo thriller
Herausgegeben von Bernd Jost

Diese Ausgabe wurde
editorisch betreut und mit einem Nachwort
versehen von Thomas Schreiber

Deutsche Erstausgabe
Veröffentlicht im Rowohlt Taschenbuch Verlag GmbH,
Reinbek bei Hamburg, April 1994

Die Originalausgabe erschien 1988 unter dem Titel «Lestrade and
the Ripper» bei Macmillan, London

Redaktion Peter M. Hetzel
Umschlagfoto Fred Dott
Umschlagtypographie Peter Wippermann/Susanne Müller
Satz Sabon (Linotronic 500)
Gesamtherstellung Clausen & Bosse, Leck
Printed in Germany
1290-ISBN 3 499 42998 5

Inhalt

«Ruchloser, blutiger Mord hält uns in Bann,
Spott im Blick, die Miene gnadenlos.
Spott? O ja, der Unhold verlacht das Recht,
Ihn schreckt weder der Krummstab noch das Schwert…»

«Blindekuh»
Punch, 22. September 1888

Falsche Spuren

Schweigend, wie sie es gewohnt waren, saßen die beiden Männer da und warteten auf ihr Frühstück. Nur das Rascheln einer Zeitung und das Vorschnellen von Manschetten unterbrach die Stille. Der stämmigere der beiden Männer, sich dem mittleren Alter nähernd und mit dem unverkennbar krummen Rücken eines Mannes, der von einer Musketenkugel, vermutlich in Afghanistan, getroffen worden war, hob seinen Kopf und zog die Luft durch seine Nasenlöcher, als prüfe er den Wind.

«Eier, darauf möchte ich wetten», sagte er triumphierend.

«Hm?» murmelte der andere Mann abweisend hinter seiner Zeitung.

«Frühstück», sagte sein Gegenüber. «Mrs. Hudson kocht Eier.»

Die Zeitung senkte sich. «Aber nein, das ist mein augenblickliches Experiment – Schwefelwasserstoff, Doktor. Etwas, das Ihnen in Ihrer Laufbahn vielleicht begegnet ist. Es sind Kippers.»

«Schwefelwasserstoff?»

«Nein, das Frühstück.» Der Zeitungsleser war die Verkörperung eines Mannes kurz vor einer Neurose, am Rande eines Zusammenbruchs, ein Opfer zerrütteter Nerven. Er griff elegant nach der goldgelben Meerschaumpfeife im Gestell neben seinem Kopf.

Der andere Mann hüstelte, als wolle er vor Mrs. Hudson warnen, die mit dem Frühstückstablett eintrat.

«Sie haben wieder mal recht, Holmes», sagte er.

Der größere Mann gestattete sich ein flüchtiges Lächeln.

«Guten Morgen, Gentlemen», sagte die Haushälterin.

«Post, Mrs. Hudson?» fragte Holmes.

«Heute nichts, Sir.»

Holmes schnalzte mit der Zunge und entfaltete die Serviette.

«Miss Adler hat gewiß keine Zeit gehabt, die Post zu holen...» fing sein Gefährte an und verstummte abrupt, als Holmes' Augen ihn wie ein Blitz trafen und in Fetzen hieben.

«Werden Sie Mutter, Watson?» fragte Holmes eisig.

Schuldbewußt goß der Doktor Kaffee ein und zerlegte mit Behagen seinen Kipper. «Etwas in der Zeitung heute morgen, Holmes?»

«Die üblichen Belanglosigkeiten, Watson. Ich muß zugeben, *The Thunderer* ist nicht mehr das, was er mal war.»

«Ich habe ihm nicht mehr getraut, seit er den Artikel über Lestrades Beförderung zum Inspector gebracht hat.»

«Wessen?» Holmes hielt inne, bevor er die heiße Tasse an die Lippen führte.

«Schon gut.»

«Es gibt da eine kleine Meldung... Oh, nicht von Bedeutung, natürlich. Aber gleichwohl...»

«So?» Der Doktor langte nach seinem Notizbuch.

«Frühstücken Sie zu Ende, lieber Freund. Das Spiel ist noch nicht im Gange, denke ich.»

«Sagen Sie es mir», drängte Watson.

«Nun gut.» Der große Mann lehnte sich zurück und fuhr mit einem gepflegten Finger um den Tassenrand. «Seite achtzehn, Spalte drei, sechzehn... nein siebzehn Zeilen von unten.»

Watsons Kiefer hing sekundenlang schlaff herunter, und dann suchte er die Seite ab. «Donnerwetter, Holmes! Großartig! Wie machen Sie das bloß?»

«Kommen Sie, Watson, wollen Sie, daß ich alle meine Geheimnisse aufdecke? Was halten Sie davon?

Watson studierte den Artikel. Holmes goß Kaffee nach, blickte dann scharf auf die Zeitung und sagte laut: «Doktor, Sie bewegen wieder Ihre Lippen.»

Watson ließ die Zeitung sinken. «Woher wissen Sie das? Ich war hinter der *Times*, verdammt noch mal!»

«Gewiß, das waren Sie», seufzte Holmes, «und sind es noch immer. Bloß die Krawattennadel... Nun, was ist damit?»

«Ein Geschenk», sagte Watson stolz. «Von einer befreundeten Dame, wenn Sie es unbedingt wissen wollen.»

Holmes stellte scheppernd seine Tasse hin. «Nicht die Krawattennadel, Mann. Der Artikel», brüllte er.

«Ach, ja. Der Artikel. Irgendeine Frau namens Martha Tabram oder Turner wurde ermordet.»

«Was halten Sie von ihr?»

Watson lachte. «Guter Gott, Holmes, der ganze Artikel ist bloß ein halbes Dutzend Zeilen lang. Was soll ich dann von ihr wissen? Die arme Seele ist zu Tode gekommen.»

«Arme Seele, Watson? Sie haben sich also ein Urteil über sie gebildet?»

«Nein, ich... es war bloß eine Redensart.»

«Was ist mit ihrem Beruf?»

Watson überflog nochmals die Zeitung. «Es steht nichts da.»

«Aber doch, mein lieber Freund. Sehen Sie noch einmal nach.»

Watson gehorchte. «Nein, Holmes. Ich muß Ihnen widersprechen.»

«Das ist Ihr Vorrecht, Watson. Es ist auch Ihre Tragödie. Lassen Sie mich Ihnen helfen. Die Tote hatte zwei Namen.»

«So?»

«Welche Art von Person hat nach Ihrer Erfahrung» – Holmes lächelte tatsächlich vor sich hin – «zwei Namen?»

«Eine, die schizophren ist?» riet Watson.

Holmes hob spöttisch eine Augenbraue.

«Ein Verbrecher?»

«Sie machen sich, Doktor», sagte Holmes. «Welche Art von Verbrecher?»

«Oh, wirklich, Holmes...»

«Sie wohnte in Whitechapel, Watson.»

Abermals saß der Doktor mit offenem Mund da.

«Nach Schätzungen der Kirche von England gibt es im East End von London achtzigtausend Prostituierte, die meisten davon in Whitechapel konzentriert.»

«Martha Tabram war eine Blume der Nacht?» Watson rieb sich zustimmend die Hände.

«Bravo, Watson. Das würde ich annehmen. Wie starb sie?»

«Äh... Kehle durchgeschnitten. Gott, wie schrecklich.»

Holmes legte einen spinnendünnen Finger an seine schmalen, dunklen Lippen. «Nun», sagte er, «welche Art von Person schneidet einer Prostituierten die Kehle durch?»

«Ein Wahnsinniger», war das Gescheiteste, das Watson anzubieten hatte.

Holmes ging darüber hinweg. «Hirnloser Unsinn, Watson. Wenn es zum Mord kommt, ist niemand ein Wahnsinniger. Es gibt Grade des Wahnsinns, Ebenen der Geisteskrankheit. Manche Männer, die Sie verrückt nennen würden, sind in Wirklichkeit Genies. Ich bin selber über den schmalen Grat gewandelt, der Genie von Wahnsinn trennt, Klarheit von Klapsmühle...» Ihm wurde plötzlich seine Redseligkeit bewußt. «Ich werde für eine Weile fort sein, Watson», sagte er.

«In Whitechapel?» bedrängte ihn Watson, krampfhaft sein Notizbuch umklammernd.

Holmes sah ihn an und durch ihn hindurch. «Bedrängen Sie mich nicht, lieber Freund. Dieser Fall interessiert mich auf merkwürdige Weise. Doch ich werde vielleicht weniger als Sherlock Holmes herausfinden, statt dessen mehr als...»

«Ja? Ja?» drängte es Watson wie einen Schuljungen, der seine erste Zigarre raucht. «Welche Verkleidung wird es sein?»

Holmes drohte mit dem Finger. «Ach, nein, Watson. Das hieße mogeln. Ich bleibe in Verbindung, keine Angst.» Er fegte die Serviette von seinem Schoß, leerte seine Kaffeetasse und stand auf. «Einen angenehmen Tag.» Und er verschwand in seinem Zimmer, wie verrückt summend.

Morley war tot. «Nervöse Erschöpfung», sagten seine Freunde. «Suff», sagten seine Feinde. «Leberzirrhose», sagte der amtliche Befund. Wie immer die Wahrheit lautete, seine Fälle mußten von seinen Kollegen bei Scotland Yard übernommen werden. Und während des ganzen Frühsommers, während der Regen sein Kellergeschoß füllte, tendierte Assistant Commissioner Munro zuerst in diese und dann in die andere Richtung. Da war Frederick Abberline, der dienstälteste Mann, erfahren, skrupellos, tüchtig. Aber die Art, wie er seine Gardenie trug, war nicht zusagend. Und dann gab es da noch die Gerüchte um Abberline und das schöne Geschlecht. Wenn sich ihm irgendwo, irgendwann die Möglichkeit bot, sich zu vergnügen, war das ein gefundenes Fressen für ihn. Dann war da Frederick Wensley, begabt, einsatzfreudig, aber er hatte diese fixe Idee von der City, sprach mit unerwünschten Personen wie Juden, Kroaten und Constables. Um ihn überhaupt zum Yard zu kriegen, brauchte man ein paar Zugpferde. Dort wiederum saß Tobias Gregson. Er war einmal ein guter Copper gewesen, doch seit man ihm

die Special Irish Branch übertragen hatte, gingen er und sein Verstand immer wieder getrennte Wege. Man munkelte, sein Aktenschrank sei nur einem einzigen Buchstaben gewidmet: O. O wie O'Brien, O'Shaughnessy, O'Banion, o Gott. Natürlich war das eine üble Verleumdung. Im anderen Schrank häuften sich die Dossiers von Männern, deren Namen auf «ski» oder «owitsch» endeten. Er und Wensley sprachen nicht miteinander – der Judenfreund und der Judenhasser. Gerüchte wollten wissen, daß Gregson auch über «Mr. Wensel», wie das auserwählte Volk ihn nannte, ein Dossier hatte. Da war auch noch Athelney Jones, der kürzlich das Ruder bei der Hafenpolizei übernommen hatte. Er war, wie Howard Vincent ihn charakterisiert hatte, ein «guter All-round-Mann», doch der Schöpfer des C. I. D. hatte den Ruf, großzügig zu sein. Das Rundeste an Athelney Jones war zur Zeit sein Bauch. In die vorschriftsmäßige Uniformjacke gezwängt, befuhr er regelmäßig den Fluß von Chelsea bis Wapping, Athelney Jones unmittelbar dahinter. Er war alles in allem, beschloß Munro, noch nicht trocken hinter den Ohren. Auch als Chef der anderen, fiel ihm ein.
Und dann war da natürlich Sholto Lestrade...

Der Inspector dieses Namens spähte über den Rand seiner angeschlagenen Tasse. Sein angeschlagenes Gesicht sagte alles: die Haut wie Pergament, die Nase der Ratte, der Schnurrbart des Walrosses. Nur die Augen waren traurig. Nur die Kinnpartie war energisch. Er hatte seinen Donegal nicht abgelegt und seinen Bowler an die Wand geworfen, wo sich der Hutständer befunden hatte, bevor er den Sparmaßnahmen zum Opfer gefallen war. Der neue Commissioner trug dafür die meiste Verantwortung. Lestrade betrachtete kritisch die beiden Männer, die vor ihm standen.
«Wer von Ihnen ist Derry?» fragte er.
«Sir!» Der größere Constable trat vor. «Fünf-vier-sechs-drei-zwei, Derry, William, Sir!»
Lestrade gab seiner Tasse und seinem Kopf Halt und flüsterte: «Sagen Sie, Constable, sind Sie je in der Armee gewesen?»
«Drei Jahre, Sir. Königliches Leibregiment, Yorkshire Leichte Infanterie.»
Lestrade erschauerte, als der Stiefel abermals niederdonnerte.

«Ja», sagte er und wischte sich über das Gesicht, als wolle er es unkenntlich machen. «Nicht leicht genug offenbar. Wie lange bei der Polizei?»
«Sechs Jahre, Sir.»
«Bei Mr. Morley?»
«Zwei Monate, Sir.»
«In Ordnung, Constable. Äh... stehen Sie bequem oder sonstwie, ja?»
Lestrade bemerkte, daß die Füße sich nach außen schoben, doch die Schultern und der Ladestock-Rücken bewegten sich keinen Millimeter. Er blickte den anderen Mann an.
«Erzählen Sie mir nicht, daß Sie auch in der Armee waren, Toms.»
Der Constable sah den Inspector ein wenig angewidert an.
«Nein, Sir!» Der Stiefel donnerte auf den geduldigen Boden herab.
«Royal Marines, Sir. Vier Monate.»
«Vier Monate?» Lestrade hob eine Inspector-Braue.
Der Royal Marine schrumpfte ein wenig. «Ich konnte die Grundausbildung nicht vertragen, Sir», und er ignorierte das kurze verächtliche Schnauben seines Kollegen.
«Edward, nicht wahr?» fragte Lestrade.
«Ja, Sir» – eine Pause – «Edward Marjoram.»
Ein erneutes Schnauben.
«Sind Sie erkältet, Constable?» fragte ihn Lestrade.
«Nein, Sir!» Derry nahm wieder Haltung an, die Augen geradeaus gerichtet.
«Wie lange bei Inspector Morley, Toms?» fragte Lestrade.
«Fast ein Jahr, Sir.»
«Gut. Sie könnten eine Hilfe sein. Gentlemen, nehmen Sie Platz.»
Derry blickte erschrocken auf. «Sir?» Alte Gewohnheiten verlieren sich schwer.
«Das hölzerne Ding hinter Ihnen», erklärte Lestrade. «Vermutlich hatten Sie so was bei der Armee nicht. Wir setzen uns mit den Ärschen drauf. Komisch, nicht?»
Jetzt war Toms mit dem Schnauben an der Reihe.
«Ich habe heute morgen zweimal das große Los gezogen», sagte Lestrade. «Man hat mir die Fälle des verstorbenen Mr. Morley

und seine Männer übergeben. Das einzige, was mir hier vertraut ist, ist dieses Büro. Sagen Sie, Derry, trinkt man bei der Yorkshire Leichten Infanterie Tee?»

«Oh, ja, Sir.» Der Constable war ein wenig verlegen, als er das einräumen mußte. Sein Rücken berührte die Stuhllehne nicht. Lestrade wurde das Gefühl nicht los, daß er ohne Uniform merkwürdig aussehen würde.

«Dann machen Sie mir eine Tasse. Wenn Toms seine Grundausbildung nicht abgeschlossen hat, wird er nicht wissen, wie man das macht. Oh, und für euch zwei kleine Tassen.»

«Ja, Sir.» Derry sprang ruckartig auf. «Danke, Sir!» Und er salutierte schwungvoll.

«Erinnern Sie mich, daß ich ein Wörtchen mit Ihnen über das Salutieren rede, Constable», sagte Lestrade.

«Ja, Sir. In Ordnung, Sir», und er verschwand in der Latrine, die im gestutzten Scotland Yard auch als Küche diente.

«Sie haben bei Mr. Morleys letztem Fall mitgearbeitet – dem Fall Mr. Edmund Gurney?» fragte Lestrade Constable Toms.

Der nickte und schluckte schwer.

«Ich bin die Unterlagen durchgegangen. Drei Schuhkartons. Ein ziemlicher Haufen. Wie lautet Ihre Meinung?»

«Sir?»

Lestrade lümmelte sich in seinen Sessel zurück und seufzte. «In Ordnung, Constable, während der Hauptfeldwebel hier die Mutter spielt, stechen Sie in See, und holen Sie Ihr Notizbuch als guter Matrose», und als Toms abdampfte, flüsterte Lestrade: «Leb wohl, Seemann.»

Mordfälle reizten Lestrade. Es gab genug Probleme, wenn die Leiche frisch, die Zellentür weit offenstand, wenn die nachgemachte Tinte noch feucht war. Aber nach sieben Wochen vervielfachten sich die Probleme rascher als jene, die Lestrade in seinen dunklen Kindheitstagen in Mr. Poulsons Lehranstalt für beinahe feine Leute bedrängt hatten. Demgemäß griff er nach seinem abgeschabten Gladstone, seinen zur Ausrüstung gehörenden langen Unterhosen, falls das Wetter umschlug, und nahm die Härten einer Reise mit der Southern Railway auf sich. Und er fuhr allein. Das Wiedersehen mit der See hätte Constable Toms aufregen können, und das zwanghafte Hackenzusammenschlagen von Derry wäre Lestrade auf die Nerven gegangen. Die Messrs. W. H. Smith enttäuschten ihn. Zuerst hatte er *The Flashing Lieutenant* gelesen und den Titel völlig mißverstanden, und *The Water Babies* waren nicht der Stoff, aus dem man Inspectors vom Yard machte. Es war die gereinigte Fassung, doch die Herstellungsmethode von Zellstoff war für den Inspector nicht von Interesse.

Das Ende der Saison senkte sich über die Villen und Hotels von Brighton. Lestrade stieg aus *The Belle* und machte sich auf die Suche nach dem *Royal Albion Hotel*. Es war nicht ganz so protzig wie das *Grand* oder das *Metropole*, aber es war recht ansehnlich und mit Sicherheit für einen Inspector von Scotland Yard zu teuer. Der Direktor war ein beleibter Herr Ende Fünfzig, der zu nervösen Erkrankungen und Verdauungsbeschwerden neigte.

«Ich dachte, es wäre alles erledigt», sagte er nervös, wischte sich den Schweiß von der Stirn und polierte die Platte des Empfangsschalters. Er nahm einen tiefen Zug aus einer blauen Glasflasche. «Gegen meine Magenbeschwerden», sagte er rasch. Lestrade hatte noch nie gehört, daß Magnesiummilch gegen irgend etwas half.

«Ein bedauerlicher Vorfall», fuhr der Direktor fort, «sehr bedauerlich. Er hat dem Geschäft geschadet, wissen Sie...»

Lestrade schnalzte mitfühlend mit der Zunge. «Erzählen Sie mir etwas über Mr. Gurney», sagte er.

Der Direktor rülpste. «Er kam am Freitag an.»

«Also am zweiundzwanzigsten Juni?»

Der Direktor nickte, dann trat ein verzerrtes Lächeln auf sein Gesicht, als Gäste erschienen. «Ah, guten Morgen, meine Damen. Wollen Sie heute morgen einen kleinen Spaziergang machen?»

Die alten Schachteln kicherten und schritten dann, als sie bemerkten, daß Lestrade versäumte, an seinen Bowler zu tippen, tuschelnd hinaus.

«Bitte», sagte der Direktor qualvoll, «wollen wir nicht in mein Büro gehen?»

«Welchen Eindruck hatten Sie von ihm?» fragte Lestrade und fläzte sich in einen Sessel.

«Von wem?»

«Vom verstorbenen Mr. Gurney.»

«Nun, ich sah ihn kaum. Mein Angestellter nahm ihn in Empfang.»
«Zimmer vierundsechzig.»
«Ja. Er sagte, er wolle keinen Seeblick. Bloß Ruhe.»
«Was hielten Sie davon?»
«Was ich davon hielt?» Der Direktor wischte sich erneut den Schweiß ab. «Sehen Sie, Superintendent...» Er blickte hektisch nach rechts, nach links und hinter sich.
«Ich werde mein Bestes tun», sagte Lestrade, «aber im Augenblick bin ich noch Inspector.»
«Verstehe, gut, sehen Sie, im Hotelgewerbe... Oh, je, das ist sehr schwierig für mich...»
«Lassen Sie mich Ihnen helfen. Im Hotelgewerbe ist es das beste, nicht zu viele Fragen zu stellen, habe ich recht?»
Der Direktor nickte.
«Diskretion gehört zum Geschäft?»
Lestrade lag richtig.
«Und allein im letzten Monat haben hier dreiundvierzig Paare unter dem Namen Smith gewohnt.»
«Woher wissen Sie das?» Der Direktor war entgeistert.
«Oh, das ist ein kleiner Trick, den man uns bei der Metropolitan Police beibringt. Man nennt es Lesen. Ihre Hotelliste hat nicht die Spannung von der *Frau in Weiß*, doch man kann sich die Zeit damit vertreiben.»
«Ich glaube, Mr. Gurney kam her, um sich mit jemandem zu treffen.»
«Aha.»
«Heimliche Treffen sind nicht ungewöhnlich, Inspector. Wir stellen bloß die Räume zur Verfügung. Oh, nichts Unehrenhaftes, versichere ich Ihnen.»
«Natürlich nicht», pflichtete Lestrade ihm bei. «Warum glauben Sie, daß Gurney herkam, um sich mit jemandem zu treffen.»
«Offenbar fragte er meinen Angestellten Gable, ob eine Nachricht für ihn da sei. Er schien ziemlich verärgert, als keine da war.»
«Sonst noch was?»
«Am nächsten Morgen sah ihn mein Angestellter in der Lounge mit einem Mann Kaffee und Brandy trinken. Sah... nun ja... sah ziemlich nach Arbeiterklasse aus, fürchte ich.»

Lestrade blickte empört. «War das Ihr Angestellter Gable?»

«Nein, das war mein Angestellter Kent.»

«Ich möchte diese Männer sprechen.»

«Es tut mir überaus leid, das geht nicht, Inspector. Sie sind nicht mehr bei uns. Kent ist zur Zeitung und Gable zum Theater gegangen.»

«Als Schauspieler?»

«Das ist Ansichtssache», sagte der Direktor finster.

«Wer fand die Leiche?»

«Dora, das Zimmermädchen von der dritten Etage.»

«Auch weg?»

«Nein, sie ist noch bei uns. Sie müssen doch nicht mit ihr sprechen, oder?»

Lestrade stand auf. «Leider doch. Wollen wir?»

«Nein, nein.» Der Direktor war entschlossen, die Tür geschlossen zu halten. «Warten Sie hier. Ich bringe sie zu ihnen.»

Dora hatte nichts zu sagen, was der Inspector nicht schon wußte. Am Samstag nachmittag hatte sie das Zimmer aufräumen und das Bett machen wollen. Die Tür war von innen verschlossen gewesen, und der Schlüssel hatte noch gesteckt. Unfähig, die Tür aufzusperren, hatte sie sich, ungewöhnlich bei ein wenig unter fünf Fuß großem Hauspersonal, mit der Schulter dagegengeworfen und sie aus den Angeln geschmettert. Ungeachtet ihrer späteren Klagen, die Hoteldirektion solle bessere Beschläge kaufen, sagte sie, die Direktion habe trotz des angeknackten Schulterblattes ihren Lohn gekürzt, ihr weder Urlaub gegeben noch ihr die Arbeit erleichtert. Man hätte sie nicht so behandelt, vertraute Dora Lestrade an, wenn sie ein Gasinstallateur oder eine Zündholzverkäuferin bei *Bryant & May's* gewesen wäre. Sie sollten nicht so von oben herab sein. Und dazu käme noch, daß sie ledig wäre. Das Lamentieren ging weiter, doch als Lestrade sie wieder auf das Zimmer 64 an jenem Samstagnachmittag brachte, bekam sie die Augen einer Hirschkuh und erzählte wie in Trance.

«Ich kann ihn jetzt sehen, Sir», flüsterte sie. Lestrade spielte mit dem Gedanken, sich umzublicken, doch seine Vernunft behielt die Oberhand. «Lag auf'm Bett, lag er. Tot lag er auf seiner linken Seite.»

«Angezogen?» fuhr Lestrade jäh dazwischen.

«Das iss'n anständjes Etablent hier» – Dora war auf ihre Art loyal – «hatte sein Nachthemd an. Ganz hübsch war er, wenn ich recht überleg.» Sie erblickte Lestrades hochgezogene Augenbraue und erzählte weiter. «In seiner Hand hattern Tolettenbeutel gehalten.»
«Sonst noch was?»
Sie runzelte die Stirn, ganz Konzentration. «Ja», nickte sie, «seine Nase.»
Jetzt war Lestrade mit dem Stirnrunzeln an der Reihe. Im Bericht des Coroner war von keiner Verstümmelung die Rede gewesen. «Oh, ich verstehe. Er hielt sich den Toilettenbeutel über die Nase?»
«Sagte ich doch», erwiderte Dora. «Da war diese Flasche neben dem Bett.»
«Haben Sie im Zimmer einen Geruch bemerkt?»
«Na ja, hatte noch keine Gelegenheit gehabt, den Nachttopf auszuleeren.»
«Nein, einen anderen.»
«Sie sagten, es wär Chlorophall gewesen, womit er's gemacht hat. Hab aber nichts gerochen.»
«Hat Mr. Gurney mit Ihnen gesprochen?»
«Hab Ihnen doch gesagt, Mister. Er war tot.»
Anstatt zu lächeln, zupfte Lestrade an seinem Schnurrbart.
«Ich meinte, vorher. Am Tag zuvor, zum Beispiel.»
«Hat nur ‹Hallo› gesagt. Stattlicher Mann war er. Sah nich übel aus.»
«Er hat nicht erwähnt, daß er in Brighton jemanden treffen wollte?»
«Nee.» Dora schüttelte den Kopf.
«Dora.» Lestrade beugte sich vor. «Wie lange sind Sie schon Zimmermädchen?»
«Fast zehn Jahre, Sir. Seit ich ein Mächen war.»
«Also sind Ihnen Betten vertraut?»
Dora wich angstvoll zurück. «He, ich hab von euch Gennelmen aus Lonnon gehört. Ich bin 'n anständjes Mädchen, echt.»
«Natürlich sind Sie das, Dora.» Lestrade lehnte sich zurück, um sie durch den Abstand zu beruhigen. «Aber könnten Sie mir aufgrund Ihrer zehnjährigen Erfahrung sagen, ob Mr. Gurney allein in seinem Bett geschlafen hat?»

Dora stand auf und machte Anstalten, zur Tür zu gehen. «Ich hab Ihnen schon gesagt», rief sie, «dies is ein anständjes Etablent...»

«Das ist es ganz gewiß!» Der Direktor huschte von irgendwo in den Raum und versetzte Dora eine kräftige Ohrfeige. «Aber das wird es nicht mehr lange sein, wenn du noch einmal so herumbrüllst. Und du wirst auf die Straße fliegen, Mädchen.» Lestrade wartete, bis der überreizte Eigentümer gegangen war, nachdem dieser sich mit einer fast kriecherischen Verbeugung bei Lestrade entschuldigt hatte.

«Also, Dora», sah Lestrade auf sie hinab, «glauben Sie, daß Mr. Gurney in der letzten Nacht seines Lebens allein geschlafen hat.»

Sie drängte ihre Tränen zurück und schniefte. «Ja, Sir», sagte sie. «Das glaub ich.»

«Danke», sagte Lestrade.

Lestrades nächste Anlaufstelle war das schmuddelige Büro der *Brighton Gazette*, wo er einen gewissen Douglas Blackburn, Lokalredakteur, aufsuchte.

«Wenn ich helfen kann, Inspector, werde ich das gewiß tun. Ich denke mir, Ihr Beruf und der meine haben dasselbe zur Folge: abgelaufene Schuhe und eine ergebnislose Suche.»

«Vielleicht, Mr. Blackburn», antwortete Lestrade, der gewöhnlich nicht dazu neigte, Leute auf den ersten Blick zu verabscheuen, «aber ich arbeite für meinen Lebensunterhalt. Wie gut kannten Sie Edmund Gurney?»

«Immer, wenn er in Brighton war, führten G. A. Smith und ich ein paar Experimente mit ihm durch.»

«Experimente?»

Blackburn wirkte überrascht. «Oh, kommen Sie, Mr. Lestrade.» Die Abneigung war unverkennbar gegenseitig. «Ihnen muß Mr. Gurneys Beruf doch wohl bekannt sein.»

«Ich möchte es gern von Ihnen hören», erwiderte Lestrade.

«Aber ich habe bei der Untersuchung bereits alles gesagt», protestierte der Zeitungsmann.

«Ich weiß», sagte Lestrade, «und jetzt möchte ich, daß Sie es mir sagen.»

«Nun gut», seufzte Blackburn. «Gurney war ein Geisterjäger, In-

spector. Ein Gründer der Gesellschaft für Parapsychologische Forschung. Er reiste durch das Land und sammelte Material.»
«Über Geister?»
«Über die Existenz des Übersinnlichen, Mr. Lestrade.»
Blackburn hatte seinen Befrager bereits als einen Idioten abgetan. «Sie haben doch *Erscheinungen des Lebendigen* gelesen.»
Es war eine Feststellung, keine Frage, und Lestrade ignorierte sie. «Und welche Rolle spielten Sie dabei?»
«Als hiesiger Journalist habe ich viele Verbindungen. Außerdem bin ich, obgleich ich das vielleicht nicht sagen sollte, für meine Integrität bekannt.»
Auch das ignorierte Lestrade. «Und Mr.... Smith?»
«Er war ein paar Monate Mr. Gurneys Privatsekretär.»
«Würden Sie sagen, daß Mr. Smith wie ein Arbeiter aussah?»
Blackburn gluckste. «Aber, aber, Mr. Lestrade, ich glaube, Sie sind ein Snob. Falls Sie versuchen, Mr. Smith oder mich mit Mr. Gurneys Tod in Verbindung zu bringen...»
«Sollte ich?» unterbrach ihn Lestrade. «Die Jury kam zu dem Schluß, es sei ein Unfall gewesen und er sei ‹an einer Überdosis Chloroform erstickt, das er vermutlich nahm, um Schmerzen zu betäuben›, ich zitiere.»
«Ich weiß, daß Sie zitieren», sagte Blackburn schelmisch. «Eben diese Worte habe ich in diesem Blatt geschrieben. Ein Inspector von Scotland Yard macht sich nicht die Mühe, den Fußspuren von Leuten zu folgen, die bei einem Unfall ums Leben gekommen sind. Sie wissen etwas.»
«Ein klein wenig, Mr. Blackburn. Was ich nicht weiß, ist, wie ich Sie und Mr. Smith aus meinen Untersuchungen ausschließen soll. Sie wollten es mir gerade erzählen.»
«In der Tat.» Blackburn schrumpfte ein wenig. «Smith war an Gurneys Todestag auf Hochzeitsreise in Ramsgate – ja, hochzeitliche Wonnen stelle ich mir anders vor. Und ich war im Krankenhaus, hier in Brighton, um mir ein Hühnerauge entfernen zu lassen. Sie werden feststellen, daß die Unterlagen für sich selbst sprechen.»
«Dessen bin ich sicher, Mr. Blackburn», sagte Lestrade. «Können Sie sich einen Grund vorstellen, warum Mr. Gurney sich das Leben genommen hat?»

Blackburn zuckte die Achseln. «Er war ein launenhafter Mann, Inspector, oft von Selbstzweifeln heimgesucht. Ein sensitiver Typ, wenn Sie mir die Anspielung verzeihen.»
Da Lestrade von einer Anspielung gar nichts bemerkt hatte, blieb ihm keine andere Wahl, als zu verzeihen. Er war im Begriff zu gehen, als Blackburn ihn zurückhielt.
«Es gibt da noch etwas», sagte er, und seine Stimme klang ein wenig verändert, «etwas, das ich nach der gerichtlichen Untersuchung nach dem Tod des armen Edmund fand.»
«Ja?» Lestrade war ganz Ohr.
«Sehen Sie sich das an.» Der Journalist reichte dem Polizisten ein bedrucktes Blatt. «Es ist die Liste der vornehmen Besucher Brightons vom vierzehnten Juni.»
«Und?»
«Ungefähr in der Mitte.» Blackburn tippte auf das Blatt. «Middle Street, Nr. 56.»
Lestrade las den Namen. «Mr. Gurney, Middle Street, Nr. 56», wiederholte er. «Eine Pension?»
Blackburn nickte.
«Sind Sie dort gewesen?»
Blackburn schüttelte den Kopf.
«Wenn also dieser Mr. Gurney unser Mr. Gurney ist...», dachte Lestrade laut.
«Dann ist er schon über eine Woche vor seinem Tod in Brighton gewesen.»
«Ist das ungewöhnlich?»
«Nicht besonders. Er war an einem Spukhaus in Brighton interessiert. Ich weiß bloß, daß er weder mit mir noch mit George Smith Verbindung aufnahm.» Blackburn hielt inne. «Ich wünschte, er hätte es getan.»

Die Wirtin des Hauses Middle Street Nr. 56 erinnerte sich gut an Mr. Gurney. Er war groß, wenigstens fünf Fuß vier, hatte sandfarbenes Haar, das vielleicht einmal braun gewesen war. Sein Bart war makellos gepflegt, beinahe so, als wäre er gar nicht da. Seine Augen? Nun, das eine war bestimmt grau. Das andere, da konnte sie sich nicht festlegen. Nein, sie hatte ihn noch nie zuvor gesehen.

Oder doch? Nein, das war der andere Gentleman. Der mit dem starken Akzent. Schottisch. County Clare, da kannte sie sich aus. Mr. Gurneys Eintrag ins Hauptbuch brachte Lestrade kaum weiter. Kein Vorname, keine andere Adresse als «London». Es war möglich, daß er während seines Aufenthaltes Besuch empfangen hatte, doch andererseits...

Lestrade ging, bevor er der Versuchung erlag, nach einem stumpfen Gegenstand zu greifen und die Frau niederzuschlagen.

Edmund Gurneys nächste Angehörige brachten auch kein Licht ins Dunkel. Seine Frau und seine Tochter versicherten, er sei ein warmherziger, zärtlicher, liebevoller Gatte und Vater gewesen. Sein Bruder, Vikar an jener Kirche in Pimlico, in der Lestrade in seiner Jugend im Chor gesungen hatte, ehe man entdeckte, daß er überhaupt keine Stimme hatte, bestätigte, daß der Verstorbene von Neuralgie geplagt gewesen sei und oft nächtelang keinen Schlaf gefunden habe. Für Lestrade hörte sich das alles so vertraut an, daß er sich vorübergehend fragte, ob Gurney nicht einmal Polizist gewesen sei. Es sei bekannt gewesen, räumte der Vikar in ernstem Ton ein, daß sein Bruder Rauschmittel benutzt habe, darunter auch Chloroform, um seinen Gesundheitszustand zu ameliorieren. Lestrade kannte niemanden namens Amelia und ließ das Thema fallen.

Auch Mrs. Henry Sidgwick konnte ihm am Ende nicht viel weiterhelfen. Ihr Gatte, dem Lestrade nach seiner Rückkehr nach London einen Besuch machen wollte, befand sich auf einer Vortragsreise in Amerika und stand deshalb für Auskünfte nicht zur Verfügung. Lestrade hatte zuerst gedacht, Mrs. Sidgwick könne nützlich sein. Sie und ihr Gatte hatten die Gesellschaft für Parapsychologische Forschung vor einigen Jahren zusammen mit Gurney gegründet. Sie hatte die harten, mörderischen Züge von Kate Webster, die vor ein paar Jahren versucht hatte, ihre Herrin in kleinen Paketen Schweinefett zu verkaufen, doch im Gegensatz zu Kate hatte sie einen wachen, scharfen Verstand.

«Es war Mord, Inspector», sagte sie ihm kategorisch.

«So?» Lestrade war über ihre Freimütigkeit überrascht. Auch ihre Tapeten hatten ihn verblüfft.

«Und die schuldigen Individuen sind Hohlköpfe namens Innes und Pierce.»

Lestrade zermarterte sich das, was in seinem müden Schädel angeblich das Hirn war. Keiner dieser Namen sprang ihm aus den Schuhkartons im Yard entgegen. Es konnten natürlich auch falsche Namen sein.

«Sie scheinen sich dessen sehr sicher zu sein, Mrs. Sidgwick. Darf ich fragen, wieso?»

«Sie haben *Erscheinungen des Lebendigen* gelesen.» Es war abermals eine Feststellung. Das kam Lestrade bekannt vor. «Aber haben Sie die Rezension dieses unsterblichen Werkes gelesen, verfaßt von Innes und Pierce? Sie kreuzigten den armen Edmund, Inspector, kreuzigten ihn. ‹Herr, welche Narren diese Sterblichen sind.›» Sie richtete sich zu ihrer vollen Größe auf. «Welch niederträchtige Kreaturen doch diese Rezensenten sind. Weil es ihnen an Verstand fehlt, selber zu schreiben, meinen sie, jene, die schreiben, angreifen und lächerlich machen zu müssen. Und wir bezahlen sie noch dafür! Es gibt keine Gerechtigkeit, Inspector, Sie ausgenommen.»

Lestrade lächelte. «Sie glauben also, Edmund Gurney sei durch die Angriffe dieser Kritiker so vernichtet gewesen, daß er sich das Leben nahm?»

Mrs. Sidgwick nickte. «Tadelnswerter Selbstmord», sagte sie. Lestrade griff nach seinem Hut.

«Natürlich», sagte sie aufstehend, durch den Raum eilend und die schweren Samtvorhänge schließend, «könnten wir ihn fragen.»

«Wen, Madame?» Lestrade fragte sich, ob jemand ins Zimmer gekommen sei.

«Edmund natürlich», sagte sie und drehte die Petroleumlampe hoch. «Ich warte schon geraume Zeit darauf, daß er mit mir Kontakt aufnimmt. Unglücklicherweise kreuzen sich seine Botschaften ständig mit denen des Prinzgemahls.» Sie merkte, daß Lestrade sie anblickte. «Sie sind ein Skeptiker, Mr. Lestrade.»

«Nein, Mrs. Sidgwick. Ich bin ein Polizist. Guten Tag.»

Mary Anne

Rhadegund Hall erreicht man von der Great North Road, ein bißchen nach links, ein bißchen geradeaus, und man ist da. So auch Inspector Lestrade an diesem Mittwoch im August, kurz vor der Mittagszeit. Das Gebäude selbst, auf schuleigenem Gelände gelegen, war neu. Eine eindrucksvolle Fassade aus rotem Backstein mit kunstvollen Toren aus Schmiedeeisen auf der Vorderseite. Westlich davon stand der gotische Bau der dem heiligen Rhadegund geweihten Kapelle und östlich davon das ebenso imposante Haus des Direktors.

Lestrade überquerte den Rasen oberhalb des First Eleven Square und hielt nach einem Anzeichen von Leben Ausschau. Es gab keines, ausgenommen einen gedämpften Chor von Stimmen, die irgendwo im Inneren des Gebäudes die erste Deklination hersagten. Er erinnerte sich an dieses Geräusch von seiner eigenen Schulzeit in Mr. Poulsons Internat in Blackheath her. Wäre es die zweite Deklination gewesen, die ihm der Wind an diesem Morgen in Rhadegund zutrug, hätte er sie nicht erkannt. So weit war er nicht gekommen. Er kam zu dem Schluß, daß sich der Mangel an klassischer Bildung gleichwohl nicht als Hindernis erwiesen hatte. Hier war er, an diesem strahlenden, sonnigen Morgen, vierunddreißig Jahre alt und Inspector des Criminal Investigation Department bei Scotland Yard. Nicht schlecht für einen Anfänger.

Er fand eine Tür und ging hindurch, wobei er wie gewöhnlich darauf achtete, sie zuerst zu öffnen. Die Dunkelheit traf ihn wie eine Wand, und er tastete sich durch etwas vorwärts, das unverkennbar ein Korridor war, durch den sich dicke Rohre zogen, in denen er, nachdem sich seine Augen an die Dunkelheit gewöhnt hatten, die Lebensadern des Heizungssystems von Rhadegund erkannte; die Wände zierten Photographien unbekannter stämmiger junger Männer mit Mützen und Kniehosen, die heldenhaft vor einem Hintergrund posierten, bei dem es sich um den Haupteingang der Schule zu handeln schien. Er sah ein Licht am Ende des Ganges und folgte ihm, bis er auf die Tür stieß. Zu beiden Seiten zogen sich senkrechte Spinde hinauf, denen im Yard nicht unähnlich, worin er bei Regenwetter gewöhnlich seinen Donegal aufhängte und worin die Sergeants im ungesunden Kellergeschoß ihre Kaldaunen-Sandwiches und obszönen Postkarten aufbewahrten.

«Ja», antwortete eine gedämpfte Stimme auf sein Klopfen. Die Glasscheibe war voller Blasen, so daß es erst schien, als habe der Insasse des Zimmers ein paar hundert Köpfe. Lestrade war ziemlich erleichtert, als er feststellte, daß der Mann nur einen hatte.

«Mützengröße?» Der Insasse blickte nicht von einem riesigen Hauptbuch auf, das auf dem Tisch vor ihm lag.

«Äh... sieben, glaube ich», erwiderte Lestrade.

«Nehme nicht an, daß du deine Beinlänge kennst, oder?» knurrte der Insasse.

«Nein», sagte Lestrade, «und ich glaube nicht, daß ich's Ihnen sagen würde, wenn ich's wüßte.»

«Nun hör mal zu, junger...» Der Insasse blickte auf. «Lestrade», sagte Lestrade. «Inspector Lestrade.»

«Soll das ein Witz sein?» fragte der Mann, und sein Gesicht hatte einen noch verdrießlicheren Ausdruck als gewöhnlich.

«Wenn's einer ist, dann haben Sie ihn gemacht, schätze ich», sagte Lestrade. «Ich suche den Reverend Algernon Spooner.»

«Den Kaplan?»

Lestrade nickte. Der Insasse verlor den grimmigen Zug um sein Kinn. «Tut mir leid», sagte er. «Ich dachte, Sie wären ein neuer Junge, der zum Einkleiden gekommen wäre.»

Lestrade blickte verständnislos – eine nicht gerade seltene Situation.

«Oh, verzeihen Sie.» Der Insasse bemerkte die Verblüffung des Inspector. «Ich bin der Quästor, Charles Mercer. Es ist meine Aufgabe, neue Jungen auszustatten und Uniformstücke zu ersetzen, wenn notwendig.»

Mercer, der Quästor, dachte Lestrade. Alles kam ihm ziemlich unwahrscheinlich vor. Der Quästor läutete eine Glocke, und durch eine Tür in der Täfelung trat ein Schuljunge ein, der unter der Last weiterer riesiger Hauptbücher fast zusammenbrach. Er hatte eine entschieden dunkle Hautfarbe.

«Ah, Singh, der Jüngere. Dieser Gentleman ist von der Polizei. Er möchte den Kaplan sprechen. Sei ein lieber Junge und führe ihn in die Kapelle, ja?»

«Ja, Sir», zirpte das Bürschchen. «Hier entlang, Sir.»

Lestrade dankte Mercer und folgte dem Jungen durch ein Labyrinth von Gängen, bis sie in einen viereckigen Hof kamen.

«Verzeihung», sagte der Junge. «Sind Sie wirklich ein Miltonian?»

Lestrade versuchte, sich seine Überraschung nicht anmerken zu lassen, daß ein indischer Schüler einer Public School mit dem Jargon Londoner Diebe vertraut war. «‹Schnüffler› käme eher hin», sagte er. «Warum? Bist du ein Knastbruder?»

«Nein», lachte der Junge. «Ein echter Sikh, aber ich bin nicht stolz drauf.»

ie Unterhaltung wurde rasch ziemlich einseitig, und Lestrade war froh, als Singh an die Sakristeitür klopfte.

«Also haben Sie den alten Spooner am Ende doch noch erwischt, nicht wahr?» fragte der Junge. «Was ist es? Kinderraub? Landstreicherei? Nein, sagen Sie es nicht – Raub. Das muß es sein.»

«Weiß dein Direktor über dich Bescheid?»

«Nails? Keine Sorge», grinste der Junge.

Von drinnen war ein Psalmodieren zu hören, und Singh öffnete die Tür. «Ein Gentleman möchte Sie sprechen, Mr. Spooner», sagte er mit dem Tonfall und der Miene eines Engels. Er zwinkerte Lestrade zu. «Alles in Ordnung», sagte er, «Rotwelsch kann er nich.»

«Na, das erleichtert die Sache», seufzte Lestrade.

Der Reverend Spooner war ein ziemlich großer Mann mit einer scharfen Nase und einer randlosen Brille. Sein Stiernacken hätte zu einem anderen Mann gepaßt. Vielleicht hatte Singh recht und Spooner hatte ihn jemand anderem geraubt.

«Kann ich helfen?» Der Reverend schüttelte Lestrade die Hand und bot ihm eine Kirchenbank an.

«Mein Name ist Inspector Lestrade. Ich führe Ermittlungen durch über den Tod von Mr. Edmund Gurney in Brighton vor ein paar Wochen. Ich glaube, Sie waren ein enger Freund.» Der Reverend sprang plötzlich zur Seite, als habe ihn ein heftiger Schlag getroffen, und riß die Tür auf. Die zusammengekrümmte, nußbraune Gestalt des jungen Singh kollerte auf den Teppich.

«Was tun gute Christen nicht?» bellte Spooner durch die Nase.
«An Schlüssellöchern horchen, Sir.» Singh raffte sich auf.
«Ganz recht. Arbeitest du im Augenblick für Mr. Mercer?»
«Ja, Sir.»
«Gut, wenn du fertig bist, komm hierher zurück. Ich habe für dich ein paar Messingleuchter zum Polieren.»
Lestrade glaubte für einen Augenblick seinen Ohren nicht zu trauen, doch der Junge sagte «jawohl, Sir» und schlich beschämt davon.
«Also», sagte der Kaplan und wandte sich Lestrade zu, «wo waren wir? Ach ja, Edmund. Ein tragischer Verlust, Inspector. Tragisch.»
«Wann haben Sie Mr. Gurney zum letzten Mal gesehen, Mr. Spooner?»
Der Kaplan legte einen geistlichen Finger an sein Kinn. «Hm, warten Sie. Längere Zeit nicht. Seit dem Frühjahr bestimmt nicht mehr.»
«Wie kam er Ihnen vor, als Sie ihn zum letzten Mal sahen?»
«Wie er mir vorkam? Nun, Edmund war immer eine ziemlich gequälte Seele, Inspector.»
Lestrade sah ihn verständnislos an.
«Ich glaube nicht, daß Edmund jemals wirklich fröhlich war. Dieser ganze Unsinn mit dem Jenseits, wissen Sie.»
«Sie haben also Mr. Gurneys Beschäftigung mit dem Spiritualismus nicht gebilligt?»
Spooners christliche Friedfertigkeit ließ nach. «Offen gestanden, nein», sagte er. «Oh, ich weiß, es gibt welche, die sich dem christlichen Spiritualismus verschreiben, aber das ist nichts für mich. Ich ziehe den Pfad der Tugend vor.»
Lestrade rutschte unbehaglich auf der Bank hin und her, steckte verstohlen einen Finger ins Ohr und drehte leicht den Kopf, um den Gedankengängen des Kaplans zu folgen.
«Sagen Sie mir», säuselte der Kaplan, «ist an Edmunds Tod etwas... verdächtig?»
«Warum fragen Sie?»
«Inspector, ich mag der Cousin einer teuren, alten Königin sein. Ich mag sogar der Kaplan einer Schule sein. Aber ein Narr bin ich nicht. Höhere Polizeibeamte ermitteln nicht bei Selbstmord. Oder?»

«Ich muß…» Aber Lestrade beendete seinen Satz nicht, weil ein Schrei die Stille der morgendlichen Sakristei zerriß.
«Was ist das?» Lestrade sprang auf.
«Könnte Matron sein», meinte Spooner. «Welchen Tag haben wir heute?»
«Mittwoch.» Lestrade erreichte die Tür als erster.
«Nein. Es ist Carmans freier Tag.»
«Carman?»
«Ein verliebter Hilfsgärtner, den wir hier haben. Zu viele Rhododendronbüsche, Sie verstehen.»
Lestrade war nicht sicher.
«Hier entlang.» Spooner setzte zu einem Foxtrott durch den Korridor an, der zum Hof führte, gefolgt von Lestrade.
«Mr. Spooner, Mr. Spooner!» Eine kleine Frau in Weiß stand oben auf einer Steintreppe und hüpfte auf und ab.
«Was ist los, Mrs. Shuttlecomb, wieder mal die Ratten?»
Sie bewegte sich rasend hin und her, winkte dem Kaplan mit ihrer Schürze und schrie hysterisch. Spooner erreichte sie mit einem Satz und versetzte ihr eine kräftige Ohrfeige. «Sie schreien hysterisch», sagte er zu ihr.
«Ich weiß, Sir», sagte sie und schrie weiter und deutete hinter sich. Spooner packte ihre Schultern und schüttelte sie. Keine Wirkung. Er schlug sie noch einmal. Dieses Mal ging sie schwer zu Boden und lag still.
«Das riecht verdächtig nach schwerer Körperverletzung.» Lestrade äußerte seine professionelle Ansicht.
«Kraftvolles Christentum», korrigierte ihn der Kaplan und huschte durch die Tür.
Lestrade spurtete hinter ihm her in einen Raum, der offenbar eine Waschküche war. Die Luft war feucht und roch nach Bleichmittel. Der Boden war schlüpfrig, eine Tatsache, mit der Reverend Spooner zweifellos leben gelernt hatte. Nicht so Lestrade.
«Passen Sie auf, es…» Der Kaplan verstummte mitten im Satz, als der Inspector durch den Raum glitschte und, akrobatische Pirouetten drehend, in eine Reihe von Laken schoß. Leider waren die Laken bloß eine Täuschung, denn in Wahrheit verbargen sie die Mauer.
«… ist seifig», schloß Spooner.
Lestrade zog sich am Mauerwerk in die Höhe, bewegte sich wie ein

Geschöpf aus der Feder von Mary Shelley und hatte das Gefühl, ein Bolzen durchbohre seinen Nacken.

«Dort drüben!» rief der Kaplan. Lestrade schob sich langsam heran, den Kopf wie ein schlecht ausgestopfter Wellensittich auf die Seite gelegt. «Gütiger Gott», hörte er den Kaplan murmeln.

Im kalten Wasser eines Steintroges schwamm der Körper eines Mädchens; ihr Kleid und ihre Unterröcke trieben ausgebreitet auf der Oberfläche, doch ganz von Seifenschaum bedeckt.

«Wir müssen sie rausholen.» Spooner tauchte seine Hände in das Wasser.

«Nein!» Lestrade riß ihn zurück, und sein Nacken schnappte ein, so daß er vor Schmerz aufschrie. «Das hat keinen Zweck. Bitte, rühren Sie nichts an.» Er umkreiste den Trog und forschte nach verräterischen Kennzeichen. Das Mädchen war etwa siebzehn, schätzte er, nicht unattraktiv.

«Wer war das Mädchen?» fragte er.

«Maggie Hollis. Sie wohnt im Dorf.»

«Gab es einen Grund für ihre Anwesenheit?»

«Sie arbeitet – oh, Gott – sie arbeitete hier. Bei der Lady, die mir Anlaß zur Maßregelung gab. Mrs. Shuttlecomb, dieser ekelhafte alte Besen. War es ein Unfall?»

Lestrade blickte auf Spooner, dann auf Maggie. Zwischen den Seifenblasen erregte etwas seine Aufmerksamkeit, und er streifte seine Manschette hoch und steckte seine Hand in das eiskalte Wasser. Er hob die linke Hand des toten Mädchens. Die Finger waren runzelig. Kein Wunder – schließlich war Maggie eine Waschfrau. Er blickte in das runde Gesicht mit der fahlen Haut. Seine Mutter war Wäscherin gewesen. Doch dann war es die rechte Hand, die seine Aufmerksamkeit fesselte. Er hob sie ebenfalls hoch. Sie war fest zusammengeballt wie eine Faust.

«Ich sagte ...»

«Ich weiß, was Sie sagten, Mr. Spooner», erwiderte Lestrade. «Nein, ich glaube nicht, daß es ein Unfall war.» Er deutete auf die Faust. «Da haben wir das, was der Coroner einen Leichenkrampf nennt», erklärte er.

«Was bedeutet das?»

«Es bedeutet, daß das Mädchen etwas umklammerte, als es starb.»

«Ich kann nicht folgen.»

Lestrade begann die Finger aufzubiegen. «Wenn es ein Stück Seife ist oder ein Beutel mit Waschblau, könnte es sehr wohl ein Unfall sein, aber wenn es etwas anderes ist...» Als die Faust sich öffnete, sah Lestrade, was Maggie Hollis eisern umklammerte. Es war eine kleine, schwarze Walze, etwa zwei Zoll lang und aus Holz und Knochen gefertigt.

«Wofür halten Sie das?»

Spooner betrachtete den Gegenstand und schüttelte den Kopf. «Ich habe keine Ahnung», sagte er.

«Sie sollten Hilfe holen», sagte Lestrade zu ihm. «Wo ist Matron?»

«Jetzt fällt mir ein, daß sie erst morgen wieder Dienst hat. Sie müssen wissen, Inspector, daß wir eigentlich noch nicht geöffnet haben. Das Herbstsemester beginnt erst am Montag.»

«Ich glaubte, eine Lateinstunde gehört zu haben...»

«Ach ja, die Internatsschüler. Oder zumindest einige von ihnen. Ihre Eltern sind im Ausland, meistens auf Bergstationen in Indien. Sie sind Cherak Singh, dem Jüngeren, begegnet. Er und sein Bruder, das sind solche Fälle. Ich kann nicht sagen, daß ich über ihre Anwesenheit überaus glücklich bin.» Er beugte sich vertraulich zu Lestrade. «Einige von ihnen sind kaum zivilisiert. Kapieren die Neununddreißig Artikel nicht.»

«Was Sie nicht sagen.» Lestrade schüttelte den Kopf.

«Aber Dr. Nails sieht das natürlich anders. Es sei unsere christliche Pflicht et cetera, et cetera.»

«Dr. Nails?»

«Der Direktor. Er ist selbst den ganzen Sommer im Himalaja gewesen. Folgte Whympers Fußstapfen.»

«Nicht allen, hoffe ich», sagte Lestrade. «Mr. Spooner, haben Sie einen Schlüssel zu diesem Raum?»

«Nein, aber Mrs. Shuttlecomb ganz bestimmt.» Der Kaplan schritt zur Tür und wühlte in der Kleidung der hingestreckten Wäscherin. «Dacht ich's doch.» Er hielt den Schlüssel triumphierend in die Höhe. Lestrade ging vorsichtig zur Tür, erheblich vorsichtiger als beim Hereinkommen, schloß sie hinter sich ab und steckte den Schlüssel in die Tasche.

«Wissen Sie, wer sonst noch einen Schlüssel hat?»

Spooner dachte kurz nach. «Adelstrop vermutlich.»

«Adelstrop?»

«Hausmeister. Ein ausgemachter Mistkerl, wenn Sie mich fragen. Hören Sie, Lestrade, wollen Sie mir weismachen...» – Spooner näherte sich Lestrades Ohr, das abenteuerlich abstand, da es fast seine Schulter berührte – «wollen Sie mir weismachen, daß die arme Hollis ermordet wurde?»

Lestrades Nicken wirkte wie die Gebärde eines Dorftrottels. Spooner straffte sich. «Guter Gott. Ich verständige besser die Polizei. Oh...»

Er stolperte über die liegende Mrs. Shuttlecomb.

«Überlassen Sie das mir», unterbrach ihn Lestrade. «Und wenn Sie keine totale Panik entfesseln wollen, tun Sie gut daran, niemandem gegenüber ein Wörtchen über den Vorfall verlauten zu lassen, jedenfalls nicht im Augenblick.»

«In Ordnung.» Spooner marschierte die Treppe hinunter.

«Haben Sie nicht etwas vergessen?» fragte Lestrade.

Spooner drehte sich um. «Wie... O ja, Sie haben recht, Inspector», und er wandte sich zum Gehen.

«Nein, ich meine Mrs. Shuttlecomb.» Er deutete auf die liegende Wäscherin.

«Ach ja, natürlich. Ich werde sie ins Krankenzimmer bringen. Da ist sie am besten aufgehoben, denke ich.»

Er bückte sich und hievte sich die rundliche, kleine Frau auf die Schulter, ehe er abermals die Treppe hinaufstieg.

«Natürlich.» Lestrade versetzte ihm einen Seitenhieb. «Maggie Hollis war kräftig gebaut. Wer immer sie getötet hat, er muß ziemlich kräftig gewesen sein.»

«Ja...», strahlte Spooner. «Oh, ich verstehe.» Er gewann seine Kaltblütigkeit zurück. «Nein, nein, das hier ist ein Priestergriff, Inspector. Alle Theologen lernen ihn, um den Flammen zu entkommen, wenn ihre Colleges in Brand geraten. Das ist keine Frage der Kraft, sondern des richtigen Schwungs.»

«Genau», pflichtete Lestrade ihm bei.

Der Inspector lag in tiefem Schlaf. Constable Neil von der Abteilung J versah seinen Dienst in der Nähe von The Minories. Es war

eine milde Nacht, die letzte des Monats August, die auf einen schönen Spätsommer hindeutete, und Neil hoffte, ein paar Minuten dösen zu können, ehe er das nächste Revier ansteuerte und seinen Morgentee trank. Seine Hühneraugen drohten ihn wieder mal fertigzumachen. Trotzdem wollte er lieber noch eine Runde machen, bevor er seinen Knüppel aufhängte, und er bog um die gewohnten Ecken, als er in einer Ecke des Hofes bei Buck's Row über etwas stolperte. Er fluchte, als seine Knie auf das Pflaster schlugen, und er rappelte sich auf, um das Lumpenbündel genauer zu betrachten, über das er gefallen war. Er fuhr zurück, rang nach Luft und fummelte seine Trillerpfeife heraus. Wo, zum Teufel, war die Ablösung? Nie war jemand in der Nähe, wenn man ihn brauchte. Auf das schrille Trillern der Metropolitan-Police-Pfeife, Patent 1879, kamen zwei andere Coppers angerannt.
«Bill?» Neil kniff in der Dunkelheit die Augen zusammen, um die silbernen Zahlen auf dem Kragen erkennen zu können – 96 J.
«Jack?» rief Constable Thain zurück.
«Wen hast du bei dir?»
«George Mizen, Abteilung H. Wen hast du bei dir?»
«Eine Leiche», flüsterte er.
Mizen, der ältere Mann, warf einen Blick auf seine Uhr. Es war Viertel vor vier. Thain warf einen Blick auf Neils Bündel, wandte sich ab und übergab sich in einer Ecke. Neil, aus härterem Holz geschnitzt, kniete nieder und zog den schäbigen braunen Ulster mit den Messingknöpfen zurück.
«Thain», fauchte Mizen, «hören Sie auf damit, und holen Sie einen Arzt. Llewellyn ist der nächste. Dalli!»
Thain taumelte fort, und die anderen hörten seine Stiefel auf dem Kopfsteinpflaster rattern.
«Sie ist noch warm», flüsterte Neil.
«Richtig, mein Junge. Du wartest hier und rührst nichts an. Ich werd mich mal ein bißchen umsehen.»
Dr. Llewellyn hastete durch die stille, sternenlose Nacht. Fuhrleute stolperten aus Hauseingängen, drückten sich flache Mützen auf die Köpfe und banden Halstücher um. Die Stadt erwachte langsam zum Leben. Er wäre rascher gekommen, hätte er sich nicht hoffnungslos in die Kordel seines Schlafanzuges verheddert. Er stolperte in den Hof und versuchte krampfhaft, sich den Schlaf aus den Augen zu

reiben. «Halten Sie das verdammte Ding ruhig!» bellte er Thain an, dessen Laternenschein, wie sein Mageninhalt, über den ganzen Hof verstreut war. Das galt auch, wie sich herausstellte für den Magen, der auf dem Boden lag. Er hatte zu einer Frau mittleren Alters gehört, deren dunkles, ergrauendes Haar im Nacken verklebt war. Ihre Kehle war durchschnitten worden, und zwar, wie er annahm, mit zwei parallelen Schnitten, vermutlich von links nach rechts. Bereits ein flüchtiges Anheben des Kopfes erwies, daß Luftröhre, Speiseröhre und Rückenmark völlig durchtrennt waren.

«In Ordnung.» Er nahm das ziemlich überflüssige Stethoskop aus seinen Ohren. «Kann hier für sie nichts tun. Schaffen Sie sie ins Leichenschauhaus, Constable. Constable?»

Aber Thain lag neben der toten Frau. Es blieb Mizen und Neil vorbehalten, die beiden wegzutragen.

Inspector Frank Abberline drehte sich im Bett herum. Das ferne Klopfen eines Spechtes, irgendwo in den fernen Wäldern seiner Träume, verstärkte sich langsam und verwandelte sich in das Geräusch des Türklopfers im Erdgeschoß. Er schoß kerzengerade in die Höhe, worauf die Frau neben ihm aus dem Schlaf aufschreckte.

«Tut mir leid, Liebling.» Er tätschelte sie und küßte sie auf die Wange. «Das hört sich an, als riefe die Pflicht.»

«Wie spät ist es?» nuschelte sie.

Er wälzte sich herum und blickte auf seine Taschenuhr. «Guter Gott, es ist fast halb neun.»

Er sprang aus dem Bett, schlüpfte in seine rote Hemdhose und hielt vor dem Spiegel kurz inne, um sein Haar zu glätten, ehe er das Schiebefenster hochschob.

«Alles klar, Constable. Nicht nötig, die Toten aufzuwecken. Was ist los?»

Der Constable unten auf der Straße salutierte und trat zurück. «Bitte um Verzeihung, Sir», sagte er, «aber es hat einen neuen gegeben.»

Abberline richtete sich zu hastig auf, und das Schiebefenster zog ihm einen Scheitel. «Wo?» fragte er mit schmerzverzerrtem Gesicht.

«Buck's Row, Sir.»

«Buck's Row? Das ist Whitechapel.»

«Ja, Sir.»

«Nun, warum zum Teufel... oh, schon gut. Warten Sie eine Minute. Ich bin gleich unten. Haben Sie einen Wagen?»

«Ja, Sir. Oh, da wäre noch etwas, Sir.»

«Ja, Constable?»

«Eine Nachricht von Mrs. Abberline, Sir. Sie läßt fragen, wann Sie nach Hause kommen.»

Aus dem Bett ertönte ein schrilles Lachen. Abberline fuhr herum, legte den Finger an die Lippen und wandte sich wieder dem Constable zu. «Bringen Sie mich zum Revier, und dann richten Sie meiner Frau aus, daß alle Überwachungen Zeit brauchen. Sagen Sie ihr, daß man dem kriminellen Denken nicht im Handumdrehen auf die Schliche kommt. Und, so teuer sie mir auch sei...»

Aus dem Bett kam abermals Gekicher.

«...mein Sinnen und Trachten ziele auf Höheres.» Er schmetterte das Fenster gerade noch rechtzeitig zu, so daß der Constable nicht mehr hören konnte, wie die Stimme sagte: «Oh, Fred, du bist ja ein ganz Ausgekochter.»

«Spratling, nicht wahr?» knurrte Abberline. Der Inspector in der Uniformjacke nahm Haltung an.

«Zu Befehl, Mr. Abberline.»

«Gut.» Abberline goß sich das kalte Wasser über das Gesicht. «Was habt ihr Burschen rausgekriegt?»

«Es gab eine weitere», sagte er.

Das hatte Abberline schon gehört. «So?»

«Wie diese Martha Tabram. Oder jedenfalls so ähnlich.»

«Wer ist es diesmal?»

«Eine gewisse Mary Anne Nicholls», sagte Spratling nach einem Blick in sein schwarzes Notizbuch, «Gattin eines gewissen William Nicholls, Coburg Street 37, ein Drucker bei Messrs. Perkin, Bacon und...»

«Ja, ja, schon gut. Was ist passiert?»

«Die Kehle wurde ihr durchgeschnitten, von links nach rechts. Er hat ihr fast den Kopf abgetrennt...»

«Wer? Der Ehemann?»
Spratling zuckte die Achseln. «Eine unbekannte Person, vielleicht auch mehrere.»
Abberline nickte und mühte sich mit seiner Krawatte ab.
«Es wird der Ehemann sein.»
«Man hat ihr den Bauch aufgeschlitzt.»
Abberline sah auf. Das war ein bißchen stark, sogar für Whitechapel.
«Sie haben ihn also noch nicht?» fragte er.
«Ich bin nicht sicher, daß es der Ehemann ist, Sir. Er scheint ein ziemlich wasserdichtes Alibi zu haben.»
«Natürlich hat er das.» Abberline begann sich mit dem Brieföffner die Fingernägel zu säubern. «Das haben sie alle.»
«Der Doktor glaubt, daß sie unten aufgeschlitzt wurde... dort... ehe man ihr die Kehle durchschnitt.» Er las seine Notizen vor: «Der Unterleib ist von der Mitte des unteren Rippenbogens nach rechts hin aufgeschlitzt worden...»
«Ja, schon gut, Spratling, vielen Dank.» Abberline hob eine Hand. «Ich habe noch nicht gefrühstückt. Andere Verdächtige außer dem Ehemann?»
«Na ja, das ist schwierig», gab der Inspector zu. «Nicholls war eine Prostituierte.»
«Aha», sagte Abberline, als erkläre das alles. «Sie war geschäftlich auf der Straße, wie?»
«Könnte sein», sagte Spratling. «Sie lebte von dem alten Mann getrennt und hauste in einer Pension in Flower und Dean Street. Offenbar hatte sie die vier Pence für ihr Bett nicht, also ging sie raus, um sie zu verdienen.»
«Gut», sagte Abberline und setzte seinen Bowler wieder auf, «ich werde mich darum kümmern, Inspector.»
«Sir, ich glaube, wir haben es mit einem Verrückten zu tun, Sir.»
Abberline brachte ihn mit einem Blick zum Schweigen. «In Ordnung, ich werde einen unserer jüngeren Männer darauf ansetzen. Aber jetzt ist es Zeit für das Frühstück.»
In seinem Vorzimmer sprach Abberline den Wachhabenden an. «Sergeant, wo steckt Lestrade?»
Der Sergeant sah im Dienstbuch nach. «Zuletzt gesehen unterwegs in Richtung Northampton, Sir.»

«Northampton?» sagte Abberline verblüfft. «Was, zum Teufel, hat er dort zu suchen? Egal, wenn es etwas Neues gibt, ich bin im *Clarence*, Sergeant. Natürlich nur, wenn es wichtig ist.» Und er verließ das Gebäude.

Dr. Theophilus Nails war ein Zuchtmeister der alten Schule – und die Schule war in diesem Fall St. Rhadegund. Er war ein bulliger Mann über sechzig, aber das konnte ihn überhaupt nicht aufhalten. Als Lestrade das Arbeitszimmer des großen Mannes an diesem Nachmittag Anfang September betrat, fand er den Direktor noch immer mit Seilen und Steigeisen bewaffnet vor.

«Ah.» Nails' Stimme hätte Glas zerschmettern können. «Sie müssen Lestrade sein. Schrecklich diese Sache, wie? Irgendwelche Fortschritte?»

«Nun, Sir, ich...»

«Oh, Verzeihung. Setzen Sie sich. Brandy. In dieser Reihenfolge, wie?»

Lestrade erklärte sich mit beiden Befehlen einverstanden. Wie bei Wellington und seiner Infanterie wußte er nicht, welche Wirkung Nails auf seine Schüler hatte, doch ihn erschreckte er mit Sicherheit.

«Ich hatte gehofft, Sie könnten mir weiterhelfen, Sir.»

«Ich?» Nails, der gerade trinken wollte, hielt kurz inne, dann leerte er das Glas und schenkte nach. «Ich bin erst heute morgen nach einem Monat im Himalaja zu Hause angekommen. Sie klettern?»

Lestrade wollte gerade protestieren, als er begriff, was Nails meinte, und er sagte: «Nein.»

«Schade. Sollte für euch Burschen zur Grundausbildung gehören. Ich wünschte, wir hätten hier in der Nähe ein paar Felswände. Ich würde unverzüglich die Jungens durchscheuchen. Also, wo waren wir? Ach ja, diese arme Wäscherin.»

«Miss Hollis», sagte Lestrade.

«Ja, richtig. Natürlich kannte ich sie nicht persönlich. Mein Kaplan sagte mir, sie sei ermordet worden. Ist das wahr?»

«Ich fürchte, ja», antwortete Lestrade.

Der Direktor kratzte sich mit einem Eispickel die Schädeldecke. «Das ist sehr, sehr unangenehm», sagte er.

«Sir?»
«Nun ja, verdammt noch mal, Lestrade. In zwei Tagen beginnt das Semester. Es wird einen höllischen Stunk geben.»
«Wegen der Jungen?»
«Wegen des Mordes, Mann!» Nails sah die in einen Donegal gehüllte Gestalt finster an. Der Mann war unzweifelhaft schwachsinnig, das zeigte schon sein zur Seite geneigter Kopf.
«Darf ich fragen, Sir, warum Sie die Ortspolizei aus dem Gebäude gewiesen haben?»
«Gewiß dürfen Sie das», sagte Nails. «Ich kann es nicht leiden, wenn Bobbies mit ihren großen Füßen auf dem Schulhof herumtrampeln, Lestrade. Dies ist eine Schule. Die St.-Rhadegund-Schule. Was würden die Vorstandsmitglieder sagen? Die Eltern? Für diese Jungen bin ich ein Vater, Lestrade. Ich bin *in loco parentis*.»
Lestrade zweifelte nicht einen Augenblick, daß der respekteinflößende Dr. Nails eine Vaterfigur war, doch er konnte wirklich nicht begreifen, wie Lokomotiven in dieses Bild paßten.
«Der Sohn des Chief Constable ist einer unserer Schüler», erläuterte Nails, und dann verdrehte er die Augen himmelwärts, «obzwar in der Klasse für Lernschwache. Ich habe Arnold bloß ausrichten lassen, was ich von seinen Constables halte. Natürlich hat er verstanden und ist mit mir einer Meinung, doch er hat darauf hingewiesen, wie schwer es heutzutage sei, Rekruten zu kriegen, welche die Gerundialformen beherrschen.»
Lestrade nickte. Das war ihm seit Jahren aufgefallen.
«Wie ist dieses arme Mädchen ums Leben gekommen?»
«Sie wurde ertränkt, Sir. In Ihrer Waschküche.»
«Meine Waschküche? Oh, nein, Inspector. Ich wasche niemals schmutzige Wäsche in der Öffentlichkeit. Wer könnte es getan haben?»
«Das ist es, was ich herauszufinden versuche», erwiderte Lestrade. «Ich glaube, Maggie Hollis starb am späten Dienstag abend. Der Bericht des Coroner kann vielleicht weiterhelfen, obwohl wir noch darauf werden warten müssen.»
«Oh, ich regle das für Sie. Der Enkelsohn des alten Risdon ist Schüler hier.»
«Auch lernschwach?» erkundigte sich Lestrade.

«Nein, in der Obertertia, doch ich fürchte, das ist seine letzte Station, ja.»

«Ich habe jeden befragt, der in der fraglichen Nacht im Haus war.»

«Sogar die Jungen?» Nails blickte entsetzt.

«Nein, Sir. Mr. Spooner riet mir, damit bis zu Ihrer Rückkehr zu warten.»

«Sehr richtig. Oh, meine Jungen mögen junge Rabauken sein, Inspector, Taugenichtse, wenn Sie wollen. Es mag sogar der eine oder der andere schräge Vogel darunter sein. Aber gewiß werden Sie keine faulen Kunden finden, das versichere ich Ihnen.»

«Trotzdem, Sir. Ich muß Ihre Erlaubnis haben, sie zu befragen.»

«Müssen Sie das? Nun gut, das müssen Sie wohl. Aber ich behalte mir das Recht vor, dabei zu sein, Inspector.»

«Wie Sie wollen.»

«Könnte jemand vom Personal zur Aufklärung beitragen? Diese unglückliche Mrs. Shuttlecomb zum Beispiel?»

«Sie liegt leider im Koma, Sir.»

«Guter Gott, doch wohl nicht der Gin?»

«Nein, der Kaplan.»

«Aha.»

«Wäre ich nicht so beschäftigt, würde ich auf eine Anklage drängen.»

Nails tat den Satz mit einer Handbewegung ab. «Hat uns allen einen Gefallen getan», beteuerte er. «Die Frau war völlig verrückt.»

«Gibt es nur zwei Schlüssel zur Waschküche?»

«Ich denke schon. Sie fragen besser Adelstrop.»

«Wen?»

«Sie wissen schon, der Hausmeister», sagte der Direktor.

«Ja, natürlich. Er machte gegen halb elf seine Runde und bemerkte nichts Auffälliges.»

«Gut, gut», nickte Nails. «Das hab ich gern, wenn Ordnung herrscht.»

«Ich persönlich wäre fröhlicher gewesen, wenn er einen großen Mann von der Waschküche hätte wegrennen sehen», bemerkte Lestrade.

«Aha», strahlte Nails, «Sie denken an jemanden, dem Sie den Mord

anhängen können.» Seine Augen glänzten zustimmend. «Es ist nicht zufällig Charles Bradlaugh?»
«Wer?»
«Dieser Emporkömmling, der die Verwegenheit besitzt, diese unsere wunderbare Grafschaft in Westminster zu vertreten. Der Mann ist nicht nur ein Verschwender und Wüstling, er ist auch ein Atheist.»
«Ich schließe daraus, daß sein Sohn nicht zu Ihren Zöglingen gehört», sagte Lestrade.
«Natürlich nicht. Nicht mal zur Klasse für Lernschwache. Eher würde ich mich aufhängen.»
«Nein, Dr. Nails, ich denke an niemanden. Ich wollte lediglich festhalten, daß ein junges Mädchen im Gebäude einer Schule ums Leben gebracht wurde, zu der ein sechsunddreißigköpfiges Personal der verschiedensten Art gehört und in der sich in der fraglichen Nacht zwanzig Jungen befanden. Und niemand hat etwas gehört.»
«Das ist die Natur des Untiers, Inspector. Auch die Thugs hat niemand bei ihrer Tätigkeit gesehen.»
«Das schlägt nicht ganz in mein Fach, Sir», sagte Lestrade. «Können Sie mir zufällig sagen, was das hier ist?» Er reichte Nails eine kleine, schwarze Walze, die er in der leichenstarren Hand der kleinen Maggie Hollis entdeckt hatte. «Ja, das kann ich. Es ist ein Amulett», erklärte ihm der Direktor. Er ließ es hart auf den Tisch fallen, und es öffnete sich an einem Ende.
Lestrade fuhr auf und stieß einen Schrei aus.
«Das ist in Ordnung, Inspector, das soll so sein. Sehen Sie», er zog ein gerolltes Stück Pergament heraus, «es ist ein Auszug aus dem *Dasam Granth*. Dort, wo ich gerade herkomme, sehr verbreitet.»
«Würden Sie sagen, daß diese Amulette in Northamptonshire verbreitet sind, Sir?»
«Guter Gott, nein. Wo haben Sie das her?»
«Ich fand es in der Faust des toten Mädchens», sagte Lestrade, «und ich vermute, daß sie es dem Mörder im Augenblick ihres Todes entriß.»
«Gütiger Himmel!»
Die Unterhaltung endete jäh, als der Quästor an die Tür klopfte und in das Zimmer trat.

«Ja, Quästor?» Nails sah auf.
«Entschuldigen Sie, Direktor. Ein Telegramm für den Inspector.»
Lestrade öffnete es. *Great Scotland Yard. Stop. Neuer Fall in Whitechapel. Stop. Herkommen. Stop. Das muß aufhören. Stop. Abberline.*
Der Inspector erhob sich ächzend.
«Gentlemen, leider muß ich Sie für eine Weile verlassen. Dr. Nails, dürfte ich diese zwanzig Jungen befragen, wenn ich zurückkomme?»
«Seien Sie mein Gast», strahlte Nails, und der Quästor geleitete Lestrade hinaus.
«Mercer», knurrte Nails, nachdem Lestrade gegangen war, «schaffen Sie mir den Chief Constable her, ja? Wir dürfen nicht zulassen, daß solche Leute überall in St. Rhadegund herumtrampeln. Kann ja noch nicht mal seinen Kopf gerade halten. Und ich glaube nicht, daß er die geringste Ahnung von klassischer Bildung hat.»
Sie schüttelten die Köpfe über das sinkende Niveau.

Lederschürze

«Was haben wir, George?»

Der Sergeant hörte auf, seinen Tee mit einem Bleistiftstummel umzurühren. «Von der Wand, Sir?» fragte er.

«Deshalb haben wir's ja da angepinnt», sagte Lestrade. «Ist doch viel übersichtlicher als in Schuhkartons.» Er griff nach dem Bleistiftstummel des Sergeant, leckte ihn nachdenklich ab, versenkte ihn in die eigene Tasse und rührte versonnen um.

«Sieht aus, als wären es zwei», sagte George.

«Weiter.» Lestrade lümmelte sich in seinen Sessel und schloß die Augen. «Tun Sie so, als wär ich gerade reingekommen und wüßte absolut nichts.» Das kam der Wahrheit ziemlich nahe. «Assistant Commissioner Rodney hat morgen eine seiner verfluchten monatlichen Besprechungen, und ich habe Kopfschmerzen.»

«In Ordnung, Sir.» Sergeant George las von den gelben Blättern ab, die an ein Brett gepinnt waren. «Martha Tabram, Alter 35, aufgefunden in den frühen Morgenstunden des siebten August auf einer Treppe in den George Yard Buildings in einer Seitenstraße der Commercial Road.»

«Todesursache?»

«Sie wurde erstochen, Sir. Neununddreißig Einstiche in Kehle und Magen.»

«Waffe?»

«Etwas Scharfes, Sir.»

«Dann sind Sie's nicht gewesen, George», seufzte Lestrade.

«Nein, Sir, ich hatte Dienst... oh, ich verstehe, Sir.» Der Sergeant sah in Lestrades Augen ein kurzes, ungläubiges Flackern. «Es war möglicherweise ein Bajonett, Sir. Und die Tote ist ein paar Stunden vor ihrem Tod in der Begleitung einer anderen Prostituierten und zweier Soldaten gesehen worden.»

«Und?»

«Nichts, Sir.» George suchte die Wand ab. «Bloß das, Sir.»

«Nein.» Lestrade zog die Füße vom Tisch. «Ich meine, was dann passierte.»
«Mr. Abberline nahm sie fest, Sir. Die andere Frau konnte niemanden identifizieren. Sagte, die sähen in Uniform alle gleich aus. Der Kompanieführer sagte, die beiden seien die einzigen gewesen, die nach seiner Kenntnis an diesem Tage Ausgang gehabt hätten. Aber ohne eindeutige Identifizierung...»
«Sonst nichts?»
«Nein, Sir. Auf dem Schuhkarton stand ‹noch zu klären›.»
Ja, dachte Lestrade, davon gibt es eine Menge. «Was ist mit der letzten?»
«Mary Anne Nicholls, Alter 42. Ebenfalls eine Prostituierte, aufgefunden in Buck's Row. Rock über den Knien, wenn Sie verstehen, was ich meine. Aufgefunden gegen halb vier Uhr am Freitag, dem einunddreißigsten. Zwei Schnitte durch die Kehle, von links nach rechts. Der zweite, fast acht Zoll lang, hat sie fast ent... ihr den Kopf abgeschnitten, Sir. Die meisten Vorderzähne fehlten. Unterleib aufgeschlitzt, Eingeweide verstreut.»
«Wo hat die Obduktion stattgefunden?»
«Äh... Montagu Street Armenhaus, Chef.»
«Gab's da nicht noch einen?» sagte Lestrade mehr zu sich selber.
«Nicht in Montagu Street, Sir.» Sergeant George war ein alter Hase der Abteilung Q. Er war in diesem Amüsierviertel geboren. Alles in allem hatte er sich nicht sehr weit von dort entfernt.
«Nein, ich meinte einen anderen Mord», erklärte Lestrade. «War das nicht im April. Holen Sie mal diesen Schuhkarton raus. Nein, den linken, den *linken*, Sergeant. Ja, das ist er.»
«Name, Sir?» George durchblätterte Papierstapel.
«Smith», sagte Lestrade mit einer entschuldigenden Geste.
Georges Schultern fielen herunter. «Davon gibt es noch sechzehn weitere, Sir, in denen es von Smiths wimmelt.»
«Nein, es ist in diesem. Emma, äh... George Street, Spitalfields.»
«Verdammt, Chef.» George war beeindruckt. «Sie haben es todsicher getroffen», sagte er, in einer vielleicht ein wenig unglücklichen Ausdrucksweise, «Nummer achtzehn. In den frühen Morgenstunden in der Osborne Street noch lebend aufgefunden. Sagte, vier Männer hätten sie sich geschnappt. Gesicht aufgeschlitzt, und ein stumpfer Gegenstand reingeschoben...» Seine Stimme versagte.

Lestrade blickte auf. «Schon gut, Sergeant. Ich kann's mir denken. Gar nicht spaßig, in den Schuhkartons zu lesen, oder? Konnte sie ihre Angreifer identifizieren?»
George zuckte die Achseln. «Steht nichts da. Sie starb am folgenden Tag an Peri... an Magenbeschwerden.»
Lestrade beugte sich vor. «Und wie lautet Ihr Urteil, Sergeant?»
«Das überlasse ich den Geschworenen, Sir», strahlte George.
«Ja, ich werde den Zeugen machen», sagte Lestrade. «Was ist unsere Gemeinsamkeit, unser Verbindungsglied?»
George dachte lange und angestrengt nach und blickte gequält zwischen der Pinnwand und dem Schuhkarton hin und her. «Mr. Abberline glaubt, es besteht darin, daß sie Huren waren, wenngleich ich zugeben muß, daß er diese Emma Smith nicht auf der Rechnung hatte.»
«Nein.» Lestrade schüttelte den Kopf. «Ich bin nicht sicher, ob wir das auch sollten. Jede zweite Frau in Whitechapel geht auf den Strich, Sergeant. Das ist eine Sackgasse. Wenden wir uns wieder Smith und Tabram zu.»
George tat's. Nichts.
«Wo sie gefunden wurden», sagte Lestrade bedächtig, «oder wo sie wohnten.»
Der Sergeant straffte sich und schluckte heftig.
«Genau», nickte Lestrade. «Emma Smith wohnte in der George Street. Martha Tabram wurde aufgeschlitzt in George Yard gefunden. Wenn ich diesen Namen in Verbindung mit Mary Nicholls finden kann, habe ich genug Übereinstimmungen, um Sie zu hängen, George George.»
George wich zurück, als sei er in einen Kuhfladen getreten. Dann sah er das sarkastische Lächeln über das gelbliche Gesicht des Inspector huschen. «Kommen Sie, Sir, Sie nehmen mich auf den Arm!» grinste er.
«Das würde mir im Traum nicht einfallen, Sergeant. Aber Sie haben völlig recht. Ich muß weiterkommen.»
Militärische Fingerknochen krachten kräftig gegen Lestrades Tür, und Constable Derry erschien und salutierte so kraftvoll, daß seine Hand an seiner Schläfe zitterte.
«Inspector Spratling möchte Sie sprechen, Sir.»
«Danke, Constable. Führen Sie ihn rein.»

«Jawohl, Sir!» Der eisenbeschlagene Stiefel krachte.

«Erinnern Sie mich daran, George, daß ich mit ihm mal ein Wörtchen über das Salutieren rede, ja? Machen Sie sich auf die Beine, und sagen Sie Mr. Abberline, daß wir... zufriedenstellende Fortschritte machen.»

«Machen wir welche, Sir?» George fürchtete, er könne während der letzten Unterhaltung Wesentliches verpaßt haben.

«Nein», sagte Lestrade gleichmütig, «aber das müssen wir Mr. Abberline ja nicht auf die Nase binden, oder?»

«Ganz recht, Chef.» George hielt inne, um Spratling hereinzulassen, und schloß dann hinter ihm die Tür.

«Morgen, Sholto.» Spratling nahm im angebotenen Sessel Platz. «War das nicht George George?»

«War er, Jack. Kennen Sie ihn?»

«Aus der Zeit, als ich bei Abteilung Q war», sagte Spratling. «Genau wie seine Eltern. Keine Phantasie.»

Gleich und gleich gesellt sich gern, vermutete Lestrade. «Haben Sie was für mich über diese Mary Nicholls?» fragte er.

«Der Yard ist also an der Sache dran?»

«Stört Sie das, Jack?»

«Nicht übermäßig, Sholto. Man sagte mir, ich solle Abberline Bericht erstatten. Um ehrlich zu sein, ich bin darüber nicht gerade begeistert.»

«Sie müssen nicht mit ihm zusammenarbeiten», erinnerte ihn Lestrade.

«Das ist wahr. Also sind Sie der ‹jüngere Mann›, stimmt's?»

«Was?» entrüstete sich Lestrade. Er war seit elf Jahren beim Yard und war vorher vier Jahre bei der City Police gewesen. Zugegeben, sein Kopf saß im Augenblick ein bißchen schief auf den Schultern, aber der Polizeiarzt hatte gesagt, das werde vorübergehen. Das gab Jack Spratling nicht das Recht, frech zu werden.

«So hat Abberline Sie beschrieben. ‹Ich werde einen unserer jüngeren Männer dransetzen›, sagte er. So wahr ich hier sitze und atme.»

«Nun, ich bin nicht sicher, ob Mr. Abberline beides noch lange tun wird. Nachdem Munro sich zur Ruhe gesetzt hat, frage ich mich, wer der nächste sein wird.»

«Wer übernimmt seinen Posten?»

«Man munkelt, es wäre Assistant Commissioner Rodney…»

Spratling warf einen Blick zum Himmel. «Na ja, das wirft uns ungefähr sechs Monate zurück!»

«Richtig. Jetzt zum Fall Nicholls.»

«Sie haben die Schuhkartons durchgesehen?»

«Ja.»

«Dann wissen Sie soviel wie ich. Außer…»

«Ja?»

«Na, ich weiß nich, ob's wichtig ist…»

«Kommen Sie schon, Jack. Heraus damit. Wir werden diesen Bastard nicht kriegen, wenn wir nicht zusammenarbeiten.»

«Nun, einer von meinen Jungens berichtete, er hätte eine große, alte Frau gesehen – eine Wäscherin, glaubt er –, die sich nach dem Mord drei Nächte hintereinander bei Buck's Row rumtrieb.»

«War sie regelmäßig dort, diese Waschfrau?»

«Nein. Er hatte sie noch nie gesehen. Und da war noch was…»

«Ja?»

«Ihre Hände. Er verscheuchte sie, gab ihr einen spielerischen Klaps mit seinem Knüppel, und da berührte er zufällig ihre Hand. Sie war glatt wie Glas. Was halten Sie davon?»

«Sie hatte eine Glashand?»

«Hören Sie schon auf damit, Sholto. War Ihre alte Mama nicht Wäscherin?»

Lestrade nickte. «Ja», lächelte er liebevoll. «Hände wie Schmirgelpapier.»

«Also?»

Lestrade lehnte sich in seinem Sessel zurück. «Ich hatte eine Menge Waschfrauen in letzter Zeit.»

«O ja», stichelte Spratling, «ihr Junggesellen macht es richtig. Wenn Mrs. Spratling glaubte, ich würde…»

«Wie geht es Ermintrude?» strahlte Lestrade.

«Fragen Sie nicht», stöhnte Spratling. «Ich war ein glücklicher Mann, als ich sie heiratete. Folgen Sie meinem Rat, Sholto. Bleiben Sie ledig.»

«Ich werd's versuchen, Jack», lachte Lestrade. «Ich werd's versuchen.»

An diesem Samstag, in der Morgendämmerung, fanden sie Annie Chapman. Es war September, und ein feiner Nieselregen trieb über den Fluß und zog über die Isle of Dogs ins erwachende Whitechapel. Sie starrte in den tiefhängenden Himmel, blind gegen den Regen und die sie umschnüffelnden Hunde. Diesmal rief man Lestrade, und er kämpfte sich durch die von Polizei in Schach gehaltene Menge, die sich an einem Ende der Hanbury Street staute. Inspector Abberline wäre am Tatort gewesen, aber er war mit einer seiner sonderbaren und geheimnisvollen Überwachungen befaßt, die das Leben des Mannes zur Zeit ganz in Anspruch zu nehmen schienen. Er würde gegen neun in den Yard gewankt kommen und seine Gangart mit der Zahl der Treppen erklären, die er habe steigen müssen. Inspector Fred Wensley fragte sich, warum Abberline von der Spitze des Wren-Denkmals eine Überwachung durchführte.

Und es war Fred Wensley, der im Hinterhof von Nr. 29 wartete, wo er neben dem kniete, was von einer weiteren Frau mittleren Alters übriggeblieben war.

«Fred», sagte Lestrade, als die Constables ihn passieren ließen, «was hast du?»

«Annie Chapman», sagte Wensley mit seinem weichen Dorset-Akzent, «auch ‹Dunkle Annie› genannt.»

«Eine Prostituierte», sagten beide gleichzeitig.

Lestrade betrachtete die Leiche. Sie lag neben der Steintreppe, die er gerade hinabgestiegen war. Die Zunge hing ihr schwärzlich verfärbt aus dem Mund, und ihre Kehle war dunkel von getrocknetem Blut.

«Schon gefrühstückt?» fragte Wensley, um ihn zu warnen.

Lestrade folgte seinem Blick zum Unterleib der Frau. Ein Teil des Magens hing über ihrer Schulter.

Lestrade blickte hinauf in die neugierigen Gesichter, die sich über ihm durch das Geländer zwängten. «Constable!» bellte er und versuchte durch den Klang seiner Stimme in die Wirklichkeit zurückzufinden. «Schaffen Sie diese Leute von hier weg.»

«Sie starb da drüben», sagte Wensley. «Sehen Sie das Blut an der Mauer.»

«Ja», sagte Lestrade. «Noch was?»

«Meine Jungens haben das hier gefunden.» Wensley reichte Lestrade ein Stück Papier. Es enthielt zwei blaue Pillen.

«Ihre Meinung?»
Wensley zuckte die Achseln. «Könnte für die Leber sein. Hier wohnen viele Fuhrleute.»
«Könnte dem Erzbischof von Canterbury vor drei Jahren aus der Tasche gefallen sein», sagte Lestrade wegwerfend.
«Mr. Wensley, Sir!» ein Constable kam angetrabt. «Da ist noch was, Sir, in der Hofecke.»
«Geben Sie's Mr. Lestrade, Constable.» Fred Wensley wußte, wann ein anderer den Vorrang hatte.
Lestrade warf einen Blick auf das Stück Papier, das der Mann gefunden hatte. Es war ein Teil eines Umschlags, der den verblichenen Poststempel des 28. August trug. Elf Tage alt. Das war immerhin etwas. Er drehte ihn um und erblickte ein aufgeprägtes Wappen – das St.-Georgs-Kreuz und den Stern und das Hosenband mit einer einzelnen Feder, die sich darüber kräuselte.
«Was halten Sie davon, Fred?»
«Na ja, ich spreche Rotwelsch, Jiddisch, Hebräisch und Westenglisch, aber Latein war nie meine Stärke, Sholto. Sie sind der Gelehrte.»
«Kann ich helfen?» tönte eine Stimme von oben.
Die Gruppe von Polizisten um die «Dunkle Annie» blickte hinauf und sah einen ziemlich hageren, älteren Mann, der sich recht halbherzig gegen einen der Constables wehrte.
«Wer sind Sie?» fragte Lestrade.
Der alte Mann lüftete trotz des Regens seinen Hut. «Erlauben Sie, daß ich mich vorstelle», lispelte er. «Ich bin Profeßor Zerrinford von der Univerßität London.»
«Professor?» wiederholte Wensley.
«Für Zprachen», bestätigte der Mann.
Ein Nicken von Lestrade, und die Constables klinkten das Tor auf und ließen den Mann durch. Er balancierte den Kneifer auf dem Rücken seiner langen, edel geschwungenen Nase. «Hm», sagte er, «kein Latein, mein werter Zir. Franßößisch. Mittelalterliches Franßößisch.»
«Was bedeutet es?» fragte Wensley.
«Zie wollen ßagen, daß Zie das ßon mal geßehen haben?» Der Professor blickte ungläubig.
«Natürlich hab ich das.» Wensley war nicht oft beleidigt, aber

wenn er es war, war es ihm egal, bei wem das passierte. «Ich kann's bloß nicht übersetzen.»

«Honi ßoit qui mal y penße», las Zerrinford. «Etwa: Zande über den, der Bößes dabei denkt.»

«Das ist ziemlich passend», sagte Wensley zu Lestrade.

«Wirklich?» Lestrade maß den Professor mit festem Blick. «Und wie passend, Mr. Holmes, daß Sie gerade vorbeikamen.»

Der Professor blickte auf, nahm den Kneifer von der Nase und wand sich unbehaglich. «Wie meinen?» fragte er.

«Sie sind Mr. Sherlock Holmes», wiederholte Lestrade, «wohnhaft 221 B Baker Street... eß ßei denn, meine Vermutung ßtimmte nicht.»

Holmes schleuderte den Homburg auf die Pflastersteine. «Hol Sie der Teufel, Lestrade», knurrte er.

«Und vielen Dank, Mr. Holmes.» Lestrade verbeugte sich steif. «Und wenn ich Sie noch mal erwische, wie Sie Professoren der Universität nachmachen, laß ich Sie abführen.»

Aber Holmes war bereits die Treppe hinaufgesprungen.

«Was hatte das zu bedeuten?» fragte Wensley.

«Ein alter Widersacher», grinste Lestrade. «Sie lassen die ‹Dunkle Annie› ins Leichenschauhaus schaffen. Und Fred...»

«Sholto?»

«Schauen Sie sich die Frau genau an, ehe Sie einen Coroner an sie ranlassen, ja?»

Nachdem Inspector Lestrade der Hanbury Street mit ihren schmalbrüstigen, baufälligen Häusern und schmutzigen Wohnungen den Rücken gekehrt hatte, tat er drei Dinge. Zuerst rief er einen vorbeikommenden Constable, der, naß wie eine Katze, dem Ende seiner Streife zustrebte, riß ein Blatt vom Notizblock des Mannes und schrieb auf dessen gehorsam gebeugtem Rücken eine dringende nasse Nachricht an Inspector Spratling von der Abteilung J. Zweitens nahm er sich eine Droschke und fuhr zu den Geschäftsräumen der Messrs. Stillwell & Co., Mützen- und Uniformmacher, Heereslieferanten. Er fand ihre Türen verschlossen und verriegelt, doch es war erstaunlich, wie rasch ein Stiefeltritt in eine Spiegelglasscheibe einen schlafenden Nachtwächter wecken konnte. Drittens zerschnitt er sich dabei ziemlich schlimm das Bein, so daß er erst um die Mittagszeit, nachdem er humpelnd das Charing Cross Hospital verlassen hatte, die Nachricht erhielt, auf die er gehofft hatte – die Antwort von Spratling. Er knüllte das Papier zusammen und schrie vor Freude, was Passanten auf dem Strand veranlaßte, schneller zu gehen, denn er konnte ja ein Ausbrecher oder ein Mitglied der Fabian Society sein. Er winkte einen weiteren Constable herbei, der sich diesen merkwürdig durchgeweichten, hinkenden Mann mit dem schiefsitzenden Kopf gerade vorknöpfen wollte, und gab ihm den Auftrag, eine Nachricht zum Yard zu bringen. Er selbst brach in den Westen auf, in jenes große Land, wohin auf Geheiß kurzsichtiger amerikanischer Zeitungsbesitzer junge Männer zogen; wo ein Mann tat, was ein Mann tun mußte, war erst einmal ein sicherer Ort für Frauen und Kinder geschaffen. Und gegen vier Uhr war er in Hounslow angelangt.

Die Kasernen von Hounslow sahen so aus, wie Armeekasernen überall aussahen (außer in Indien, doch dort war Lestrade nie gewesen). Als er den windgepeitschten Kasernenhof überquerte, ein wenig humpelnd und mit einem kleinen Rechtsdrall, trafen ihn die vermischten Gerüche von Lederweiße und Salmiak, die mit den Seitenwinden von den Quartieren der Kavallerie herüberwehten. Stallungen unten, Männer oben, so wie man's brauchte. Er war dankbar, als er um eine Ecke bog und zu den weniger schädlichen Quartieren des Royal Sussex Regiments gelangte. Nachdem er den Wachtposten, der mit gefülltem Tornister auf und ab marschierte, nach dem Weg gefragt hatte, humpelte er schneidig die Steintreppe hinauf, die zu einer mit Eiche getäfelten Tür führte.

«Herein!» bellte eine Stimme.

Lestrade gehorchte und sah sich einem Hauptfeldwebel vom Schlage Constable Derrys gegenüber – nur lauter.

«Inspector Lestrade, Scotland Yard. Möchte den Oberst sprechen.»

«Nicht da, Sir!» dröhnte der Hauptfeldwebel mit der Kraft einer Haubitze.

«Major?»

«Nicht da, Sir!»

Lestrade fing an sich zu fragen, ob der Hauptfeldwebel zu irgendeiner anderen Art von Antwort fähig war. Er fing auch an, daran zu

zweifeln, ob er mit der Rangordnung in der Armee genügend vertraut war. Was kam nach Major?
«Hauptmann?» fragte eine leisere Stimme.
«Richtig», sagte Lestrade laut.
«Wedgwood», sagte der Hauptmann sich vorstellend. «Ich bin der Adjutant. Kann ich Ihnen helfen?»
«Ich hoffe, Sir.» Lestrade setzte sich auf den angebotenen Stuhl.
«Hauptfeldwebel.» Der Hauptmann hakte seinen Helm los, wobei er darauf achtete, daß der Kinnriemen seinen makellosen Schnurrbart nicht berührte, und warf ihn gegen die Wand. Er prallte ab und landete auf dem Boden.
«Einsparungen bei der Armee», erklärte er Lestrade. «Gewöhnlich befand sich dort ein Hutständer, ehe der gute alte Herzog von Cambridge das Rechnungswesen übernahm.»
«Ja, Sir», lächelte Lestrade. «Das Gefühl kenne ich. Wir haben einen Commissioner mit etwa denselben Vorstellungen.»
«Ach ja, wie geht's Charlie Warren?»
Lestrade war dem Mann nie begegnet, und noch weniger hätte er ihn beim Vornamen genannt.
«Sir?» brüllte der Hauptfeldwebel.
«Was ist los, Hauptfeldwebel?» Der Hauptmann sah verwirrt aus. Der Hauptfeldwebel ebenfalls. «Verzeihung, Sir, ich dachte, Sie sprachen mit mir, Sir.»
«Wirklich?» Wedgwood bot Lestrade eine Zigarre an. «Ach, ja. Möchten Sie Tee, Inspector?»
«Gern.»
«Zucker, Sir?» bellte der Hauptfeldwebel.
«Ja, bitte», sagte Lestrade und neigte sein Ohr noch tiefer auf seine Schulter, um der Druckwelle auszuweichen.
«Milch, Sir?»
Lestrade zuckte zusammen, nickte und seufzte dankbar, als der Mann den Raum verließ.
«Er ist ein bißchen arrogant, nicht wahr? Er war mit Napier bei Magdala. Mußte ein bißchen brüllen während der Kanonade. Seine Stimmbänder kehrten nie zum Normalzustand zurück. Komische Sache, so'n Krieg.»
«Kennen Sie das hier, Sir?» Lestrade reichte Wedgwood den zerrissenen Umschlag.

«Das ist ein Teil eines Briefumschlages», sagte der Adjutant nach eingehender Prüfung. Welch wundervolles Offiziersmaterial sie doch heutzutage haben, dachte Lestrade.
«Das Wappen, Sir?»
«O ja, es ist einer von unseren Umschlägen. Ich habe hier einen ganzen Stapel davon. Warum, ist es wichtig?»
«Könnte sein. Haben Sie eine Erklärung dafür, daß man den Umschlag in Whitechapel fand?»
«Whitechapel? Das ist komisch.»
«Ja?»
«Ja. Sie sind heute der zweite Bursche, der nach Whitechapel fragt.»
Lestrade begann sich unbehaglich zu fühlen. «Wirklich?»
«Ja, der andere war ein Professor aus Sandhurst. Er stellte Nachforschungen über die alten Fünfunddreißiger an. Schien davon überzeugt, daß es zwischen uns und dem East End irgendeine Verbindung gab. Ich sagte ihm, daß wir unsere Rekruten fast ausschließlich aus Sussex bezögen...»
«Haben Sie den Namen des Professors behalten?»
«Ich glaube, er hieß... Zerrinford oder so ähnlich.»
«Ein großer Mann? Große Stirn? Lange Nase?»
«Nein, ich muß gestehen, daß ich mich von Sandhurst her nicht an ihn erinnerte. War irgendwie undurchsichtig. Aber andererseits diese Militärhistoriker. Drücken sich so unbestimmt aus wie Generalstäbler. Warum das Interesse?»
«Der Briefumschlag wurde heute in den frühen Morgenstunden neben der Leiche einer Frau gefunden, Sir.»
«Gütiger Himmel.» Der Adjutant war entsetzt. «Ich bin entsetzt, Inspector. Wollen Sie andeuten, ein Mann des Royal Sussex Regiments sei für diesen Mord verantwortlich?»
«Mord, Sir? Habe ich von Mord gesprochen?»
«Nun, ich nahm natürlich an...»
«Sind irgendwelche Männer Ihres Regiments auf Urlaub, Sir? Und wohnen sie im East End?»
Der Adjutant langte lässig nach einem Hauptbuch, ohne den Blick von Lestrade zu wenden. «Ich erinnere mich, daß ihr euch zwei unserer Leute vor ein paar Monaten vorgeknöpft habt. Wie nennen Sie das? Gegenüberstellung?»

«So ähnlich», sagte Lestrade. «Haben diese Männer vielleicht gerade Urlaub?»

Der Adjutant prüfte seine Liste und schüttelte den Kopf. «Nein, Inspector, sie sind beide hier. Dem einem müßten Sie auf Ihrem Weg zu mir eigentlich begegnet sein.»

«Wäre es möglich, daß ein einfacher Soldat diese Briefumschläge benutzt, Hauptmann?» fragte Lestrade.

Wedgwood dachte einen Augenblick nach. «Ich bezweifle es, Inspector. Die meisten unserer Burschen können schreiben, aber sie geben sich nicht damit ab, Briefe zu schreiben, nicht mal im Felde. Ich weiß noch, im Sudan...»

«Gewiß», unterbrach ihn Lestrade, «aber ich bin ziemlich in Eile, Sir. Ich sehe mich also zu der Schlußfolgerung gezwungen, daß dieser Briefumschlag von einem Offizier des Regiments verloren wurde.»

«Undenkbar!» Wedgwood war sehr wohl in der Lage, ebenso laut zu brüllen wie sein Hauptfeldwebel.

«Haben Sie eine Liste mit ihren Privatadressen?»

«Nein», antwortete Wedgwood, «und selbst wenn ich eine hätte, wären zwei Dinge ganz klar: erstens würde keiner von ihnen in Whitechapel wohnen. Und zweitens würde ich Ihnen die Liste nicht aushändigen. Guten Tag.»

Lestrade ging, ohne zu seinem Tee gekommen zu sein. Für den Augenblick gab es nicht mehr zu sagen.

Es war ein vergnügter Inspector Abberline, der Lestrade an diesem Montagmorgen aufsuchte. Gewiß, Mrs. Abberline war verreist, um Verwandte zu besuchen, und wurde nicht vor einer Woche zurückerwartet, doch es war kein privater, sondern ein beruflicher Anlaß, der die Gardenie in seinem Knopfloch neu erblühen und ihn noch fetter grinsen ließ als gewöhnlich. Ein alter Copper hatte Lestrade vor langer Zeit einmal gesagt, vor grinsenden Inspectors müsse man auf der Hut sein. Das Grinsen konnte immer nur zweierlei bedeuten: entweder waren ihre Frauen verreist, oder sie hatten ihren Täter.

«Ist Mrs. Abberline verreist?» fragte Lestrade und stieß Constable Toms von seinem Stuhl.

«Nein, Lestrade», grinste Abberline. «Ich habe meinen Mann.»

«Wofür?»

«Machen Sie keine Spielchen mit mir, Lestrade. Ich weiß noch, was Sie für ein Constable waren, grüner als alle Burschen, die Sie hier haben.» Er schoß einen unbarmherzigen Blick auf Toms ab. «Ich habe den Whitechapel-Mörder.»

«Ach, ja.»

«O ja.» Abberline nahm unaufgefordert Platz und schnupperte herausfordernd an seiner Gardenie. «Würd mich nicht wundern, wenn dafür ein Chief-Posten für mich drin wäre.»

«Darf ich fragen, wer es ist?»

«Sie dürfen noch mehr. Sie können ihn sich angucken. Für die übliche Gegenleistung erlaube ich Ihnen, den Mann vorsichtig anzubohren. Ein gewisser John Pizer. Es wird morgen in den Zeitungen stehen.»

«Er hat ausgepackt, wie?»

«Mehrere Male, ja», gestand Abberline, «aber ich habe ihn gar nicht so hart angefaßt. Es war die Lederschürze, welche die Sache entschied.»

«Lederschürze?»

«Hätten Sie gestern noch ein wenig abgewartet, Lestrade, anstatt nach Hounslow zu flitzen, der Armee die Zeit zu stehlen und Ihren eigenen Schwanz zu jagen, hätten Sie mitbekommen, daß eine klatschnasse Lederschürze an einem Wasserbecken gefunden wurde, nicht mal fünfzig Yards von Hanbury Street entfernt. Es war die von John Pizer. Machen Sie sich nichts daraus, Lestrade, nächstes Mal haben Sie vielleicht mehr Glück.» Und er stolzierte hinaus, wobei er mit den Fingern über die Stuhllehne fuhr, um zu prüfen, ob Staub drauflag.

«Toms!» fauchte Lestrade. Es war halb neun an einem Montagmorgen. Die Woche hatte nicht gut angefangen.

«Sir!» Der Constable nahm nach Art eines Ex-Marines Haltung an.

«Wo haben sie diesen Pizer geschnappt?»

«Leman Street, Sir.»

«Fred Wensleys Revier? Gut. Wo ist Sergeant George?»

Toms sah im Dienstplan nach. «Ruhetag, Sir.»

«Quatsch.» Lestrade griff nach seinem Bowler. Den Donegal hatte

er noch immer an. «Sergeants haben keine Ruhetage. Schaffen Sie ihn her. Binnen einer Stunde brauche ich ihn in der Leman Street.»
«Zu Befehl, Sir.»

Fred Wensley biß gerade in sein Brötchen, als Lestrade ankam.
«Sie haben hier einen Gefangenen, Inspector», sagte Lestrade. «Ich möchte ihn sprechen.»
«Wir sind heute morgen sehr förmlich, Sholto», brummelte Wensley. «Wir hatten wohl Besuch vom Commissioner, oder?»
«Vergessen Sie's, Fred. Erzählen Sie mir was über diesen Pizer.»
«Ich habe ihn heute morgen verhaftet.»
«*Sie* haben ihn verhaftet?»
«Stimmt.» Wensley war die Ruhe selbst, denn er kannte Lestrade seit Jahren. Es war nicht seine Art, sich aus der Fassung bringen zu lassen. «Constable Niven, Beckett, Allen und ich. Man kann nicht vorsichtig genug sein. Wir sind nicht sehr beliebt seit dem Blutigen Sonntag, wissen Sie.»
«Abberline sagte zu mir, er habe ihn verhaftet.»
Wensley lachte. «Nur 'ne Redensart, Sholto», sagte er. «Aber so ist unser Inspector Abberline nun mal, nicht wahr? Wo es Ruhm zu ernten gibt, ist er zur Stelle.»
Lestrade wurde ruhiger. «Pizer ist also unser Mann?»
Wensley zuckte die Achseln und nahm sich ein zweites Brötchen vor. «Ich weiß nicht. Sieht ziemlich böse für ihn aus. Hier ist die Schürze.»
Er griff nach einer Schublade und leerte ihren Inhalt auf seinem Tisch aus. «Und diese Messer haben wir in Pizers Wohnung gefunden.»
«Und wo wohnt er?»
«Mulberry Street, Nummer 22.»
«Also kennt er die Gegend», sinnierte Lestrade.
«Wie seine Westentasche.»
«Was macht er, ich meine, wenn er gerade keine Huren ermordet?»
«Er ist Flickschuster. Daher ‹Lederschürze›. Ist eine Art Spitzname.»

«Und sie gehören ihm?» Lestrade deutete auf die Messer.
«Er gibt es zu. Behauptet, er würde Leder damit zuschneiden.»
«Und die Schürze?»
Wensley schüttelte den Kopf.
«Und das ist alles, was Abberline hat?» Lestrade setzte sich ungläubig zurück.
«Zwei andere Dinge», sagte Wensley. «Pizer trägt einen Deerstalker, und ein Mann mit einem Deerstalker wurde gesehen, als er sich – in der Nacht, in der sie starb – mit Annie Chapman unterhielt.»
«Ein Deerstalker?» In Lestrades Kopf begannen Alarmglocken zu klingeln. «Haben wir eine Beschreibung?»
«Tweed, zwei Ohrenklappen...»
«Nicht die Mütze», unterbrach ihn Lestrade, «der Mann, der mit Annie Chapman sprach.»
«Verstehe.» Wensley wühlte unter seinen Brötchen in dem Schuhkarton und fischte einen Haufen Zeugenaussagen heraus. «Äh... wollen mal sehen. Um die Vierzig, ausländisches Aussehen, heruntergekommen...»
«Na, das könnten Sie oder ich sein, Fred», bemerkte Lestrade.
«...feilschte mit Chapman um einen Preis für ihre Dienste...»
«Könnten immer noch Sie sein», bemerkte Lestrade.
«Danke, Sholto, ich liebe Sie auch.»
«Was ist die andere Sache, die Abberline hat?» fragte Lestrade. «Abgesehen von der Chuzpe, sich überhaupt einen Polizisten zu nennen.»
«Pizer hatte sich versteckt. Wir mußten in Mulberry Street die Tür aufbrechen. Der Mob war hinter ihm her.»
«Der Mob?»
«Mr. Abberline in seiner Weisheit ließ durchsickern, daß wir in der Nähe der Leiche von Annie Chapman eine Lederschürze gefunden hätten und daß diese Schürze eindeutig dem Mörder gehöre.»
«Ich verstehe. Also waren die Anwohner auf Blut aus?»
«Ich kenne diese Straßen, Sholto.» Wensley wurde ernst. «Für die Juden ist es sowieso schwer genug, aber so etwas wie dies hier... Wenn Abberline bei Pizer falschliegt, kann ich für das, was dann in Whitechapel passiert, nicht die Verantwortung übernehmen. Das wird nicht hübsch.»

«Das war es nie, Fred. Haben Sie bei den Bewohnern von Hanbury Street Erfolg gehabt?»
Wensley schüttelte den Kopf. «Einer der kleinen Zufälle im Leben», sagte er. «Siebzehn Leute, alle blind, taub und stumm, und sie wohnen alle im selben Haus.»
«Kann ich mit Pizer reden?»
Wensley nickte. «Er ist ein Tier, Sholto. Seien Sie vorsichtig.»

Das Tier war vierschrötig, schwerfällig und hatte den Stoppelhaarschnitt der Arbeiter. Man hatte ihn in eine Sträflingskluft gesteckt und mit Handschellen an das Eisenbett gekettet.
«Constable, nehmen Sie ihm die Handschellen ab.»
«Befehl von Mr. Abberline, Sir», protestierte der uniformierte Mann.
«Also, Constable», sagte Lestrade ruhig. Es war etwas in seiner Stimme, dem sich der Mann nicht widersetzen konnte.
Pizer saß auf der verwanzten Matratze und rieb seine wundgescheuerten Handgelenke.
«Sind Sie bereit, Pizer?» fragte Lestrade.
Keine Antwort, nur kleine, verschlagene Augen, die zu Boden starrten.
«Constable» stoppte Lestrade den jungen Mann, der in der Tür zögerte, «Sie können jetzt den Strick bringen.»
«Strick?» riefen Pizer und der Constable im Chor.
«Gewiß», sagte Lestrade scheinbar überrascht, «kein Grund zur Beunruhigung, Mr. Berry. Wir tun es jetzt.» Er nickte dem verdutzten Constable zu, der unschlüssig hinausschlurfte.
«Tun was?» fragte Pizer mit starkem, kehligem Akzent.
Lestrade blickte zur Decke hinauf... «Hm.» Er schien abwesend. «Oh, Sie aufhängen, mein lieber Freund. Der Balken müßte das Gewicht aushalten, denke ich.»
«Das können Sie nicht tun!» fauchte Pizer, der jetzt aufgestanden war.
«Warum nicht?» Lestrade setzte das Spiel fort. «Ach, Sie meinen die Gerichtsverhandlung?»
Pizer nickte. Seine kleinen Augen waren jetzt vor lauter Entsetzen fast normal groß.

«Wo sind Sie geboren?» fragte Lestrade.
«In Polen», antwortete der Mann.
«Und zweifellos haben Sie Geschichten von der legendären britischen Justiz gehört? Daß ein Mann so lange unschuldig ist, bis seine Schuld bewiesen ist, oder?»
Pizer nickte und schluckte schwer.
Lestrade grinste. «Sagen Sie mir», sagte er, «haben Sie von Goldlöckchen und den drei Bären gehört? Nein, wenn wir sicher sind, daß ein Mann eines Verbrechens schuldig ist, hängen wir ihn auf der Stelle. Keine Umstände.»
«Dieser Mann», Pizer deutete hysterisch auf die Tür, «dieser Mr. Wenzel sagen, daß ich erst eine Verhandlung kriege.»
Lestrade sah verwirrt aus. «Mr. Wenzel? Ach, Inspector Wensley? Ja, ja, der ist noch ziemlich neu hier. Hat noch nicht den Durchblick. Du meine Güte, wir haben keinen Rabbi. Ob's ein anglikanischer Kaplan wohl auch tut? Hauptsache, ich bin nachher pünktlich im Pub.»
Pizer stand einen Augenblick zitternd da, dann warf er sich, vor Angst und Wut brüllend, auf Lestrade. Der Inspector machte einen sauberen Sidestep, achtete auf seinen Nacken und sein Bein und rammte Pizer das Knie in den Unterleib. Der Pole lag wie von einer Art Axt getroffen am Boden und röchelte leise.
Der Krach brachte den Constable zurück, der herbeieilte. «Sind Sie in Ordnung, Sir? Ich konnte keinen Strick finden.»
Lestrade warf ihm einen Basiliskenblick zu. «Seien Sie ein braver Constable, und verziehen Sie sich. Sagen Sie Mr. Wensley, ich könnte eine Tasse Tee gebrauchen.»
Der Constable salutierte völlig verwirrt und sprang die Treppe hinauf. Lestrade saß auf der Brust des stöhnenden Polen und riß den Kopf des Mannes hoch. «Also, jetzt wollen wir mal mit dem Quatsch aufhören, wie?» zischte er. «Wo waren Sie Freitag nacht und Samstag morgen? Denken Sie nach!» Er schlug den Kopf ein paarmal auf die Steinplatten, «sonst werden Sie sich wünschen, daß ich Sie dem Mob überlasse.»
«Zu Hause. In Mulberry Street», stöhnte Pizer. «Meine Mutter waren da, und mein Bruder waren da.»
«Warum haben Sie das nicht Mr. Wenzel gesagt?»
«Er nicht...», fing Pizer an.

«Ich weiß», unterbrach ihn Lestrade, «er hat Ihnen nicht gedroht, Sie aufzuhängen, he?»
Pizer nickte, so gut er konnte, denn Lestrade hatte ihn bei den Haaren gepackt.
«Gut. Denken Sie scharf nach.» Lestrades eiserne Fingerknochen an seinem Schädel halfen kräftig nach. «Der letzte Tag im August. Es war ein Freitag. Wo waren Sie – am Abend, am frühen Samstagmorgen?»
«Äh...»
Wiederum krachte der Schädel schwer auf die Steinplatten. «Denken Sie nach!» schrie Lestrade.
«Holloway Road», schrie Pizer zurück. «Ich in einer Absteige. Leute dort – sie mich kennen. Sie kennen mich.»
Lestrade ließ den Kopf fallen und trat einen Schritt beiseite. Er ließ Pizer aufstehen, und der Mann kroch auf seine Matratze, wo ihn eine kriechende Gesellschaft erwartete.
«Kannten Sie Annie Chapman?» fragte Lestrade.
Pizer nickte. «Ja», sagte er. «Wir manchmal in derselben Absteige.»
«Sind Sie mit ihr zusammengewesen?»
Der Pole guckte verständnislos.
«Haben Sie mit ihr geschlafen, Mann. Ich weiß nicht, wie das auf polnisch heißt.»
«Ja», nickte Pizer. «Ich kriegen Streit mit Siebey.»
«Wer ist Siebey?»
«Er Siebe machen. Er ihr Mann.»
«Lebte sie mit ihrem Mann zusammen?» fragte Lestrade.
«Nein. Jetzt nicht. Er sie schlagen.»
Lestrade stand auf und hämmerte mit seinem unversehrten Fuß gegen die Tür. «Nun, jetzt wird Annie niemand mehr schlagen», sagte er ruhig. Der verdutzte Constable erschien wieder. «Ich danke Ihnen für Ihre Hilfe, Mr. Pizer», lächelte Lestrade.
«Sie werden mich nicht aufhängen?» Der Pole stand wieder auf.
«Sie werden es vielleicht nicht begreifen, Mr. Pizer», sagte Lestrade, «aber ich habe Ihnen gerade das Leben gerettet.»
Am oberen Ende der Treppe wartete Sergeant George. Sein Gesicht war der Spiegel aller Gefühle eines Mannes, der seinen Ruhetag eingebüßt hat.

«Ah, George, da sind Sie ja. Guter Mann. Gehen Sie rüber zur Nummer 22, Mulberry Street. Sie nehmen besser einen Constable mit – nicht diesen hier; er weiß nicht, welchen Wochentag wir haben. Wie ist Ihr Name, Constable?» fuhr Lestrade den Mann an. «Dew, Sir. Walter Dew.»
«Gut, ich bin sicher, daß ich beim nächsten Mal nicht nach Ihnen fragen werde. George, Sie finden mir die Mutter und den Bruder von John Pizer.»
«Er ist ein Flickschuster», äußerte Dew.
«Sind alle Flickschuster», knurrte Lestrade. «Stellen Sie fest, wo dieser Pizer Freitag nacht war. Und dann gehen Sie in die Holloway Road. Eine der Absteigen dort. Stellen Sie fest, ob Pizer in einer davon die Nacht verbracht hat, in der Mary Nicholls starb. Verstanden?»
«Bevor das alles erledigt ist, werd ich es vermutlich verstanden haben, Chef», murmelte George.
Lestrade klopfte ihm auf den Rücken. «Das ist es, was mir gefällt, Sergeant: Hingabe *und* Begeisterung. Diese Verbindung hat Erfolg.»
Inspector und Sergeant gingen ihrer Wege. Am Revierschalter trat Wensley Lestrade entgegen. Er wies auf einen schäbig gekleideten jungen Mann neben sich. «Das ist Mr. Richardson», sagte er. «Er fragt, wann seine Mutter die Lederschürze wiederhaben kann, die sie gewaschen und auf dem Zaun von Nummer 24, Hanbury Street, hat hängen lassen.»
Lestrade ging wortlos davon.

Die «Lange Liz»

Charles Bradlaugh stand in seinem Landhaus vor dem gotischen Kamin. Als die Tür hinter ihm klappte, drehte er sich um.

«Inspector Lestrade», sagte das Hausmädchen und knickste.

«Danke, Hetty.» Bradlaugh überquerte den Perserteppich und schüttelte dem Polizisten die Hand. «Nett von Ihnen, zu kommen.»

«War mir ein Vergnügen», sagte Lestrade. «Ich stoße in London dauernd gegen Backsteinmauern.»

«Kommt es daher, daß Sie...» Bradlaugh legte den Kopf schräg, so daß er ebenso schief saß wie der von Lestrade.

«Oh, der Nacken? Nein.» Lestrade rang sich ein Lächeln ab. «Ich meinte es metaphysisch.»

Bradlaugh maß ihn mit dem Blick eines alten Freidenkers und schenkte Brandys ein.

«Ich weiß, daß Sie im Dienst sind, Inspector.»

«Ich weiß, daß Sie das wissen», sagte Lestrade, das Glas hebend.

«Auf die eiserne Hand im Samthandschuh!» Bradlaugh hob das seine.

«Sir?»

«Ein alter Trinkspruch aus meiner Zeit bei den Dragonern. Nehmen Sie Platz.»

Lestrade wählte den Sessel des Mastiffs. Zum Glück für beide war das große scheckige Untier nicht im Hause, doch sein Gewicht hatte die Sprungfedern im Lauf der Jahre nachgeben lassen, und Lestrade stellte fest, daß seine Oberschenkel in den Eingeweiden der Polsterung versanken und seine Knie mit einem gräßlichen Knacken zusammenklappten. Er kämpfte tapfer mit seinem Glas, versuchte, ungezwungen zu scheinen und seine Arme auf den Lehnen ruhen zu lassen, obgleich er wegsackte und seine Füße ein paar Zoll über dem Teppich schwebten.

«Entspannen Sie sich. Was wissen Sie über Rhadegund Hall?»

«Es ist eine Schule, Sir. Ein Internat für die Söhne vornehmer Leute.»
«Ja, ja, sie sind so vornehm wie ein Schwarm von Piranhas, Lestrade.»
Der Inspector war nicht überrascht. Er hatte Hunde nie gemocht.
«Sie waren vor einem Monat dort?»
«Ja.»
«Sie stellten wegen des Todes eines Dienstmädchens Nachforschungen an?»
«Richtig.»
«Was haben Sie herausbekommen?»
Lestrade blickte den großen, silberhaarigen Mann an, der vor ihm saß. Er fühlte sich in seiner Gegenwart nicht wohl. Freidenkertum und Gesetz gingen nicht Hand in Hand.
«Verzeihen Sie, Mr. Bradlaugh, mir ist bekannt, daß Sie der Parlamentsabgeordnete dieser Grafschaft sind...»
«Ach, kommen Sie, Lestrade», es war, als hätte Bradlaugh seine Gedanken gelesen, «ich bin auch Charles Bradlaugh, der Ikonoklast...»
Lestrade hatte nicht gewußt, daß Bradlaugh Bildhauer war.
«... Charles Bradlaugh, Gründer des *National Reformer*, der, zusammen mit der teuren Mrs. Besant, das sogenannte anstößige Werk über die Empfängnisverhütung verfaßte, Charles Bradlaugh, der sich weigerte, im Unterhaus den Eid zu leisten.»
Bestenfalls, dachte Lestrade, ein vielseitig begabter Mann. Schlimmstenfalls ein Schizophrener.
«Mir ist bewußt, daß Freidenkertum und Gesetz nicht Hand in Hand gehen, Inspector...»
Lestrade umklammerte seinen Cognacschwenker fester.
«... aber dies ist keine Sache der Politik. Es ist einfach eine Sache der Pflicht. Das Mädchen wurde ermordet.»
«Verzeihen Sie, Sir», sagte Lestrade, «aber welcher Art ist Ihr Interesse an diesem Fall?»
«Als fühlendes menschliches Wesen bin ich natürlich entsetzt. Doch es gibt eine Ebene, die persönlicher ist: der hiesige Gärtner war der Patenonkel des Mädchens. Sie sollten mit ihm reden, ehe Sie gehen. Sie können ihn nicht verfehlen; spricht so, als wären seine Backen mit Baumwolle gepolstert. Eine gute Seele. Salz der Erde.»

«Man gab mir zu verstehen, daß ich die Finger von dem Fall lassen solle, Mr. Bradlaugh», sagte Lestrade. «Daß die örtliche Polizei ihn übernehmen werde. Es war der reinste Zufall, daß ausgerechnet ich als erster dort war.»
«*Das* ist Politik, Lestrade. Wenn ich Richter wäre...»
War er etwa auch noch Richter? fragte sich Lestrade.
«... wäre mir klar, daß der alte Wirrkopf Nails dahintersteckt.»
«Hinter dem Mord, meinen Sie?» Lestrade spitzte die Ohren.
«Vielleicht. Aber eigentlich meinte ich, daß er dabei mitwirkte, Ihnen den Fall zu entziehen. Um seine kostbare Schule zu schützen.»
«Ich entnehme daraus, daß Sie St. Rhadegund's nicht gutheißen, Mr. Bradlaugh.»
«Ich habe der Clarendon Commission nie verziehen, Lestrade, ebensowenig wie Sie, schätze ich.»
«Nun, ich...»
«Schon gut. Den Snobismus und die Grausamkeit einer Klasse von Drückebergern zu verewigen! Es gibt Zeiten, da fühle ich mich ganz als Sozialist...»
«Aber, aber», meinte Lestrade sagen zu müssen.
«Um des alten Diggles willen, Lestrade, möchte ich, daß Sie nach Rhadegund Hall zurückgehen. Ich weiß nicht, was Nails vorhat, aber es ist nichts Gutes, denn mit solchen Früchtchen kenne ich mich aus.»
Gärtner ist er auch noch, dachte Lestrade.
«Hier.» Bradlaugh gab Lestrade einen Briefumschlag. «Das wird Sie davor bewahren, daß Ihnen der Chief Constable der Grafschaft im Nacken sitzt... Äh... ich meine... sagen Sie mir, ich hasse Neugier, aber ist das kongenital?» Er zeigte auf Lestrades Nacken. Der Inspector war ein wenig beunruhigt. «Ich hoffe nicht», sagte er, während er sich auf die Füße hieven ließ, «der Schneider, der ihn gemacht hat, schwor, es sei Samt.»

Diggles focht gerade einen Kampf auf Leben und Tod mit dem Komposthaufen aus, als Lestrade ihn fand. Und der Haufen schien vor dem Sieg zu stehen.
«Ich bin Inspector Lestrade von Scotland Yard», stellte er sich vor.

«Fred Diggles», nuschelte der alte Man und zog seine Mütze.
«Ich untersuche den Tod Ihrer Patentochter Maggie Hollis.»
«Gott segne Sie, Sir.» Die Augen des Alten füllten sich mit Tränen, und der Kompostgestank begann aus seinen Moleskinhosen zu steigen.
«Können Sie mir irgendwas sagen?» fragte Lestrade.
Diggles näherte sich dem Mann vom Yard, doch Lestrade war schneller und hielt auf Abstand.
«Sie bekam 'n Kind», sagte er mit verzerrtem Gesicht. «Sie be... hätte ein Kind bekommen», verbesserte er sich.
Er hatte keinen Bericht eines Coroner zu Gesicht bekommen. Assistant Commissioner Rodney hatte ihm den Marschbefehl erteilt, bevor der Bericht abgeschlossen war. «Wer war der Vater?»
Der alte Diggles schüttelte den Kopf. «Weißnich», sagte er weise. «Aber es war kein Bursche ausser Gegend.»
«Woher wissen Sie das?» fragte Lestrade zurückweichend, um Diggles' feuchten Ausdünstungen zu entgehen.
«Wollt was Beßres sein, meine Maggie. Getue und Gehabe. War hochnäsig, das war sie. Kommt von der Arbeit da inner Schule. Mit den Burschen im Ort wollte sie nix zu tun haben. Sagte immer, wärn nich gut genug für sie. Hörnse auf meinen Rat», er bohrte mit einem Pflanzholz in Lestrades Donegal, «reden Sie mit einem von diesen da oben, wo aufm hohen Roß sitzen.»
«Mit den Jungens, meinen Sie?»
Der alte Diggles nickte. «Liegt im Blut, wissense. Sehen ja nix außer Kindermädchen und Hausmädchen, bis se groß sind. Einer davon wirds meiner Maggie angetan haben. Bloß daß der Direktor nich will, dasses bekannt wird. Will, dasses vertuscht wird, Sie verstehn. Der Doktor!» Diggles spie verächtlich aus. «Könnte nich mal 'n totes Schwein kurieren, bestimmt nich!»
«Vielen Dank, Mr. Diggles.» Lestrade zog sich zurück, ehe der Mistgestank unwiderruflich von ihm Besitz ergriff. «Sie hören von mir.»

Der Chief Constable von Northamptonshire konnte Lestrade nicht persönlich begrüßen. Er war gerade mit den Otterhunden draußen, und dann war da noch das Herbstlager der Miliz, an dem er seinen

Trupp teilnehmen ließ. Dennoch stimmte er Mr. Bradlaughs Wunsch zu, Lestrade den Fall wiederaufnehmen zu lassen. Tatsächlich blieb ihm kaum eine andere Wahl. Ohne daß Lestrade etwas davon wußte, enthielt Bradlaughs Umschlag noch ein paar andere Dinge: eine Haarlocke, ein Stück Spitze eines französischen Damenschlüpfers und einen ziemlich bombastischen Liebesbrief, alles aus dem Besitz von Lady Conyngham, einer sehr intimen Freundin der Gattin des Chief Constable, die offenbar eine noch intimere Freundin des Chief Constable war. So erwies denn die Northamptonshire Constabulary in der Person von Inspector Pearcey der Metropolitan Constabulary ihre Reverenz.

«Nun?» Inspector Pearcey war ein schwerfälliger Mann, frisch der Schule für Charme und Umgangsformen entsprungen, die Miss Abercomby kürzlich im *Elephant and Castle* eröffnet hatte.

«Nun, was haben Sie für mich?» Es war Lestrades Taktik, es zuerst mit Geduld zu versuchen.

«Äußerste Verachtung», erwiderte Pearcey.

Lestrade lächelte. «Nun, nachdem wir die Nettigkeiten hinter uns haben, könnten wir vielleicht zur Sache kommen?»

«Sie erwarten meine Kooperation?» Pearcey stopfte sich ein Pfund orangefarbenen Schnupftabak in die Nasengegend.

«Das wäre zuviel. Sind Sie Sportler, Mr. Pearcey?»

«Nun, hin und wieder riskier ich ein paar Pfund beim Pferderennen...», gab Pearcey zu.

«Ich dachte an Laufen», sagte Lestrade.

«Täte mir gut.» Pearceys Speck wabbelte angesichts seines offenkundigen Witzes – sein Wanst schüttelte sich vor Heiterkeit.

«Sie wissen, was ein Staffellauf ist?» fuhr Lestrade fort. «Ein Läufer gibt seinen Stab an einen anderen weiter. Das ist alles, was ich von Ihnen erwarte. Geben Sie den Stab an mich weiter. Ich erwarte nicht, daß Sie auch mitlaufen. Offen gestanden, hätte ich auch nicht soviel Zeit.»

«Was wollen Sie damit sagen?» Pearcey straffte sich hinter seinem Schreibtisch, denn ihm ging plötzlich auf, daß er diese Runde verloren hatte und seine Constables über ihn kicherten.

«Sie haben fast drei Wochen lang ein totes Mädchen in Ihrem Leichenschauhaus gehabt. Also, jetzt zum letzten Mal: was haben Sie ermittelt?»

Pearcey zog schmollend den Kopf ein. Er riß sich zusammen und schlug die entsprechende Kladde auf.
«Margaret Hollis», las er vor, «siebzehn Jahre alt. Todesursache: Ertränken.»
«Merkmale an der Leiche?» unterbrach Lestrade.
«Abschürfungen an Handgelenken und Armen.»
«Also wurde sie festgehalten. Weiter.»
«Schwangerschaft seit fast drei Monaten.»
«Anzeichen sexueller Gewaltanwendung?»
«Nach drei Monaten? Hören Sie auf, Lestrade.»
«Ich bezog mich auf die Zeit ihres Todes.»
Pearcey überflog den Bericht. «Keine», sagte er.
«Wen haben Sie befragt?»
«Die Familie. Mutter, drei Brüder. Kinder sind alle jünger. Vater gestorben.»
«Wann?»
«Äh… vor sechs Jahren. Unfall beim Dreschen.»
«Haben Sie etwas über den Liebhaber des Mädchens erfahren?»
Pearcey schüttelte den Kopf. «Könnte jeder sein, entweder im Dorf oder…»
«…in der Schule», beendete Lestrade den Satz.
«Nein.» Pearcey wurde unnachgiebig. «Die Schule scheidet aus.»
«Warum?»
«Hören Sie, Lestrade. Ich habe strikte Anweisungen von oben. Von *ganz oben*. Lassen Sie die Schule in Ruhe.»
Lestrade beugte sich vor. «Hören Sie, Pearcey, ich habe keine derartigen Anweisungen. Kommt es Ihnen nicht merkwürdig vor, daß ein Mädchen in einer Schulwäscherei ermordet wird, daß es keine Anzeichen gewaltsamen Eindringens in die Wäscherei gibt und Sie den Tatort nicht mal besichtigen?»
«Ich hatte, wie gesagt, meine Anweisungen.»
Lestrade stand auf. «Gut. Wenn ich Sie wäre, Pearcey, würde ich mal diskrete, aber sorgfältige Untersuchungen anstellen, warum man ‹oben› nicht will, daß Sie sich in St. Rhadegund's herumtreiben. Es würde sich vielleicht auszahlen. Und dann», er gab dem Inspector einen leichten Schlag auf die Schulter, «würde ich denen, wenn ich Sie wäre, was husten.»

Als Lestrade vor Rhadegund Hall ankam, war es bereits dunkel. Die Luft war klar und der Wind scharf, der mit eisigen Stacheln durch Kreuzgang und Donegal pfiff. Eine kleine Gestalt im Umhang stand im windgeschützten Winkel des Five Court, nervös zappelnd wie eine verwirrte Fledermaus, und wartete, daß die Droschke um die Auffahrt kurvte und in den äußeren rechteckigen Hof einbog. Die Fledermaus stieß sich ab, schoß durch die Linden und Ligusterhekken und begrüßte den Inspector.

«Mr. Lestrade?»

«Ja.»

«Saunders-Foote. Mit Bindestrich. Gräzist.»

«Mr. Foote-Gräzist.» Lestrade schüttelte ihm die Hand und fummelte mit der anderen in seiner Tasche. «Meine Güte, ich scheine kein Kleingeld zu haben.»

«Oh, erlauben Sie.» Der Altphilologe reichte dem Kutscher ein paar Münzen, die dieser eine nach der anderen zwischen die Zähne nahm, ehe er die Zügel schießen ließ und losfuhr. Der Mann war schließlich ein Lehrer. Man konnte nicht vorsichtig genug sein.

«Ich bin froh, daß Sie gekommen sind», sagte Saunders-Foote.

«Mir war gar nicht bekannt, daß jemand von meinem Kommen wußte.»

«Ihr Ruhm, Sir, eilt Ihnen voraus.» Er nahm Lestrade beim Arm, und das Licht der Sterne und der Gaslaternen aus den Fenstern schimmerte in seinen Brillengläsern. «Es hat einen weiteren gegeben, wissen Sie.»

«Noch einen?» Lestrade fröstelte noch mehr im kalten Wind, und es schnürte ihm den bandagierten Hals zu.

«Armer Denton. Hier entlang.» Lestrade schlurfte im Schlepptau des Altphilologen durch die dichte Düsternis, und der Talar und der Donegal flappten wie alte Laken auf einem Trockenboden. Sie passierten den heiligen First Eleven Square, und Saunders-Foote warf nervöse Blick zu den bleigefaßten Fenstern über ihnen hinauf, hinter denen sich schwach erhellte Gestalten wie in einem Traum bewegten. Dann ertönte ein pfeifendes Zischen, unterbrochen von einem Schrei, dem ein Stöhnen folgte. Lestrades Schritt stockte. Das Geräusch, wenn eine Körperverletzung vorgenommen wurde, kannte er zu gut.

«Ich bitte Sie», brabbelte Saunders-Foote, «schaun Sie nicht hin. Es

ist das Arbeitszimmer des Direktors, und es ist...», er schluckte, «die Stunde der Prügelstrafe.»
«Haben Sie etwas gegen die Prügelstrafe, Mr. Foote-Gräzist?» fragte Lestrade und spähte nach vorn, wo eine dunkle Baumreihe den Rand des Dschungels ankündigte, der diese Oase der Zivilisation umgab.
Saunders-Foote erschauerte. «Sie ist barbarisch», sagte er. «Kann es mit den allerschlimmsten Exzessen des Caligula aufnehmen.»
Lestrade nahm an, daß dieser Caligula vor vielen Jahren der Direktor des alten Mannes gewesen sein mußte.
«Wußten Sie, daß man in der Armee die Prügelstrafe abgeschafft hat, Mr. Lestrade?»
Das war Lestrade bekannt.
«Doch auf großen englischen Schulen wird sie unvermindert praktiziert. Und noch Schlimmeres...»
«Schlimmeres, Mr. Foote-Gräzist?» Lestrade hätte weitergebohrt, doch plötzlich empfing er einen schrecklichen Schlag gegen den Kopf und ging schwer zu Boden.
«Ach Gott, ach Gott.» Saunders-Foote kroch im Gras herum und versuchte, Lestrade zu finden. «Ich fürchte, Sie sind gegen einen unserer Rugbypfosten gelaufen, Mr. Lestrade. Dauernd sage ich Carman, er möge sie doch bitte weiß streichen. Natürlich ist er immer...»
«In den Rhododendronbüschen», ächzte Lestrade. «Ja, ich erinnere mich.» Im Augenblick war er bester Laune, denn er wurde gewahr, daß sein Kopf nicht mehr nach rechts neigte, sondern eindeutig nach links. So war das Leben.
«Sind Sie in Ordnung?» fragte Saunders-Foote und bürstete Lestrade ab.
«Ich werde Matron später zu Rate ziehen», tröstete ihn Lestrade und betupfte seine blutige Schläfe.
«Oh, sie wird leider nicht von Nutzen sein», sagte Saunders-Foote gereizt. «Ich bin ganz sicher, daß Denton tot ist. Hier entlang.»
Lestrade war jetzt vorsichtiger. Zumindest war es unwahrscheinlich, daß sich im Wald weitere Rugbypfosten befanden. Andererseits war freilich nun mit Bäumen zu rechnen. Selbst ein Stadtbewohner wie Lestrade wußte, was sie und Rugbypfosten gemeinsam hatten – ihre Härte und ihre Neigung, nicht auszuweichen.

«Hier runter.» Der kleine Altphilologe kletterte mit seinen noch kleineren Beinen eine Anzahl von Hängen und Spalten hinab. Von unten hörte Lestrade das Rauschen und Tosen eines Baches, der, nach den letzten Regenfällen angeschwollen, wild über glitschige grüne Felsen schäumte. Nach ein paar weiteren Wunden durch Brombeerranken kniete Lestrade zwischen klitschnassen Farnwedeln, das wahre Bild eines Mannes, der wieder einmal ganz genau wußte, warum er das Land haßte.
«Dort!» Saunders-Foote streckte einen zitternden Finger aus und wandte sich krampfhaft schluchzend ab.
Lestrade äugte durch das schwarze Baumgewirr und hätte viel für eine Laterne gegeben. Er klopfte dem zitternd neben ihm knienden Lehrer auf die Schulter und stolperte vorwärts. Gerade noch rechtzeitig bekam er Grasbüschel, überhängende Zweige und Wurzeln zu fassen und bewahrte sich davor, in den kochenden Schaum hinunterzuglitschen. Grotesk in einem entwurzelten Baum verhakt, lag der Körper eines Mannes, um dessen Hüften das Wasser zischte und wirbelte. Sein Kopf war, wie der von Lestrade, nach links geneigt, seine Augen waren fest geschlossen, und um seinen Hals hing an einer Kette eine Brille mit zerbrochenen Gläsern. Selbst in der dichten Dunkelheit konnte Lestrade erkennen, daß es sich um einen jungen Mann handelte, der etwa Mitte Zwanzig war und eigentümlich weiche Gesichtszüge aufwies.
Lestrade kroch wieder zu Saunders-Foote hinauf.
«Wer ist er?» fragte er.
«Ist?» brach es aus Saunders-Foote hervor. «Sie meinen, er lebt?»
«Nein, leider nicht», mußte Lestrade ihm sagen.
Der ältere Mann sackte zusammen, und sein Schluchzen übertönte das Tosen und Gurgeln des Baches. «Anthony Denton, armer Junge. So ein edler Geist. So ein edler Denton.»
«Ja, ja.» Lestrade konnte auf die Lobrede verzichten. «Ist er Lehrer?»
Saunders-Foote nickte. «Ein Gräzist wie ich.»
Lestrade war verwirrt. «Er war mit Ihnen verwandt?»
Trotz seines Kummers begriff Saunders-Foote Lestrades Blödheit. «Nein, ich meinte, er unterrichtete klassische Sprachen, Sie wissen schon, Lateinisch und Griechisch. Homer, Aristoteles, Plato.»

«Natürlich.» Keinen dieser Namen hatte er in den Groschenromanen gefunden. Trotzdem, die Erziehung war ja heutzutage sehr fortschrittlich. Und er wußte, daß Plato ein Planet war. «Wie lange war er bei Ihnen?»
«Etwa eine Stunde. Gewöhnlich gingen wir nach dem Mittagessen am Bach spazieren.»
«Nein, ich meine die Schule. Wie lange war er Lehrer in St. Rhadegund's?»
«Oh, es war sein erstes Schuljahr. Ich war...», er schluchzte krampfhaft, «ihm sehr zugetan.»
Lestrade zog den kleinen Mann hoch. «Kommen Sie», sagte er. «Wir können hier nicht viel tun, bevor es hell wird. Wir wollen zur Schule zurückkehren. Matron soll mich verarzten, und Dr. Nails...»
«Nein, nein, Sie dürfen Nails nichts sagen.» Saunders-Foote griff nach Lestrades Ärmel.
«Warum nicht?» fragte ihn der Inspector.
«Nun, ich... das heißt, der Ruf der Schule...»
«Ein Mann ist tot, Mr. Foote-Gräzist.»
«Aber es war ein Unfall, Mr. Lestrade. Ganz sicher...»
«Wirklich? Warum haben Sie dann, als Sie mich an der Droschke empfingen, gesagt ‹es hat einen weiteren gegeben›?»
«Äh... ich meinte ‹Tod›. Tode. Erst das arme Mädchen, das ertrunken ist, und jetzt...»
«Jetzt dieser junge Mann, der sich rein zufällig mit seiner eigenen Brillenkette den Hals gebrochen hat.» Lestrade schnalzte mit der Zunge. «Ist das nicht ein komischer Zufall, Mr. Foote-Gräzist?»

Im trüben Licht des Abends und im Schein der auf Anordnung des Quästors klein gedrehten Gaslampen konnte Lestrade nicht begreifen, warum Mr. Carman, der zweite Hauswart, Matron nachstellte. In gewissen Kreisen hätte man sie als ein attraktives Mädchen bezeichnet, doch, zugegeben, das waren nicht die Kreise, in denen Lestrade sich bewegte. Und er sah sie aus einem ziemlich verwegenen Blickwinkel. Sie hatte jedenfalls die Unterarme eines Streckenarbeiters, und er fühlte sich nach ihrer Schwesterntätigkeit entschieden schlechter als vorher. Sie arbeitete rasch und laut, während sie seine

Schnitte und Beulen großzügig mit Verbänden versah. Ihr unablässiges Geschnatter war den Würgegeräuschen, die aus dem Nebenraum ertönten, vorzuziehen – und vermutlich dazu bestimmt, diese zu übertönen.

«Das ist Spencer, der Jüngere», erklärte sie. «Das Hackfleisch von gestern kommt wieder raus, das würde mich nicht wundern. Sagen Sie mir, Mr. Lestrade, mögen Sie Hausmannskost?»

Lestrade wollte gerade erwidern, er sei noch nie ein Hausmann gewesen, als die Tür krachend aufflog und der schreckliche Theophilus Nails, noch immer mit Talar und Barett, eintrat. Aus seinen Ohren schien Rauch zu entweichen, als er den Schauplatz überblickte.

«Es ist also wahr!» brüllte er. «Matron, raus...»

Derart aus ihrer Tätigkeit gerissen, entfloh die muskelbepackte Florence Nightingale.

«...und wer immer nebenan ist», brüllte Nails durch die Trennwand, «er soll sofort aufhören zu kotzen!»

Spencer, der Jüngere, gehorchte, und mit der ganzen Behendigkeit eines erfahrenen Bergsteigers und Zuchtmeisters ging Nails auf Lestrade los. Einen Augenblick glaubte er, beim letzten Mal sei Lestrades Kopf zur anderen Seite geneigt gewesen, doch seine Erinnerung mußte ihn getrogen haben. «Ich dachte, wir hätten uns Lebewohl gesagt, Mr. Lestrade», bellte er. Das Wort «Flüstern» gehörte nicht zu seinem Wortschatz.

«Das dachte ich auch.» Lestrade kam sich vor wie unter der Fuchtel des alten Mr. Poulson. Kein Wunder, daß Nails' Lehrerkollegium vor Furcht erstarrte. «Aber man hat mich zurückbeordert.»

«Zurückbeordert? Wer?»

«Es war der Wunsch von Mr. Bradlaugh, Parlamentsmitglied für...»

«Bradlaugh?» Nails förderte von irgendwoher einen dünnen, teuflischen Rohrstock zutage und begann Matrons Arzneifläschchen zu attackieren. «Ich dachte, ich hätte meiner Meinung über diesen Burschen unmißverständlich Ausdruck gegeben.»

«Die ist *seine* Grafschaft, Sir», mahnte ihn Lestrade.

«*Seine* Grafschaft, Lestrade? Habt ihr Polizisten denn keine Ahnung vom Wahlverfahren in diesem Land? Diesem prinzipienlosen Verrückten Gladstone haben wir es zu verdanken, daß jetzt sogar

Teile der arbeitenden Klassen das Wahlrecht haben, und Männer wie Bradlaugh stehen unter dem Befehl – Befehl, wohlgemerkt – all dieser Leute. Im übrigen hat der Bursche sich geweigert, den Eid zu leisten. Ich kann Agnostizismus nicht ausstehen. Ist schlimmer als Onanie.»
«Schon recht, Sir, aber ich muß einen Job zu Ende bringen.»
«Ich werde mich mit dem Chief Constable in Verbindung setzen…» Nails schäumte und blickte sich wild nach etwas um, das er zerdeppern konnte.
«Es war der Chief Constable, der meine Rückkehr gebilligt hat, Dr. Nails. Ich fürchte, die Tür ist zu.»
«Alles wegen dieses verflixten Mädchens…»
«Und wegen eines verflixten Lateinlehrers», sagte Lestrade.
«Was?»
Lestrade entsann sich, daß Spencer, der Jüngere, in der Nähe war, und nötigte den Direktor auf den Flur. «Ein Mitglied Ihres Kollegiums ist tot, Sir. Mr. Denton.»
«Der junge Denton? Gütiger Gott, Mann, er war erst zweiundzwanzig. Das Herz, nicht wahr?»
«Vor Tagesanbruch, Sir, kann ich darüber nichts sagen. Doch ich habe Grund zu glauben, daß er ermordet wurde.»
Der Direktor packte Lestrade bei den Aufschlägen. «Ermordet? Dies ist eine Public School. Wir haben das Jahr 1888. Solche Sachen passieren nicht. Was ist, wenn Oundle das erfährt?»
«Könnten wir in Ihr Arbeitszimmer gehen, Dr. Nails? Dieser Flur ist kaum der rechte Ort…»
«Ich will, daß das aufhört, Lestrade. Ich will, daß das sofort aufhört. Wenn's eine Geldfrage ist, kann ich den Quästor…»
Lestrade schüttelte den Kopf. «Ihr Arbeitszimmer, Sir?» mahnte er und folgte dem Direktor durch das Gebäude, über ausgetretene Steintreppen, an von Schnarchen erfüllten Schlafsälen vorbei zur großen, beschlagenen Tür. Am Kamin saß eine sittsame kleine Frau mit einer Näharbeit, kaum so groß wie die Queen, Gott segne sie.
«Oh, Lestrade, meine Frau Gwendoline. Gwendoline, Lestrade.»
Sie streckte ihm die Hand entgegen. «Mr. Lestrade», lächelte sie liebenswürdig. «Wie reizend. Nun, sage mir nichts, Theophilus…»
Sie musterte Lestrade aufmerksam. «Logik», strahlte sie triumphierend.

«Wie meinen, Madame?» Lestrade hatte nicht die geringste Ahnung, wovon sie sprach.
«Sie müssen Theophilus' neuer Logiklehrer sein – der Nachfolger vom alten Butler.»
«Glaube mir», sagte Nails barsch, «die Beziehung dieses Herrn zur Logik ist ziemlich oberflächlich.»
«Oh.» Mrs. Nails sah überrascht aus, denn in solchen Dingen trog ihr Instinkt sie gewöhnlich nicht. «Gewöhnlich habe ich in diesen Dingen einen untrüglichen Instinkt.» Sie klatschte vor Entzücken in die Hände. «Wenn es nicht Logik ist, dann die Naturwissenschaft...»
«Oh, wirklich, Gwendoline.» Nails schleuderte sein Barett auf den Tisch. «Lestrade ist überhaupt kein Lehrer. Er ist Polizist.»
«Wirklich?» Mrs. Nails bekam große Augen. «Wie aufregend.» Dann verdunkelte sich ihr Gesicht. «Sage mir bloß nicht, daß der alte Bowsett sich wieder über die Jungens beklagt hat?»
«Bowsett?» wiederholte Lestrade.
«Ein Bauer aus dem Ort.» Nails legte seinen Talar ab und zündete sich eine riesige Pfeife an. Er bemerkte Gwendolines mißbilligende Geste und fuhr trotzdem fort: «Drüben nach Blatherwyck zu. Ein paar von meinen Bürschchen haben die üble Angewohnheit, nackt in seinem Teich zu baden und seine Äpfel zu stibitzen.»
Lestrade schnalzte mit der Zunge.
«Nichts Unrechtes dabei, Lestrade. Ich habe in Rugby unter Arnold dasselbe gemacht. Gesunder, kämpferischer Geist. An dem Tag, wo ein Bursche im Adamskostüm keine Äpfel mehr klaut, wird England an die Wand gedrückt werden, glauben Sie mir.»
«Denk an Adam und Eva, Schatz», erinnerte ihn Gwendoline.
«Komm mir nicht mit Theologie, Frau, ich hab das Fach studiert. Wo Sie mal da sind, Lestrade, können Sie sich auch setzen. Was ist mit Denton?»
Lestrade warf einen raschen Blick auf Mrs. Nails.
«Sprechen Sie, Lestrade. Alles, was die Schule angeht, geht auch mich an. Meine Frau ist ein Teil meiner Seele, ein Teil meines Herzens und so weiter und so fort. Außerdem macht sie den Jungen zum Tee die Sandwiches. Sprechen Sie.»
«Nun gut.» Lestrade machte es sich auf dem Sofa bequem, dessen Stickerei von der Hand Gwendolines stammte. «Als ich heute

abend hier ankam, wurde ich von Mr. Foote-Gräzist erwartet...»
«Von wem?»
«Mr. Saunders Foote-Gräzist.»
«Oh.» Nails war ein wenig verblüfft. «Fahren Sie fort.»
«Er führte mich in den Wald und zu einer steilen Schlucht.» Er tippte zur Erklärung an seinen verbundenen Kopf. «Dort fand ich die Leiche von Anthony Denton. Die Lichtverhältnisse waren schlecht, und die Leiche hatte halb im Wasser gelegen...»
Einen Augenblick fächelte sich Gwendoline rasch Luft zu, bis der Direktor barsch sagte: «Hör auf damit, Gwendoline. Dein Vater war Metzger. Du mußt mehr Eingeweide gesehen haben, als Lestrade Fälle gelöst hat. Meinen Sie...»
«Ich glaube, daß er stranguliert wurde, Sir», sagte Lestrade.
«Stranguliert?» Es war vermutlich das erste Mal in seinem Leben, daß die Stimme des Direktors den Pegel eines Donnerschlags unterschritt.
«Mit seiner eigenen Brillenkette.»
«Gütiger Gott», murmelte Nails.
«Was können Sie mir über den Toten sagen, Sir?» fragte Lestrade.
«Denton? Nun, wirklich nicht viel. Er ist erst seit ein paar Wochen bei uns. Dies war sein erstes Schuljahr.»
«Und wo war er vorher?»
«Oxford. All Souls.»
«Haben Sie ihn verpflichtet?»
«Natürlich.» Nails war wütend darüber, Lestrade könnte etwas anderes gedacht haben. «In diesen Angelegenheiten höre ich nie auf das Direktorium. Diese entsetzlichen Cardigan-Weiber...» Selbst ihn schauderte bei dieser Vorstellung, und Mrs. Nails tupfte ihm mit einer Vielzahl von «aber, aber» die Stirn ab. «Er kam aus einer guten Familie. Natürlich tadelloser Abschluß. Hat bei Golightly studiert.»
«Golightly?»
«Einer der größten Gelehrten dieser – vielleicht aller – Zeiten, Lestrade.» Nails seufzte voller Verachtung für einen Mann, dessen Unkultiviertheit mit Händen zu greifen war.
«Und Denton verließ Oxford...?»

«Vor ein paar Monaten. Er kam aus Kent hierher – Maidstone, glaube ich.»
«Hat er irgendwelche Verbindungen angeknüpft?» fragte Lestrade.
«Verbindungen?» Nails runzelte die Stirn.
«Ja, war er jemandem besonders freundschaftlich gesinnt?»
«Ich würde meinen, der alte Saunders-Foote hat ihn unter seine Fittiche genommen. Hat ein bißchen was Anstößiges an sich, dieser Saunders-Foote. Ging erst mit einundsechzig auf seine Grand Tour, Lestrade, und man munkelte, er sei unter Gondoliere geraten. Ist seitdem nicht mehr derselbe gewesen. Hab mich um den Mann immer weniger und weniger gekümmert. Bin nicht sicher, ob sein Einfluß auf die Jungen so heilsam ist, wie er sein sollte. Ich meine, er hätte sich vielleicht vor zehn Jahren zur Ruhe setzen sollen...»
«Noch jemand?»
«Ich weiß wirklich nichts. Ich habe eine große florierende Schule zu leiten, Lestrade. Man kann mich nicht verantwortlich machen für... Augenblick mal. Sie sagen, Saunders-Foote empfing Sie mit der Nachricht von Dentons Tod?»
Lestrade nickte.
«Wieso wußte er davon?»
«Er hatte die Gewohnheit, zur Mittagszeit mit Denton spazierenzugehen. Sie gingen zum Bach...»
«Wirklich?» Nails' Augenbraue verschwand beinahe unter seinem Haaransatz. Der Zwischenraum war nicht gerade klein.
«Offenbar blieb Mr. Denton stehen, um sich zu erleichtern...»
«Wirklich?» Die andere Augenbraue gesellte sich dazu.
«...während Mr. ... äh... Saunders-Foote» – endlich dämmerte es ihm – «weiterging.»
«Gott sei Dank», murmelte Nails. «Was dann?»
«Nun, Mr. Saunders-Foote fiel auf, daß Denton ziemlich lange ausblieb. Er ging zurück, um nach ihm zu sehen. Wie ich ihn verstanden habe, hörte er eine Glocke läuten.»
«Ja, das wird Radau gewesen sein. Der Beginn des Nachmittagsunterrichts.»
«Sie nennen den Nachmittagsunterricht Radau?» Lestrade wollte nichts übersehen, und jede Schule hatte ihre schrulligen Traditionen.

«Nein, nein. Radau ist mein Pedell, Lestrade. Prächtiger Bursche. Eine seiner zahllosen Aufgaben ist, die Nachmittagsglocke zu läuten. Seit Generationen haben Radaus diese Glocke geläutet.»
«Nun ja, von Denton keine Spur. Saunders-Foote suchte eine Zeitlang…»
«Und versäumte seine Stunde in der Obertertia», bemerkte Nails.
«Warum, um Himmels willen, hat er den Vorfall nicht gemeldet?»
«Das fragte ich mich auch. Schließlich fand er Denton ein paar hundert Yards flußabwärts. Sagen Sie, ist die Strömung immer so stark?»
«Ja, zu dieser Jahreszeit ist sie immer gefährlich. Wenn Denton das schon nicht wußte, Saunders-Foote hätte es wissen müssen. Es ist ein Nebenfluß der Welland, der sich erst bei Deene wieder beruhigt. Rhadegund Hall ist auf dem einzigen felsigen Ausbiß in Northamptonshire erbaut. Oh, wie ich hochgelegene Orte liebe. Jammerschade», seufzte Nails liebevoll, «daß sie mir Harrow-on-the-Hill nicht ersetzen können.»
«Dr. Nails», sagte Lestrade, «als ich das letzte Mal hier war, konnte ich Ihre Jungen nicht befragen. Darf ich das jetzt?» Nails blickte ihn an. «In Ordnung», sagte er, «wenngleich ich wiederum darauf bestehen muß, dabei zugegen zu sein. Und Sie werden ein zusätzliches Problem haben, Lestrade.»
«Ja?»
«Als die kleine Wäscherin starb, waren dreißig Jungen anwesend. Jetzt, mitten im Schuljahr, sind es fast vierhundert. Und, Lestrade…»
«Sir?»
«Auf keinen Fall darf etwas davon – nicht das geringste – an die Öffentlichkeit gelangen. Der Chief Constable war der Inbegriff der Diskretion. Einen Tod in diesem Hause kann man vielleicht als Fahrlässigkeit ansehen. Zwei Tode könnten für dieses Haus das Ende bedeuten. Dies ist St. Rhadegund's. Haben wir uns verstanden?»
«Ganz und gar, Dr. Nails», erwiderte Lestrade.

Dr. John Watson hatte seinen Freund und Vertrauten Sherlock Holmes fast einen Monat nicht zu Gesicht bekommen. Der große Detektiv war in den Untergrund gegangen, von Baker Street nach Osten in Richtung Aldgate. In dieser Zeit hatte Holmes eine Anzahl von Straßenhändlern und Taschendieben, einen Sandhurst-Professor, einen Professor der Londoner Universität verkörpert und tänzelte jetzt in der knalligen Aufmachung einer East-End-Hure The Minories entlang. Auch Watson kam dort des Weges, freilich nicht in irgendeiner weiblichen Verkleidung, sondern auf dem Rückweg von der Praxis seines alten Kollegen Lionel Druitt.

«Hast du ein gutes Herz, Schätzchen», krächzte Holmes und entblößte die Zähne mit den Lücken, für die ein schwarzer Überzug aus Gummi verantwortlich war.

Watson fühlte sich beleidigt. Es war nicht das erste Mal, daß er unsittlich belästigt wurde, und es würde wahrscheinlich auch nicht das letzte Mal sein. Östlich und vor allem westlich vom Temple war das immerhin ein Risiko.

«Wie können Sie es wagen, Madame?» Er wurde puterrot und tippte an seinen Bowler.

«Ach, komm schon, Süßer. Kostet nur Fourpence.» Und Holmes warf seinen schmuddeligen Unterrock über seinen Kopf.

Einen Augenblick guckte der Doktor hin, aber natürlich nur in seiner Eigenschaft als Arzt, und er versetzte der Frau einen kräftigen Schlag mit seinem Rohrstock.

«Meine gute Frau, hören Sie sofort auf, mich zu belästigen, oder ich rufe einen Polizisten.»

«Von denen hatte ich grad zwei da drüben», gackerte Holmes, doch dann verfiel er, um den Blutdruck des guten Doktors zu schonen, in seine verbindliche, normale Tonlage. «Ruhig, mein lieber Freund.»

Watson sprang sichtbar in die Höhe. «Holmes!»

Der große Imitator trat dem Doktor kräftig auf die Gamaschen, und der Mediziner unterdrückte Schmerz und Schock, um die Aufmerksamkeit nicht auf sich zu ziehen.

«Guter Gott, Holmes. Einen Augenblick lang...»

«Nein, nein», grinste der Detektiv, «Sie hätten vermutlich kein Kleingeld gehabt.»

Watson wurde erneut puterrot. «Wie läuft es?»

«Es geht langsam, Watson, aber ich mache Fortschritte. Hier», er stopfte dem Doktor ein Stück Papier in die Tasche, «das ist die Adresse eines gewissen George Lusk aus Whitechapel. Ich komme nicht an ihn ran, weder als Holmes noch… anders. Sie sind ein Armenarzt…»

«Halt, Holmes.» Watson war in seiner Würde verletzt.

«Ich meine, alter Freund», zischte Holmes blutrünstig, «daß Sie ein Arzt nach dem Armengesetz sind, der für seine Behandlungen geringere Tarife verlangt…»

«Der umsonst arbeitet», erinnerte ihn der menschenfreundliche Mediziner.

«Richtig. Das gibt Ihnen das Recht, sich in der Gegend aufzuhalten.»

«Wer ist denn dieser Lusk?»

«Er ist dabei, eine Selbstschutzgruppe zu bilden, um die Bürger von Whitechapel vor dem Untier zu schützen, das unter uns umgeht. In dieser Eigenschaft könnte er für meinen Plan wichtig sein.»

«Welcher Plan?» Watson öffnete seinen Mantel, um nach seinem Notizbuch zu suchen.

«Oh!» Holmes verwandelte sich wieder in eine Hure, als ein möglicher Lauscher vorbeikam, «du bist mir aber einer!»

«Perverses Untier!» fauchte die Passantin, die im Vorbeigehen mitgehört hatte.

«Madame, ich flehe Sie an…» Watson konnte nicht zulassen, daß seine Ehre derart in den Schmutz gezogen wurde.

«Nein, das werden Sie nicht», versicherte ihm die Lady, eilte weiter und bedauerte, daß sie keine Anstandsdame bei sich hatte. Holmes rieb sich die Nase. «Nicht jetzt, Watson. Wenn es an der Zeit ist, werde ich Sie in meinen Plan einweihen. Wer bearbeitet den Whitechapel-Fall? Ich habe seit Tagen keine Zeitung zu Gesicht bekommen.»

«Na ja, die City Police tanzt den üblichen *Pas de deux*», grinste Watson, «immer im Kreis herum. Der Yard hat Abberline darauf angesetzt.»

«Wo steckt Lestrade?»

Watson zuckte die Achseln. «Wird in keiner Zeitung erwähnt.»

«Gott sei Dank», murmelte Holmes. «Also gut, Watson. Gehen Sie zu Lusk, und finden Sie raus, was Sie können. Ich werde mit Ihnen in Verbindung bleiben. «Danke, Süßer», schrie er plötzlich. «Paß auf dich auf.»

«Holmes», Watson folgte der tänzelnden Gestalt eine Weile und flüsterte: «Stimmte das mit den zwei Polizisten?»

Lestrade schickte George George nach Maidstone. Kent war nicht gerade die Lieblingsgrafschaft des Inspektor, und er meinte, der Sergeant solle das zweifelhafte Vergnügen haben, sich durch die alles andere als zuträglichen Straßen der Stadt zu winden, die Englands größtes Kavalleriedepot beherbergte. Für George war es ein zusätzliches Unglück, daß der Großvater des verstorbenen Denton, sein einziger lebender Verwandter, weder besonders hilfreich noch über den Tod seines Enkelsohns betrübt war. Indessen war er ein Antiquar und ein Hobby-Archäologe, und als George den Zug nach London bestieg, war er eingehend mit der alten Gerichtsbarkeit der Grafschaft vertraut, mit den Papierfabriken bei Tovil und kannte jedes Mitglied der Familien Woodville und Wyatt, welche die Stadt seit dem 11. Jahrhundert großgemacht hatten. Über den toten Denton konnte er wenig in Erfahrung bringen. Er war ein einzelgängerischer Junge gewesen, geplagt von Schnupfen und ziemlich kurzsichtig. Der alte Mann hatte ihn mehr als ein Jahr nicht mehr gesehen. Als George ihm mitteilte, der Junge sei tot, nahm er an, es sei ein Bronchialkatarrh gewesen, ehe er sich, ohne mit der Wimper zu zucken, wieder dem dicken Wälzer zuwandte, den er verfaßte: *Maidstone und seine Bedeutung in der westenglischen Kultur, dargestellt am Leben von William Hazlitt, Essayist, 1778 in Maidstone geboren, 1780 von dort fortgegangen.* Auf dem Weg zum Bahnhof bediente sich George aus einer Taschenflasche. Er meinte, er habe sich einen Schnaps verdient.

Alles in allem erging es Lestrade in Oxford nicht viel besser. Er kam bei Radcliffe Camera vorbei, doch es war ein trüber Tag, und er hatte keine Zeit für Photographien. Der Rektor von All Souls, selbst eine freundliche Seele, war entsetzt, als er hörte, daß Denton aus dem Tal der Tränen abberufen worden war.

«Wir haben eine liebevolle Beziehung zu unseren Studenten, Mr. Lestrade», sagte er und schneuzte sich mit der Zierlichkeit eines Walrosses die Nase. «Wir haben nur vier, wissen Sie.»

«Können Sie keine Studenten kriegen, Professor?» fragte Lestrade.
«Nein, nein, Studenten haben wir genug. Denn, seien wir ehrlich, wann hört ein Mann auf, Student zu sein? Wann kennt er sich wirklich selbst?»
«Wie wahr», war die gelehrteste Antwort, die Lestrade geben konnte.
«Aber bis auf vier sind alle unsere Studenten Fellows.»
«Sie nehmen Frauen auf?» Lestrade war überrascht, aber vielleicht trug ja selbst der Rektor unter seinem Talar ein Paar blaue Strümpfe.
Der Rektor wurde ein wenig blaß und mußte sich eine Minute an einen Eselsrückenbogen lehnen. «Nein, sie sind Absolventen», erläuterte er, nachdem er wieder Farbe hatte. «Fellows des College.»
«Verstehe. Wie gut kannten Sie Anthony Denton?»
«So gut wie jedes akademische Schiff, das die Nacht der Unwissenheit durchfährt, mit den Wogen des Skeptizismus kämpft.»
«Sie wissen, daß er zum Lehrer an St. Rhadegund's ernannt worden war?»
«Ja. Sagen Sie mir, Inspector, wußten Sie, daß St. Rhadegunds Gatte ein Mörder war?»
«Nein», erwiderte Lestrade, den Hof durchquerend. «Glauben Sie, daß es eine Verbindung gibt?»
Der Rektor lächelte. «Das glaube ich kaum. St. Rhadegund starb vor ziemlich langer Zeit – vor ungefähr dreizehnhundert Jahren, um genau zu sein.»
«Dachte ich's mir doch», strahlte Lestrade und versuchte, die Atmosphäre ein wenig aufzulockern.
Der Rektor achtete nicht auf ihn und stand noch immer ehrfürchtig vor der riesigen, grauen Fassade, die vor ihm aufragte. «Es beeindruckt mich immer wieder aufs neue.» Er faltete die Hände. «Begründet im Jahre 1438 von Henry Chichele.»
«Du lieber Gott», entfuhr es Lestrade, und er bereute es sofort.
«Ja», fuhr der Rektor ungehemmt fort, «zur Erinnerung an Agincourt, Deo gratias.»
Die Unterhaltung wurde rasch tiefgründig. Lestrade spürte, daß der Redestrom ihn forttrug.
«Das College der Seelen all der dahingegangenen Gläubigen», der

Rektor kam in Fahrt, «darunter auch mein Anthony Denton, der in der Kapelle Bibeltexte verlas.» Er wandte sich von der eindrucksvollen gotischen Pracht ab und dem schäbigen kleinen Mann im Donegal zu: «Ich kann Ihnen nicht helfen, Inspector. Ich wünschte, ich könnte es. Der Anthony Denton, den ich kannte, hatte keine Feinde und vermutlich sehr wenige Freunde. Das ist alles so entsetzlich. Mehr als entsetzlich. Sie müssen solche Dinge alle Tage sehen. Wir nicht. Unsere Welt ist eine heimelige und beschirmte Welt. In gewisser Weise unwirklich, doch wir können es nicht ändern.» Er seufzte, faltete abermals die Hände und lächelte dem steinernen Denkmal von Henry Chichele zu. «Und wir sollten es auch nicht.»

Lestrade ließ ihn in seiner akademischen Abgeschiedenheit zurück und verschwand durch einen mittelalterlichen Bogengang in die Catte Street, wo er nur innehielt, um sich von der Collegekatze das Schienbein zerkratzen zu lassen. Das war ohne Zweifel ein Brauch, den Henry Chichele eingeführt hatte.

Um Mitternacht saßen die Polizisten beieinander, der Inspector und der Sergeant, zusammengesackt unter den Petroleumlampen, während der Kakao dampfte und Lestrade sich in eine Rauchwolke hüllte. Die Uhr an der Wand schlug rasselnd die zwölfte Stunde, und der Inspector nahm sich wieder einmal vor, einen neuen Klöppel anbringen zu lassen. In fernen Korridoren konnte man das Krachen von Stahl auf Stein hören, als Sergeant Derry nach Hause ging. Lestrade stand auf und drehte den Kopf, in der Hoffnung, das Klicken zu hören, das ihm anzeigte, daß seine Wirbelsäule wieder in Ordnung war. Doch es tat sich nichts.

«Sie schlafen, George.» Er blickte auf das Wrack in der Ecke hinunter.

«Tut mir leid, Chef. Sie haben recht.»

«Schon gut. Einmal noch, und dann können wir nach Hause gehen. Was sagen die Gesetze des Zufalls?»

George zwang seine Lider irgendwo in der Nähe der Augenbrauen zu verharren. «Die Gesetze des Zufalls gelten nicht für zwei Zufallstode, die im Abstand von einem Monat am selben Ort stattfinden.»

«Insbesondere?»
«Insbesondere wenn dieser Ort eine Schule ist.»
«Über Mord Nummer eins wissen wir Bescheid. Mord Nummer zwei?»
«Der Tote ist ein junger Mann, ein gewisser Anthony Denton. Zweiundzwanzig Jahre alt, ein neuer Lehrer. War seit ein paar Wochen an der Schule. Hat einen Großvater, dem es egal ist, ob Anthony tot oder lebendig ist.»
«Todesursache?»
«Äh... Strangulation.»
«Ja», unterbrach ihn Lestrade, «ausgeführt mit der Kette, an der seine Brille hing, aber...»
«Aber?» Selbst im Zustand arg getrübter Wachheit wußte George, wann die Nase seines Chefs etwas witterte.
«Aber da ist etwas faul. Das Genick war gebrochen.»
«Mit einer Brillenkette? Warum ist *sie* nicht gebrochen? Das ergibt keinen Sinn.»
«Das ist es, was ich an Ihnen mag, George», seufzte Lestrade. «Sie haben die Gabe, mit Fragen anzukommen, die man nicht beantworten kann, unangenehme Details ans Licht zu bringen. Ich wundere mich, daß Sie nicht Commissioner sind.»
«Was können denn Sie damit anfangen?» fragte der Sergeant.
«Im Augenblick nicht viel», gab Lestrade zu. «Der Bericht des Coroner kann *vielleicht* helfen.»
George gähnte, und Lestrade seufzte. «Na, es ist spät», sagte er, «aber eines wissen wir: wer immer Denton tötete, er hat im Wald auf ihn gewartet.»
«Ein vorbeikommender Verrückter?» schlug George vor. «Wie steht's mit Zigeunern? Wurde er ausgeraubt?»
«Das sind drei Fragen auf einmal», sagte Lestrade, betrachtete sein Spiegelbild in der Fensterscheibe und forschte vage nach seinen Kragenknöpfen. «Ein Verrückter? Möglich. Sie und ich wissen, daß es in Northamptonshire auf dem Land von ihnen wimmelt und daß sie nichts anderes im Kopf haben, als sich auf pinkelnde Gräzisten zu stürzen und sie zu erdrosseln, bevor sie sie in einen Fluß schmeißen. Zigeuner? Wird's wärmer oder kälter? Ich weiß es nicht. Der einzige Grund, warum sie töten, ist Beute. Aber, soweit wir wissen, ist Denton nicht ausgeraubt worden. Als wir seine Leiche am Morgen

rausfischten, waren seine Brieftasche und seine Uhr noch da. Er hatte vier Pfund, dreieinhalb Pence bei sich.»

«Wie?»

«Sein Jahresgehalt», sagte Lestrade.

«Wie schätzen Sie denn diesen alten Kauz ein?» fragte George.

«Saunders-Foote?» fragte Lestrade. «Ich bin nicht sicher.»

«Könnte er es gewesen sein?»

Lestrade hatte selbst mehrfach darüber nachgedacht. Saunders-Foote wäre nicht der erste Mörder, der die Aufmerksamkeit auf sein Verbrechen lenkte. Es war der unheimliche Zwang des Mörders, sich zu brüsten, seinen potentiellen Henker zu verspotten, indem er ihn selbst in denselben Abgrund führte, um ihm seine Interpretation ins Gesicht zu schleudern – für manche Männer war das der echte Nervenkitzel, der eigentliche Anlaß zur Tat. Und Saunders-Foote hatte Stunden gebraucht, ehe er den Vorfall meldete.

«Er ist alt», Lestrade sprach im Grunde mit sich selber, «ziemlich gebrechlich. Denton war ein junger Mann, kräftig...»

«Aber von hinten? Überraschend. Und mit ein bißchen Glück?»

Wenn es darum ging, mit seinem Chef alle Möglichkeiten durchzuprobieren, war George ein alter Hase.

«Gut. Welches Motiv hatte er?»

George dachte nach. Darauf verstand er sich besser als die meisten Polizisten.

«Ist er ein Schwuler, dieser Saunders-Foote?»

Lestrade zuckte die Achseln. «Vielleicht. Weiter.»

«Was ist, wenn er sich an Denton ranmacht? Ihn mit in den Wald nimmt und ihm ein paar Überraschungen verspricht?»

«Und?»

«Denton ist nicht schwul. Saunders-Foote hat sich geirrt, aber Denton wird sauer und droht, dem Direktor alles zu erzählen.»

«Nails?»

«Ja. Dem würde das nicht gefallen, oder? *Seine* Schule und all dieser Kram.»

Lestrade kaute an seinen Schnurrbartspitzen. «Ist dünn, George», sagte er. «Wo ist Ihr Beweis?»

«Pah», sagte George, «was ist mit der Gabe, die ich nach Ihrer Meinung habe, Sir? Nun, die haben Sie doch auch.»

«Wie steht es mit dem Zufall, George?» Lestrade drückte seinen

Zigarrenstummel im restlichen Kakao aus. «Wo ist die Verbindung zwischen den beiden Morden?»
«Ach ja», seufzte George, «das fehlende Glied.»
Lestrade drehte sich um. «Ich verstehe nicht, wie der Commissioner da reinpaßt», sagte er.
«War er... war er ihr Liebhaber?» George war plötzlich hellwach. «Das tote Mädchen – Maggie Hollis – war schwanger. Was ist, wenn Denton der Vater war? Er brachte sie um, um den Skandal zu vermeiden...»
«Und dann tötet er sich vor lauter Reue?» grinste Lestrade. «Der entschiedenste Fall von Selbstmord, den ich je gesehen habe.»
«Schon gut, Chef», grinste George zurück. «Es war ein langer Tag.»
«Sie sagen es, George. Gehen wir nach Hause.»
Die Männer vom Yard stolperten hinaus in den nächtlichen Nieselregen und vermummten sich gegen die Kälte.
Eine Meile oder mehr von ihnen entfernt, preßte sich Elizabeth Stride – die «Lange Liz» – schaudernd gegen eine Mauer in Whitechapel. Ein Messer blitzte in der Dunkelheit.

Der Doppelmord

Ein winziger Cockney wartete auf Lestrade, als dieser am nächsten Morgen aus der Droschke stolperte.
«Sind Sie der Copper, der den Fall unter sich hat?» fragte er und stach mit einem wenig respektvollen Finger in Lestrades Weste.
«Genaugenommen nicht», sagte Lestrade. «Wer sind Sie?»
«George Lusk. Bauunternehmer. Meine Karte.» Der kleine Mann zog den schmierigen Gegenstand aus seiner Tasche.
«Vielen Dank, Mr. Lusk. Wenn ich mal einen Portico oder einen Anbau brauche, werde ich nicht zögern, Sie aufzusuchen.»
«Man hat mich bereits aufgesucht», sagte Lusk und folgte Lestrade durch die schmalen Gassen, an deren Ecken Polizisten Haltung annahmen. «Ein Dr. Watson hat mich aufgesucht.»
«Watson?» Lestrade blieb wie angewurzelt stehen. «Was wollte er?»
«Hab ich nich rausgekriegt. Fragte mich, ob ich 'ne große Nutte in 'nem roten Kleid gesehen hätte, die nach allem, was er gehört hätte, ziemlich männlich aussehen sollte.»
Lestrade dachte nach. «Ich frage mich, was Watson mit einer Prostituierten will.»
Lusk gähnte. «Tscha, wenn Sie's nicht wissen, Meister, weiß ich eigentlich nich, warum ich Ihnen das erzähl.»
«Aber eine, die männlich aussah?» Lestrade sprach mit sich selbst.
«Vielleicht steht der Doktor auf so was», schlug Lusk vor und legte seinen Kopf ein wenig schräg. Dann bemerkte er, daß auch Lestrades Kopf diesen Neigungswinkel aufwies, und er hielt sich mit dem Rücken zur Wand. «Natürlich gibt's», sagte er plötzlich, «noch 'ne andre Möglichkeit.»
«So?» Lestrade war mit seinen Gedanken ganz woanders; er hielt nach einem Detektiv Ausschau. Er war ins falsche Revier geraten.
«Wer is dieser Watson? Hört sich an, als würden Sie ihn kennen.»

«Schlecht und recht», gab Lestrade zu.

«Na dann, was isser denn?»

«Mediziner», antwortete Lestrade.

«Schön, aber er faselte dauernd rum, es käm bald Hilfe. Vom größten Detektiv in London, sagt er. Wen hatter gemeint?»

«Mich.» Eine Stimme in der Gasse ließ sie beide herumfahren, als Chief Inspector Abberline auftauchte. «Was treiben Sie hier, Lestrade, und wer ist der Mann?»

«Kam vorbei», antwortete Lestrade, «und dies ist Mr. Lusk, Bauunternehmer.»

«Bauunternehmer?» wiederholte Abberline.

«Ich trag heute morgen 'nen Bowler, Gentleman.» Lusk richtete sich zu seiner vollen Größe auf, fünf Fuß, ein Zoll. «Vorsitzender der Whitechapel Selbstschutztruppe.»

«Selbstschutz?» fauchte Abberline. «Sie haben vielleicht Nerven, Lusk.»

«Ihr seid's, die Nerven habt. Ihr Coppers. Da drüben liegt schon wieder eine – macht drei.»

«Danken wir Gott für die Armenschule», murmelte Lestrade.

«Ich geb Ihnen gleich Ihre Armenschule», kreischte Lusk. «Ihr Coppers. Hättet ihr euren Job richtig gemacht, läg sie jetzt nich da.»

«Und hätten wir Sie gewähren lassen», fuhr Abberline ihn an, «hättet ihr John Pizer gehängt und die Hälfte der Metzger von Whitechapel dazu.»

«Das können wir immer noch, keine Sorge.» Lusk starrte drohend auf Abberlines Krawattennadel.

«Was meinten Sie, als Sie sagten, es gäbe noch eine andere Möglichkeit?» fragte Lestrade, um die beiden Kampfhähne zu trennen.

«Was?» Lusk kam von den Zehenspitzen herunter. «Oh, das. Nun, is doch klar, nich? Der Grund, warum eure Burschen und meine Burschen den versyphten Bastard nich erwischt haben, ist, daß er sich als Frau verkleidet. Und haben wir nich immer nach 'nem Mann gesucht? Und dieser Knilch, dieser Watson, er is ein Doktor, oder nich? Na, da haben wir's; gibt zu denken, oder? Er zieht sich wie 'nen Flittchen an und zerhackt sie mit seinem Messer. Iss'n *Chirurgenmesser.*»

Alle drei Männer verstummten, dann wandte sich Abberline an Lestrade. «Ich suche Fred Wensley.»
«Wie sich das trifft.» Lestrade und der Chief Inspector gingen ihrer Wege.
In der City führen alle Straßen zu Fred Wensley. George Lusk mußte einer der sehr wenigen Leute sein, die noch nicht von ihm gehört hatten. Und so kam es, daß Abberline und Lestrade, die als unversöhnliche Gegner geschieden waren, sich wenig später in Berners Street wiedertrafen, wo der Wind Lestrades Donegal peitschte und Abberlines Pelzkragen zerzauste. In der Mitte einer Schar von Polizisten stand der Mann aus Dorset, der gesuchte Fred Wensley, für den die City seine zweite Heimat war.
«Was haben wir, Fred?» fragte Lestrade.
«Lestrade», unterbrach Abberline, «darf ich Sie daran erinnern, daß *ich* die Leitung dieses Falles habe. Was haben wir, Wensley?»
«So kann es mit unseren Treffen nicht weitergehen, Sholto», sagte Wensley und übersah seinen Vorgesetzten. «Nimm einen Cashewkern. Oh, besser nicht. Beweisstück.»
«Wensley!» fauchte Abberline. Bis jetzt war der Morgen nicht nach seinem Geschmack. Mrs. Abberline bevölkerte zur Zeit sein Heim mit einem Heer von Verwandten. Nicht mal an das Hausmädchen vom Erdgeschoß kam er ran.
«Tut mir leid, Mr. Abberline», lächelte Wensley gewinnend. «Ich hoffe, Sie haben nicht zu ausgiebig gefrühstückt.»
Er schnippte mit den Fingern, und ein Constable zog die Ölplane – «zum Gebrauch der Metropolitan Police» – weg und enthüllte eine Frau mittleren Alters, auf der linken Seite liegend, schmutzverkrustet, ihr linker Arm hinter dem Rücken, den Mund leicht geöffnet, den Knoten ihres karierten Halstuches von der Schneide eines Messers in den klaffenden Spalt um ihre Kehle getrieben, der ihre Luftröhre durchtrennt hatte.
Abberline zuckte die Achseln. «Hab schon Schlimmeres gesehen.»
«Gut», sagte Wensley. «Ich nehme Sie gleich mit zum Mitre Square. Da können Sie sich noch jemand ansehen.»
«Noch eine?» riefen Abberline und Lestrade.
Wensley nickte. «Das sind zwei in einer Nacht. Und insgesamt sind es jetzt drei.»

«Weiß Lusk davon?» fragte Abberline.
«Wer?»
«Vorsitzender des Selbstschutztrupps», klärte Lestrade ihn auf. «Offenbar haben sie nicht viel Vertrauen zu dem Beamten, der diesen Fall leitet.» Alle Augen richteten sich auf Abberline, der aufbrauste. «Wer ist die da?» Er stieß mit dem Stiefel gegen die Leiche.
Aus Fred Wensleys Gesicht verschwand das Lächeln. Dies hier waren gewissermaßen seine Kinder, wenn er sie auch nur adoptiert hatte. Er kümmerte sich mit Hingabe um sie.
«Fred», sagte Lestrade, der die Spannung spürte, «wer war sie?»
«Elizabeth Stride», sagte Wensley mit zusammengebissenen Zähnen, «bekannt als ‹Lange Liz›. Stammte aus Schweden. Eine Prostituierte.»
«Wer hat sie gefunden?» fragte Abberline.
«Wir haben ihn in Leman Street», sagte Wensley. «Ein Hausierer namens Louis Diemschutz. Er ist sauber.»
«Wie eine Kanalratte», schnaubte Abberline. «Ich will ihn persönlich in die Mangel nehmen.»
«Was wissen wir noch über die lange Liz?» fragte Lestrade.
«Sie wohnte in verschiedenen Absteigen – Fashion Street, Flower Street und in Dean, Dorset. Jemand hat gesehen, wie sie letzte Nacht um Viertel vor zwölf mit einem Mann sprach.»
«Nun?» schnauzte Abberline, der ganz scharf darauf war, Louis Diemschutz zur Brust zu nehmen.
«‹Mittleren Alters›, sagte der Augenzeuge. Sprach gedämpft, unauffällig gekleidet. Könnte eine Matrosenmütze getragen haben. Er küßte Liz und sagte – und ich zitiere – ‹Du würdest alles sagen, bis auf deine Gebete›.»
«Nun, Lestrade. Haben Sie eine Idee?»
«*Könnte* Doktor Watson sein», murmelte Lestrade.
«Wer?»
«Nichts. Vergessen Sie's. Ich habe noch nicht gefrühstückt. Gibt es noch andere Zeugen?»
«Constable Smith hier.»
Wensley trat zurück und ließ den untersetzten Constable vortreten, der sich mit müdem Schritt aus der Gruppe von Umhängen

und Helmen hinter ihm löste. Smith war die ganze Nacht auf den Beinen gewesen. Er war durchnäßt, hungrig und hundemüde.

«Sie heißen Smith?» fragte ihn Abberline.

«Ja, Sir.»

«Das soll glauben, wer mag. Was haben Sie zu sagen?»

Smith fummelte sein Notizbuch heraus. «Ich sah die Tote ungefähr eine halbe Stunde nach Mitternacht. Sie unterhielt sich mit einem Gentleman...»

«Smith», schnauzte Abberline. «Ich habe einen Mörder zu fassen. Ich möchte das gern tun, bevor die Hölle gefriert, mag Ihnen das auch einerlei sein!»

«Ja, Sir. Zu Befehl, Sir. War ein feiner Pinkel, Sir. Groß. Überzieher. Deerstalker, Schlips und Kragen.»

«*Könnte* Sherlock Holmes gewesen sein», sinnierte Lestrade.

«Wer?» brüllte Abberline ihn an.

«Wie ich schon sagte, Sir, habe ich noch nicht gefrühstückt.»

«War's das?» brüllte Abberline dem Mann ins Ohr.

«Äh... ja, Sir.»

«Kläglich.»

«Was war mit dem Paket, Constable», erinnerte ihn Wensley.

«O ja, Sir. Vielen Dank, Sir. Der Gentleman hatte ein Paket bei sich, Sir.»

Eine Stille trat ein.

«Ich verstehe», sagte Abberline. «Wir müssen also folgern, daß der Mörder bei der Post arbeitet, nicht wahr? Danke, Constable. Wensley, Sie und Lestrade kümmern sich um den anderen Mord. Ich habe meinen Mann. Diesen Louis Diemschutz. Smith, Sie kommen mit mir aufs Revier. Ich wünsche, daß Sie diesen Mann eindeutig als den Mörder identifizieren. Natürlich ganz unvoreingenommen.»

Lestrade und Wensley sahen ihn fortgehen – der Unsägliche verfolgte den Ungreifbaren.

«Cashewkerne», sagte Lestrade.

«Ich habe keinen Dunst», sagte Wensley bedauernd.

«Das Beweisstück, das Sie mir anboten», erinnerte Lestrade.

«Ach ja.» Wensley fummelte in seiner Tasche nach den Kernen. «Fand sie in ihrer linken Hand.»

«Von Bedeutung?»

Wensley zuckte die Achseln. «Vielleicht hat der Mörder sie ihr gegeben. Vielleicht hat sie sie gekauft. Wer weiß? Lassen Sie uns gehen.» Er winkte dem tropfenden Polizisten, der auf dem Kutschbock saß, und der Gaul klapperte über das Pflaster auf sie zu. «Mitre Square, Constable. Beeilung.»

Constable Watkins roch nach Rum. Und selbst jetzt noch, Stunden nach dem Fund von Catherine Eddowes, war er leichenblaß und zitterte.

«Wie ein Schwein in Smithfield», murmelte er.

Wensley klopfte ihm auf die durchweichte Schulter.

«Um welche Zeit haben Sie sie gefunden, Constable?» fragte Lestrade.

«Äh... müßte ungefähr Viertel vor zwei gewesen sein, Sir. Ich weiß das, weil die Uhr von meinem Alten verrückt spielte und ich sie bei mir hatte, um sie reinigen zu lassen...»

«Schon gut, Constable», sagte Wensley ein wenig schärfer, «wir wollen nicht Ihre Lebensgeschichte hören, Mann.»

«Nein, Sir.» Watkins sah geknickt aus. «Tut mir leid, Sir. Ich hab mich nicht wohl gefühlt. Seit...»

«Seit Viertel vor zwei, hab ich recht, Mann?» fragte Lestrade.

Watkins versuchte zu lächeln.

«Die Uhr von Ihrem alten Herrn?» Lestrade lächelte ihn an. «Er war bei der Polizei, nicht wahr?»

«Ja, Sir.» Watkins wurde munterer.

«Meiner auch», sagte Lestrade. «Dann schieben Sie mal ab und kümmern sich um Mr. Wensleys Pferd. Sind ein guter Junge.»

Sie sahen ihn fortgehen und hörten ihn murmeln, «ja, was soll man da machen?», aber sie überhörten es.

«Diese Leiche wird Ihnen auch nicht gefallen, Sholto», sagte Wensley. «Trotzdem, ich hätte nie gedacht, daß Sie mit einem Neuling so sanft umspringen würden.»

Lestrade sah ihn grinsen und zuckte die Achseln. «Ich war selber mal ein Neuling. Lassen Sie uns einen Blick auf diese Catherine Eddowes werfen.»

Sie lag auf dem Rücken im regendurchtränkten Schlamm an einer Ecke des Platzes, das rechte Bein hochgebogen, die Röcke und Unterröcke zerrauft. Derselbe charakteristische Schnitt durch die

Kehle, breit und dunkel. Das dunkle, geschwollene Gesicht war verstümmelt, doch nicht willkürlich. Die Nase war verschwunden, ebenso ihr rechtes Ohr. Wie Chapman und Nicholls war sie ausgeweidet worden, eine Reihe zackiger, diagonaler Schnitte von der Leiste zur Brust. Ihre Eingeweide lagen über ihrer rechten Schulter. Lestrade hielt den Atem an. Einen Augenblick glaubte Wensley, ihn erbleichen zu sehen, aber es war wohl bloß eine Täuschung.
«Ich hoffe, sie war tot, als er ihr das antat», sagte der Mann aus Dorset.
«Wenn sie tot war», zischte Lestrade, «wäre es nicht nötig gewesen, sich die Mühe zu machen. Was gibt's?»
«Constable Long, Sir.» Ein älterer Mann salutierte neben Lestrade. «Hab das hier gefunden. Ganz voll Blut.»
Lestrade und Wensley sahen auf ein zerfetztes Stück Stoff, das einmal weiß gewesen und jetzt ziegelrot gefärbt war.
«Wo haben Sie das gefunden?» fragte Lestrade.
«Auf einer Treppe, Sir. Wentworth Buildings, Goulston Street.»
«Fred?»
«Um die Ecke, Richtung Spitalfields.»
«Verzeihung, Sir», sagte Long.
«Raus damit, Constable.» Lestrade wandte sich ihm zu.
«Es war vorher noch nicht da, Sir. Nicht um zwanzig nach zwei, als ich meine Runden gemacht hatte. Und da ist noch was...»
«Ja?»
«Da stand was geschrieben, Sir, an der Wand...»
«Zeigen Sie's uns», sagte Lestrade, und sie folgten Long, vorbei an der zitternden Gestalt von Constable Watkins. Doch sie waren nicht schnell genug. An der Ecke Goulston Street schob sich die Gestalt in ihr Blickfeld, die Frank Wensley am allerwenigsten zu sehen wünschte. Der Zylinder, der Pelzkragen, die schmalen Augen, der Bleistiftschnurrbart sagten alles. Lestrade spürte instinktiv, daß Wensley erstarrte.
«Gütiger Himmel, nein», hörte er den Dorsetmann murmeln.
«Sie kommen spät, Gentlemen», sagte die Gestalt. «Ich bin seit zehn Minuten hier. Wensley, nicht wahr?»
«Ja, Sir.» Er hätte beinahe salutiert, obwohl das für einen Beamten in Zivil ein unverzeihlicher Fauxpas war.
«Wer ist das?»

«Inspector Lestrade, Sir», stellte Wensley vor.

«Wissen Sie, wer ich bin?» fragte der größere Mann.

Lestrade rieb sich nachdenklich das Kinn. «Charlie Peace?» fragte er probeweise.

Der Mann mit dem Zylinder explodierte. «Ich bin Sir Charles Warren, Commissioner der Metropolitan Police, und ich könnte Sie frühstücken.»

«Ich verspüre auch ein bißchen Appetit, Sir», teilte Lestrade ihm mit. Nichts war besser geeignet, Lestrade sofort auf die Palme zu bringen, als ein höheres Dienstalter, das nicht durch Beförderung erreicht und dazu noch mit Ignoranz gepaart war.

«Lestrade.» Warren ging auf ihn los und blendete ihn mit den Diamanten an seiner Krawattennadel. «Ja, ich habe von Ihnen gehört.»

Lestrade verbeugte sich. «Ich fühle mich geschmeichelt.»

«Dazu haben Sie keinen Anlaß», schnauzte Warren. «Ich kann Primadonnen nicht leiden.»

Der Inspector wollte gerade protestieren und sagen, auch er mache sich nichts aus Italienern, als der Commissioner in die Schatten zurücktauchte, aus denen er gekommen war. «Kommen Sie mit, alle beide.»

Sie folgten ihm durch den frühen Sonntagmorgen. «Da!» Er zeigte mit Generalmajorsfinger auf die ungefügen Kreidebuchstaben unter dem Portico des Wohnblocks.

«Wensley, dies ist Ihr Revier. Was halten Sie davon?»

Der Dorsetmann las laut. «*Die Juhden sind die Menschen, denen man nicht ohne Grund die Schuld gibt.*»

«Nun?» fauchte Warren.

«Ich weiß nicht, Sir.»

«Er weiß es nicht! Sie wissen es nicht, Wensley? Nehmen Sie zur Kenntnis, daß ich heute nachmittag zur Audienz bei Ihrer Majestät erwartet werde. Sie wird Antworten erwarten, Wensley, Antworten. Die Presse hat ihr Schlachtfest bereits gehabt.» Der Generalmajor wußte alles über Schlachtfeste.

«Lestrade?» fuhr Warren den Inspector an.

«Constable.» Lestrade wandte sich an Long. «Schreiben Sie das ab. Sorgfältig, wenn ich bitten darf. Genau, wie es dasteht. Wir werden einen Photographen kommen lassen.»

«Constable!» brüllte Warren. «Wischen Sie das weg!»
«Was?» riefen Lestrade und Wensley zugleich.
«Also, Constable, entweder Sie machen es, oder ich schmeiße Sie raus, ohne Pension.»
Long sprang vor, wie von einem Katapult abgeschossen, und nahm den Saum seines Umhangs zu Hilfe. Lestrade packte ihn beim Arm.
«Lassen Sie ihn los, Lestrade. Dies ist ein Befehl. Sie hindern einen Polizisten bei der Ausübung einer Pflicht.»
«Genau wie Sie», gab Lestrade zurück. «Dies ist ein entscheidendes Beweismittel.»
«Haben Sie vom Blutigen Sonntag gehört, Lestrade?» Warren bohrte beinahe seine Nase in Lestrades Stirn. Wensley fragte sich, wie viele Jahre Lestrade wegen Schlagens des Commissioner der Metropolitan Police wohl bekommen würde, und glaubte sekundenlang unter dem Donegal Lestrades Knie zu sehen, wie es sich bereit machte, mit der Lendengegend des Commissioner in Verbindung zu treten.
«Ich war dort», knurrte Lestrade. «Und zwar mittendrin.»
«Gut!» bellte der Commissioner, als befinde er sich auf dem Exerzierplatz. «Dann werden Sie wissen, warum das hier verschwinden muß. Wenn das hier bekannt wird, ist jeder Jude in der City eine Zielscheibe. Es wird ein Blutbad geben, Lestrade, und Sie werden der Anlaß sein.»
«Schauen Sie sich doch die Schreibweise an!» rief Lestrade. «Was ist, wenn die Juden gar nicht gemeint sind?»
«Nicht die Juden? Nicht die Juden, Sie Kretin? Natürlich sind's die Juden. Ich werde Rodney über Sie berichten, Lestrade. Woll'n doch mal sehen, wie Sie mit einem hohen, blauen Helm aussehen. Haben Sie keinen anderen Fall, um den Sie sich zu kümmern haben?»
Über Goulston Street senkte sich ein Schweigen.
«Darf ich daraus schließen, Sir, daß Sie mir den Fall entziehen?» fragte Lestrade.
Warren zog eine Grimasse. «Das dürfen Sie. Wensley, kommen Sie mit. Ich möchte, daß Sie dafür sorgen, daß die Augen der toten Frau photographiert werden.»
«Sir?» Wensley glaubte, sich vielleicht verhört zu haben.
«Wissenschaft, Wensley, Wissenschaft», sagte Warren, als erkläre er einem Kind etwas. «Indem wir die Augen photographieren, se-

hen wir, eingeprägt in der Iris, das letzte, das sie vor ihrem Tode erblickte. Sozusagen eine Blitzlichtaufnahme des Whitechapel-Mörders.»
«Bei allem Respekt, Sir...» Lestrade brach als erster das Schweigen der Verwunderung.
«Die Bedeutung dieses Wortes kennen Sie nicht, Sir. Guten Morgen. Sind Sie fertig, Constable?»
Long war fertig. Die mit Kreide geschriebenen Wörter waren verschwunden. Lestrade ebenfalls. Er begab sich an diesem nieseligen Sonntag nach Norden und fuhr nach Rhadegund Hall.

Er las die Worte, die in den verwitterten Satz eingegraben waren: «Wer das Wort benennt und die Erde aufhält, kann England sagen, ob es steht oder fällt.» Er fuhr mit dem Finger über die kunstvolle Schnitzerei und ließ sich schwerfällig nieder, den Rücken an das Holz gelehnt. Northamptonshire war freundlicher als London; der Abend milder als der frühe Morgen. Ein Altweibersommer – einer, von dem Cherak Singh ohne Zweifel träumte – hatte sich über die rostbraunen Wälder gesenkt, wo im dunklen Purpur Eulen schrien.
«Sind Sie ein Gott?» Eine Stimme zerriß die Stille.
«Wie bitte?» Eine solche Frage hatte man Lestrade bisher noch nicht gestellt. Der herrische junge Mann vor ihm zeigte mit einem dünnen Rohrstock, den er zwischen seinen Fingern wirbelte, auf den Sitz.
«Nur Göttern ist es gestattet, auf dem Altar zu sitzen. Sind Sie ein uralter Geist?»
«Und sind Sie ein naseweiser Geist, der seine Vorgesetzten verhört?» Mercer schritt über den Hof.
«Äh, Quästor. Kennen Sie diesen Burschen?» fragte der junge Mann hochmütig, als habe Lestrade einen üblen Geruch verbreitet.
«Ja. Warum sind Sie nicht in der Kapelle, Hardman?»
Der junge Mann trat vertraulich näher. «Im Vertrauen, Quästor. Ich bin aus dem Chor geschmissen worden. Schrecklich, nicht wahr? Ich weiß nicht, was mein alter Herr, der Feldmarschall, dazu sagen würde.»

«Er würde Sie wahrscheinlich erschießen lassen, Hardman. Und genau das werde ich auch tun, wenn Sie nicht verschwinden.»
«Aber dieser Bursche... ist er in Schulangelegenheiten hier?»
«Ja», sagte Lestrade, der das Gefühl hatte, daß man jetzt genug Worte über ihn verloren hatte.
«Oh», sagte Hardman mit der ganzen Arroganz eines Feldmarschallsöhnchens. «In diesem Falle möchte ich die Herren nicht länger aufhalten. Ich wünsche Ihnen eine gute Nacht.»
Sie warteten, bis er im Dunkel der Gebäude verschwunden war.
«Was meinte er mit der Frage, ob ich ein Gott sei?»
«Ob Sie ein Vertrauensschüler seien», erklärte Mercer. «Hardman ist bis jetzt lediglich für ein Haus verantwortlich – hier in Rhadegund ein zweitklassiges Wesen. Ohne Zweifel wird er zur gegebenen Zeit seinen Platz hier auf dem Altar einnehmen.»
«Sie machen sich nichts aus dem jungen Hardman, Mr. Mercer?»
Im fahlen Zwielicht blickte der Quästor den Inspector düster an. «Nein. Eigentlich», er führte Lestrade am Rand des First Eleven Square entlang, «mache ich mir überhaupt nichts aus Jungens. Lasterhafte, übelriechende, unangenehme Geschöpfe.»
«Waren Sie nicht mal selber einer?» lächelte Lestrade.
Mercer blickte ihn mit kalter Verachtung an. «Nein», sagte er. «Was Hardman angeht, er ist ein besonders übler Kunde. Hat eine richtige Clique in seiner Klasse.»
Na ja, dachte Lestrade, irgendwo muß er das Ding ja aufbewahren.
«Was Neues im Fall des armen alten Denton?» fragte Mercer.
«Leider sehr wenig», bekannte Lestrade. Er hatte nicht den Mut, dem treuen, alten Quästor zu erzählen, daß ihm das Geheimnis von Rhadegund Hall in Wirklichkeit völlig schnuppe war, sondern daß er immer noch wegen des Zusammenstoßes vor Wut kochte, den er heute morgen mit dem Hanswurst Warren gehabt hatte. Doch was kurz darauf passierte, riß ihn jäh aus diesen Gedanken. Er stieß mit einem Oberklassenbengel unbestimmten Alters zusammen, dessen pomadisierter Kopf, als er gerade um das Gebäude der Wäscherei bog, ihn sauber in die Magengrube traf.
«Oh, ein treffliches Tackling, Channing-Lover», applaudierte der Quästor. «Unglücklicherweise ist Inspector Lestrade nicht im Ballbesitz.»

Lestrade machte sich von dem Burschen frei und untersuchte verstohlen seine Unterwäsche, um festzustellen, ob Mercer recht hatte.
«Sir! Sir!» schnatterte der ungeschickte Rugbyspieler. «Ich muß einen Lehrer finden, Sir!»
«Es tut mir leid, daß ich nicht vom ‹richtigen Geblüt› bin», seufzte Mercer, der sich im Lauf der Jahre an solche Kränkungen gewöhnt hatte. «Willst du nicht mit mir vorlieb nehmen?»
Channing-Lover dachte einen Augenblick nach, während sich Lestrade Efeublätter von seiner Kleidung zupfte.
«Es geht um Singh, den Älteren, Sir. Sie kommen besser rasch mit. Es hat einen schrecklichen Unfall gegeben.»
Lestrade, noch ganz außer Atem, war nicht sicher, ob sich das ältere Singh auf einen Jungen oder auf das Singen des Chors bezog, dessen klagende Töne der Wind um die Ecken des Hofes trieb. Doch Mercer trottete hinter Channing-Lover her, und Lestrade hielt es für das beste, den beiden zu folgen. Sie überquerten zahllose, mit Blättern bedeckte Höfe, liefen am Haus des Direktors vorbei, am Schießstand und gelangten an einen Platz, wo man die Welland eingedämmt und gebändigt hatte, um den Jungen einen Teich zum Rudern zu schaffen. Am Rand des abgestandenen, mückenumschwirrten Wassers fand das laufende Trio ein offenes Boot, das in der Brise dahintrieb, und darin den nackten Leichnam eines indischen Jungen.
«Mein Gott», murmelte Mercer. «Channing-Lover, was hast du getan?»
«Ich, Sir?» In diesem Augenblick höchster Erregung ließ den Jungen seine anfänglich zur Schau gestellte Männlichkeit im Stich, und er schrie verzweifelt: «Ich habe ihn gefunden, Sir! Das heißt, Carstairs und ich...»
«Wann?» fragte Lestrade.
«Vor etwa zehn Minuten, Sir.» Jetzt zitterte Channing-Lover ein wenig, denn die Nachtluft und der Schock setzten ihm zu.
«Wer ist Carstairs?»
«Hauspräfekt, Aufsichtsschüler», sagte Mercer. «Channing-Lover ist sein Fuchs.» Er spürte Lestrades Verblüffung. «Das heißt, er überbringt für ihn Nachrichten, räumt sein Zimmer auf und so weiter.»

«Danke», sagte Lestrade. «Der Begriff ist mir vertraut. Wo ist Carstairs jetzt?»
«Ich weiß es nicht.» Channing-Lover begann zu winseln. «Wir rannten beide zur Schule, um Hilfe zu holen.»
«Und du hast als erster jemanden gefunden», bemerkte Mercer. «Was hattet ihr überhaupt hier zu suchen?»
Schweigen, nur das Wasser schwappte.
«Channing-Lover?» Mercer erinnerte den Jungen an seine Anwesenheit. Doch kurz darauf war jemand anderer auf dem Schauplatz anwesend, der im Laufschritt, mit wehendem Talar und wackelndem Barett herbeieilte: «Wenn du mich umsonst hierhergelockt hast, Carstairs, kriegst du was zu hören...»
Die unverkennbaren Dezibel der Direktorenstimme brachten die Oberfläche des Teichs zum Zittern.
«Lestrade, Mercer.» Nails betrat die Szene. «Channing-Lover, du wehleidiger kleiner Tugendbold. Ich dachte mir, daß du hinter der Sache steckst. Carstairs, du abscheuliches Untier, was hattet ihr vor? Ich dachte, nach dem Vorfall am Gründungstag im letzten Jahr wüßten wir alles. Offen gestanden, Carstairs, bloß weil dein Vater Bergsteiger ist, habe ich bei all dem ein Auge zugedrückt. Die Ziege wird sich natürlich nie wieder erholen...»
«Bei allem Respekt, Direktor...», unterbrach Lestrade.
«Wie?» Mit der Schnelligkeit eines Skorpions wandte sich Nails nach dem Inspector um. «Ich glaube nicht, daß Sie die Bedeutung dieses Wortes kennen. Was ist jetzt los? Dies ist kein Fall für die Polizei.»
«Was dort im Boot liegt, schon», sagte Lestrade ruhig.
Alle Augen folgten seinem ausgestreckten Finger und erblickten die Leiche von Singh, dem Älteren, die schlaff über dem Bug hing, und das schwarze Haar, das wie Saragossatang im Wasser trieb.
«Wer ist das?» Nails spähte in das Halbdunkel. «Irgendein Idiot, der den verrückten Ziegenbock spielt?»
Die meisten Anwesenden mußten unwillkürlich an Carstairs und Channing-Lover denken.
«Es ist Cherak Singh, der Ältere», sagte Carstairs zögernd. «Er ist tot.»
«Tot?» wiederholte Nails.
«Sehen Sie sich das an», sagte Lestrade und beugte sich vor, um das

Boot anzuhalten. «Seine Hand scheint sich in den Ruderdollen verklemmt zu haben.»
«Medizinisch doch wohl unmöglich, oder?» sagte Nails. Alle blickten auf ihn.
«Was sagen Sie zu der Sache, Lestrade?» fragte Mercer.
«Dr. Nails, ich wäre Ihnen dankbar, wenn diese jungen Männer sozusagen unter Quarantäne gestellt würden, bis ich Gelegenheit haben werde, mich mit ihnen zu unterhalten. Ich wünsche, daß diese Leiche nicht angerührt wird, und ich wünsche keine Panik in der Schule. Carstairs, Channing-Lover, wer sonst weiß noch Bescheid?»
«Ich stelle die Fragen, Lestrade», beharrte Nails.
«Direktor, darf ich Sie daran erinnern, daß im letzten Monat in Ihrer Schule drei Menschen unter geheimnisvollen Umständen gestorben sind? Man hat mich mit der Untersuchung der Fälle beauftragt, und ich kann meine Arbeit mit Ihrer Hilfe weit besser tun als gegen Ihren Widerstand.»
Nails war zum ersten Mal in seinem Leben sprachlos, aber nicht, weil ihm die eigene Schwäche bewußt geworden wäre, sondern weil er wütend war. Carstairs und Channing-Lover lächelten einander verstohlen zu, jeder auf seine Weise froh über den Schutz der Dunkelheit. Auf jeden Fall versetzte Nails Channing-Lover, der ihm am nächsten war, eine kräftige Kopfnuß. «Und steh nicht so krumm da, Junge. Das zeigt einen Mangel an Grips!» Und er machte sich auf den Weg zu den Gebäuden.
«Mr. Mercer, kann ich mich darauf verlassen, daß Sie ein Telegramm an Scotland Yard schicken? Ich werde Beamte brauchen, die mir helfen.»
«Natürlich. Was geschieht mit Singh?»
«Ich werde den Tatort durch ein Seil absperren. Die Nachtluft ist nicht gerade günstig, aber ich möchte mir die Leiche in ihrer jetzigen Lage lieber bei Tageslicht ansehen. Ist es möglich, daß morgen alle im Haus bleiben?»
«Wir können es versuchen», sagte Mercer achselzuckend, «aber das Problem ist Singh, der Jüngere.»
«Singh, der Jüngere?»
«Ja. Sie sind ihm begegnet, glaube ich, als Sie das erste Mal hier waren. Der Junge im Boot ist sein älterer Bruder.»

Carstairs und Channing-Lover waren zuerst mundfaul, ja heimlichtuerisch. Jahrelang hatten sie sich hinter den Fahrradschuppen der Wäscherei, dem Schießstand und am Teich herumgedrückt, und aus unbeschwerten Jungen waren neurotische, besudelte Jugendliche geworden, die noch Jahre selbstverursachter Blindheit vor sich hatten.

«Channing-Lover hat mir bereits erzählt, was passierte», log Lestrade. «Ich brauche jetzt nur noch zu wissen, wer es eigentlich war, der Singh mit dem Ast einen überzog.»

Carstairs schoß hoch. «Diese kleine Petze!» zischte er. «Ihnen ist doch klar, daß der hübsche kleine Schurke das Blaue vom Himmel runterlügt, oder?»

«Es war doch ein dicker Ast, mit dem du ihn geschlagen hast?» Lestrade stellte sich begriffsstutzig, so gut er konnte.

«Ich habe ihn mit gar nichts geschlagen. Hören Sie, Sergeant...» Auf seine eigene schwule Art war Carstairs ebenso arrogant wie sein Kumpan.

«Inspector, Kleiner», zischte Lestrade, «und daß du dich nicht täuschst: Mr. Berry, der Henker, kann sich auf die Hälse von Schuljungen ebensogut einstellen wie auf alle anderen.»

«Ich habe ihn nicht getötet.» Carstairs Stimme blieb ruhig, aber Lestrade erkannte einen redseligen Idioten auf den ersten Blick.

«Was hast du dann getan?»

«Ich ging bloß mit Channing-Lover am Teich spazieren...»

«Warum?»

Carstairs starrte ihn an. «Waren Sie je auf einer Public School, Inspector?» Ein Mann mit mehr Erfahrung hätte die Antwort darauf aus dem Schnitt von Lestrades Bowler herausgelesen.

«Nein», brummte Lestrade. «Zur Sache!»

«Wir sahen, wie sich das Boot von der Mitte des Teiches auf uns zu bewegte. Wir dachten zuerst, es wäre Adelstrop...»

«Adelstrop?»

«Ja, der alte Trottel, der sich um die Boote kümmert. Außer im Sommerhalbjahr darf niemand ein Boot benutzen. Gewöhnlich sind sie in der übrigen Zeit im Bootshaus angekettet.»

«Weiter.»

«Es war fast dunkel. Channers bemerkte, daß jemand mit dem Gesicht nach unten im Boot lag; seine Hand schien an die Bootswand

gefesselt. Er war nackt. Wir dachten … dann erkannten wir, daß er tot war.»
«Erkanntet ihr, wer es war?»
«Nicht gleich. Aber es gibt nicht viele Nigger in St. Rhadegund's, Mr. Lestrade. Genauer gesagt, nur zwei: Singh, den Älteren und den Jüngeren.»
«Wie gut kanntest du den älteren Singh?» fragte Lestrade.
«So gut wie überhaupt nicht», sagte Carstairs. «Er war nicht mein Typ.»
«Weil er dunkelhäutig war?»
«Genau», sagte Carstairs kategorisch. «Nach allem, was man hört, ziemlich scharf auf Ladies.»
«Wirklich?»
«Hören Sie, Inspector, ich weiß nicht, was Channing-Lover Ihnen erzählt hat …»
«Dasselbe wie Sie, Mr. Carstairs.» Lestrade räkelte sich in seinem Sessel, «was bedeutet, daß ihr euch eine wasserdichte Geschichte ausgedacht habt oder …»
«Oder?» Carstairs beugte sich vor.
«… oder daß ihr die Wahrheit gesagt habt. Kannst du dir einen Grund vorstellen, warum jemand Singh, den Älteren, hätte umbringen sollen?»
Carstairs schüttelte langsam den Kopf. «Schien ein netter Bursche zu sein. Höchstens, daß …»
«Ja?»
«Nun, Bracegirdle schnitt ihn. Zu viele Erinnerungen.»
«Wer ist Bracegirdle?»
«Der Kommandant und Sportlehrer. Ich bin überrascht, daß Sie ihm nicht begegnet sind.»
«Was meintest du mit ‹Erinnerungen›?»
«Ich denke wirklich, das fragen Sie ihn besser selbst, Inspector.»
Lestrade blickte auf das Jüngelchen vor ihm: dunkle Ringe unter den Augen, die Fingernägel bis aufs Fleisch abgekaut, aber selbst im Unglück noch zu einem gewissen Hochmut fähig. Solche Leute, hatte Lestrade gehört, waren bei einem Schiffsunglück von unschätzbarem Wert. Und bei einer Morduntersuchung vermutlich eine unnötige Behinderung. Er verpflichtete Carstairs zu absolutem Stillschweigen und ließ ihn gehen.

Auch Channing-Lover war keine Hilfe. Von seinem Schock nach der Entdeckung von Singhs Leiche erholt, war er verbindlich, ja undurchschaubar. Erst als Lestrade auf seine Beziehung zu Carstairs und seinen affektierten Gang zu sprechen kam, schmolz der Panzer aus Eis. Lestrade führte das auf einsame Laster im Schlafsaal zurück und schickte Channing-Lover ins Bett. In dessen eigenes.

Lestrade hatte versprochen, keinen der Jungen zu befragen, ohne daß der Große Mann dabei war; ein weiterer Grund, warum er Carstairs und Pollux zum Stillschweigen verpflichtet hatte. Er beschloß also, Singh, den Jüngeren, von dem Vorfall zu unterrichten, nachdem er die Leiche im See untersucht hatte. Kurz vor Einbruch der Morgendämmerung nahm er Nails und Mercer mit, und der Direktor, alles andere als eine Hilfe, führte mit «ein bißchen nach rechts» und «einen Hauch nach links» die Aufsicht, während der Polizist und der Quästor den steifgewordenen Leichnam an Land zogen.

«Rigor», murmelte Lestrade.

«Sikh», korrigierte ihn Nails, «wenngleich durch und durch christianisiert, versichere ich Ihnen.»

«Was halten Sie davon?» Lestrade deutete auf die mit Wasser vollgesogene Hanfschlinge, die tief in den Hals des Opfers einschnitt.

Mercer beugte sich tiefer, dann bekam er große Augen. «Das sollten Sie besser den Direktor fragen», sagte er.

«Mich?» fragte Nails nervös. Ungeachtet seiner mörderischen Geschicklichkeit mit dem Rohrstock, kannte er sich mit Leichen nicht aus.

«Das Seil», sagte Lestrade.

«Gütiger Himmel!» Nails schreckte zurück. «Das ist... ein Kletterseil», flüsterte er fast. Als ihm klarwurde, daß ihn alle drei, wenngleich einer davon unabsichtlich, anstarrten, brauste der Direktor auf. «Das ist ein ganz gewöhnliches Seil», rief er. «Nichts Besonderes. Sie haben den Himalaja bestiegen, Mercer. Sagen Sie's ihm.»

«Stimmt vollkommen», sagte der Quästor. «Zum Bergsteigen werden alle möglichen Arten von Seilen verwendet, Inspector. Dies hier gehört lediglich zu denen, die am meisten benutzt werden.»

«Die Art, wie sie in Ihrem Arbeitszimmer zu finden sind?» Lestrade stand auf und blickte Nails ins Gesicht.

«Nun hören Sie aber mal...», brüllte der Direktor.

«Direktor», unterbrach ihn Mercer und deutete auf einen Trupp von Jungen, die, von einem Lehrer angeführt, verbissen über den umgepflügten Acker des Hügels trabten.
«Verdammt, das ist Bracegirdle. Ich habe diesen verdammten Querfeldeinlauf vergessen. Ich lenke sie besser ab, sonst kommen sie noch hierher. Sie bringen Singh besser ins Krankenrevier, Mercer. Ich muß an seinen Vater schreiben, den Maharadscha.» Und er trollte sich.
«Ich wußte gar nicht, daß Sie ebenfalls Bergsteiger sind», sagte Lestrade zum Quästor. Mercer grinste, eine ziemlich seltene Erscheinung bei einem Mann, der Rechnungsbücher führte.
«Nein. Oder zumindest bin ich es seit Jahren nicht mehr. Es war das einzige, das mich im Staatsdienst gesund erhielt.»
Das konnte Lestrade verstehen. «Wenn wir Singh reingebracht haben», sagte er, «wo finde ich Mr. Bracegirdle?»
«Den Major? Er wird nach dem Frühstück wahrscheinlich in der Sporthalle sein. Ich glaube, er hat die Lernschwachen.»

Hardman schritt in seinem Zimmer auf und ab. Ringsum hatten sich seine Kumpane auf Möbelstücke gefläzt, und auf dem Teppich vor dem Kamin stand die einsame Gestalt von Singh, dem Jüngeren, der sich von Minute zu Minute einsamer fühlte.
«Der springende Punkt ist, Nigger,» sagte Hardman und tänzelte zu seinem Lehnsessel, «daß dein Bruder tot ist.»
Singh senkte den Kopf. Sie hatten ihn vor dem Frühstück aus dem Bett gezerrt und ihn ohne große Umstände oder Mitgefühl mit der Nachricht konfrontiert. Channing-Lover hatte gesungen, und zwar ziemlich schnell, als Hardmans Schuh ihm die Luftröhre abdrückte, und die ganze Geschichte war rausgekommen.
«Ist es wahr, daß ihr Burschen während der Ferien in primitiven Verhältnissen im East End wohnt?»
Singh nickte.
«Ich kann mir keinen Reim darauf machen, warum ihr das tut, aber ich möchte annehmen, daß ihr euch mit Gesindel wie diesem Lestrade einlaßt. Was weißt du über ihn?»
«Er ist ein Detective. Von Scotland Yard.»
«Und kaum taucht er auf, stirbt dein Bruder. Zufall, was?»

«Er hat nichts damit zu tun.»
«Wirklich nicht?»
«Diese Schule kommt auf den Hund, Singh», flötete ein Bursche.
«Zuerst Nigger, dann Copper, dann Mord. Wir müssen was unternehmen, Hardman.»
«Ganz recht, Dollery. Alles zu seiner Zeit.»
Es klopfte kurz an der Tür, und Ruffage, der Schulsprecher, trat ein. Er war elegant, gelassen, protzte mit einem Monokel, obgleich seine Sehkraft vorzüglich war.
«Ah, Ruffage», Hardman ging zu ihm, «du hast von Singh, dem Älteren, gehört?»
Die ganze Schule wußte Bescheid.
«Niggers, Coppers, Mord», jammerte Dollery. «Was soll bloß aus der Schule werden?»
«Halt's Maul, Dollery», sagte Ruffage. «Warum wolltest du mich sprechen, Hardman?»
«Du bist Schulsprecher.» Hardman trat vertraulich näher. «Du stehst Nails näher als jeder andere. Was ist zu tun?»
Ruffage wandte sich ihm zu. «Mach brav deine Aufgaben, Hardman. Dafür bezahlt dein Vater doch schließlich.»
Im Zimmer erhob sich ein leichtes Murmeln der Unzufriedenheit. Ruffage spürte das und dehnte die Schultern. Er wandte sich an alle: «Was schlagt ihr vor?»
Hardman umkreiste Singh ein paarmal und legte dann scheinheilig den Arm um dessen Schultern. «Der Bruder des armen alten Singh ist ermordet worden, Ruffage. Hier in Rhadegund's. Der Ehrenkodex der Sikhs, ganz zu schweigen von dem unsrigen, verlangt ein Leben für ein Leben.»
«Ich bin ein Christ», murmelte Singh.
«Desto besser, alter Junge», sagte Hardman mit knirschenden Zähnen. «Du wirst wissen, daß in unserer Heiligen Schrift – der unseren, nicht der eurigen – geschrieben steht ‹Auge um Auge, Zahn um Zahn›...»
«Ja, aber im allgemeinen...»
«Schnauze, Dollery!» riefen alle.
«Alles schön und gut», behauptete Ruffage seinen Standpunkt, «aber selbst wenn wir mal für einen Augenblick annehmen, ich würde mit eurem ein wenig deplazierten Ehrenkodex übereinstim-

men, an wen denkt ihr? Hinter wessen Augen und Zähnen seid ihr her?»
Hardman versetzte Singh einen herzhaften Klaps und seufzte. Dann wandte er sich ab und starrte aus dem Fenster in den Hof, den Lestrade gerade überquerte. «Wie wär's mit diesem Polizeiknilch?» fragte er ruhig. Das Gemurmel erstarb.
«Das wäre ungünstig, Hardman», sagte Dollery. Der Hauspräfekt schoß auf den kleineren Jungen los und fauchte: «Dollery, du bist ab sofort aus diesem Zimmer verbannt. Bei der nächsten Unbotmäßigkeit setzt es eine Tracht Prügel. «Und jetzt raus.»
Der niedergeschlagene Kumpan schob ab: «Ja, Hardman.»
Hardman lehnte sich gegen den kalten Stein der Fensterbrüstung. «Ich rede nicht davon, ihn zu töten, Ruffage. Ich will ihn bloß ein wenig in Unordnung bringen – falls das bei dem entsetzlichen Geschmack, mit dem er sich kleidet, möglich ist.»
«Ich verstehe nicht, was dir das bringen wird?» beharrte Ruffage.
«Es ist eine Geste», sagte Hardman, «um zu zeigen, daß wir's nicht mögen, wenn Außenstehende hier rumschnüffeln – Verzeihung, Singh.»
«Was ist, wenn du im Knast landest?» fragte Ruffage. «Dieser Knabe ist vom Yard.»
«Mein Vater, der Feldmarschall» – Hardman ließ beiläufig den Namen fallen –, «war im selben Regiment wie Charlie Warren, Commissioner der Metropolitan Police. Ein Wort von mir und ein Wort von meinem Vater über Lestrade, und schon mistet er im Yard die Pferdeställe aus.»
Ruffage drückte die Tür auf. «Dann belaß es dabei», sagte er. «Wenn du wirklich glaubst, wir sollten die Sache selber in die Hand nehmen, sprich mit deinem Vater, dem Feldmarschall.» Er machte eine Pause, um sich zu vergewissern, daß ihm alle aufmerksam zuhörten. «Aber, Hardman, belaß es dabei. Falls Lestrade irgendwas zustoßen sollte, werde ich das persönlich nehmen.» Und er schob sich hinaus, wobei er ihn die ganze Zeit im Auge behielt. Hardman durfte man nicht den Rücken zukehren.

Ein ungeheuer fetter Junge erklomm das Langpferd, als Lestrade in der Sporthalle ankam. Unter Gegicker und schallendem Gelächter lag er schließlich platt darauf, und Holzbeine krachten unter seinem Gewicht.

«Raus mit dir, Eaden, du elender Versager!» bellte die Stimme eines Stabsoffiziers.

Lestrade folgte dem Geräusch und stand vor einem kerzengeraden, kräftig gebauten Gentleman, kaum über Fünfzig, doch durchtrainiert und mit Muskeln aus Eisen.

«Major Bracegirdle?» fragte Lestrade.

«Das bin ich.» Der Schnurrbart sträubte sich. «Wer will das wissen?»

«Ich», sagte Lestrade, durch die Frage ein wenig aus der Fassung gebracht.

Bracegirdles Schnurrbartspitzen senkten sich, wie sie es unweigerlich taten, wenn er sich mit totaler Blödheit konfrontiert sah. In der Tat hatten sie während seiner langen Laufbahn in St. Rhadegund's kaum einmal nach oben gezeigt. «Ich wollte sagen» – die Lernschwachen, von denen fünf dem unglücklichen Eaden auf die Beine halfen, hatten ihn noch nie so geduldig erlebt –, «mit wem spreche ich?»

«Ach, ich verstehe. Inspector Lestrade, Scotland Yard.»

Bracegirdle zerquetschte ihm bei der Begrüßung die Hand. «Ja, natürlich. Sah Sie heute morgen am See, als Sie Singh, den Älteren, aus dem Boot holten.»

«Sie haben das gesehen?» Lestrade hatte gehofft, Nails' Eingreifen habe das verhindert.

«Natürlich. Und die Hälfte der verdammten dritten Klasse ebenfalls. Natürlich, wenn Nails besser in Form gewesen wäre, hätte er den Zauntritt vor uns erreicht. Egal, nicht zu ändern. Womit kann ich Ihnen behilflich sein?»

«Ich komme zu einem ungünstigen Zeitpunkt.» Lestrade sah zu, wie sieben Schüler Eaden vorbeitrugen wie beim Leichenzug eines Wikingers.

«Der Zeitpunkt ist immer ungünstig.» Bracegirdle stoppte den Zug und tippte den leichenblassen Eaden mit einer Reitgerte an. «Du kommst wieder in Ordnung, Junge. Bloß ein paar Stiche. Machen sich doch gut, oder? Ovett, du machst mit den anderen einen Dauerlauf – achtmal um den See. Wer als letzter zurückkommt, ist ein Waschlappen.»

Lestrade folgte Bracegirdle in die Dunkelheit seines Umkleideraums. Die Wände waren mit Jagd- und Sporttrophäen vollgehängt. In einer Ecke waren verschiedene Gurtsäcke und Riemen aufgehäuft, und Bracegirdle lud Lestrade ein, darauf Platz zu nehmen.
«Ich hörte, Sie machten sich nicht viel aus Singh, dem Älteren?» sagte der Inspector aufs Geratewohl.
Bracegirdle fing an, Boxhandschuhe aufzuhängen und Eisenstangen durcheinanderzuwerfen. «Ich haßte ihn», bekannte er, «und seinen unerträglichen kleinen Bruder ebenfalls.»
«Ist es für Lehrer üblich, ihre Schützlinge zu hassen, Major?» fragte Lestrade.
«Erzählen Sie mir nichts über Schützlinge», erwiderte Bracegirdle. «Mein Vater, er ruhe in Frieden, war in Chilianwala. Da gab's einen Angriff. Irgend so ein Bastard von Sikh schoß ihn in den Rücken.»
«Das tut mir leid», sagte Lestrade. Auch er hatte einen Vater gehabt, obwohl es Leute beim Yard gab, die das bezweifelten. «Trotzdem, leben und leben lassen, wie?»
«Leben lassen? Ließ der Nana Sahib in Cawnpore die Frauen und Kinder leben? Nein, das tat er nicht, Sir! Ich war dort. Ich war mit Havelock beim Entlastungsangriff.» Unter der Last der Erinnerung bog er eine der Eisenstangen. «Ich sah mit meinen eigenen Augen, was diese kleinen, braunen Bastarde unseren Frauen und Kindern antaten. Ich watete sporentief im Blut, Lestrade, so wahr ich hier stehe. Ich werde es nie vergessen, so lange ich lebe. Wilde!» Er spie auf den Haufen Fechtjacken neben Lestrade. «Sie werden nie ein zivilisiertes Volk, Lestrade. So wie wir.»
«Was taten Sie?» fragte Lestrade.
«Was jeder anständige Engländer tun würde.» Bracegirdle richtete sich zu seiner vollen Größe auf. «Ich ging raus und band den erstbesten verdammten Nigger, den ich finden konnte, vor die Mündung eines Geschützes und schoß ihn in Stücke!»
Lestrade lächelte gequält. Das war wirklich eine alberne Frage gewesen.
«Dann, vor zwei Jahren, ließ Nails die kleinen Bastarde hier auf Rhadegund Hall zu. Es ist unglaublich.»
«Vielleicht braucht er das Geld», sagte Lestrade.

Bracegirdle hielt inne. «Nicht die Bohne, Lestrade. Niemand braucht so dringend Geld.»

«Ich möchte Ihnen eine direkte Frage stellen, Major», sagte der Inspector. «Ich möchte eine ehrliche Antwort.»

«Schießen Sie los.»

Lestrade stand auf. «Haben Sie Singh, den Älteren, getötet?»

«Nein, Sir.»

«Haben Sie Anthony Denton getötet?»

«Nein, Sir.»

«Haben Sie Margaret Hollis getötet?»

«Nein, Sir.»

Das waren die deutlichen Antworten eines alten Soldaten, gesprochen mit fester Stimme, eiserner Entschlossenheit und klarem Blick. Wenn Lestrade nach seinen fünfzehn Jahren bei der Polizei einen Menschen überhaupt beurteilen konnte, stand für ihn fest, daß dieser Mann die Wahrheit sagte. «In Ordnung», sagte er und kramte in seiner Tasche. «Wofür halten Sie das?» Er hielt das Amulett hoch, das er in Maggie Hollis' Hand gefunden hatte. Bracegirdle betrachtete es eingehend. «Das ist ein Amulett», sagte er, «mit irgendeinem dummen Gekritzel drin. Gehörte es Singh?»

«Ich fange an, mich das zu fragen. Wissen Sie, wo ich seinen Bruder vielleicht finden könnte?»

Höllenfeuer

Bracegirdle wußte nicht, wo Singh, der Jüngere, war. Niemand wußte es. Zum Frühstück war er dagewesen, ehe die Nachricht von Singh, des Älteren, Tod sich verbreitete. In seinem Haus hatte ihn keiner gesehen, am allerwenigsten Hardman, der Hauspräfekt. Doch Dr. Nails hatte allen verboten, das Schulgelände zu verlassen. Singhs Bett war gemacht. Er hätte in der Mathematikstunde sein müssen, doch Lestrade konnte verstehen, warum er geschwänzt hatte. Außerdem war der Inspector mit Singh, dem Älteren, verabredet. Die Oberschwester und der Quästor hatten den jungen Mann im Krankenzimmer aufgebahrt. Da Spencer, der Jüngere, klugerweise einen weiten Bogen um Hackfleisch gemacht hatte, war Singh der einzige Anwesende. Lestrade schob die Hände in die Taschen und umkreiste den nackten Leichnam einmal, und dann noch einmal. Ein junger Mann, siebzehn oder achtzehn Jahre alt und auf geheimnisvolle Weise anziehend, keine Spuren am Körper, ausgenommen die Abschürfungen von der Schlinge um seinen Hals, der Schlinge des Kletterseils. Was würde Mr. Berry damit anfangen? Natürlich würde man in ein oder zwei Tagen eine Obduktion vornehmen, und er würde erfahren, ob Singh im Wasser oder im Boot gestorben war. Wenn er ertränkt wurde, warum die Schlinge? Und wenn er erhängt wurde, warum das Boot? Und warum war er nackt? Und wo waren seine Kleider?

Und in welcher Beziehung stand er zu Maggie Hollis, der schwangeren Wäscherin? Und zu Anthony Denton, dem jungen Griechischlehrer? Und warum konnte Lestrade keine dieser Fragen beantworten? Ein Klopfen an der Tür, und die Oberin tauchte auf und dahinter ein bekanntes Gesicht, wenn es auch nur das von Sergeant George war.

«Hab Ihr Telegramm bekommen, Chef», grinste er. «Mensch!» Er beäugte die sterblichen Reste von Cherak Singh. «Was ist sein Problem?»

«Was immer es ist», seufzte Lestrade, «es ist auch das unsere. Lassen Sie uns ins Dorf gehen. Sie dürfen mir einen Drink spendieren.»

Auf der Sitzbank im *The Nag's Head* stemmte Lestrade seine Füße behaglich auf den Kaminbock und sog die Atmosphäre von Pfeifenrauch und Bier ein.

«Dies hier hab ich rausgeschmuggelt.» George kehrte mit den Pints zurück, entfaltete einen Brief und reichte ihn Lestrade. Der Inspector las ihn zwischen den Schlucken.

«*Lieber Chef*... wer ist das?»

«Er war an das Central News Office in Fleet Street adressiert.» Lestrade las weiter: «*Ich höre dauernd, daß die Polizei mich geschnappt hat aber sie wird mich gerade jetzt nicht kriegen.* Die Schrift ist grausam, George; ist nicht Ihre, oder? *Über den Witz mit Lederschürze hab ich mich fast totgelacht*... also liest er die Zeitungen.»

«Es gibt jede Menge zu lesen. Ich sage Ihnen, Sir, in London herrscht Panik. In zwölf Jahren bei der Polizei habe ich so was noch nicht erlebt.»

«*Ich bin hinter Huren her*...», las Lestrade weiter und senkte die Stimme, als er bemerkte, daß sich in ihrem gemütlichen Winkel eine unheimliche Stille ausbreitete. Sogar die Uhr schien stehengeblieben zu sein... *und ich werde nicht aufhören sie aufzuschlitzen bis man mich hinter Schloß und Riegel hat*... Hinter Huren her, George.»

«Ja, Sir.»

«Was halten Sie davon?»

«Er mag keine Prostituierten, Sir», war alles, was der Sergeant auf die Schnelle dazu sagen konnte.

«Danke, George», sagte Lestrade. «Erinnern Sie mich, daß ich Sie zur Beförderung vorschlage. *Denken* Sie, Mann.»

«Jemand, der einen Groll gegen sie hat, Sir.» George begann warm zu werden, als das Bier in Bereiche vordrang, die Lestrade unerreichbar waren.

«Gladstone?» schlug Lestrade vor.

«Ein religiöser Fanatiker, bestimmt», konterte George.

«Gladstone», wiederholte Lestrade, der sich wieder dem Brief zuwandte. *Prächtige Arbeit der letzte Job. Ich ließ der Lady keine Zeit zum Schreien*… was meint er? Wann ist der Brief abgestempelt?»
Es gab keinen Umschlag.
«Am fünfundzwanzigsten letzten Monat, Sir. Das paßt… Annie Chapman.»
«Ich liebe meine Arbeit und ich werde zu neuen Taten schreiten» – Lestrade hielt inne – *«Sie werden bald von mir und meinen lustigen kleinen Spielchen hören.»* Er warf das zerknüllte Papier auf den Tisch. «Für ihn ist es ein Spiel, George. Er verhöhnt uns.»
«Lesen Sie weiter, Chef. Es wird noch besser.»
«Beim letzten Job hab ich etwas von dem richtigen roten Zeug in eine Ingwerbierflasche abgefüllt um damit zu schreiben aber es wurde dick wie Leim und ich kann es nicht gebrauchen…» Lestrade sah George an. Der Sergeant zuckte die Achseln.
«Rote Tinte tuts auch hoffe ich ha ha Beim nächsten Job den ich vorhabe werde ich der Lady die Ohren abschneiden und sie den Polizeibeamten zuschicken nur so zum Spaß…» Abermals sah Lestrade George an.
«Noch keine Ohren angekommen, Sir. Wohlgemerkt, ich wollte nicht zu genau untersuchen, was Constable Derry gestern auf seinen Sandwiches hatte.»
«Halten Sie diesen Brief zurück bis ich ein bißchen mehr Arbeit getan habe dann geben Sie ihn gleich raus Meine Messer sind blank und scharf Ich werde sofort ans Werk gehen wenn ich eine Chance bekomme Alles Gute Ihr ergebener Jack the Ripper.»
«Ja», George beugte sich vor, «und die ganze Zeit über haben wir ihn den Whitechapel-Mörder genannt.»
Jedoch der Brief hatte eine Nachschrift:
«Nehmen sie das nich übel das zeug war so mies dass ich dies nich eher zur post bringen konnte bevor ich die rote farbe von den händen hatte verdammt immer noch kein glück sie sagen jetzt ich wär ein arzt ha ha.»
Lestrade lehnte sich zurück. «Warum haben Sie den Brief mitgebracht?» fragte er. «Sie wissen doch, daß mir der Fall entzogen worden ist. Von keinem Geringeren als dem Commissioner.»
«Ach Gott», strahlte George mit der Miene eines Mannes, der die

Flöhe husten hört, «aber er wird vielleicht nicht mehr lange Commissioner sein.»
«Wie?» Lestrade war ganz Ohr.
«Sie wollen alle seinen Kopf. Offenbar nur der Ripper nicht. In jeder Morgenzeitung in der City wird Charles Warrens Rücktritt gefordert. Es ist von einer Vertuschung die Rede.»
«Wirklich?» Lestrade war seit zwei Tagen weit vom Schuß und hinkte hoffnungslos hinterher.
«Er ist heute bei der Königin.»
«Ich frage mich, wer von beiden gehen wird», murmelte Lestrade.
«Inspector Wensley hat mich dringend gebeten, Ihnen den Brief zu bringen, Sir», sagte George.
«Trotzdem, Sie haben es riskiert. Das sagt alles.»
«Na ja, wir müssen alle irgendwann mal gehen.» Für einen Sergeant war George ziemlich philosophisch. «Ich glaube, Mr. Wensley wäre für ein bißchen Unterstützung dankbar, Sir.»
«Was treibt Abberline? Nein, sagen Sie's mir nicht.» Lestrade überflog noch einmal den Brief. «Zuerst hat er sich offiziell bei der Presse darüber beschwert, daß sie den Unsinn über die Lederschürze veröffentlicht hätten.»
George nickte.
«Dann stattete er dem Leman-Street-Revier einen Besuch ab, wo der Zwischenfall sich ereignete, und brüllte jeden an, der ihm unter die Augen kam.»
George nickte abermals.
«Darauf nahm er die Hersteller und Verkäufer von Ingwerbier unter die Lupe.»
Noch ein Nicken.
«Und darauf die Hersteller und Verkäufer von roter Tinte.»
«Haargenau!» sagte George voll Bewunderung. «Woher wissen Sie das, Chef?»
«Ach, nichts als wilde Vermutungen», lächelte Lestrade. «Wann fängt er mit den Krankenhäusern und Harle Street an?»
«Sir?»
Lestrade zitierte noch einmal: «*Sie sagen jetzt ich wär ein Arzt, ha, ha.*»
«Ich bin nicht sicher, daß er dazu die Zeit gehabt hat, Sir.»

«Na hören Sie mal! Hat Fred Wensley den Brief gesehen?»

«Ja», sagte George.

«Was hält er davon? Hält er den Brief für echt?»

«Er denkt, daß er echt ist, Sir.»

Lestrade stand auf und schritt in eine Lache von Sonnenlicht auf den unebenen Steinplatten des Bodens. «Das reicht mir. Wann werden Derry und Tom eintreffen?»

«Morgen, Sir. Mit dem ersten Zug.»

«In Ordnung, George. Was Fred Wensley angeht, eine Hand wäscht die andere. Da oben sind fast vierhundert Jungen, und ich will von allen Aussagen haben. Tom und Derry können helfen.»

«Sind Sie dessen sicher, Sir?»

«Ich mag's gern, wenn Männer Grips haben», sagte Lestrade ungerührt. «Sie werden ihn hier gewiß brauchen. Jedes Wort, das Sie aufschreiben, jede Frage, die Sie stellen, wird vom Direktor überwacht werden, einem Dr. Nails.»

«Ein Arzt, wie?» George war mit seinen Gedanken woanders.

«Der Theologie, George», sagte Lestrade. «Werfen Sie Ihre Fälle nicht durcheinander.»

«Bei allem Respekt, Chef, tun Sie das nicht auch?»

«Manche werden von ihren Fällen überfallen», sagte Lestrade und leerte seinen Humpen. «Ich glaube, Sie sind an der Reihe.»

«Wo werden Sie sein, Sir?»

«Ich werde hier sitzen und darauf warten.»

«Nein, ich meine, während ich die Jungen verhöre.»

«Ich mache mich besser auf die Socken und halte Wensleys Hand. Und, George...»

«Sir?»

«Es ist vielleicht nicht Jack the Ripper, der in Rhadegund Hall umgeht, aber da ist etwas, was die Schäfchen unruhig macht. Halten Sie die Augen offen.»

Auf der Suche nach der Toilette drehte Lestrade sich um und stieß mit einer Wärmpfanne zusammen.

Die kleine, alte Lady saß dösend am Kamin im Salon. Der große Gentleman mit dem Federhut räusperte sich kräftig, was die kleine, alte Lady dazu veranlaßte, so rasch eine kerzengerade Haltung ein-

zunehmen, daß der Hund auf ihrem Schoß aufgeschreckt knurrte.
«Leiden Sie an Malaria, Sir Charles?» fragte sie mit geschürzten Lippen.
«Nein, Madame», antwortete er und schlug abermals die Hacken zusammen. «Ich fragte mich lediglich...»
«Ob wir wach seien? Natürlich waren wir wach. Sagen Sie mir, diese schrecklichen Morde in Whitechapel. Wer steckt dahinter?»
«Wir haben unsere Verdächtigen, Madame. Ich persönlich favorisiere die Juden.»
«Wirklich?» sagte die alte Lady ein wenig unangenehm berührt und erhob sich mühsam, so daß der Hund auf die Enden von Sir Charles' Schärpe purzelte und sich daranmachte, sie zu zerfetzen.
«Belästigt er Sie?» fragte sie.
«Nicht übermäßig, Madame», erwiderte der Commissioner der Metropolitan Police und flehte insgeheim, der kleine Köter möge über seinen Lackschuhen nicht das Bein heben, «doch ich glaube, er bringt meine Quasten ein wenig in Unordnung.»
«Wir müssen die Beleuchtung in diesen Straßen verbessern», fuhr sie fort und glitt mit ihrem dicklichen kleinen Finger über die Marmornase des teutonischen Helden, dessen Büste jeden Winkel verschönte. «Wir werden mit Mr. Matthews darüber sprechen. Die Gas- und Wasserversorgung läßt zu wünschen übrig. Was Sie betrifft», die traurigen Augen bekamen im Morgenlicht eine kalte, graue Farbe, und das alte Funkeln erschien darin, ein Widerschein der Kronleuchter und Spiegel, «Sie müssen die Arbeit unserer Kriminalpolizei verbessern. Wer leitet die Ermittlungen?»
«Chief Inspector Abberline, Madame.»
«Abberline? Nie von ihm gehört.» Sie schritt auf und ab, blieb hin und wieder stehen und stützte sich dabei auf verschiedene Büsten. Charles Warren bemerkte in Vorzimmern allerlei huschende indische Gestalten. Das ging ihm mehr auf die Nerven als das heimtükkische, kleine Schoßhündchen, das fauchend und knurrend Löcher in seine Frackschöße biß. «Der liebe Lord Beaconsfield erzählte mir einmal von einem jungen Polizisten, dem er begegnet sei. Offensichtlich war er von ihm merkwürdig beeindruckt. Sein Name war... Geläster... war's der? Nein. Desaster? Nein.»

«Lestrade, Madame?» Inzwischen war Warren noch mehr genervt. «Ist dieser Mann noch bei Ihnen?»

«Ja, Madame, aber leider mit einem anderen Fall betraut.»

«Holen Sie ihn her, Sir Charles. Wir wünschen es. Lord Beaconsfield war sicher, daß er es weit bringen würde.»

«Na, immerhin bis Northamptonshire», murmelte Warren.

Die alte Lady drehte sich mit einer Behendigkeit um, wie sie bei einer so vom Alter gezeichneten Person selten ist. «Übertragen Sie diesem Lestrade die Leitung. Bevor Köpfe zu rollen beginnen.»

Eine Uhr in der Gestalt des verstorbenen Prinzen Albert schlug die Stunde. «Ach, Karim», rief sie schrill, und einer der indischen Schatten erschien und verbeugte sich tief, «ist Lord Salisbury draußen?»

«Ja, Madame», sagte Karim mit einem Bückling.

«Lassen Sie ihn zu mir. Und, Sir Charles...»

«Majestät?»

«Ist irgend etwas mit Ihrem Bein?»

«Nein, Madame, bloß daß Euer Spaniel...»

«Shiztu!» verbesserte ihn die Königin.

«Wie Madame belieben», und der Commissioner verbeugte sich dreimal und ging.

Lestrade und Wensley saßen sich gegenüber, Teebecher vor sich. Es war ein Tag, den man im Kalender hätte rot anstreichen können, nicht nur wegen der roten Briefe, die der Whitechapel-Mörder verschickte, sondern auch, weil Fred Wensley in den Yard gekommen war, ohne daß man zehn Pferde dazu gebraucht hatte.

«Erzählen Sie mir's noch mal», sagte Lestrade, der in tiefster Seele unfähig war, die Stille zu ertragen, nachdem George, Derry und Toms sich in Rhadegund Hall aufhielten.

«Sein Name ist Honeybun. Jesaja Honeybun.»

«Gott!»

«Vielleicht. Oder zumindest der Mann zu Seiner Rechten. Er hat mich gefragt, ob ich ein Urerlebnis gehabt hätte.»

«Und?»

«Hatte seit Monaten keinen Urlaub. Sie wissen ja, wie das ist. Ruhetage gehören längst der Vergangenheit an.»

Lestrade nickte zustimmend. «Und Abberline hat ihn geschickt?»
«Nein, nein. Ich habe gesehen, wie er sich gestern in Leman Street aufgeführt hat, und glaube, daß ein Ersuchen von ganz oben das Letzte ist, was er sich wünschte. Man munkelt, daß es Warrens Idee war.»
«Na dann», sagte Lestrade achselzuckend und schob den geleerten Becher weg, «das sagt alles. Woher kommt er?»
«Drei Jahre beim Postamt. Davor Cheltenham, von Jugend an», sagte Wensley.
«Nicht gerade ein ausschweifender Lebenslauf», murmelte Lestrade.
«Was hat er denn zu dem Fall zu sagen, dieser fürsorgliche Engel?»
Ein scharfes Klopfen an der Tür unterbrach das Gespräch, und ein großer, ziemlich bläßlicher Mann mit einem gestutzten Schnurrbart und einem energischen Kinn schritt in den Raum.
«Sind Sie vielleicht Chief Inspector Abberline?» fragte er.
«Das möchte ich um keinen Preis sein», erwiderte Lestrade. «Ich bin Lestrade. Wer sind Sie?»
«Jesaja Honeybun.» Er streckte eine Hand aus. «Ihr Bruder in Christo.»
«Sehr schön.» Lestrades Finger schmerzten unter dem kräftigen Zugriff. «Früher in Cheltenham, wie ich höre.»
«Und auf dem Postamt», ergänzte Honeybun.
«Gab's viele Verstümmelungen auf dem Postamt?» fragte Lestrade.
Honeybun sah verwirrt aus.
«Was war in Cheltenham?» fragte Wensley.
«Es gibt Sünder allerorten, Inspector», mahnte ihn Honeybun.
«Wie wahr.» Das Grinsen, das bei Honeybuns Eintreten auf Lestrades Gesicht getreten war, war noch nicht gewichen. «Tee?»
«Danke, nein. Tee führt zu Magenverstimmungen und trübt den Verstand.»
«Gewiß.» Lestrade warf Wensley einen verzweifelten Blick zu, doch diesen schien plötzlich die Rokokodecke zu fesseln.
«Möchten Sie sich nicht setzen?» Lestrade brauchte eine bejahende Antwort.

«Aber nur kurz», sagte Honeybun. «Hätte der Allmächtige gewollt, daß wir sitzen, hätte er uns keine Beine gegeben. Träge Hinterteile führen zu trägen Leuten.»

«In der Tat. Wissen Sie, Fred, das könnte von mir sein.»

«Wirklich, Sholto?» Wensley begann unkontrolliert zu husten und stopfte sich sein Taschentuch in den Mund.

«Sind Sie mit dem Whitechapel-Fall vertraut, Inspector?» fragte ihn Lestrade.

«Bitte, nennen Sie mich Jesaja. Ich habe die Schuhkartons durchgesehen», sagte Honeybun. «Scheußliches Geschäft, sehr scheußlich.»

«Das Schlimmste, was ich erlebt habe», gestand Wensley.

«Ich sprach von den Schuhkartons», sagte Honeybun. «Möchten Sie meine ehrliche Meinung hören?»

«Über die Schuhkartons?» fragte Lestrade.

«Die Morde», erklärte Honeybun.

Die Yard-Männer saßen da und warteten. Honeybun griff in seine Tasche und fischte eine Bibel heraus. Er schob sie auf den Tisch und legte eine Hand darauf. «‹Die Schlange war schlauer als alle Tiere des Feldes›», sagte er und lehnte sich zurück.

Die Yard-Männer sahen einander an.

«Jesaja...», brach Lestrade als erster das Schweigen.

«Genesis», verbesserte ihn Honeybun.

«‹Und er schmachtete im Kerker›», sagte Honeybun.

«Denken Sie an eine bestimmte Person?» fragte Wensley, der noch immer willens war, sich begeistern zu lassen.

«‹Wo du wohnst, da will auch ich wohnen›», konterte Honeybun.

«Ja, meine Sergeants glauben, daß wir nach einem Untermieter suchen», sagte Lestrade, der sich tapfer abmühte, dem Mann aus Cheltenham zu folgen.

«‹Elias ging an ihm vorüber und warf seinen Mantel über ihn.›» Honeybun war in seinem Element.

Wensley warf Lestrade einen schnellen Blick zu. «Ist dieser Elias ein Komplice?»

«Gentlemen!» Honeybun lächelte und hielt das Buch hoch. «Es steht alles hier drin. Alle Antworten, die wir brauchen.»

«Ja, aber...», begann Lestrade.

«‹Wer findet eine tugendhafte Frau?›» fragte Honeybun.
«Ich hab's jahrelang versucht», murmelte Wensley.
«Unser Mann, Gentlemen», Honeybun beugte sich vor, als ob der neue Hutständer Ohren hätte, «ist ein Polizist. Möglicherweise übereifrig, aber nichtsdestoweniger ein Polizist.»
«Er hat alle vier getötet?» fragte Lestrade.
«‹Und ihnen allen widerfuhr das gleiche›», gab Honeybun ihm zur Antwort.
«Wie können wir ihn kriegen?» fragte Wensley.
«‹Wie ein Hund zu seinem Auswurf, so kehrt ein Tor zu seiner Torheit zurück.›»
«Honeybun!» brüllte Lestrade und schlug so heftig mit der Faust auf den Tisch, daß Inspectors und Becher in alle Richtungen sprangen. «Wäre es Ihnen wohl möglich, uns eine klare Antwort zu geben, ohne aus der Bibel zu zitieren?»
Honeybun sah erschrocken aus. Der Gedanke war ihm noch nie gekommen. «Nun gut», sagte er nach einer Weile, während Wensley seine Weste abrieb. «Seit einigen Tagen, Gentlemen, durchstreife ich Whitechapel. Ich habe sie gesehen, Gentlemen, die Leute aus dem Abgrund. Kleine Jungen, kaum so groß wie ein Chorstuhl, stehlen für ihren Lebensunterhalt. Kleine Mädchen, die ihre Körper verkaufen. Frauen, die der wahre Bodensatz der Gesellschaft sind. Abschaum. Dreck.»
«Sie sind meine Leute», sagte Wensley ruhig. «Ja, sie sind arm, das stimmt. Ein paar von ihnen sind Gauner. Vielleicht ist einer von ihnen der Whitechapel-Mörder.» Er beugte sich vor, und sein Gesicht war aschgrau. Lestrade kannte diese Anzeichen von früher. «Aber sie sind kein Abschaum, Mr. Honeybun. Und sie sind auch kein Dreck.»
«Ich muß mir leider erlauben, anderer Ansicht zu sein», beharrte Honeybun. «Gott hat sie alle nach Seinem Bilde geschaffen, das will ich Ihnen zugestehen. Aber sie haben Ihm den Rücken zugekehrt, Mr. Wensley. Sie haben Gott verflucht, und sie werden sterben.»
«Sie glauben also, daß der Mörder einer von uns ist?» fragte Lestrade. Der Gedanke, das mußte er zugeben, war ihm bereits früher gekommen, und er machte ihm Kopfschmerzen.
«Es ist ein Teil unserer Aufgabe, Mr. Lestrade. Gott will die Welt

von ihrem Auswurf reinigen – durch uns. Wir sind Seine Werkzeuge.»
Als Wensley dämmerte, wovon der Verrückte aus Cheltenham sprach, ballte er seine Hände zu Fäusten. Lestrade klopfte ihm besänftigend auf die Hand. «Denken Sie an eine bestimmte Person?» fragte er.
«Bis jetzt noch nicht», sagte Honeybun, «aber Gott ist bei mir. Oh», er warf einen Blick auf seine Uhr, «ist es schon so spät? Ich muß fort nach Saint Botolph's. Glockenläuten. Gute Nacht, Gentlemen. Der Herr lasse Sein Angesicht leuchten über euch.» Und er entschwand.
Die Stille war hörbar, besser gesagt, sie wäre es gewesen, hätten nicht Honeybuns Stimmbänder sie zerrissen, von denen sich ein «Vorwärts, Soldaten Christi» erhob, als er der Treppe zustrebte.
«Sholto», Wensley sah Lestrade an, «bin ich verrückt oder dieser Mann?»
«Sie, Fred. Hier.» Lestrade kramte hinter den *Protokollierten Aussagen des Jahres 1887, Band XXI*, zog eine Taschenflasche hervor und goß die Hälfte ihres Inhalts in Wensleys Becher. «Das wird vielleicht Ihren Verstand trüben, Ihnen aber keine Magenverstimmung eintragen.»
Wensley nahm dankbar einen tiefen Schluck. «Aber er meint es ernst, Sholto... Er sieht sich als eine Art Racheengel... Sie glauben doch nicht, daß er es ist, oder?»
Lestrade hätte lachen sollen, doch er unterließ es. «Was schlagen Sie vor, Fred? Sollen wir einen Mann auf Inspector Honeybun ansetzen? Und dann einen Mann auf diesen Mann, bloß für den Fall? Wo würde das enden? Ich würde mich selber überwachen!»
«Ach ja», grinste Wensley. «*Quis custodiet ipsos custodes?*» Er war auf einer guten Schule gewesen.
«Sie können so was leicht sagen.» Lestrade zündete für beide Zigarren an. «Also, kommen Sie, dann wollen wir mal. Wie macht er es, dieser Polizist zur Untermiete? Dieser Jude, der eine Lederschürze trägt und Ingwerbier trinkt und mit roter Tinte fehlerhafte Briefe schreibt? Wie tötet er diese Frauen?»
«Ich würde schätzen, von hinten.» Wensley sah zu, wie der blaue Rauch aufstieg.
«Der Bericht des Coroner sagt, von vorn. Zuerst stranguliert oder erstickt, und daß der Mörder medizinische Kenntnisse hat.»

«Nun, Sie haben mehr Obduktionen gesehen als ich, Sholto», räumte Wensley ein, «aber wo sind die Anzeichen eines Kampfes? Diese Ladies haben vielleicht ein wenig Gin intus gehabt. Es war dunkel. Aber immerhin waren sie keine Seelchen. Sie konnten selber auf sich aufpassen. Nicht eine von ihnen hätte das im Liegen über sich ergehen lassen.»
«Also aufrecht an einer Mauer?» fragte Lestrade.
«Ich verwette mein letztes Geld», nickte Wensley.
«Ich werde vergessen, daß Sie das gesagt haben», lachte Lestrade.
«Drehen Sie sich um, Sholto.» Wensley klemmte sich die Zigarre fest zwischen die Zähne, drückte sein Knie in Lestrades Rücken, packte ihn mit der linken Hand am Unterkiefer und riß ihn zurück. «Genau so», sagte er. «Meine Finger würden Würgemale zurücklassen, genau dort, wo wir sie bei Chapman, Nicholls, Stride und Eddowes gefunden haben, und die Kehlen waren dem Messer ausgeliefert.» Er fuhr mit dem Finger über Lestrades Kehlkopf.
«Also ein Rechtshänder?» keuchte Lestrade. «Wollen Sie mich abmurksen?»
«Oh, Verzeihung, Sholto.» Wensley lockerte seinen Griff. «Hab mich ein bißchen hinreißen lassen. Ich hab Sie doch hoffentlich nicht geritzt?» Er betrachtete seine Fingernägel.
«Ich hab doch gar nichts getan», sagte Lestrade, «doch das erinnert mich an etwas. Ich muß einen Besuch machen. Wie wär's mit einem Ausflug ins Obergeschoß?»
«Special Branch? Nein, danke. Dann gehe ich lieber zum Glockenläuten.»

Man hatte der Special Irish Branch das gesamte Obergeschoß zur Verfügung gestellt. Vielleicht ein wenig übertrieben, wenn man an die siebzehn Coppers dachte, die dort hausten, aber wenn es um die Fenier ging, konnte man nicht vorsichtig genug sein. Inspector Gregson wollte keinen zweiten Phoenix-Park-Mord auf dem Tisch haben, und es ging das Gerücht, der ganze Dachboden von Scotland Yard sei voll von Tauben, die darauf trainiert seien, rasch und sicher zwischen Gregson und Liverpool und Gregson und Haverfordwest hin und her zu fliegen, um die Postschiffe von der Grünen Insel zu beobachten und Kot auf mögliche Agitatoren fallen zu lassen, damit diese Männer gezeichnet waren. Jedoch ließ sich keine Taube hören, als Lestrade an diesem Mittwochmorgen den Dachboden erklomm. Nur das sprunghafte Klappern von Gregsons Remington war zu vernehmen.

«Na so was, Lestrade. Wir fühlen uns geehrt. Haben Sie sich verirrt?»

«Nein, nein», kam die Antwort, «bin bloß auf der Durchreise.» Gregson war ein großer, vierschrötiger Mann mit grauem Haar und tiefliegenden Augen, aus denen eine Zielstrebigkeit sprach, die an Besessenheit grenzte. «Sie schnüffeln herum!» Gregson spie wegwerfend aus. Eine Gruppe von Constables blickte auf.

«Nein, nein», Lestrade ließ sich nicht auf die Palme bringen. «Ich gehe immer hier durch.»

«Ich höre, Sie haben den Whitechapel-Fall wiederbekommen. Wie ein verdammtes Jo-Jo, wie?»

«Nur das Auf und Ab des Lebens.»

«Sie wissen, daß es die Juden sind, nicht wahr?» Gregson schaukelte mit seinem Stuhl und steckte seine Waverley in die Tasche.

«Abberline glaubt es, ja.» Lestrade begann seinen bereits gebogenen Nacken in verschiedene Türfüllungen zu stecken.

«Ich habe mit Athelney Jones zusammengearbeitet», strahlte Gregson.

«Jeder zum eigenen Vorteil», lächelte Lestrade.

«Wir haben die Sache eingegrenzt. Es besteht die Möglichkeit, daß in den fraglichen Nächten drei ausländische Schiffe im Royal-Albert-Dock lagen. Jedes davon mit einer größtenteils jüdischen Besatzung …»

«Ich dachte, die Sache mit der Lederschürze sei geklärt.» Lestrade hielt in seiner Suche inne.

«Ah, das war falscher Alarm, Lestrade. Ihr alter Freund Wensley ist drauf reingefallen, nicht wahr?»

«Abberline ebenfalls.»

«Ja, schon, er würde auf alles reinfallen, oder? Sie und ich, wir sind Männer mit Erfahrung.»

«Wie viele Leute hat Abberline bis jetzt eingesperrt?» fragte Lestrade.

«Bis letzten Sonnabend waren es achtunddreißig.»

«Hat er nicht recht daran getan?» fragte Lestrade.

«Was halten Sie von seiner Arzt-Theorie?»

«Tobias, ich würde gern den ganzen Morgen mit Ihnen Blödsinn reden, aber unglücklicherweise muß ich einen Mörder fassen.» Er fand die richtige Tür und winkte der Special Branch ein Lebewohl zu. Gregson, der unter seinem Haarschopf insgeheim vor Wut kochte, versetzte einem Constable einen Tritt und nahm seine Arbeit wieder auf.

«Ah, Inspector», sagte der kleine Mann in der Ecke des Raumes, schob die Brille mit den starken Gläsern bis zum Haaransatz hinauf und rührte mit dem Bleistift zielstrebig seinen Kakao um. «Ich glaube, ich habe was.»

Lestrade wagte es nicht, näher zu treten, für den Fall, er könne die Beute verscheuchen.

«Nehmen Sie doch Platz. Ihr Brief...»

«Ich habe ihn nicht geschrieben», beeilte sich Lestrade zu beteuern.

Die Brille des Forschers plumpste auf dessen Nasenrücken. «Allerdings», sagte er und beäugte Lestrade forschend, «er wurde von einem Kind geschrieben.»

«Von einem Kind?» Lestrade glaubte, nicht recht gehört zu haben.

«Verschiedene Dinge beeinflussen unsere Schrift, Lestrade, und das alles steckt schon im Wort Graphologie – *graphein*, ‹schreiben›, und *logos*, ‹Darlegung›. Der Gesundheitszustand des Schreibers, seine Gefühle, sein Seelenleben. Oder natürlich auch äußere Umstände. Als zum Beispiel Lord Nelson seinen rechten Arm verlor...»

«Ich schätze, dieser Brief wurde nicht von Lord Nelson geschrieben, oder?» Lestrade war zwar kein Experte, doch er war kein Narr.

«Allerdings nicht», lächelte der Forscher, «es sei denn, unsere Post arbeitet noch schlechter, als ich fürchtete.» Und er gab ein eselähnliches Gewieher von sich, das Lestrade wohl oder übel als Lachen betrachten mußte.

«Ist Ihnen M. Michons definitives *Système de Graphologie* bekannt?»

«Nein.»

«Oder das Werk von Michons Schüler, Crépieux-Jamin?»

«Nein.»

Der Forscher seufzte. Was waren das bloß für Leute, die man heutzutage zu Inspectors ernannte?

«Kommen wir zur Sache.» Der Forscher und Lestrade beugten sich über die Papiere auf dem Tisch. Die Petroleumlampe warf glühende Hitze in die dunkle Ecke. «Keine Interpunktion, sehen Sie das?»

«Ja», stimmte Lestrade zu. «Was sagt uns das?»

«Daß der Schreiber mit dem Schreiben auf dem Kriegsfuß steht. Etwa nicht?»

«Ich dachte, ich stelle hier die Fragen.»

«Ein Mann, der des Schreibens nur halb kundig ist, würde niemals das Wort ‹Chance› benutzen. Und diese gestelzte Ausdrucksweise – ‹bis man mich hinter Schloß und Riegel hat›, ‹nur so zum Spaß› –, das ist Bühnen-Cockney, Lestrade. Niemand im East End spricht oder schreibt in Wirklichkeit so.»

«Was folgern Sie also daraus?»

Der Forscher warf seine Papiere durcheinander, schob sie einmal nach rechts, dann nach links. Dann lehnte er sich zurück und blickte Lestrade in die Augen. «Die Briefe wurden geschrieben von einem männlichen Schreiber, zwischen dreizehn und einundzwanzig Jahre alt, von überdurchschnittlicher Intelligenz. Er ist Rechtshänder, aber er hat versucht, seine Schrift zu verstellen, möglicherweise durch Zusammenbinden der Finger.»

«Ich verstehe. Ja, das ist sehr interessant», sinnierte Lestrade und zog sich in den Schatten zurück. «Das engt das Feld mit Sicherheit auf ein paar Millionen Leute ein.»

«Irrtum», versicherte der Forscher ein wenig gekränkt. «Ihr junger Mann besucht – oder hat besucht – eine englische Public School und ist ein Radschput, Dschat oder möglicherweise einfach ein ...»

Doch Lestrade war gegangen, sprang die wacklige Treppe hinunter und flitzte, so rasch sein gebogener Nacken es zuließ, am verdutzten Gregson vorbei.

«... ein Sikh!» Er beendete den Satz für den Forscher, als er in den Lift hüpfte. Die Teile des verrückten Puzzles fingen an zusammenzupassen.

Die drei Polizisten saßen in der Bibliothek, und für jeden von ihnen war es mit ziemlicher Sicherheit das erste Mal, daß er sich in der Nähe so vieler Bücher befand. Lestrade trat leise ein, denn er wollte sie nicht wecken. Es war Mitternacht vorbei, und die Petroleumlampen brannten trübe auf Georges Tisch. Lestrade nahm Georges Lesestoff in die Hand. Aussagen. Eine riesige Zahl, auf den ersten Blick. Der Sergeant war fleißig gewesen. Neben ihm schnarchte, wenngleich durch den hohen Lehnstuhl noch immer in Hab-acht-Stellung, Constable Derry, der einen Blick in Plutarchs *Biographien* geworfen hatte. Selbst in der Übersetzung war er über die erste Seite nicht hinausgekommen. Constable Toms lagerte entspannter, den Kopf neben einem steinernen Wasserspeier, der so manch einem Schuljungen eine unangenehme Beule eingetragen hatte, wenn er beim Klang der großen Rhadegundglocke zur Tür flitzte. Lestrade zog den letzten Band von Gibbons *Verfall und Untergang* aus den kraftlosen Fingern des Mannes, nur um einen ziemlich schauerlichen und dazu noch amerikanischen Groschenroman zutage zu fördern. Der Name des Verfassers war lächerlich genug – Ned Buntline –, aber der Titel *Wyatt Earp, Marshall im Wilden Westen* war völlig grotesk. Lestrade räusperte sich und las laut: «‹Mach dein Spiel, Earp!›» Die drei Polizisten sprangen auf die Füße, die Knüppel einsatzbereit, während Lestrade nachsichtig eine Augenbraue hochzog und weiterlas: «‹Earps Kanone krachte, als Dreifinger-Jake nach seinem Schießeisen griff›… Ich hätte gedacht, Toms, *Verfall und Untergang* wäre eher Ihre Kragenweite.»

«Ja, Sir, Verzeihung, Sir.» Der erschütterte Constable sah blaß aus.

Lestrade warf das Buntline-Produkt auf den Tisch und ließ Donegal und Bowler rasch folgen.

«Wo ist Singh, der Jüngere?» fragte er sie.

Derry durchblätterte seine Notizen, die sich unter dem Plutarch verborgen hatten.

«Ich habe nicht mit ihm gesprochen, Sir», sagte er.

«Toms?»

«Nein, Sir.»

«Mit wie vielen Jungen haben Sie gesprochen, George?» fragte Lestrade.

«Mit *allen*», gähnte der Sergeant. «Darum sind wir im Augenblick alles andere als wach gewesen, Sir. Die paar Tage waren lang.»

«Stimmt.» Lestrade zog sich einen Stuhl heran. «War Dr. Nails die ganze Zeit dabei?»

«Die ganze Zeit», knurrte George. «Oder ein anderer alter Lehrer, Gainsborough.»
«Ich hatte den Kaplan», sagte Derry. «Ist er sauber, dieser Bursche?»
«Vollkommen», lächelte Lestrade. «Es ist bloß, daß sein Vetter Kaplan beim Erzbischof von Canterbury ist, sonst nichts.»
«Ich hatte den Quästor», erzählte Toms. «Er hatte es mit dem Sparen. Ich mußte die Jungen bei Kerzenlicht befragen, als es dunkel wurde. Er hätte einen Anfall gekriegt, wenn er gesehen hätte, daß wir Petroleumlampen benutzten.»
«Und was ist mit Cherak Singh?» wandte sich Lestrade an George.-

«Das ist das Verrückteste, Chef», sagte der Sergeant. «Er ist verschwunden. Hat sich in Luft aufgelöst.»
«Immer noch? Sie haben nachgesehen?»
«Hatte noch keine Zeit, Sir. Wir haben rund um die Uhr gearbeitet.»
«Ja, schon gut.» Als er das hörte, ahnte Lestrade den Beginn einer Klage. Als er noch Constable war, hatte er auch ein paarmal Grund dazu gehabt.
«Die Jungen haben alles abgesucht.»
«Ja?» Lestrade sah auf. «Wer hat das angeordnet?»
«Dieser verdammte Nails. Der Bursche ist das Letzte.»
«Wer hat die Suche organisiert?» fragte Lestrade.
«Mercer, der Quästor.»
«Und kein Erfolg?»
Die drei Polizisten schüttelten die Köpfe.
«Wieso das Interesse an Singh, Sir?» fragte Toms. «Denken Sie, daß er in den Fall verwickelt ist?»
«In diesen Fall?» Lestrade zog eine Zigarre hervor. «Ich weiß es nicht, doch ich denke, daß er in meinen Fall verwickelt ist.»
«In *Ihren* Fall, Chef?» wollte George wissen.
«Schon gut.» Lestrade überhörte die Betonung. «Abberlines Fall. Die Whitechapel-Morde.»
«Whitechapel?» riefen die drei Polizisten im Chor.
«Hier drin scheint es ein Echo zu geben.» Lestrade ließ seinen Blick über die getäfelten Wände gleiten, von denen längst verblichene Direktoren zurückstarrten.

«Wie das?» fragte George.

«Als ich zum erstenmal in diese Schule kam», Lestrade blies den Rauch zur Decke, «war Singh, der Jüngere, der erste Bursche, dem ich begegnete. Seine East-End-Schnauze war erstaunlich. Sprach so, als sei er dort aufgewachsen, wirklich.»

«Wie kommt das?»

«Das würde ich gern rausfinden. Es gibt eine Verbindung zu Whitechapel, muß es geben.»

«Nun, das ist merkwürdig, das muß ich zugeben», grübelte George, «aber das ist alles ein bißchen dürftig, Sir.»

«Das wäre es, George, gäbe es da nicht die Tatsache, daß ich glaube, Singh, der Jüngere – oder vielleicht Singh, der Ältere –, hat den Brief geschrieben, den Sie für mich rausgeschmuggelt haben.»

«Was? Der Brief, der ‹Jack the Ripper› unterzeichnet war?»

Lestrade nickte.

«Glauben Sie etwa, daß der kleine Niggersängerknabe der Whitechapel-Mörder ist?» fragte Derry, der spürte, daß sich ihm in seinem militärischen Genick die Haare sträubten.

«Ich glaube nichts dergleichen, Constable», sagte Lestrade. «Doch das Bürschchen weiß mehr, als es ausplaudert. Könnte es nicht sein, daß Singh in diesem Augenblick gerade ein wenig singt?»

«Dollery!» rief Toms unvermittelt.

«Haben Sie sich den Zeh gestoßen?» fragte Lestrade.

«Sergeant, lassen Sie mich die Aussagen sehen. Nummer eins-null-sechs, wenn ich mich recht erinnere.»

Lestrade und George wechselten Blicke. Keiner von beiden hatte im Augenblick die Absicht, Toms wissen zu lassen, daß sie beeindruckt waren. Der Constable durchblätterte die Seiten. «Hier», sagte er nach einer kurzen Weile, «Dollery, T. U. R. D.»

«Wie?» fragte Lestrade.

«Seine Initialen, Sir. Thomas Ulric Rufus Dollery.»

«Dollery Dollery?» knurrte George ungläubig.

«Das ist nun mal so in Public Schools», seufzte Lestrade, der es nie ganz schaffte, den Makel von Mr. Poulsons Lehranstalt in Blackheath abzuschütteln. «Fast so schlimm wie George George. Was ist mit ihm?»

«Er war unverkennbar nervös, Sir», erklärte Toms. «Kaute wie verrückt an seinen Nägeln.»

«Aha», murmelte George, «hatte vielleicht hinter der Wäscherei eine geraucht.»

«Oder er hatte die Oberschwester im Gebüsch getroffen», schlug Derry vor. Lestrade las Dollerys Aussage. Er blickte Toms an. «Er hatte eine Hasenpfote bei sich?» Die Augen des Inspector verengten sich.

«Und während unseres kleinen Plausches hielt er sie dauernd vor sich, Sir», sagte Tom. «Streichelte sie.»

«Was sagte der Quästor dazu?»

«Während des Verhörs sagte er nichts, aber als ich ihn hinterher fragte, sagte er, Dollery sei ein komischer Vogel, der sich einsamen Lastern hingebe.»

«Aha», nickte Lestrade, «und als Sie Dollery nach den Singhs fragten?»

«Er wurde sehr aufgeregt, Sir, drehte die Hasenpfote zwischen seinen Fingern, als hinge sein Leben davon ab.»

«In Ordnung, Toms – und Ihr Gedächtnis hat gut funktioniert, nebenbei bemerkt –, ich werde am Morgen mit dem jungen Dollery reden. Gentlemen», er stand auf, «es ist ein langer Tag gewesen, und der morgige wird noch schlimmer. Ich wünsche, daß jeder Zoll dieses Anwesens nach Cherak Singh durchkämmt wird. Wir treffen uns bei Tagesanbruch», er schritt zur Tür, «und, Toms ...»

«Sir?» Der Constable sprang auf.

Mit einem Akzent, den er für einen amerikanischen hielt, sagte Lestrade schleppend: «Sie stecken Ihr Schießeisen besser weg.» Das schallende Gelächter erstarb in der Dunkelheit.

Es war kurz vor drei, als Lestrade es hörte. Zuerst war es ein Teil seines Traums. Er war wieder in Poulsons Lehranstalt, und der Große Mann beugte sich über ihn und schrie: «Vergiß nicht, Junge, Hände an die Hosennaht, wenn du für die Königin antrittst!» Das Geschepper in seinem Kopf war der Gong zum Dinner, mit der nahrhaften Ochsenschwanzsuppe, die von der alten Mrs. Poulson jeden Tag auf- und wieder abgetragen wurde. Zugegeben, die Suppe mochte irgendwann ein paar Schwänze gesehen haben – und konnte gewiß auch ein paar Geheimnisse erzählen –, aber sie hatte mit einem Ochsen soviel zu tun wie der Boden eines Kuhstalls. Aber der Geruch in Lestrades Nüstern stammte nicht von der Suppe. Er war beißender. Durchdringend. Der gefleckte Kater? Nein, es war Rauch. Und er saß kerzengerade im Bett, und das Geschepper in seinem Kopf wurde zum Läuten der Rhadegundglocke, an deren dickem Seil Radau aus Leibeskräften zog. Vor seinem Erkerfenster war ein Prasseln und ein grelles Glühen, und an der Tür hörte er ein heftiges Klopfen.

«Mr. Lestrade, Sir, die Bibliothek brennt!»

Der Inspector warf seinen Donegal über sein Nachthemd und riß die Tür auf. Ein verstörter George stand zitternd vor ihm. «Kommen Sie, Mann.» Lestrade rannte an ihm vorbei. «Holen Sie Derry und Toms. Jetzt heißt es: alle Mann an die Pumpen.»

Er erreichte das obere Ende der Treppe und bewältigte sie mit einer anmutigen Folge von Purzelbäumen, von jedem Absatz mit einer Behendigkeit abfedernd, wie man sie bei einem Mann, dessen Nakken bereits einige Grad nach Steuerbord geneigt war, selten sah.

«Sind Sie in Ordnung, Sir?» George kam langsamer unten an, da er die Treppe auf die hergebrachte Weise hinuntergestiegen war. «Natürlich», schnaubte Lestrade, dessen Stolz unter den Dingen war, die Beulen davongetragen hatten. «Haben Sie noch nie die Scotland-Yard-Feuerrolle gesehen?» bluffte er. «Erinnern Sie mich, daß ich sie Ihnen mal gelegentlich vorführe.»

Sie rannten über den rechteckigen Hof, auf dem es bereits von Jungen aller Altersgruppen in flatternden Nachthemden und Mützen wimmelte. Aus dem neogotischen Gemäuer der Bibliothek schossen Flammen himmelwärts, zischend und prasselnd in ihrer Gier nach dem Holz der Fächergewölbe und den Sternen. Eine lautere und ruhigere Stimme durchdrang das Durcheinander und den Lärm. Dr. Nails, mit einer scharlachroten Schlafmütze und dazu passenden Pantoffeln angetan, schritt ungerührt wie ein Koloß durch die Menge der Jungen.

«Du, Junge, hör auf zu flennen. In Rhadegund wollen wir nur Männer haben. Erinnere mich morgen daran, daß ich dich ausschließe. Radau, bilden Sie eine Kette, Mann. Gut, gut. Her zu mir, Rhadegundianer. Sammeln! Sammeln!»

Lestrade stieß kurz mit Bracegirdle zusammen und hörte den Sportlehrer murmeln: «Hör sich einer das an! Er denkt, er wär Schiedsrichter bei einem Tennismatch!»

Während Derry und Toms sich Eimer schnappten, die durch Radaus dünne, weiße Kette von Hand zu Hand gingen, tauchte über ihren Köpfen der Kaplan hinter einer Brustwehr auf und brüllte beschwörende Worte in das Flammenmeer.

«So was nennt man eine Höllenfeuerpredigt», flüsterte George.

«Ah, Lestrade.» Der Direktor hatte die Polizisten ohne Hosen erwischt. «Schön, daß Sie mit Hand anlegen, aber wir schaffen das schon. Saunders-Foote!» Er griff sich den kleinen Gräzisten und brachte ihn vor sich zum Stillstand. «Wen haben Sie losgeschickt, um die Feuerwehr zu holen?»

«Äh... Adelstrop», stotterte Saunders-Foote aufgeregt.

«Adelstrop? Sie Vollidiot!» Lestrade dachte, Nails würde den Mann auf der Stelle niederschlagen. «Der hat ein Holzbein. Rom könnte niederbrennen, bevor der jemanden erreicht. Wo ist der junge Snitterfield? Ein Musiklehrer sollte imstande sein, einen Gig zu meistern.»

«Machen Sie sich keine Sorgen, Direktor», Bracegirdle trat in diesem Augenblick hinzu, «die Bibliothek wäre Schutt und Asche, bevor er das Pferd angespannt hat. Ich werde laufen.»

«Prächtig, Major, prächtig. Nehmen Sie den jungen Ovett mit.»

«Hat einen seiner freien Tage, Direktor», teilte Bracegirdle ihm mit und setzte sich in Richtung Auffahrt in Bewegung, ein Stück Weges vom Quästor begleitet, der ihm seinen Mantel nachtrug.

Während die Menschenkette bis zum Morgengrauen verbissen kämpfte, vom Direktor pausenlos ermahnt, und die Oberschwester und ihre Helferinnen die umherirrenden Verwundeten, von Erschöpfung und Rauch übermannt, ins Krankenrevier beförderten, erstarben die Flammen allmählich. Im ersten Licht des Tages sah das Gelände wie ein Schlachtfeld aus. Überall stand Wasser, lagen Eimer und Jungen. Nails und Lestrade durchschritten wie ein General und sein Stabschef die rauchenden Überreste dessen, was einmal Rhadegund's große Bibliothek gewesen war.

«Verflucht», murmelte Nails mit sonderbar gedämpfter Stimme, denn sein unentwegtes Geschrei während der Nacht hatte ihn heiser gemacht. «Keine Feuerwehr. Ich werde Bracegirdle die Hölle heiß machen, sobald ich ihn sehe.»

«Oh, mein Gott!» Lestrade stolperte über etwas, bei ihm kaum ein seltenes Ereignis.

«Was ist los?» fragte Nails.

Lestrade beugte sich über die glühende Holzkohle. «Es ist eine Leiche», sagte er.

«Eine Leiche in der Bibliothek?» fragte Nails ungläubig. «Wessen Leiche?»

Lestrade stocherte mit seinem Apachenmesser in dem geschwärzten Leichnam herum und schob die verkohlten Gliedmaßen hin und her. «Die Leiche eines Jungen», sagte er.

Dann beugte er sich tiefer hinunter und untersuchte den Untergrund, auf dem der Rumpf gelegen hatte. Er holte einen kleinen, seltsam gearbeiteten Metallbehälter hervor. Er versuchte, den Dekkel aufzuschrauben. Er ließ sich nicht drehen, denn die Hitze hatte ihn mit dem Behälter verschmolzen. Aber er wußte, was er vor sich hatte. Denselben Behälter hatte er vor nicht allzu langer Zeit schon einmal gesehen – in der Hand von Maggie Hollis, der ertränkten Wäscherin.

«Feuer und Wasser», sagte er nachdenklich.

«Wie bitte?»

«Nichts, Direktor. Bloß die Bestandteile eines klassischen Geheimnisses.»

«Wer war der Junge, wissen Sie es? Wir müssen sofort einen Anwesenheitsappell abhalten.»

«Ja, tun Sie das.» Lestrade stand auf. «Wären Sie ein Mann, der Wetten abschließt, Dr. Nails...»

Der Direktor blickte ihn entsetzt an.

«...sollten Sie Ihr Geld auf Cherak Singh, den Jüngeren, setzen.»

Barnaby und Burgho

Constable Toms war ein Opfer des Qualms geworden, als er in der Bibliothek die Glut bekämpfte. Jetzt erholte er sich im Krankenrevier, und es machte ihn ungemein verlegen, daß er sich zusammen mit so vielen aufgeblasenen Kindern im selben Schlafsaal aufhielt. Es war weder für ihn noch für die Jungen ein Trost, daß auch Mr. Saunders-Foote, der Griechischlehrer, anwesend war. Nach Meinung der Oberschwester litt er an nervöser Erschöpfung. Der Tod Dentons hatte ihn schwer getroffen und das Feuer ihm den letzten Schlag versetzt. Er lag zitternd und murmelnd in einem Bett hinter einem Trennschirm, den die Oberschwester und ihre Damen aufgestellt hatten.

«Wie geht es meinem Constable?» fragte Lestrade die Florence Nightingale von St. Rhadegund's.

«Er kommt wieder auf die Beine», sagte sie. «Bereitet Ihnen Ihr Nacken immer noch Kummer?»

«Nein», erwiderte Lestrade, der in seinem schrägen Blickwinkel inzwischen lediglich eine weitere kleine Laune des Lebens sah. «Es tut nur weh, wenn ich *so* stehe.»

Er machte es vor und zuckte zusammen. Die Schwester drückte ihn auf einen Stuhl und fing an, mit geschmeidigen Fingern seinen Rükken zu bearbeiten. Der Inspector spürte ein Kribbeln im Rückgrat.

«Vorsicht, Schwester», sagte er und nickte zu den Betten hinüber, «wir befinden uns in gemischter Gesellschaft.»

«Oh.» Sie gab ihm mit einem Handtuch eine spielerische Kopfnuß. «Lehnen Sie sich zurück, Mr. Lestrade, und denken Sie an England.»

Er gehorchte, doch es war ein dunkler Winkel Englands, dessen Bild sich bei ihm einschlich.

«Darf ich Sie etwas fragen?» sagte sie plötzlich.

Er hob ergeben die Hand.

«Steht das Feuer in Verbindung mit den... Todesfällen?»
Lestrade spürte, daß sich sein Nacken trotz der warmen Finger der Krankenschwester wieder verspannte. «Sagen wir so», erwiderte er, «das Sikh-Zack-Spiel ist vorbei.»
«Ist es das wirklich, Inspector?» Sie starrte auf seinen Hinterkopf. «Ein Spiel?»
«Lestrade!» Die Bettpfannen hüpften und rasselten, als Dr. Nails in das Krankenzimmer stürzte.
«In Bereitschaft neben die Betten!» schrie ein Bursche in der Nähe der Tür, und die Jungen in Schlafanzügen nahmen taumelnd Haltung an.
«Sie sind jetzt nicht auf dem Exerzierplatz, Montgomery. Alles zu seiner Zeit, am richtigen Ort. Oberin, Schluß jetzt mit dem Inspector. Ich brauche ihn.» Und er fegte zur Tür hinaus.
«Des Meisters Stimme», jammerte Saunders-Foote hinter seinem Wandschirm und fiel wieder ins Delirium.
«Sagen Sie mir, Frau Oberin», sagte Lestrade und befestigte seinen Kragenknopf, «haben Sie seine Flasche schon gefunden?»
Sie sah ihn schockiert an. «Mr. Saunders-Foote?» keuchte sie. «Nie und nimmer.»
«Ich fürchte doch», sagte Lestrade. «Sehen Sie mal in seinem Talar nach. Innentasche. Links.»
Sie verschwand aufgeregt und ungläubig hinter dem Schirm, begierig, den Inspector zu widerlegen. Sie kehrte mit einer leeren Flasche zurück.
«Woher wußten Sie das?» fragte sie, wurde sich plötzlich der Anwesenheit der Jungen bewußt und übergab die Flasche dem Abfallbehälter.
«Ach, jahrelange Erfahrung», lächelte Lestrade und warf einen Blick auf das Etikett. «Teacher's, wie ich sehe.»
Die Oberschwester eilte zu ihm und preßte seinen Arm. «Kommen Sie heute nacht... wenn Sie können. Oben auf der Treppe nach links.»
«Lestrade!» Nails war kein Mann, den man warten ließ.
Der Inspector blickte tief in die klaren, blauen Augen des Engels aller Kranken. «Nach links, oben auf der Treppe», wiederholte er und folgte dem Ruf und seiner Berufung.
Carman, der zweite Hausmeister, saß auf dem Kutschbock des Rha-

degund-Einspänners. Darin thronte eine aufgeblasene, zylindergekrönte, grimmig blickende Person, die Lestrade an Lord Shaftesbury erinnerte. Während sie in das Gefährt stiegen, machte Nails die Herren nachlässig miteinander bekannt. «Lestrade, Gainsborough, mein Stellvertreter. Gainsborough, Lestrade.»
Der Stellvertreter knurrte, Carman gebrauchte die Peitsche, und der Rhadegund-Einspänner rollte über den Kies der Auffahrt, hinaus in den bleigrauen Morgen, auf die Reihe von Ulmen zu, welche die Straße säumten.
«Darf ich fragen, wohin wir fahren?» Lestrade knöpfte angesichts des unwirtlichen Oktoberwetters seinen Donegal zu.
Nails wandte sich Gainsborough, dann Carman zu. «Es ist ein Shilling für Sie drin, wenn Ihre übliche Taubheit Sie wieder befällt», sagte er zum Kutscher.
«Hä, Sir?» erwiderte Carman, und seine Peitschenhand stahl sich nach hinten, um die versprochene Münze in Empfang zu nehmen.
«In Ordnung. Bracegirdle ist tot», sagte Nails.
«Bracegirdle?» wiederholte Lestrade.
«Korpskommandant und Wallah für körperliche Ertüchtigung», erklärte Gainsborough.
«Ja, ich weiß», sagte Lestrade. «Wie starb er?»
«Gütiger Gott, Mann», donnerte Nails. «Ich halte mir doch keinen Hund, um selber zu bellen. Sie sind der Fachmann, verdammt noch mal. Sie sollen es mir sagen.»
«Wo ist die Leiche?»
«Hoo!» Carman zog die Zügel an, und der Rhadegund-Einspänner kam schleudernd zum Stehen.
«Dort drüben», sagte Gainsborough und deutete mit dem Finger hin. Die drei Männer stiegen aus und wateten durch die verwehten Blätter auf eine Lichtung oberhalb des Flusses. Major Bracegirdle lag auf dem Rücken und starrte blicklos in den Himmel. Aus seiner Brust ragte ein verzierter Offiziersdegen.
«Mein Gott», murmelte Nails. «Hört das denn nie auf?»
«Wer fand ihn?» fragte Lestrade.
«Ich», sagte Gainsborough, «auf meinem Morgenspaziergang.»
«Habe ich Sie nicht letzte Nacht im Hof gesehen, als Sie den Brand bekämpften?» fragte Lestrade.

«Ich habe meine Pflicht getan», bejahte Gainsborough. «Warum?»
«Nach einer Nacht wie dieser, die, wie Sie zugeben werden, ein wenig außergewöhnlich war, unternahmen Sie dennoch einen Spaziergang?»
«Jungen haben ihre Gewohnheiten, Lestrade», sagte Gainsborough zu ihm. «Die meisten davon sind unangenehm. Und so sind wir im Grunde auch. Sind wir letzten Endes nicht auch bloß übergroße Jungen?»
Nails und Lestrade blickten einander an. Kein Zweifel, keiner von beiden war mit dieser Erklärung völlig zufrieden.
«Um welche Zeit fanden Sie die Leiche?» Gewohnheitsmäßig untersuchte Lestrade den Boden rings um den Toten. Falls es dort einmal Spuren gegeben hatte, waren sie längst von wirbelnden Blättern verdeckt, die der Wind zusammengetrieben hatte.
«Oh, etwa gegen halb neun. Ich war auf dem Rückweg. Freitags findet der Gottesdienst erst um halb zehn statt. Ich glaubte nicht, daß man mich vermissen würde.»
Lestrade kniete neben dem Körper. Steif. Kalt. Eine dünne Tauschicht überzog die bläulichen Lippen und das Haar. Der kleine Schnurrbart sträubte sich nicht mehr.
«Wann haben Sie den Major zum letztenmal gesehen?» Lestrade blickte zu Nails hinauf.
«Zur selben Zeit wie Sie. Als er sich erbot, die Feuerwehr zu holen. Kein Wunder, daß die Mistkerle nicht auftauchten. Ich war schon ganz scharf darauf, diese Bande auszupeitschen.»
«Mr. Gainsborough?»
«Ich glaube, ich sah ihn das Feuer bekämpfen, wie alle anderen», antwortete der Stellvertreter des Direktors. «Ich muß zugeben, daß ich ihm nicht viel Aufmerksamkeit zollte.»
«Was ist das?» Lestrade deutete auf die Mordwaffe.
«Das ist der Ehrendegen von Rhadegund», sagte Nails sachlich. «Wird jedes Jahr dem vielversprechendsten Kadetten zugesprochen. Wenn Sie den Griff betrachten, sehen Sie das Wappen von Rhadegund…»
Lestrade schob den Arm Nails' beiseite und zog behutsam die Klinge aus dem Brustkorb des Toten. Braunes, geronnenes Blut bedeckte von der Spitze her ein Drittel der Klinge.

«Was sind das für Namen auf der Klinge?» Er deutete auf eine Reihe eingravierter Schnörkel.
«Die Empfänger des Degens», erläuterte Nails. «Der Spitze am nächsten steht der Name des letzten Inhabers.»
Lestrade las den Namen. «Der augenblickliche Träger des Degens ist also Master Ruffage? Ist er nicht Ihr…?»
«Mein Schulsprecher? Ja. Hören Sie, Lestrade, das ist Unsinn. Ich kenne Ruffage durch und durch. Ruffages sind seit Jahrhunderten in Rhadegund gewesen.»
«Und wie kam er mit Major Bracegirdle aus?»
«Das ist eine beleidigende Frage!» fauchte Nails.
«Direktor, wir müssen den Tatsachen ins Auge sehen.» Gainsborough war ruhiger. «Als Träger des Degens war Ruffage eine der drei Personen, die Zugang zu der Waffe hatten. Die anderen waren Bracegirdle und…»
«Und?» Lestrade stand langsam auf.
«Und ich», sagte Nails und ersparte seinem Stellvertreter dadurch die Peinlichkeit, seinen Direktor mit der Sache in Verbindung zu bringen. «Und bevor Sie fragen, ich hatte persönlich nichts gegen Bracegirdle…»
«Und unpersönlich?»
Nails schäumte. «Ich gestatte mir mit niemandem, ob Lehrer oder Schüler, näheren Verkehr, außer auf rein beruflicher Ebene.»
Lestrade blickte in die harten Augen, auf den altmodischen Schnurrbart. Sie verrieten nichts.
«Dann muß ich mit dem jungen Ruffage sprechen», sagte er. «Carman!»
Der Mann auf dem Einspänner rührte sich nicht, sondern starrte weiterhin stur geradeaus.
«Würden Sie Ihren Kutscher wohl bitten, uns zur Schule zurückzufahren?» sagte Lestrade. «Er soll meinen Sergeant und meine Constables herbringen und ihnen in jeder Weise behilflich sein. Ich wünsche mit Ruffage und mit einem Burschen namens Dollery zu sprechen, nicht unbedingt in dieser Reihenfolge.»
«Ich verstehe», sagte Nails.
«Und, Direktor, ich habe die Absicht, allein mit ihnen zu sprechen.»
«Neuerdings?»

«Dann möchte ich den gesamten Lehrkörper sprechen.»
«*In cumulo?*» Nails versuchte verzweifelt, seine Wut im Zaum zu halten.
«Nein», sagte Lestrade und ging zum Einspänner, «am besten alle zusammen.»

Nach dem Feuer waren die Lehrer darauf bedacht, den Schulbetrieb fortzuführen, als sei nichts geschehen. Darum fand normaler Unterricht statt, obgleich Ruffage und Ovett Bracegirdles schwedische Gymnastik übernehmen mußten; und so kam es, daß Lestrade, während George, Derry und der immer noch hustende Toms den toten Major zum Einspänner trugen und ihn unter einem Stapel Wolldecken aufbahrten, Gainsboroughs Arbeitszimmer benutzte, um Dollery, T. U. R. D., zu befragen.
«Wie gut kannen Sie Cherak Singh, den Älteren?» fragte er den schwerfälligen, blondhaarigen Jungen, der auf der Kante von Gainsboroughs Stuhl vor ihm saß.
«Nicht sehr gut», sagte er. «Er war nicht in meinem Haus.»
«Sein Bruder vermutlich auch nicht?»
«Nein.» Dollery fühlte sich in seiner Haut sichtlich nicht wohl.
«Hatschi!» dröhnte Lestrade plötzlich, als der Niesreiz in ihm hochstieg und ihn kurz durchschüttelte. «Entschuldigung», sagte er. «Muß wohl am nahenden Winter liegen.»
«Kummer», sagte Dollery betrübt und schüttelte den Kopf. «Gesundheit.»
«Wie bitte?»
«Es ist Freitag, wissen Sie. Niesen am Freitag bedeutet Kummer.»
«Hatschi!» Lestrade prustete abermals los.
«Ein Wunsch», sagte Dollery. «Gesundheit.»
«Deine Gesundheit», sagte Lestrade. «Ich sehe, es ist ansteckend», und er nieste wieder.
«Gesundheit. Dreimal», sagte Dollery. «Sie werden einen Brief bekommen.»
«Nun, das ist eine ziemlich sichere Wette.»
«Sie niesen nach links, Sir», ächzte Dollery.
«Nein, nicht wirklich, es ist bloß, daß mein Nacken… He, was bedeutet das?»

«Unglück.» Dollery zog rasch seine Hasenpfote heraus, die Constable Toms erwähnt hatte.
«Darf ich daraus schließen, daß Sie abergläubisch sind, Mr. Dollery?» fragte Lestrade.
«Guter Gott, nein», grinste Dollery. Die Anstrengung machte ihm sichtlich zu schaffen. Er streichelte seine Hasenpfote. «Bloß vorsichtig.»
Lestrade stand auf, ging durchs Zimmer und beobachtete den jungen Mann aus dem Augenwinkel.
«Margaret Hollis war schwanger», sagte er unvermittelt.
«Oh», sagte Dollery. «Warum erzählen Sie mir das?»
«War das Kind von Ihnen?»
Dollery wurde puterrot. «Äh... nein... ich weiß nicht, wie... äh... nein.»
«Wer war der Vater?»
«Ich weiß es nicht.»
Lestrades Blick glitt über Gainsboroughs Bücherregale. Eine *Police Gazette* fand sich nicht darin.
«Hat Mr. Denton Sie unterrichtet?»
«Nein.» Dollery begann zu zittern.
«Saunders-Foote?»
«Ja. In Oberquarta.»
«Hat er je über Denton mit Ihnen gesprochen?»
«Nein, Sir, das wäre für einen Lehrer... nicht standesgemäß gewesen. Sie unterhalten sich nicht mit uns. Nicht in dieser Weise.»
«In welcher Weise?» Lestrade jagte sein Opfer, trieb es, bildlich gesprochen, in die Enge.
«Nun, persönlich... Ist es nicht das, was Sie meinen?» Dollerys Lippen bebten. Lestrade entriß ihm die Hasenpfote. Dollery schrie auf, sprang vor und griff danach, aber der Inspector war schneller und schmetterte den Kopf des Jungen auf Gainsboroughs Tisch. Der Schrei führte dazu, daß Gainsborough seinen Kopf durch die Tür steckte.
«Ja?» zischte Lestrade und preßte den unglücklichen Jungen gegen die Tischplatte.
«Äh... nichts», lächelte Gainsborough und erfaßte das Heikle der Situation. «Ich dachte, es wäre irgendwas vorgefallen.» Und er zog sich zurück.

«Also.» Lestrade packte Dollerys Arme, als dieser nach der Hasenpfote und ins Leere griff, zog sie über den Tisch und nahm wieder auf dem Stuhl Platz. «Gewöhnlich nehme ich nicht Zuflucht zur Gewalt, junger Mann, aber Sie wissen etwas. Was?»
Dollery drehte seine Finger in Lestrades Griff, so daß sein Daumen aufrecht zwischen ihnen stand.
«Was soll das sein?» fragte der Inspector.
«Ein Zeichen», zischte Dollery, «um den bösen Blick abzuwehren.»
Lestrade ließ ihn los. Er erlaubte dem Jungen, sich wieder hinzusetzen und sich zu schneuzen. Dann zündete er sich bewußt herausfordernd eine Zigarre an und hielt das Streichholz an die Hasenpfote.
«Nein!» Wiederum sprang Dollery vor, aber Lestrade wich zurück und hielt sie in angemessener Entfernung.
«Wer legte Singhs Leiche in die Bibliothek?» sagte er scharf.
«Ich weiß es nicht», schluchzte Dollery. «Ich schwöre, ich weiß es nicht.»
«Er war drei Tage lang vermißt. Sie wissen, wo er war, stimmt's?»
«Nein.»
Lestrade näherte die Flamme abermals der Pfote und hoffte, Dollery würde zusammenbrechen, bevor er sich die Finger verbrannte. Der Geruch von gebratenem Hasen und gebratenem Lestrade stieg ihm in die Nase.
«In Ordnung!» Dollery sackte wie ein Häufchen Unglück auf dem Boden zusammen. «In Ordnung!»
Lestrade blies dankbar das Streichholz aus, wandte sich zum Fenster und tauchte seine Finger verstohlen in eine Blumenvase.
«Fragen Sie Hardman», flüsterte Dollery. «Bitte, ich kann nicht mehr sagen. Fragen Sie Hardman.»
Lestrade durchblätterte Georges Aufzeichnungen, die auf Gainsboroughs Tisch lagen. «Hardman, O. G. W.?» fragte er.
Dollery nickte.
Lestrade warf dem Häufchen Elend in der Ecke die Hasenpfote zu. Er beugte sich über den Tisch und blies dem jungen Mann den Rauch ins Gesicht. «Alles, was ich über Aberglauben weiß», sagte er, «ist, daß es Glück bringt, wenn Sie in Scheiße treten. Aber es muß der linke Fuß sein und zufällig passieren.»

Dollery nickte, trotz seines Schreckens flüchtig von Lestrades Weisheit beeindruckt.
«Eine Menge Leute hier», fuhr Lestrade fort und schritt über ihn hinweg, «scheinen durch ihre eigene zu waten.»

Der Abend senkte sich früh auf die gotischen Türmchen von Rhadegund, die jetzt durch die unheimlichen verkohlten Säulen der einstigen Bibliothek noch zerklüfteter wirkten. Lestrade stand vor dem Kamin, natürlich darauf bedacht, den Flammen nicht zu nahe zu kommen, im Gemeinschaftsraum der Lehrer. Vor ihm versammelte sich ein merkwürdiges Sammelsurium von Außenseitern, ein Häufchen jener, die man, nach den Worten eines Lestrade völlig unbekannten jungen irischen Stückeschreibers, nichts gelehrt hatte und die deshalb selber lehrten. Ein paar kannte der Inspector. Er hatte bereits mit ihnen gesprochen. In eine Ecke gedrückt, durch die vielen Yards akademischer Gewänder eingeschüchtert, überwältigt von der komprimierten Pädagogik, saßen die drei weisen Männer: George, Derry und Toms.
«Gentlemen, ich glaube, daß Inspector Lestrade Ihnen etwas zu sagen hat», dröhnte Nails und brachte den Raum zum Schweigen. «Angesichts des Ernstes der Lage habe ich ihm gestattet, sich an Sie zu wenden.»
Lestrade trat einen Schritt vor. «Gentlemen... Ich bin sicher, daß es Sie nicht überraschen wird, daß meine Männer und ich in einem Fall ermitteln, der mit einem Mord begann – dem an der Wäscherin Margaret Hollis, die Ende September ertränkt in der Schulwäscherei gefunden wurde. Diese Ermittlung dehnte sich auf eine zweite aus – auf den Tod Ihres Kollegen Anthony Denton...»
Saunders-Foote begann still zu schluchzen.
«Ich werde ihn hinausbringen, Direktor», sagte der Quästor und führte den kleinen, alten Griechischlehrer zur Tür.
«Dann fand man Cherak Singh, den Älteren, in einem Boot auf dem See, und ihm folgte sein Bruder, dessen Leiche Dr. Nails und ich in den Ruinen der Bibliothek entdeckten. Erst heute morgen stieß Mr. Gainsborough auf die Leiche von Major Bracegirdle.»
Mit einem Schlag herrschte im Raum ein zugleich akademisches wie elektrisch geladenes Schweigen.

«Das macht fünf Tote in fünf Wochen, Gentlemen.»
«Bravo!» rief eine Stimme aus einer Ecke.
«Sir?» Lestrade drehte sich um.
«Honeycombe, Mathematiklehrer», verkündete der kleine, blühend aussehende Mann. «Ihre Rechenkünste sind bewunderungswürdig, Inspector, aber wie steht es mit Ihren detektivischen?»
«Wir machen gewisse Fortschritte», bluffte Lestrade.
«Welche?» Unzweifelhaft war Honeycombe kein Mann, der ein Blatt vor den Mund nahm.
Lestrade versuchte es mit einem riskanten Manöver. Er ging gedankenvoll auf Gainsborough zu. «Sie fanden Major Bracegirdle?» fragte er.
«Sie wissen doch, daß ich ihn fand», sagte der Stellvertreter und fragte sich, auf welches Niveau des Schwachsinns Lestrade jetzt herabsank. «Sie haben es gerade allen erzählt.»
«Während Sie einen Morgenspaziergang machten?»
«Ja.»
Lestrade wandte sich an das Kollegium. «Gentlemen, bitte heben Sie die Hände, wenn Ihnen die Tatsache bekannt ist, daß Mr. Gainsborough die Gewohnheit hatte, Morgenspaziergänge zu machen.»
Der eine Kollege blickte den anderen an. Eine oder zwei Hände hoben sich zögernd.
«Hören Sie mal...», setzte Nails an, doch Lestrade gebot ihm mit einer Handbewegung zu schweigen.
«Wie viele, George?» fragte er.
Der Sergeant stand auf, um einen günstigen Aussichtspunkt zu gewinnen. «Machen Sie eine Abstimmung, Sir?» fragte er und bereute es im nächsten Augenblick, als Lestrades Hand heruntersank, seine Augen ihn absuchten und ihm die Streifen vom Ärmel rissen.
«Sechs, Sir.»
«Sechs.» Lestrade fuhr herum und nahm wieder Gainsborough aufs Korn. «Sechs von...»
Es gab eine Pause, als George abermals zählte. Währenddessen gab es Gemurmel, Füßescharren und Ausrufe wie «Aber wirklich!»
«Neunundzwanzig, Sir», sagte der Sergeant, der sich auf keinen Fall hatte übereilen wollen.
«...neunundzwanzig», wiederholte Lestrade. «Sonderbar, Mr.

Gainsborough, daß so wenige Ihrer Kollegen von dieser Ihrer Gewohnheit wissen.»

«Was wollen Sie damit sagen?» herrschte ihn Gainsborough an, aus dessen Ohren Dampf entwich.

«Daß Spazierengehen nicht zu Ihren Gewohnheiten gehört. Daß die unwahrscheinlichste aller Zeiten, zu denen der Stellvertretende Direktor einer Schule zwecks frischer Luft und Erholung hinausgeht, die Zeit nach einer Schreckensnacht ist, in der die Bibliothek niederbrannte und ein Junge starb.»

«Ich habe das bereits erklärt», rief Gainsborough.

«Ja, und nicht sehr überzeugend», rief Lestrade zurück. «Sie haben nicht erklärt, daß Sie sahen, wie Bracegirdle in der letzten Nacht das Anwesen verließ, um die Feuerwehr zu holen. Sie erkannten Ihre Chance. Sie folgten ihm allein in der Dunkelheit, aber zuvor hatten Sie die Gelegenheit benutzt, jemand anderen mit hineinzuziehen – Ruffage, den Schulsprecher –, indem Sie ihm seinen Degen stahlen. Sie holten Bracegirdle in der Dunkelheit ein und durchbohrten ihn.»

«Bracegirdle einholen?» Gainsborough lachte. «Er mag ja über die Fünfzig gewesen sein, Lestrade, aber er war sportlicher als ich. Und was war mein Motiv?»

«Hören Sie auf, Gainsborough», unterbrach Nails. «Lestrade, Sie gehen zu weit.»

«O nein, Direktor.» Lestrade wandte sich ihm zu. «Noch lange nicht weit genug.»

Sergeant George ahnte, was bevorstand. Lestrade, auf die Palme gebracht, würde ihm an die Kehle gehen.

«Wir schreiben das Jahr 1888, Dr. Nails», sagte der Inspector.

«Stimmt», erwiderte Nails. «Na und?»

«Also überrascht es mich, daß Rhadegund Hall kein Telephon hat.»

«Diese Schuld muß ich auf mich nehmen, Inspector.» Mercer, der Quästor, kehrte zurück, nachdem er Saunders-Foote beruhigt hatte. «Die höllischen Kosten dieses Apparates, verstehen Sie. Astronomisch.»

«So denke ich auch», erscholl eine weitere Stimme. «Rutherford, Physiklehrer. Diese Geräte sind nicht gut. Der Widerhall in der Hörmuschel kann Taubheit verursachen. Das ist wissenschaftlich erwiesen. Das Sprechrohr neigt dazu, Bakterien zu beherbergen, und setzt dadurch den Sprecher Infektionsgefahren aus.»

«Und welchen Grund haben Sie anzuführen, Direktor?»

«Neumodischer Quatsch, das ist der Grund. Lestrade, wohin führt uns das?»

«Es führte dazu, daß Bracegirdle ermordet wurde», sagte Lestrade ungerührt. «Wäre bei Ihnen ein Telephon installiert gewesen, hätten Sie letzte Nacht die Feuerwehr alarmieren können. Und Bracegirdle und Cherak Sing wären beide noch am Leben.»

«Ausgemachter Blödsinn», widersprach Nails. «Sie klammern sich an einen Strohhalm, Lestrade.»

Der Inspector umkreiste ein paarmal den Teppich. «Dann war da natürlich noch Denton, stranguliert von Saunders-Foote...»

«Was?» Alle im Raum waren aufgesprungen.

«Wie können Sie es wagen, Lestrade?» donnerte Nails. «Der alte Bursche mag ja ein wenig... wie soll ich sagen?... nicht so gewesen sein wie andere Männer...»

«Onkelhaft, Direktor», schlug Mercer vor.

«Genau. Onkelhaft. Und es ist wahr, ich war mit seiner Onkelhaftigkeit vielleicht nicht einverstanden, aber anzunehmen, daß Saunders-Foote ein Mörder sei, ist absurd. Was für ein Motiv könnte er haben? Sie haben selber gesehen, wie kaputt er ist.»

«O ja, und dadurch wurde sein Motiv um so einleuchtender. Warum hat er die Sache niemandem gemeldet? Die erste Person, der Saunders-Foote davon erzählte, war ich – am Abend», sagte Lestrade. «Ich bitte Sie, Gentlemen, nehmen Sie wieder Platz, und erlauben Sie mir, Ihnen die Szene auszumalen. Mr. Denton trifft aus Oxford ein, ein frisches Gesicht, strahlende Augen. Er gerät in die... onkelhaften?... Klauen von Mr. Saunders-Foote, dessen Annäherungsversuche der junge Mann zurückweist. Als er zurückgestoßen wird, ist Saunders-Foote verletzt, fühlt sich sogar vernichtet. In einem Anfall von eifersüchtiger Wut stranguliert er Denton und wirft seine Leiche in den Fluß.»

«Eifersüchtige Wut? Annäherungsversuche?» Nails war knallrot. «Ich werde nicht zulassen, daß so etwas gesagt wird...»

«Nun kommen Sie, Direktor, wir sind doch alle erwachsene Männer.» Lestrade warf einen Blick auf Spooner. «Oder zumindest ich bin einer. Worte können uns nicht schrecken.»

«Wie konnte Denton von Saunders-Foote überwältigt werden?» fragte Gainsborough. «Oder gar Bracegirdle von mir?»
«Worauf wollen Sie hinaus?» fragte Lestrade.
Gainsborough näherte sich ihm und blieb dann in der Mitte des Teppichs stehen. «Direktor, Gentlemen, es fällt mir nicht leicht, das zu sagen. Gott weiß, es widerstrebt allem, wofür ich je eingetreten bin, aber, Lestrade, ziehen Sie doch mal die Jungen ins Kalkül.»
«Denken Sie an bestimmte Jungen?»
Gainsborough blickte zu Nails hinüber, der langsam den Kopf hob.
«Ovett konnte Bracegirdle einholen», sagte er.
«Und Eaden hegte einen Groll auf ihn», sagte Gainsborough. «Ich sollte das über einen verblichenen Kollegen nicht sagen, aber Bracegirdle war ein Unmensch.»
«Anders als Temple in Rugby», nickte Nails versonnen, «ein ausgemachter Unmensch.»
«Und er konnte Inder nicht leiden», sagte Lestrade im selben nachdenklichen Ton. «Aber das gilt, Reverend Spooner, auch für Sie.»
«Wie?» Der Kaplan schoß in seinem Stuhl hoch.
«Bei unserer ersten Begegnung erzählten Sie mir, Sie könnten nicht billigen, daß Dr. Nails unsere Brüder aus dem Empire in Rhadegund zugelassen habe.»
Nails sah ihn finster an: «Ist das wahr, Spooner?»
«Nur im weitesten Sinne, Direktor. Ich bin, wie Sie wissen, der Sache der Erziehung treu ergeben. Und der Ehre dieser Schule.»
«Verstehe», sagte Nails, was Lestrade noch mehr verblüffte.
«Und», sagte der Inspector, «zwei der Opfer waren natürlich farbig. Hingegen», er klopfte dem Kaplan auf die kräftige Schulter und bewunderte den Stiernacken über dem Stehkragen, «war ein kräftiger Mann vonnöten, um Bracegirdle den Degen durch die Brust zu rammen und den jungen Denton zu strangulieren. Ich schätze, bei Maggie Hollis und den Jungen war es leichter. Muskulöses Christentum, glaube ich, so nannten Sie es, als Sie Mrs. Shuttlecomb, die Wäscherin, niederschlugen. Wie geht es ihr übrigens, George?»
Der Sergeant befragte sein Notizbuch. «Vegetiert dahin, Sir», erwiderte er.
«Gott sei Dank, sie hat sich erholt», seufzte Spooner. «Direktor, ich muß protestieren. Sauders-Foote ist unschuldig. Er behielt Dentons

Tod für sich, weil er Ihren Zorn fürchtete. Er war in Panik. Wußte nicht, was er machen sollte.»
Nails hob beide Hände. «Überlassen Sie mir den Protest, Kaplan. Lestrade, hätte ich gewußt, daß Sie mit Ihrer kleinen Scharade die Absicht verfolgten, meinem Kollegium eine Strafpredigt zu halten und es aufzuhetzen, hätte ich nie meine Einwilligung gegeben. Sie haben heute abend gegen einige meiner Kollegen falsche Anschuldigungen vorgebracht und, darüber hinaus, die Ehre der Schule in den Schmutz gezogen.» Er beherrschte sich mit der Erfahrung, die er sich durch den jahrelangen Umgang mit Kindern angeeignet hatte, die noch einfältiger waren als er selbst. «Verlassen Sie sich darauf, daß Ihr Kopf rollen wird. Ich brauche kein Telephon, um dafür zu sorgen, daß Ihnen dieser Fall entzogen wird. Ich werde meinen Kopf bloß in Richtung London drehen und rufen.»
Das glaubte Lestrade ohne weiteres. Mit Nails und Gainsborough an der Spitze verließen die Lehrer einzeln oder zu zweit den Gemeinschaftsraum von Rhadegund, ausgenommen Mercer.
«Wie geht es Saunders-Foote?» fragte ihn Lestrade.
«Er ist untröstlich», sagte der Quästor. «Sie wissen, Lestrade, ich bin nicht wie die anderen. Ich bin kein Lehrer, verstehen Sie, also sehe ich die Dinge vielleicht in einem anderen Licht.»
«Wenn Ihr Licht heller ist als das meine, Mr. Mercer, wäre ich dankbar, wenn Sie einen Strahl auf mich fallen ließen», seufzte der Inspector.
Der Quästor stand auf. «Ich war letzte Nacht in der Bibliothek.»
«Tatsächlich?» Lestrade war ganz Ohr.
«Ich betrat sie durch die Tür auf der Westseite, während Sie und Ihre Männer sie durch die Osttür verließen.»
«Darf ich fragen, was Sie zu dieser Stunde dort zu suchen hatten?»
«Ich konnte nicht schlafen, nach all dem Wirbel. Ich glaube, wir waren alle ein wenig mit den Nerven fertig. Ich wollte mir ein Buch holen.»
«Und?»
Mercer zog einen schmalen Band aus der Tasche. «Als ich herumstöberte, stieß ich auf das hier. Es kam mir bekannt vor.»
Er reichte Lestrade das Buch, und der Inspector las die eingeprägten Buchstaben: «P... Proc...»

«Proximaes Accessit, für den besten Alleskönner der Sekunda. Gewonnen in jenem Jahr von Timothy Porpoise, wenn ich mich recht erinnere», sagte Mercer. «Nicht der Preis, der Titel. Auf dem Rükken.»
Lestrade las: *«Thuggismus. Seine Praktiken und seine Verbreitung».*
«Seite fünf», sagte Mercer zu ihm.
Lestrade erstarrte und sogleich versteifte sich sein Nacken wieder.
«Was ist das, Sir?» fragte George.
«Mr. Mercer hat uns enthüllt, wie Margaret Hollis, Anthony Denton und Cherak Singh, der Ältere, starben», sagte er. «Sie wurden mit einem Thug-Knoten umgebracht. ‹Die Thugs›», las er vor, «‹waren eine Brüderschaft von Mördern und Räubern, die nichtsahnende Reisende mit einer Schlinge, einem Turban oder einem Taschentuch erdrosselten. Ihre Geheimsprache wurde *Ramasi* genannt, und ihre Schutzherrin war Kali, die Hindu-Göttin der Zerstörung›.»
«Hilft Ihnen das weiter, Mr. Lestrade?» fragte Mercer.
«Äh… dessen bin ich sicher, Mr. Mercer, ja. Doch im Augenblick weiß ich nicht ganz genau, wie.»

«Das gehört Ihnen, denke ich.» Lestrade warf den Ehrendegen von Rhadegund auf den Boden, wo er schepperte und dann still dalag.
«Zum Teufel, Copper», schnarrte ein junger Mann am Kamin.
«Ist schon in Ordnung, Partridge. Ich habe den Besuch des Inspector erwartet.»
«Sie sind Ruffage?» fragte Lestrade.
«Ja.»
«Ich möchte mit Ihnen sprechen. Allein.» Er durchbohrte Partridge mit einem Blick, der das Blut gefrieren lassen konnte. Dennoch rührte sich der Junge erst dann, als Ruffage ihm zunickte.
Lestrade nahm unaufgefordert Platz. «Sie sind also der Träger des Degens?» fragte er.
Für dieses Jahr, ja», sagte Ruffage. «Ich gehe im nächsten Oktober nach Cambridge.»

«Oder aufs Schafott», sagte Lestrade.
Ruffage hob eine elegant geschwungene Augenbraue. «Ich weiß, daß der Degen in der Brust des alten Bracegirdle steckte», sagte er. «Die ganze Schule weiß es, aber ich weiß nicht, wie er dort hingekommen ist.»
Lestrade blickte den hübschen jungen Mann durchdringend an. Hochmütig, klug, athletisch, mit Ehren überhäuft.
«Ich weiß, Sie sind hochmütig, klug, athletisch und mit Ehren überhäuft», sagte er. «Was ich nicht weiß, ist, ob ich Ihnen trauen kann.»
«Es ist wahr, ich war Victor Ludorum», lächelte Ruffage, «aber von übermäßiger Klugheit weiß ich nichts. Was den Hochmut angeht, haben Sie vermutlich recht, der liegt den Ruffages im Blut. Mein Urgroßvater, wissen Sie, war der erste in den Breschen von Badajoz.»
Auf diese Namensänderung war Lestrade nicht vorbereitet. Er mußte George bitten, diesen Ludorum im Yard überprüfen zu lassen. Aber es interessierte ihn nicht im geringsten, welche Art von Hosen Ruffages Urgroßvater getragen hatte. Er beugte sich vor und bot dem Schulsprecher eine Zigarre an.
«Havanna?» fragte Ruffage.
«Natürlich.»
«Dann bin ich so frei.» Er steckte sie in die Tasche seines Blazers. «Ich rauche sie besser später, wenn die Zivilisten im Bett sind.»
«Ich will offen sein, Mr. Ruffage», sagte Lestrade. «Fünf Leute an dieser Schule sind tot. Ich brauche einen Verbündeten, bevor es sechs werden.»
«Und Ihre Wahl fiel auf mich?»
«Bei den Jungen, ja.»
«Und bei den Lehrern?»
«Das ist meine Sache», lächelte Lestrade und entzündete seine Zigarre.
Ruffage nickte. «Ich hoffe, Sie haben eine gute Wahl getroffen», sagte er.
Lestrade beugte sich abermals vor. «Ich auch», sagte er.
Ruffage blickte auf die Papiere, die auf seinem Tisch ausgebreitet waren. «Was wissen Sie über Tacitus?» fragte er.
«Meinen Sie Tacitus bei den Lernschwachen?» Lestrade konnte

sich beim besten Willen nicht erinnern, diesen Namen in Georges Protokollen gelesen zu haben.
Ruffage lächelte. «In Ordnung, Mr. Lestrade, Sie brauchen Hilfe. Was kann ich tun?»
«Erstens», Lestrade deutete auf den Degen, der noch immer auf dem Boden lag. «Ich möchte gern diese Kleinigkeit klären. Wann haben Sie ihn zum letzten Mal gesehen?»
«Donnerstag», erklärte Ruffage. «Jeden Donnerstagmorgen ist Korpsparade, vom Wecken bis zum Mittagessen.»
«Sie tragen das Schwert jeden Donnerstag?»
«Ja.»
«Und wo wird es aufbewahrt?»
«In der Korpsbaracke. Hardman bringt es mir.»
«Hardman?» Bei Lestrade begann etwas zu klingeln. «Man sagte mir, nur Major Bracegirdle, der Direktor und Sie hätten Zugang zu der Waffe.»
«Vollkommen richtig, Sir, aber ich gebe Hardman beim Morgenappell meine Schlüssel, und er holt den Degen aus der Baracke.»
«Warum?»
Ruffage grinste. «Eine von unseren ziemlich albernen Traditionen. Sehen Sie, wer im nächsten Jahr im Korps den Degen trägt, wird immer schon ein Jahr zuvor festgesetzt. Wenn ich weg bin, wird Hardman an der Reihe sein. Er wird Oberkadett sein unter... wieviel sie immer aufnehmen werden. Als solcher hat er die Pflicht, dem Träger des Degens den Degen zu bringen. Albern, nicht wahr?»
«Und er hat auch die Pflicht, den Degen zurückzubringen?»
«Mittags, ja. Ich gebe ihm wieder die Schlüssel.»
«Und das passierte wie gewöhnlich an diesem Donnerstag?»
«Ja, natürlich.»
«Sie haben also keine Möglichkeit, festzustellen, ob Hardman den Degen auch wirklich zurückgebracht hat?»
Ruffage runzelte die Stirn. «Nun, nein, ich denke nicht... Hören Sie, Sie verdächtigen doch wohl nicht Hardman?»
Lestrade lehnte sich in seinen Sessel zurück. «Warum nicht?»
Ruffage dachte einen Augenblick nach. «Der Degen ist doch gewiß nebensächlich, oder? Es ist kein unumstößlicher Beweis, wie ihr Burschen sagt.»

«Ich dachte, Sie seien mein Verbündeter?» Lestrade blies blaue Ringe an die getäfelte Decke.
«Das bin ich auch», sagte Ruffage, «aber das geht nicht so weit, daß ich einen Freund verpfeife.»
«Hardman ist Ihr Freund?» Lestrade war lange genug in Rhadegund gewesen, um sich ein Bild von dem verwirrenden Geflecht von Beziehungen machen zu können, das für die englische Public School charakteristisch ist.
«Nicht unbedingt», räumte Ruffage ein. «Nennen wir's die Ehre der Schule, wenn Sie wollen.»
«Aha, Sie haben mit dem Kaplan gesprochen», sagte Lestrade. «Wenn ich es mir recht überlege, vielleicht aber doch nicht. Bei Ihnen klang es glaubwürdig.»
«Sie können nicht erwarten, daß man einen Mitschüler verpfeift, Lestrade. Dies ist eine Public School. Mehr noch, es ist St. Rhadegund's. Trotzdem, wenn ich den geringsten Hinweis hätte, daß jemand in die Sache verwickelt ist – ob Hardman oder ein anderer –, würde ich es Ihnen sagen, glauben Sie mir. Aber ich kann und will mich nicht auf Tratsch einlassen.»
«Gesprochen wie ein echter Rhadegundianer», sagte Lestrade beifällig. «Unbedachte Worte können vielleicht Leben kosten, Mr. Ruffage; sie können sie auch retten. Wenn Sie es sich anders überlegen sollten, wissen Sie ja, wo Sie mich finden.»
Es klopfte an der Tür, und ein kleiner Junge stand da.
«Nun?» sagte Ruffage.
«Verzeihung, Ruffage», sagte der kleine Junge schüchtern. «Ich habe eine Nachricht für Mr. Lestrade.» Er übergab dem Inspector einen Briefumschlag und ging.
«Aha», murmelte Lestrade, «Dollery hatte also recht. Ein Brief.»
«Wie bitte?» fragte Ruffage.
«Nichts», sagte Lestrade. Er öffnete den Umschlag. Er enthielt eine Einladung der Art, der er nicht widerstehen konnte. «Wie es scheint, möchte Hardman mich sprechen. Um Mitternacht in der Sporthalle.»
Ruffage erhob sich und ging auf Lestrade zu. «Wenn Sie meinen Rat hören wollen, gehen Sie nicht hin.»
«Warum?» fragte Lestrade unbefangen.
«Weil Hardman nicht allein kommen wird», erklärte er.

Lestrade lächelte. «Ich auch nicht», sagte er.
«Ach ja», sagte Ruffage. «Ich hatte Ihre Männer vergessen.»
«Nein», grinste Lestrade. «Sechs Trampeltiere auf den Böden des toten Majors. Das wäre unfair gegenüber dem Gemäuer – und natürlich der Ehre – der Schule. Trotzdem», er klopfte mit einer Geste, die Ruffage nicht verstand, auf seine Tasche, «werde ich nicht allein sein.»

Am oberen Ende der Treppe wandte sich Lestrade nach links. Von den Photographien an den Wänden folgten ihm die Augen ehemaliger Vertrauensschüler. Sie waren stumme Zeugen seines heimlichen Anschleichens in der Dunkelheit. Er klopfte an die Tür, durch deren Bodenritze ein Lichtschein fiel. Und die Dame von der Laterne öffnete ihm.
«Frau Oberin», sagte er und sah sich in den Raum gezerrt.
«Madeleine», lächelte sie, «wenn ich nicht im Dienst bin.»
Lestrade bewunderte die Verwandlung. Die gestärkte Schürze und die Flügelhaube waren verschwunden, und ihr langes kastanienbraunes Haar wehte bei jeder Bewegung. Vielleicht hatte Carman doch einen besseren Geschmack, als er ihm zugetraut hatte. Sie drückte ihn in einen Lehnstuhl und befreite ihn von seinem Dienstjackett aus Tweed. Dann kam die Dienstweste an die Reihe.
«Sie armer Mann», murmelte sie, fuhr mit den Fingerspitzen am Saum seines Hemdes entlang und suchte nach dem Rückgrat. «Oh, wie verspannt Sie sind. Hat ein Arzt sich diesen Nacken angesehen?»
«Ich war beim Polizeiarzt», erklärte Lestrade. «Er sagte mir, das käme davon, daß ich meine Nase in anderer Leute Angelegenheiten stecken würde.»
«Und dabei den Kopf hinhalten, schätze ich», sagte sie tröstend. Lestrade spürte, wie seine Arme schwer wurden, und als Madeleine, die Oberschwester, ihm den Schlips abband und die Kragenknöpfe löste, wie konnte er da widerstehen?
«Möchten Sie einen Brandy, Inspector?» fragte sie. «Ich habe für medizinische Zwecke ein bißchen abgezweigt.»
«Nicht, wenn ich im Dienst bin, Ober... Madeleine, aber jetzt wär's nicht übel. Dankc.»

Sie füllte für jeden ein Glas und forderte ihn auf, es sich auf der Ottomane bequem zu machen. «Ich bin wirklich nicht sicher...»
«Aber, aber», schalt sie. «Ich habe eine medizinische Ausbildung. Außerdem ist das hier eine Jungenschule. Dort haben schon mehr männliche Wesen gelegen, als Sie sich träumen lassen.»
Wenn er sie so vor sich sah, im straffen Mieder und mit vollen Lippen, wollte Lestrade das wohl glauben.
«Sagen Sie mir», sagte er und drückte seinen Rücken in die Kissen, «haben Sie eine Theorie über diese Morde?»
Sie setzte sich neben ihn und schlug unter dem straffen Satingewand die voluminösen Schenkel übereinander. «Das wäre nicht ganz standesgemäß», sagte sie, «Sholto. Darf ich Sie Sholto nennen?»
«Sie dürfen», sagte Lestrade, über die Tatsache ein wenig verblüfft, daß alle und jeder seinen Vornamen kannten.
«Also», sie nippte an ihrem Napoleon, «ich möchte wetten, daß es Adelstrop ist.»
«Adelstrop?»
«Ja. Sie erinnern sich doch an Adelstrop? Den Oberaufseher?»
«Ja. Ich erinnere mich an Adelstrop. Warum gerade er?»
«Er ist verantwortlich für die Boote auf dem See. Er hatte reichlich Gelegenheit.» Sie fuhr mit zarten Fingern unter Lestrades Hemd und begann, sich langsam vorzuarbeiten, bis sie schließlich mit seinen Deltamuskeln Dinge anstellte, von denen er sich nie hätte träumen lassen.
«Madeleine...»
«Nein, nein, liegen Sie still. Es wird Ihnen guttun.»
Das war nicht zu leugnen.
«Er ist ein streitsüchtiger alter Besen, dieser Adelstrop. Verlor sein Bein beim Großen Rhadegund-Aufstand von 72.»
«Aufstand?»
«Ja. In Schulen wie dieser pflegen sie regelmäßig stattzufinden. Gehören einfach dazu. Der damalige Direktor hatte es unterlassen, den Jungen einen halben Tag frei zu geben, und sie verbarrikadierten sich in den Orlitarien.»
«Meine Güte», sagte Lestrade. «Was passierte?»
«Das Northamptonshire Regiment wurde gerufen, um sie rauszutreiben, denn, ich fürchte, für die örtliche Polizei wäre das zuviel gewesen. Alles endete glücklich. Der Direktor verwies sechs Jungen

von der Schule, prügelte dreiundvierzig durch und gewährte den halben Tag. Unglücklicherweise wurde der arme Adelstrop unter Trümmern begraben, als eine Treppe voll von Jungen einstürzte. Er konnte von Glück sagen, daß es nicht schlimmer kam.»
«Gewiß», grinste Lestrade. «Einen oder zwei Zoll mehr links...»
«Wie ist das?» Ihre Finger entfalteten ihre Zauberkräfte.
«Nein», sagte Lestrade mit wäßrigen Augen, «das habe ich nicht gemeint.»
«Tiefer?»
«So wie es jetzt ist, mag ich's», erklärte er und schob ihre Hand weg. «Sie meinen also, daß Adelstrop einen Groll hegt?»
«Er neigt dazu, allen Jungen und den Lehrern an dem die Schuld zu geben, was ihm zustieß. Das ist irrational, würde ich sagen, aber da liegt der Hase im Pfeffer. Sagen Sie mir, Sholto, sind Sie verheiratet?»
«Äh... nein, bin ich nicht, Madeleine.» Lestrade war nicht sicher, ob ihm diese Art von Verhör gefiel. «Außer natürlich mit meinem Beruf.»
«Richtig.» Sie sah ihm tief in die Augen. «Das gilt natürlich auch für mich. Und doch...»
«Was ist mit Maggie Hollis?» Er suchte verzweifelt das Thema zu wechseln, und setzte sich auf.
«Dumme Gans», schnaubte Madeleine. «Was konnte man von der schon mehr erwarten. Sie glaubte wirklich, wissen Sie, Singh, der Ältere, würde sie heiraten.»
«Singh, der Ältere?» Lestrades Nacken machte ihm wieder zu schaffen. «War er der Vater ihres Kindes?»
«Selbstverständlich.» Madeleine schenkte Cognac nach. «Ich dachte, Sie wüßten das. Der Talisman in ihrer Hand...»
«Sie wissen davon?»
Sie umschlang seine Brust mit dem Arm. «Mein lieber Sholto», schnurrte sie, «es gibt wenig, was die Oberschwester einer Schule nicht weiß.» Sie löste sich von ihm und fing an, ihm den Rücken zugewandt, ihr Mieder aufzuknöpfen. «Dr. Nails und seine junge Lady zum Beispiel...»
«Ja?» Lestrade war ganz Ohr. Madeleine legte ihre Brüste frei und wurde noch offenherziger. «Wenn er vorgibt, in den Cairngorms

oder sonstwo zu sein, ist er in Wirklichkeit in einem Haus in Balham bei einer gewissen Mrs. Payne.»
«Die Seile und die Klettereisen …?»
«O ja, die benutzt er trotzdem. Ich glaube, ihre Nordseite ist die schwierigste.»
«Ich sehe, Sie sind gut informiert», sagte er und schluckte schwer, als sie sich aufgeknöpft und mit gelüftetem Hemd umdrehte.
«Und mit allem wohl versehen.» Ihre Stimme war ganz heiser. Sie warf sich auf ihn, fuhr ihm wild mit den Fingern durch das Haar und küßte ihn leidenschaftlich auf den Schnurrbart.
«Oberschwester, ich …», murmelte er.
«Madeleine, Madeleine, Madeleine», hauchte sie.
«Madeleine», wiederholte er, «der Talisman in Maggie Hollis' Hand …»
«War ein Liebespfand, Sholto. Es sollte mich nicht wundern, wenn Singh es ihr nach einer Nacht leidenschaftlicher Hingabe geschenkt hätte. Ich höre, diese Rajputs seien wie Tiere, weißt du.»
«Ja», keuchte er, als seine Hemdschöße zur Seite flappten und Madeleines eiserne Schenkel seine Taille umschlossen. «Ich glaube, Major Bracegirdle war dieser Ansicht.»
«Wir wollen nicht von ihm sprechen», keuchte sie und bedeckte den sich sträubenden Inspector mit glühenden Küssen. «Wir wollen von uns selbst sprechen, von unseren Bedürfnissen, Leidenschaften …»
«Ja, nun …» Lestrade wurde gewahr, daß ihre kraftvollen Hände jetzt zu einem entschlossenen Angriff auf seine Hose ansetzten.
«Ich wußte es, als ich dich zum erstenmal sah», knurrte sie.
«Was?» krächzte er und vergewisserte sich mit einem schnellen Blick abwärts, daß alles in Ordnung war.
«Daß es eine bestimmte Verrücktheit gab in dir und in mir, und daß sie ansteckend war.»
«Ungefähr so wie Diphtherie», witzelte er, nur um auf den Rücken gezwungen und überwältigt zu werden. Seine Hände landeten bestenfalls auf den strammen Hinterbacken seiner Tanzpartnerin, die sich lüstern auf ihm rieben. Unwillkürlich spürte er das vertraute Kribbeln in den Lenden, und sein Herzschlag setzte aus, als ein heftiges Klopfen die Tür erzittern ließ.
«Ja?» Ihre Stimme war beherrscht wie gewöhnlich.

«Es ist Spencer, Oberschwester. Es geht ihm nicht gut», rief eine piepsende, kleine Stimme. «Kommen Sie rasch.»
«Es wird der Magen sein», seufzte sie. «Macht sich wieder bemerkbar. Manche Jungen sollten nicht so scharf darauf sein, sich einen Nachschlag geben zu lassen.»
Sie stand schwerfällig auf, knöpfte und nadelte sich ein, bis die Sirene verschwunden und der Engel komplett war. «Hol einen Wischlappen, Peartree, und reg dich nicht auf. Ich bin gleich da.»
Auf dem Flur entfernten sich eilige Schritte. Sie legte ihren Gürtel mit der verzierten Silberschnalle an und steckte ein Pfefferminzbonbon in den Mund. An der Tür drehte sie sich zu der verstörten Gestalt um, die verzweifelt nach den Kragenknöpfen suchte. «Ein anderes Mal», schnurrte sie. «Es gibt noch viel mehr, das ich Ihnen erzählen... und zeigen könnte.» Und sie warf ihm eine Kußhand zu.

Die Uhr der Sporthalle schlug zwölf, als Lestrade fröstelnd unter den Bögen des Hofes stand. Der Wind nahm zu und trieb die Blätter der Linden in großen Kreisen über die verwitterten Steine. Er ging auf die Sporthalle zu, die dunkel und trostlos vor der Baumreihe stand, den Bäumen, die den Fluß säumten, wo Anthony Denton gestorben war. Vorsichtig stieß er mit dem Stiefel die Tür auf, und sie quietschte in den Angeln.
«Mr. Hardman?» sagte er. Seine Stimme erklang hinter ihm, von widerhallenden Mauern zurückgeworfen. Aber es erfolgte keine Antwort. Er betrat den gewölbten Raum. Im Windzug knackten und schwangen die undeutlichen Schatten von Seilen. Als seine Augen sich an die Dunkelheit gewöhnt hatten, erkannte er das Sprungpferd, die Speere in ihren Gestellen. Dann sah er einen Kopf, dann einen zweiten. Ein Gemurmel erhob sich in den stockdunklen Ekken. Lestrade trat zurück, einen Schritt, noch einen, bis er kalte Steine an seinen Schulterblättern spürte.
«Mr. Hardman?» wiederholte er, diesmal lauter, als könnte die Kraft seiner Stimme ihm Mut machen.
Der Hauspräfekt trat in eine Lichtpfütze, die der gehorsame Mond in der Mitte des Raums hatte entstehen lassen.
«Adsum», sagte er hochmütig. «Oh, ich vergaß. Sie können ja kein

Lateinisch, Lestrade, nicht wahr? Euch Coppers fehlt es ein wenig an Bildung.»
«Und an Geduld», sagte Lestrade. «Die Tatsache, daß du jetzt eigentlich in deinem kleinen Bettchen im Schlafsaal liegen müßtest, interessiert mich nicht die Bohne. Aber ich bin ein Mann, der viel zu tun hat.»
«Das haben Sie gewiß.» Hardman hob einen Cricketschläger auf, der an einem Sprungpferd lehnte, und hielt ihn mit den Armen vor seiner Brust. «Drängeln sich in die besseren Kreise, nicht wahr? Erst ein Besuch bei Ruffage und dann auf leisen Sohlen ins Kämmerlein der Oberschwester. Madeleine hat 'ne ganz hübsche Figur, oder?»
«Das reicht», sagte Lestrade.
«O nein, Copper», fauchte Hardman. «Es reicht noch lange nicht. Unglücklicherweise konnte der junge Peartree, mein Fuchs, nicht ausmachen, worum es bei Ihrer Unterhaltung ging.»
«Vielleicht hat er beim nächsten Mal mehr Glück.» Lestrade sah mit wachsendem Unbehagen, daß weitere Köpfe sich als Schattenrisse von den Fenstern abhoben und bestrumpfte Füße auf Bracegirdles glänzendem Fußboden quietschten.
«Oh, ein nächstes Mal wird es nicht geben», knurrte Hardman. «Sie haben hier lange genug rumgeschnüffelt, verstehen Sie. Ist es nicht sonderbar, daß immer, wenn *Sie* auftauchen, jemand stirbt? Bestenfalls sind Sie ein Unglücksbringer, ein Jonas, Lestrade...»
«Sholto», lächelte der Inspector. «Sholto Lestrade.» Im Mondlicht zählte er dreizehn Köpfe und ebenso viele Knüppel und Schläger.
«...und schlimmstenfalls ein Mörder. Nun ja, nach der heutigen Nacht wird das wirklich keine Rolle mehr spielen.»
Unter den anderen Jungen entstand Unruhe. «Dies ist St. Rhadegund's», murmelte jemand. «Wir wollen hier keine Fremden.»
«Hoch unsere Schule!» rief jemand, und dann gingen sie auf ihn los.
Es traf zu – und das war auch gut so –, daß Madeleines Massagekünste Lestrade ein wenig lockerer gemacht hatten. Er wich zur Seite aus, stieß einen Jungen weg und traf einen zweiten mit seinem Stiefel in den Unterleib. Der Bursche kreischte und ging zu Boden. Lestrade rannte an der Langseite des Raumes entlang, die Jungen ihm dicht auf den Fersen. Er prallte von der Wand zurück und schüttelte mit einem Schwung der Schulter zwei von ihnen ab, dann

spürte er ein schreckliches Krachen, als ein Cricketschläger seine Schulter traf. Er krümmte sich, so daß ein zweiter Hieb knirschend im Mörtel über seinem Kopf landete. «Mach ihn fertig, Rhadegund», schrie Hardman. «Komm schon, Beaumont, du bist doch ein As beim Rugby; zeig mal, was du kannst.» Hardmans Wunsch war Beaumont Befehl, und der Riese traf ihn voll und schickte ihn zu Boden. Bevor sich Lestrade aufrichten konnte, hielten ihn viele Burschen in einer sitzenden Stellung fest, so daß er sich nicht rühren konnte. Der Kreis der keuchenden Jungen teilte sich, und Hardman trat hinein, den Cricketschläger nachlässig auf den Fingerspitzen balancierend.

«Den hat mir der liebe, alte Dr. Grace geschenkt», strahlte er. «Ist ein Freund der Familie, wissen Sie. Zäheste Weide. Zertrümmert einen Schädel wie eine Eierschale, garantiert. Leben Sie wohl, Lestrade.»

«Wir nennen das Mord», rief Lestrade, dem zu seiner Rettung jetzt nur noch das einfiel.

«Mord?» Hardman ließ den Schläger sinken. «Peartree und die anderen haben jeden Ihrer Schritte verfolgt, seit Sie angekommen sind. Ich glaube, Sie sind ein bißchen anfällig für Unfälle, so nennt man das wohl. Früher oder später hätte einer Ihrer kleinen Ausrutscher mit einer Tragödie geendet. Man wird Sie am Fuß der Haupttreppe finden. Neunundachtzig Steinstufen. Ihr Kopf wird natürlich ein einziger Brei sein.»

«Das reicht, Hardman!» Eine gewaltige Stimme dröhnte durch die Sporthalle und ließ Fenster und Turngeräte erzittern.

«Ruffage!» Hardmans Kaltblütigkeit begann dahinzuschwinden. Eine Reihe von Schulpräfekten, deren Durchschnittsalter vierzig zu betragen schien und deren Schultern Dampfhämmern glichen, nahmen zu beiden Seiten des Schulsprechers Aufstellung.

«Dein Fuchs hat Mr. Lestrade die Nachricht zu einem unglücklichen Zeitpunkt gebracht», sagte Ruffage. «Als er bei mir war. Ein kleines Versehen.» Ruffage schnippte mit den Fingern. «Alle lassen jetzt ihre Knüppel fallen und verschwinden von hier. Die Präfekten und ich werden in fünf Minuten die Schlafsäle kontrollieren. Jeder, der nicht im Bett ist, kommt in Verschiß.»

«Verschiß ist verboten», mahnte Hardman.

«Wenn du diese Kappe trägst», Ruffage deutete auf die mit Troddeln

verzierte Samtkappe, die er auf dem Kopf trug, «kannst du entscheiden, was verboten ist. Bis dahin ist das meine Sache. Und jetzt raus. Beaumont, du hast in der Mannschaft nichts mehr zu suchen. An dieser Schule wirst du nie wieder Rugby spielen. Nicht mal für die Sitzenbleiber.»
Schluchzend schlurfte Beaumont fort.
«Einen Augenblick.» Lestrade rappelte sich auf. Er ging zu Hardman hinüber, und die Klinge seines Schnappmessers blitzte deutlich im Mondlicht.
«Mr. Lestrade...», sagte Ruffage.
«Keine Sorge», sagte der Inspector. «Ich werde kein Blut fließen lassen.»
Er nahm Hardmans Cricketschläger, durchschnitt die Seilumwicklung des Griffs, klappte das Messer wieder zusammen, packte den Schläger mit beiden Händen und schleuderte ihn an die Mauer.
«Cricketweide ist auch nicht mehr das, was sie mal war», spottete er, als die Trümmer des Schlägers klappernd zu Boden fielen.
«Du Bastard!» schrie Hardman und sprang auf Lestrade los, doch der Inspector war schneller. Er fing Hardmans Schwinger mit dem Unterarm ab und versetzte ihm mit der flachen Hand einen kraftvollen Schlag an den Kopf. Und dann fielen die Schläge hageldicht, bis Hardman wimmernd auf dem staubigen Boden lag. Lestrade kniete über ihm, packte ihn bei den Haaren und riß seinen Kopf hoch. «Was weißt du über Singh, den Älteren?» zischte er.
«N...Nichts», plärrte Hardman.
«Versuch's noch mal», sagte Lestrade und riß stärker an den Haaren.
«Ruffage.» Beaumont war derart wütend, daß er glaubte, sich aufspielen zu können. «Unterbinde das.»
«Was könnte ich da unterbinden?» Ruffage drehte sich um, sah ihn voll an, und der Ex-Rugbyspieler wurde kleinlaut.
«Also gut», kreischte Hardman. «Also gut. Cherak Singh wußte etwas. Über die Morde, meine ich. Der hinterlistige kleine Nigger wollte Ihnen erzählen, was er wußte. Er wollte petzen wie ein triefnasiger kleiner Hosenscheißer von einer Grundschule.»
«Also hast du ihn getötet?»
«Nein!» kreischte Hardman. «Nein, wir haben ihn bloß... für eine Weile aus dem Verkehr gezogen. Ihn ins Bootshaus gesteckt und

gefesselt, bis er bereit war, uns zu sagen, was er wußte. Oder bis Sie wieder weg waren.»
«Und hat er's euch erzählt?»
«Nein, der kleine Bastard war hartnäckig. Es hatte etwas mit seinem Bruder und mit Whitechapel zu tun, aber er wollte uns nicht sagen, was.»
«Also, wie starb Singh, der Jüngere?»
«Ich weiß es nicht.» Lestrade verstärkte seinen Griff noch einmal. «Ich schwöre es! Was Sie hier machen, ist brutale Gewaltanwendung durch die Polizei, das wissen Sie», flüsterte Hardman.
«Du hast es erraten», sagte Lestrade spöttisch.
«Als wir in der Nacht des Feuers hingingen, um nach ihm zu sehen, war er verschwunden. Wir dachten, Ihre Männer hätten ihn gefunden und das Spiel wäre vorbei.»
«O nein, Mr. Hardman.» Lestrade stand auf. «Das Spiel ist noch nicht vorbei. Ich habe meine Zweifel, ob es, wie ein gewisser Bekannter von mir sagen würde, überhaupt schon angefangen hat.»
«Was... was passiert jetzt?»
«Mit dir?» rief Lestrade, während er in die Dunkelheit schritt. «Nichts. Solange du nicht in die Armee eintrittst.»
«Armee?» fragte Ruffage, als Lestrade an ihm vorbeiging.
«Aber ja.» Lestrade blieb stehen. «Gewiß hat Hardman Ihnen alles über seinen Vater, den Feldmarschall, erzählt?»
«O ja», brummte Ruffage, «mehr als einmal.»
Die Schulpräfekten murmelten zustimmend.
«Einer der Vorteile, bei Scotland Yard zu sein», lächelte Lestrade, «besteht darin, daß man meilenlange Reihen von Schuhkartons zur Verfügung hat, gerammelt voll von Informationen. Die meisten davon sind nutzlos, natürlich, doch hin und wieder erweist sich ein Schnipsel als wertvoll. So wie das Schnipsel, auf dem von Corporal Hardman die Rede ist...»
«Corporal Hardman?» kicherte Ruffage.
«...vom Zahlamt des Heeres», schloß Lestrade.
Allgemeines Gekicher.
«...vor kurzem unehrenhaft entlassen.»
Brüllendes Gelächter.
«Hatte etwas mit gestohlenem Sold zu tun.» Lestrade setzte seinen

Weg zur Tür fort. «Was vielleicht den Aufenthalt des jungen Hardman auf dieser teuren Schule erklären könnte, die von den Söhnen vornehmer Leute... und unehrenhaft entlassener Zahlmeister besucht wird.»
Stürmischer Beifall und Pfiffe.
Lestrade blieb stehen. «Ich könnte dich anklagen wegen Entführung, schwerer Körperverletzung, Behinderung der Polizei bei ihren Ermittlungen und versuchten Mordes», sagte er zu dem niedergeschmetterten Hardman, «wäre da nicht die Tatsache, daß ich heute abend eine gutmütige Phase habe. Mr. Ruffage, es könnte sein, daß ich Ihnen mein Leben verdanke. Ich denke, ich habe mir den richtigen Verbündeten ausgesucht. Gute Nacht.»
«Gute Nacht, Mr. Lestrade.»

Dollerys Vorhersage erwies sich nicht nur dadurch als richtig, daß Lestrade einen Brief bekam; er erhielt auch ein Telegramm. Eine dringende Aufforderung vom Yard. Was immer er tat, er hatte damit aufzuhören, alles stehen- und liegenzulassen und umgehend nach London zu kommen. Er gab George und seinen Constables Anweisungen und schärfte ihnen ein, ihr besonderes Augenmerk auf die Reaktionen des Lehrkörpers auf seine bewußten Provokationen am gestrigen Abend zu richten, und vor allem, sich von der Oberschwester fernzuhalten.
Am späten Morgen traf er im Yard ein, nachdem er im Zug ein kleines Nickerchen gemacht hatte, und eilte mit einem Hansom zum Hyde Park, wo im grauen Nebel des Oktobermorgens die Stimme des Assistant Commissioner der Uniformierten Polizei über ein Megaphon zu hören war.
«Äh...»
«Das hört sich an, als wär Mr. Rodney da drüben, Sir.» Der uniformierte Constable deutete durch den treibenden Nebel.
«Ganz gewiß», pflichtete Lestrade bei und stieß mit Sergeant Woodhouse, dem Hundetrainer, zusammen.
«Haben *Sie* sie gesehen, Sir?»
«Wen, Sergeant?»
«Barnaby und Burgho, meine Bluthunde.»
«Nein, leider nicht.»

«Oh, Gott... Ich werde Ärger kriegen. Mr. Abberline ist hier irgendwo, und, wie es aussieht, hat er verdammt schlechte Laune.»
«Ist wohl mit dem falschen Bein aus dem Bett gestiegen, wie?» schmunzelte Lestrade.
«Äh...» Rodneys aufgeregte, widerhallende Stimme schien von allen Seiten zugleich zu kommen.
«Was treiben Sie hier, Sergeant, Sie und Ihre Hunde?»
«Oh, ich bin nicht alleine hier, Sir. Irgendwo im Park sind noch achtunddreißig Coppers. Mr. Abberlines Idee. Ich gab Barnaby und Burgho die Witterung des Whitechapel-Mörders. Ließ sie an einem blutigen Stück Leinen riechen, das ihm gehören soll.»
«Und?»
«Und sie führten uns hierher, Sir. Zum Park.»
«Und dann?»
«Und dann verloren wir sie, Sir. Wenn meinen Hunden irgendwas zustößt, werde ich mir das nie verzeihen.» Er schneuzte sich seine Nase wie ein Nebelhorn am Morgen.
«Nehmen Sie's nicht so schwer, Woodhouse, wir werden sie schon finden. Seien Sie ein guter Junge, und hören Sie auf zu weinen.» Lestrade tastete sich voran und kämpfte mit Ginster und Dorngesträuch. Zu seiner Linken hörte er einen weiblichen Schrei.
«Chief Inspector Abberline?» rief er, doch er bekam keine Antwort.
«Äh...» Die graue Gestalt von Rodney ragte aus dem grauen Nebel auf. Kein Wunder, daß er so schwer zu finden gewesen war.
«Mr. Rodney, ich bin gekommen, so rasch ich konnte.»
«Äh...» Rodney brüllte durch sein Megaphon, so daß Lestrade taub zu werden meinte. «Oh, tut mir schrecklich leid. Es ist... äh...»
«Lestrade, Sir», sagte der Inspector ergeben.
«Ach ja, natürlich. Ich telegraphierte Ihnen, nicht wahr?»
«Ja, Sir.»
«Also, dann wollen wir mal sehen. Sie arbeiten an einem Fall in Nottingham.»
«Northampton, Sir.»
«Ja, dachte ich mir doch. In einem Krankenhaus. Patienten werden ermordet.»
«Eine Schule, Sir.»

«Genau. Nun, ich muß Sie dort wegholen, Gregson.»
«Lestrade, Sir.»
«Ja. Ich muß Sie dort wegholen, weil wir da oben einen Neuen haben...» Er deutete gen Himmel.
«...in den Bäumen?» Lestrade unternahm alles, um ihm zu helfen.
«Oben im Yard», sagte Rodney vertraulich.
«Im Special Branch?» Lestrade versuchte, dem Gedankenflug zu folgen.
«Sie sind von Bäumen besessen, Jones.»
«Lestrade, Sir.»
«Anderson.»
«Wie?»
«Sein Name ist Anderson. Dr. Robert Anderson. Er übernahm den Posten von... äh...»
«Sir Charles?»
«Von wem?»
«Sir Charles Warren?»
«Ja. Genau. Er ist im Augenblick in der Schweiz.»
«Sir Charles?»
«Nein, Dr. Robert. Also wirklich, Abberline, versuchen Sie doch mal, sich zu konzentrieren. Das Leben ist ohnehin schon schwer genug. Dr. Robert ist in der Schweiz, seiner Gesundheit wegen. Schwache Lunge.»
«Wer ist das, Sir?»
«Nein, nein, das ist kein Name. Das ist sein Leiden. Asthma. Jedenfalls reist er in Kürze nach Paris, um dem Schauplatz des Verbrechens näher zu sein. Irgendwelche Fragen?»
«Äh...»
«Wie?» Rodney konnte Dummköpfe nicht sonderlich leiden.
«Warum wurde ich gerufen, Sir?»
«Wohin?»
«Hierher.» Wenn man bedachte, was für eine Nacht Lestrade hinter sich hatte, war er ein Ausbund an Geduld.
«Dr. Robert will alle Männer, die er bekommen kann. Die City ist vollkommen hysterisch, Gregson. Sie ist ein Pandämonium. Abberline hat mehr als hundert Personen festgenommen.»
«Er glaubt, daß es eine Verschwörung ist, oder, Sir?»

«Sie haben keinen Grund, schnoddrig zu sein, Jones. Ihre Majestät höchstselbst hat nach Ihnen verlangt.»
«Wirklich?» Sogar Lestrade war beeindruckt.
«Aber daß Ihnen das nicht zu Kopf steigt. Sie hat geruht, sich an Sie zu erinnern. Abberline ist ein ungewöhnlicher Name.»
«Nicht wahr?» Lestrade hoffte, Rodney werde nicht bemerken, daß seine Fingerknöchel in der Morgenluft weiß wurden.
Entsetzliches Geheul und tierisches Knurren hallten durch den ziehenden Nebel.
«Ich glaube, die Hunde haben Chief Inspector Abberline gefunden, Sir», sagte Lestrade. «Diesen erstickten Schrei würde ich überall wiedererkennen. Wollen wir?»
In einem anderen Teil des Parks krochen zwei Gentlemen durch das Gebüsch, der eine mit Donegal und Schlapphut, der andere knallig aufgeputzt wie eine Hure.
«Mußten Sie denn so schreien, Holmes?» fragte einer der beiden.
«Ich muß bei meiner Rolle bleiben, Watson», erwiderte die Hure. «Das ist für das Innerste meines Wesens lebenswichtig.»
«Aber Sie laufen nun schon fast einen Monat als Hure herum», zischte Watson. «Ich glaube, daß Sie es insgeheim genießen.»
«Unsinn, Watson. Die Knappheit meines Mieders erzeugt so gut wie keinen Kitzel in mir. Außerdem glaube ich, daß wir hier, ebenso wie Abberline, nur unsere Zeit verschwenden.»
«Ich glaubte, die Fußspuren zweier riesiger Hunde gesehen zu haben», murmelte Watson.
«Sie haben getrunken», bemerkte Holmes und stöckelte affektiert weiter.

Der russische Agent

Den ganzen Tag über lichtete sich der Nebel nicht, und so kam es, daß Inspector Lestrade sich stolpernd und tastend seinen Weg durch die Steinhaufen und Bohlen auf dem Hof des Bauunternehmers in Alderney Street bahnte, dem Grundstück von George Lusk, dessen Visitenkarte inzwischen lautete: «Bauunternehmer, Dachdecker, Tischler und Vorsitzender des Whitechapel Selbstschutz-Komitees. Gegr. 1888».

«Es ist in diesem Paket», teilte der aufsässige Cockney dem Mann vom Yard mit. «Komisch eingewickelt.»

Lestrade sah zu, wie der Constable sich mit dem Bindfaden abplagte.

«Es ist ein Kästchen, Sir», gab der Mann sein Urteil ab. Daran war nicht zu zweifeln. Lestrade bemerkte, daß die Polizei an Format gewann.

«Oh, verdammte Sauerei!» Der Constable ließ vor lauter Abscheu beinahe das Kästchen fallen, doch Lestrade war schneller und warf einen Blick hinein.

«Iss 'ne Niere», sagte Lusk triumphierend.

«Wirklich?» sagte Lestrade, der offensichtlich in der Schule bei diesem Thema nicht aufgepaßt und den Inhalt von Mrs. Lovetts Pasteten in der Yard-Kantine nie genauer untersucht hatte.

«Wann ist das Paket angekommen?»

«Vor zwei Tagen – mit der Abendpost. Das da war dabei.» Lusk gab Lestrade ein krumpeliges Stück Papier, und er las vor: *«Sör ich schick ihnen die halbe niere wo ich aus ner frau genommen un aufgehoben hab das andre stück hab ich gebraten und verspeist war sehr gut vileicht schick ich ihnen das blutige messer wo ich mit geschniten hab wenn sie noch ein bischen warten. Gezeichnet Fang mich wenn du kanst Mißter Lusk.»*

Das war nicht das Werk von Sherak Singh. Die Buchstaben neigten sich mal nach links, dann nach rechts, ohne Sinn und Verstand, aber

Lestrade bedurfte nicht der Hilfe des Yard-Forschers, um die Wahrheit zu erkennen. Ein halb schreibunkundiger Mann hätte «Niere» nicht mit «ie» und nicht «verspeist», sondern «gegessen» geschrieben. Kein Zweifel, es handelte sich um einen weiteren üblen Scherz, um einen jener Briefe, die der Yard zu Hunderten erhielt, doch die Niere konnte man nicht ignorieren.
«Haben Sie weitere Briefe?» fragte Lestrade.
«Klar, Dutzende.» Lusk spie in seine Sägespäne, «und neulich hat sich hier jemand rumgetrieben.»
«Vermissen Sie was?» fragte Lestrade, obgleich es nach seiner Meinung unmöglich schien, das festzustellen.
«Nix», versicherte ihm Lusk. «Wenn bloß ein Nagel fehlen tät, würd ich's merken.»
«Haben Sie jemanden gesehen?»
«Neulich nachts, ja. Großer Bursche. Piekfein. Was Besseres.»
«Was taten Sie?»
«Ich ballerte mit meiner Knarre auf ihn, iss doch klar.»
«Sie tragen eine Waffe?»
«Wer tut das nich?» Lusk war über die Frage ehrlich erstaunt. «Bei Burschen wie euch, die hinter ihren eignen verdammten Schwänzen her sind? Wie viele Leute hat Mr. Abberline mittlerweile eingebuchtet? Hunnert? Hunnertzehn?»
«Wie wär's mit einem Spaziergang, Mr. Lusk?» Lestrade überging die Frage.
«In Ordnung. Wohin gehen wir?»
«Wir besuchen einen Freund von mir im Pathologischen Museum vom London Hospital.»
«Museum? Tun Sie mir 'nen Gefallen und lassen mich damit in Ruhe! Davon hatt ich schon als Kind die Nase voll. Da kann man was lernen, sagte mein Alter, und ich kreischte und trampelte, und doch schleppte er mich immer in den verdammten Crystal Palace. Und wenn ich da Blödsinn machte, verbleute er mich. Da hab ich mir geschworen, an dem Tag, wo ich den alten Blödmann unter der Erde hab, daß ich nie mehr in die Nähe von so 'nem verdammten Museum gehen werde.»
«Machen Sie, was Sie wollen», sagte Lestrade, «aber das hier benötige ich als Beweisstücke.» Er nahm Paket, Kästchen und Niere an sich und verabschiedete sich von Lusk. Am Tor blieb er stehen.

«Constable», sagte er, «bringen Sie diesen Brief zu Mr. Wensley in Leman Street. Mal sehen, was er davon hält. Und, Constable...»
«Sir?»
«Auf gar keinen Fall werden Sie ihn Mr. Gregson von der Special Branch zeigen. Wenn er bloß ‹Sör› und ‹Mißter› liest, wird er jeden Iren einsperren, der ihm vor die Flinte kommt.»
«Verstanden, Sir. Passen Sie auf sich auf.»

«Lestrade!» Der Mann mit dem Schal und dem weißen Kittel krächzte durch den Dampf und den geschwollenen Hals.
«Dr. Openshaw?» Der Inspector spähte durch die wirbelnden Schwaden.
«Kommen Sie rein», krächzte er. «Ich habe etwas von den Dämpfen abbekommen.»
Das war Lestrade nicht entgangen.
«Sie sehen nicht gut aus», sagte er.
«Passen Sie auf, der...»
Lestrade hüpfte rückwärts, als ein stechender Schmerz in seinem Knöchel brannte.
«...Senfumschlag. Ich muß ihn irgendwo fallen gelassen haben.»
«Oh, irgendwann wird er schon wieder auftauchen», sagte Lestrade durch die zusammengebissenen Zähne.
«Welchem Anlaß verdanke ich das Vergnügen?» Openshaw wurde unter seinem Handtuch von einem Hustenanfall geschüttelt.
«Diesem.» Der Inspector stellte das Kästchen in den Schein der Petroleumlampe.
«Mein Gott!» Openshaw starrte auf das Mitbringsel. «Ist doch wohl nicht Ihre, wie? O nein, natürlich nicht. Wo haben Sie die her?»
«Ich habe sie nicht bekommen, sondern ein Mann namens Lusk. Mit der Post.»
«Na so was.» Openshaw schüttelte den Kopf. «Wurfsendungen! Ich kann mich nicht davor retten.»
«Können Sie mir etwas über das Ding sagen?» Lestrade tastete sich zu einem Stuhl, saß in der undurchdringlichen Düsternis wie ein Trapper in einer Fallgrube und fächelte sich mit seinem Bowler Kühlung zu.

«Es ist eine Niere», sagte der Doktor nach einiger Überlegung.

«Eine menschliche?»

«Augenblick.» Openshaw langte über den Tisch und stellte ein kompliziertes Mikroskop auf. Er stellte Linsen ein, drehte an Rädern und Knöpfen, schätzte den Almroth-Quotienten und den Brechungswinkel. «So ist es besser», seufzte er endlich. «Das hatte ich schon den ganzen Tag über vor. Also, wie lautete Ihre Frage?» Lestrade hatte sie beinahe vergessen. «Die Niere», erinnerte er sich, «handelt es sich um eine menschliche?»

Openshaw beroch sie, drückte sie, hielt sie ins Licht. «O ja. Außerdem ist sie in Spiritus aufbewahrt worden.»

«Wirklich?»

«Linke Niere, würde ich sagen. Rasch entfernt. Von jemandem, der nicht sehr geschickt war.»

«Also kein Chirurg?»

«Ich sagte, von jemandem, der nicht sehr geschickt war, Lestrade», mahnte Openshaw. «Da kämen alle Medizinstudenten des Landes in Frage, etwa die Hälfte der Armeeärzte und, so würde ich schätzen, vierundsiebzig Prozent des Royal College.»

«Ich verstehe.»

«Hatte außerdem die Brightsche Krankheit.» Der Doktor warf sich wieder das Handtuch über den Kopf.

«Wessen Krankheit?»

«Alkoholsüchtig, Lestrade.»

«Die Niere?»

«*Mutatis mutandis*, ja.»

«Jetzt zum wichtigsten Punkt, Doktor. Wurde diese Niere Ihrer Meinung nach der Leiche von Catherine Eddowes entnommen?»

«Das weiß Gott.» Openshaw griff nach einer Phiole mit einer milchigen Flüssigkeit, roch daran und trank. «Lohnte sich, sie auszugraben, oder?»

Lestrade schüttelte den Kopf. «Ich zweifle, ob sie uns heute noch etwas verraten könnte», sagte er und verabschiedete sich von dem Doktor.

Inspector Wensley war an Mr. Lusks Brief so sehr interessiert, daß er Lestrades Constable beinahe postwendend zu ihm zurückschickte.
«Er sagte, Sie sollen rasch aufs Revier Leman Street kommen, Sir. Er hat eine Spur», berichtete der Constable.
«Hartnäckig wie immer, wie ich sehe», brummte Lestrade und winkte einen Hansom heran. Der Constable zahlte.
«Wir sind uns schon einmal begegnet, nicht wahr?» fragte Lestrade, als sie vorbei an der schlummernden Kathedrale von St. Paul's durch die Nacht zur City rumpelten.
«Ja, Sir. Dew, Sir. Constable H 342.»
«Aha, die alte Abteilung H. Ist Sergeant Pepper noch dort? Es muß zwanzig Jahre her sein... als ich dort eintrat.»
«Tot, Sir», sagte Dew.
«Der alte Pepper tot?» Lestrade hob die Jalousie hoch, um festzustellen, wo sie sich befanden.
«Es war seine Pumpe, Sir. Starb im Bett, ja.»
«Einmal kommt für uns alle der Tag.» Lestrade war zu dieser Stunde philosophisch gestimmt. Die Droschke ratterte Cornhill hinauf und links durch Bishopsgate, und der Kutscher zerteilte die Nachtluft mit seiner Peitsche und seinen Flüchen, die für die Ohren anständiger Polizisten unpassend waren.
«Haben Sie eine Meinung zu den Whitechapel-Morden, Dew?» fragte Lestrade.
«Meinung, Sir?» Der Constable war verblüfft. Danach war er noch nie gefragt worden.
«Sie haben doch bei Mr. Wensley gearbeitet, oder? Und heute bei mir. Kommen Sie, Mann, heraus damit.»
«Ja... Mrs. Dew hat eine Theorie, Sir.»
Lestrade blickte auf den ernsten jungen Mann mit dem triefend nassen Helm und Umhang.
«*Mrs.* Dew?» Lestrade zog eine Augenbraue hoch. «Wie lange sind Sie schon verheiratet, Constable?»
«Sechs Monate, zwei Wochen und vier Tage», strahlte Dew, dann fing er Lestrades entsetzten Blick auf und fügte hinzu, «alles in allem.»
«Ich nehme an, in der Ehe darf man's nicht so genau nehmen», sinnierte Lestrade.

«Sind Sie nie ganz hin gewesen, Sir?» fragte Dew.
«Hin gewesen?» fragte Lestrade. «Oh, einmal oder zweimal. Neulich zum Beispiel, als ein paar Burschen mit Knüppeln auf mich eindroschen... ach, ich verstehe. *Hingerissen*. Nein, niemals.»
«Ach, eines Tages, Sir», lächelte Dew, dann wurde er sich seines Ranges bewußt und verstummte wieder.
«Sie und Mrs. Dew verbringen also die Stunden ehelicher Wonnen damit, über die Whitechapel-Morde zu diskutieren, wie?»
«O nein, Sir.» Dew scharrte mit den Füßen und grinste lüsterneinfältig. «Es ist bloß etwas, was sie nebenbei erwähnte.»
«Also, spannen Sie uns nicht auf die Folter, Constable. Wenn Inspector Wensley allzu optimistisch ist, habe ich vielleicht Grund, für Mrs. Dews Krümel dankbar zu sein.»
«O nein, Sir. Meine Teuerste ist fleckenlos, Sir. Fleckenlos.»
«Ja, da bin ich sicher», seufzte Lestrade. «Wie lautet ihre Theorie?»
«Also.» Dew schaute nach links und nach rechts, um sich zu vergewissern, daß draußen niemand an der Kutsche hing. «Sie wissen, daß wir nie einen Mann erwischt haben, der den Schauplatz des Verbrechens verließ?»
«Ja.» Soweit stimmte Lestrade mit ihm überein.
«Was glauben Sie, warum das so ist?»
«Ich dachte, Mr. Abberline habe zahlreiche Personen verhaftet...»
«Oh, das hat er, Sir. Aber hat er sie nicht alle wieder laufen lassen müssen?»
Lestrade blickte ihn verschlagen an. «Sie werden es weit bringen, Constable», lächelte er, «fahren Sie fort.»
«Nun, das erzählte ich Mrs. Dew und fragte: ‹Nun, Mrs. Dew, was halten Sie davon?› Und sie sagte... Sie kommen nie drauf, Sir...»
Lestrade gähnte ostentativ. «Nein, vermutlich nicht. Vielleicht erzählen Sie mir ja, was sie sagte.»
«‹Also, Mr. Dew›, sagte sie, ‹warum hat man eigentlich keinen blutbefleckten Mann gefunden? Weil man nach einer blutbefleckten Frau Ausschau halten sollte.› Und ich sagte zu ihr...»
«Eine Frau?» unterbrach Lestrade. «Eine Art Jill the Ripper, wollen Sie sagen?»
«Ich verstehe nicht, Sir.»

«Sie erwecken merkwürdigerweise mein Interesse, Dew.» Lestrade achtete nicht auf ihn. «Oder besser Ihre Frau.»

«Wie meinen Sie das, Sir?» Der Ton wurde anmaßender, hoheitsrechtlicher.

«Eine Frau», wiederholte Lestrade.

Die Droschke kam quietschend zum Stehen. «Spifimak», knurrte der Kutscher.

«Vermutlich verstehen Sie die Sprache besser als ich, Dew. Wo sind wir?»

«Spitalfields Market, Sir.»

Lestrade stieg aus und landete haargenau mitten in einem frisch in der Nacht dampfenden Kothaufen. Dew bezahlte den Knurrhahn, und die Droschke fuhr ab. Die Polizisten klapperten durch die feuchtglänzenden, grob gepflasterten Straßen, die den Markt flankierten. Vor Jahrhunderten hatten sich Lestrades Vorfahren hier niedergelassen, als die hugenottischen Weber hierher gekommen waren. Das war alles, was Lestrade über seinen Stammbaum wußte. Ein paar Rabauken taumelten jämmerlich bezecht aus der erleuchteten Tür von *The Britannia*, von wo eine kleine, blaßgesichtige Gestalt, die der von Lestrade sehr ähnlich war, die Polizisten heranwinkte.

«Sollte dieser Laden nicht längst dicht sein, Fred, oder bin ich übereifrig?» fragte Lestrade.

«Ich werde Mr. Gladstone nichts erzählen, wenn Sie es nicht tun», sagte Wensley. «Dew, sind Sie das?»

«Abend, Sir!» donnerte Dew.

«Sch!» Wensley gestikulierte heftig. «Wie lange sind Sie bei der Polizei, Dew?» fragte er.

«Weihnachten werden es drei Jahre, Sir.»

«Na, Weihnachten wird es nicht geben, Dew, nicht für Sie, für keinen von uns, wenn Sie in dieser Kostümierung hier herumtrampeln und ein Megaphon benutzen. Ab, an Ihre Raleigh... Sie fallen viel zu sehr auf. Mr. Lestrade und ich kommen schon zurecht. Ich bin sicher, daß Sie Berichte zu schreiben haben.»

«Zu Befehl, Sir», flüsterte Dew und salutierte, wenngleich er sich durch den Vorwurf, er sei zu auffällig, insgeheim verletzt fühlte. Er konnte nicht glauben, daß das politisch gemeint war. Er schlurfte in die Nacht.

«Da wir gerade von Megaphonen sprechen», Wensley führte Lestrade durch einen schwach erhellten Gang mit abblätternden, gebräunten Mauern, «ist es wahr, das mit Abberline und den Bluthunden?»
«So wahr ich hier stehe», sagte Lestrade. «Der Hund hat sein Bein ganz schön zugerichtet.»
«Du glaubst doch nicht, daß Abberline der Ripper ist, oder?» grinste Wensley.
«Woodhouse, der Hundetrainer, liegt im Sterben», sagte Lestrade.
«Man hört, daß man sie einschläfern will.»
«Wen? Abberline und Woodhouse?»
«Keine Sprüche, Fred, bitte.»
«Sholto.» Wensley wurde schlagartig ernst; er packte Lestrade beim Ärmel. «Hinter dieser Tür ist Puma Court.»
«Ich verstehe.»
«Nein, nicht im geringsten. Die Spur, die ich habe, endet irgendwo hinter dieser Tür. Rupasobly.»
Lestrade stolperte in der Ecke. «Rupasobly?» wiederholte er.
«Da gefriert Ihnen das Blut, wie?» sagte Wensley. «Dagegen sind die Banden in der Nichol reine Chorknaben.»
«Kein Wunder, daß Sie Dew ins Revier geschickt haben. Man sagt, der Anblick von Kragennummern bringt ihn aus dem Gleichgewicht.»
«Sind Sie bewaffnet?» fragte Wensley.
Lestrade klopfte auf seinen Schlagring in der Tasche. «Sozusagen», sagte er. «Und Sie?»
Wensley zog eine zusammengerollte Kette heraus, an der zwei Eisenkugeln baumelten.
«Wem haben sie gehört?» fragte Lestrade, auf die Kugeln deutend.
«Der letzten Person, die diese Frage stellte», erwiderte Wensley höflich. «Nach der Operation hatte er für sie keine Verwendung mehr. Gehen Sie zuerst?»
«Oh, Verzeihung, sie gehörten einem Polizisten, nicht wahr?»
Lestrade schob den Türriegel beiseite.
«Sholto?»
«Ja, Fred?» Er schob ihn wieder zurück.
«Dieser Gestank...»

«Ja, das bin ich. Bin in irgendwas reingetreten. Und, ehrlich gesagt, ist das im Augenblick doch wohl unsere geringste Sorge.» Ganz behutsam wie ein Mann auf dünnem Eis schlich Lestrade in die totale Finsternis von Puma Court. Ein Tor zu seiner Linken schwang im Regen, und ein Schauer lief ihm über den Rücken. «Wieso Rupasobly?» flüsterte er Wensley zu.

«Ein Tip», erwiderte der Inspector, «Feind eines Feindes, etwas in der Art.»

«Ich habe gehört, er sei in Clerkenwell untergetaucht.» Lestrade spähte in die Schwärze und versuchte, sich über die undeutlichen Schatten in den Ecken klarzuwerden.

«Ich wäre glücklicher, wenn er in Abney Park untergetaucht wäre», murmelte Wensley.

«Na, nun seien Sie nicht undankbar, Fred. Wenn bei der Sache irgendwas rauskommt, können Sie stolz sein. Denken Sie doch bloß, Sie werden der Mann sein, der Jack the Ripper schnappte. Sagen Sie, kam Ihr Tip von einem gewöhnlichen Spitzel oder von einer anonymen Person?»

Wensley antwortete nicht.

«Kommen Sie, Fred. Ich bin Sholto, Ihr alter Kumpel. Kein Grund, sich zu zieren. Fred? Fred?»

Aber Wensley war fort, in den Schatten verschwunden, hatte sich in der Dunkelheit aufgelöst. Und er hatte kein Geräusch gemacht. Lestrade drehte sich langsam um und glaubte überall Augen zu erkennen. Die Nackenhaare standen ihm zu Berge. Dies war kein kindisches Spiel mit Cricketschlägern und Sprungpferden. Chubb Rupasobly, wenn der spielte, war das bitterer Ernst. Er schob den Schlagring vor, so daß die Klinge des Schnappmessers vorschnellte und im schwachen Licht glänzte, das noch immer aus *The Britannia* hinter ihm strömte. Nichts war zu hören, außer dem dumpfen Pochen seines Herzens und dem winzigen Schrei, der sich in seinem Hirn formte. Nicht zittern, sagte er zu sich selber. Sie beobachten dich. Gönn ihnen diesen Triumph nicht. «Chubb Rupasobly!» rief er plötzlich.

Stille.

Er glitt zur Seite wie ein Krebs, spürte die rauhen Ziegelsteine in seinem Rücken und vor sich eine Mauer der Furcht. Ein Klicken in der Dunkelheit. Ein zweites. Dann das unverkennbare Geräusch

beiseite geschobener Riegel, und dann ein Lichtstrahl, der seinen Donegal traf. In der Türöffnung die zwergenhafte Gestalt von Chubb Rupasobly, der die Achseln zuckte.
«Nun, nun, Mr. Lestrade», lispelte er, «keine Tricks, bitte. Ich habe Ihnen die Gunst erwiesen, Ihnen persönlich die Tür zu öffnen. Glauben Sie mir, das ist eine Ehre.»
Lestrade ließ die Klinge demonstrativ zurückschnellen. «Keine Tricks», sagte er.
«Kommen Sie herein.»
Lestrade folgte der großtuerischen kleinen Gestalt eine Treppe hinauf in einen von Kerzen erhellten Raum. Der Zwerg kroch mit der Behendigkeit einer Bergziege über einen Tisch und nahm in dem ausladenden vergoldeten Armstuhl Platz. Er stocherte mit einer goldenen Nadel in seinen Zähnen herum und schnippte mit den Fingern. Ein riesiger Lakai goß im schummrigen Licht zwei große Brandys ein.
Rupasobly goß einen hinunter und streifte die Manschetten seines weißen Rüschenhemdes hoch, wobei an seinen kleinen Wurstfingern Diamanten glitzerten. Er schnippte abermals mit den Fingern, und der Lakai kam zu Lestrade, den Zwerg mit seinem Schatten verdeckend. Der Inspector nahm das Glas.
«Wo ist Inspector Wensley?» fragte er.
«Mr. Wenzel?» Rupasobly nannte den Inspector bei seinem selbstgewählten Namen. «Wenn Sie von hier fortgehen, Mr. Lestrade, vorausgesetzt, wir kommen ins Geschäft, werden Sie Mr. Wenzel in Thrawl Street finden, wo er an das Geländer gekettet ist. Bloß eine kleine Vorsichtsmaßnahme.»
«Vorsichtsmaßnahme?» fragte Lestrade.
«Kommen Sie schon», gluckste der Zwerg, osteuropäische Brocken murmelnd, «ich kenne Sie, Mr. Lestrade. Und ich vergesse nicht. Ich hätte in dieser Gegend die Nummer eins sein können.»
Lestrade blickte auf die Ringe, das geschliffene Glas und roch an dem Brandy. «Ihnen geht es doch ganz gut», sagte er.
«Vielleicht», sagte Rupasobly achselzuckend, «aber es könnte mir noch besser gehen.»
«Wensley sagte, Sie könnten uns helfen?»
«Bei den Whitechapel-Morden, ja.»
Lestrade nahm unaufgefordert Platz. Rupasobly schnippte mit den

Fingern, und ein zweiter Lakai versorgte ihn mit einem Schemel.
«Zigarre?» Der Inspector zog zwei Zigarren aus einer Tasche.
«Nein, ich rauche nur türkische.» Erneutes Fingerschnippen, und ein dritter Lakai gab erst ihm, dann Lestrade Feuer.
«Wie lautet der Handel?» fragte Lestrade.
«Kein Handel.» Rupasobly schüttelte den Kopf. «Ich will, daß dieser Bastard geschnappt wird. Er vermasselt mir die Tour.»
«Sie wollen mir also seinen Namen nennen *und* mir Fred Wensley zurückgeben – umsonst.»
«Sagen wir einfach, ich bin ein sozial gesinnter Bürger.» Rupasoblys Augen funkelten im Kerzenlicht. «Außerdem ist dieser Mann Jude. Und ich bin ein guter Methodist. Fragen Sie General Booth, wenn Sie mir nicht glauben.»
«Das mach ich vielleicht», nickte Lestrade und genoß seine Zigarre. «Ich wußte nicht, daß es in Polen Methodisten gibt.»
«Polen?» Rupasobly verschluckte sich beinahe an seinem Brandy. Er winkte einem Lakaien, und dieser schleuderte ein leeres Glas zu Boden. «Wie können Sie es wagen, Lestrade!» fauchte er. «Ich stamme aus Ungarn.»
«Ja, natürlich», schmunzelte der Inspector. «Ich bitte um Entschuldigung.»
Rupasobly warf stolz den Kopf zurück, rückte seine weiße Krawatte zurecht und strich seine Frackschöße glatt.
«Also wie heißt der Mann?» fragte Lestrade.
«O nein.» Der Zwerg war anderer Meinung. «Ich hatte vor, Ihnen seinen Kopf zu liefern.»
Lestrade erstarrte. Er blickte den Zwerg an, dessen verzerrte Züge im flackernden Licht in einem fahlen Weiß schimmerten. Er wußte, daß Rupasobly es ernst meinte.
«Das wird nicht genügen», sagte er. «Wenn Sie uns seinen Kopf auf einem Tablett servieren, werden wir es nie wissen, oder?»
«Was wissen?»
«Ob er der Whitechapel-Mörder war. Ob er Jack the Ripper war.»
«Also?»
«Also stellen Sie sich das doch mal vor», sagte Lestrade und beugte sich vor: «Niemand wird je mit Sicherheit wissen, wer Jack the Ripper war. Was werden künftige Generationen von uns sagen? Daß wir

einen Killer nicht kriegen konnten? Aber was ist, wenn künftige Generationen den Namen von Chubb Rupasobly für alle Zeiten aufzeichnen?»
Der Zwerg richtete sich langsam auf. «Für alle Zeiten?»
«Ja», bekräftigte Lestrade durch den Rauch. «Heute in hundert Jahren. Im Jahre... warten Sie, 1988, wird irgend jemand ein Buch über Sie schreiben. Über Sie, Chubb Rupasobly. Sie werden... unsterblich sein.»
«Unsterblich», wiederholte der Zwerg in einem Ausbruch von Eitelkeit. Er blickte Lestrade an. «Was haben Sie davon?» grollte er.
«Werfen Sie einen Blick in die Zeitungen», sagte Lestrade sich vorbeugend. «Ihnen kann keinesfalls entgangen sein, daß wir in letzter Zeit wie ein Haufen von Trotteln dastehen. Ich will, daß dieser Bastard festgenagelt wird. Aber ich will das selber besorgen.»
Eine Stille trat ein. Dann lächelte Rupasobly. «Sein Name», sagte er, «ist Kosminski. Er wohnt hier in Whitechapel, und er ist ein polnischer Jude.»
Lestrade stand auf. «Ich danke Ihnen, Mr. Rupasobly», sagte er. «Kann ich den Inspector zurückhaben?»
«Sie werden ihn finden, wie ich gesagt habe», erwiderte der Zwerg. «Keine Tricks. Gute Nacht, Mr. Lestrade.»
Und es gab keine Tricks. Obwohl sich, als Lestrade Thrawl Street erreichte, zwei Polizisten in der Nähe des Geländers befanden. Der eine hing daran, halb über Smithfield Market, der andere, besorgt und aufgeregt, war gerade im Begriff, seine Trillerpfeife zu betätigen, um Hilfe zu rufen. Lestrade stoppte ihn.
«Umsichtig von Ihnen, hier herumzuhängen, Dew», sagte er. «Oh, da hängen Sie ja auch, Fred.»
Der Inspector knurrte etwas Grundsätzliches auf Jiddisch oder Dorset. Er beherrschte beides.
«Aber wir wollen doch nicht die ganze Nachbarschaft auf Mr. Wensleys Lage aufmerksam machen. Es könnte sich rumsprechen.»
Und das Lachen, das er im Kragen seines Donegal erstickt hatte, brach daraus hervor. «Natürlich», kreischte er und bemühte sich, ernst zu werden, «gefallen mir diese Dinger nicht.» Er untersuchte Dews Trillerpfeife. «Als ich anfing, hatten wir eine hölzerne Rassel, oder wir droschen mit unseren Knüppeln auf das Pflaster. Nun, das ist Fortschritt, schätze ich.»

«Da Sie gerade von Fortschritt reden, Inspector», sagte Wensley zähneknirschend, «könnten Sie mich vielleicht von diesen Ketten befreien?»

Er rasselte damit wie ein Gespenst aus einem Schauerroman. «Ich schätze, das war es, was Constable Dew vorhatte, als Sie ihn stoppten.»

«Aber verstehen Sie doch, Fred, die Peinlichkeit», lächelte Lestrade und riß an einer von Wensleys Ketten ein Zündholz an. «Wenn Constable Dew die Trillerpfeife benutzt, kommt ganz Whitechapel angerannt. Mr. Lusk und seine bezaubernden Helfer, bis an die Zähne bewaffnet; dann hat er seine große, ziemlich männliche Puppe, nach der er sucht. Ganz zu schweigen von den achtzig oder mehr Burschen, die Abberline im Laufe der letzten sechs Wochen hopsgenommen hat. Wie die Dinge liegen, werde ich all das Rodney melden müssen. Der wird es vermutlich an Anderson weitergeben, vorausgesetzt, daß Sir Charles inzwischen wirklich seinen Sessel geräumt hat. Ich habe gehört, daß er sehr ungern aus dem Amt scheidet.»

«Was soll das heißen: Meldung?» fragte Wensley, mit den Ketten ringend.

«Kommen Sie, Fred, Sie haben doch genauso viele Meldungen geschrieben wie ich...»

«Schon gut», seufzte Wensley. «Was wollen Sie?»

«Na bitte», lächelte Lestrade. «Die Adresse eines gewissen Kosminski, hier in Whitechapel.»

«Kosminski? Kosminski? Hanbury Street, glaube ich. Ja, Nummer 36.»

«Ein paar Schritte von der Stelle entfernt, wo Annie Chapman ermordet wurde.»

«Stimmt. Ist er unser Mann?»

«Ich bin nicht sicher. Rupasobly scheint es zu glauben.»

«Das war die Spur?»

«Ja, wie Sie auch festgestellt hätten, wären Sie bei mir geblieben.»

«Sholto!» rief Wensley. Dann wurde er ruhiger: «Ich hatte bei der Geschichte kaum eine andere Wahl. Ich weiß bloß, daß mir jemand einen Sack über den Kopf stülpte und ich hierher getragen wurde.»

«Verletzungen?»
«Keine», blaffte Wensley.
«Ho, ho», grinste Lestrade. «Warte, bis die Burschen davon erfahren.»
«Sholto...» Wensley war außer sich.
«Schon gut, regen Sie sich ab. Es ist eine kalte Nacht.»
Er bohrte die Spitze seines Schnappmessers in Rupasoblys Vorhängeschloß. «Sie können sich jederzeit einen von Chubbs Leuten vornehmen», sagte er. Er stemmte sich gegen einen Bügel, daß ihm die Augen aus den Höhlen traten und er knallrot im Gesicht wurde. «Es nützt nichts, Fred. Es rührt sich nichts.»
«Sie strengen sich bloß nicht richtig an, Lestrade!» fauchte Wensley, der mit jeder Sekunde verlegener und unruhiger wurde.
«Dew», sagte Lestrade, «stemmen Sie sich mal gegen das Geländer.»
Der Constable gehorchte und begann heftig zu fluchen: «Oh, verdammte Scheiße... ich bitte um Verzeihung, Sirs.»
Es krachte, eine Strebe löste sich vom übrigen Geländer und Wensley mit ihr.
«Nein, so was», sagte Lestrade. «Das nennt man Qualitätsarbeit. Über die Slums von morgen weiß ich nichts. Heute haben wir jedenfalls einen Eindruck von den früheren bekommen. Kommen Sie, wir wollen verschwinden, bevor jemand darauf besteht, daß wir für die Beschädigung blechen.»
Wensley schlurfte hinter ihnen her.
«Hol's der Teufel, Lestrade, Dew hat vielleicht eine Strebe vom Geländer gerissen, aber von dieser speziellen hat er mich nicht befreit.»
«Das machen wir auf dem Revier», sagte Lestrade.
«Das meinen Sie doch nicht im Ernst!» Wensley blieb stehen. «Das überlebe ich nie. Gibt es hier nicht irgendwo einen Schmied?»
«In Ordnung, aber zuerst Kosminski. Komisch, wie sehr man doch an Dingen hängen kann, nicht wahr?» Und Lestrade wich aus, als Wensley zu einem Schlag ausholte.
Tadeusz Kosminski wohnte in einem der gewöhnlichen Mietshäuser, von denen es Tausende gab. Graue Wäsche hing schlaff im morgendlichen Nieselregen, ausgespannt zwischen engen Höfen, als Lestrade und Dew die Feuerleiter hinaufkletterten, ohne auf Abfall

oder schlafende Penner zu achten, die gefährlich auf verrosteten Sprossen hockten. Unten auf der Straße tauchten die ersten Fuhrleute auf, die zur Arbeit gingen, banden sich Halstücher und rückten ihre Mützen zurecht. Jeder dieser Männer, sagte sich Lestrade, konnte der Mann sein, hinter dem er her war. Auch Fred Wensley war dort unten, kauerte zusammengekrümmt in einem Torweg und versuchte, seine Strebe zu verbergen. Leute warfen ihm bereits komische Blicke zu.

In der dritten Etage lugte Lestrade durch die verschmierte Fensterscheibe ins Innere. Außer einem Bett, einem Tisch und einem Stuhl konnte er kaum etwas erkennen.

«Jetzt!» rief er und sprang mit den Füßen voran gegen das Glas und Holz. Er landete unglücklich, kollerte an die gegenüberliegende Wand, und es blieb Dew überlassen, mit der verständlicherweise verärgerten Gestalt im Nachthemd fertig zu werden, die dem Inspector auf den Rücken sprang. Der Constable hakte seinen Knüppel unter Kosminskis Kinn und riß ihn hoch; doch Sekunden später klappte er wie ein Taschenmesser zusammen, als der Fuß des Polen seine Weichteile traf, und er ging zu Boden. Doch das hatte Lestrade Luft verschafft, und er rammte sein Knie wuchtig in Kosminskis Leiste und versetzte ihm mit dem Unterarm einen Schlag gegen den Kopf. Es war bloß ein kleiner Stups im großen Hauen und Stechen, aber Kosminski krümmte sich auf seinem Bett zusammen und begann, hemmungslos zu weinen.

«Heißen Sie Kosminski?» fragte Lestrade.

Ein Schluchzen war die Antwort.

«Tadeusz Kosminski?»

Ein erneutes Schluchzen.

«Schluchzen Sie einmal für ‹ja› und zweimal für ‹nein›», murmelte Lestrade. «Dew, sind Sie in Ordnung?»

«Ich denke schon», antwortete der Constable und hielt nach seinem Helm Ausschau.

«Nichts, was Mrs. Dew nicht wieder geradebiegen könnte, wie?» schmunzelte Lestrade und sah, wie sein Constable puterrot wurde.

«Also gut, Kosminski.» Lestrade setzte sich auf das verwanzte Bett und drehte den Mann herum. «Geben Sie mir Ihre Laterne, Constable.»

Dew gehorchte, und Lestrade leuchtete dem Polen in die Augen.

«Ich bin Inspector Lestrade von Scotland Yard», sagte er. «Ich möchte Ihnen ein paar Fragen stellen.»

«Ist wegen diesen Weibern», schluchzte Kosminski. «Sind Nutten.»

«Stimmt. Ich möchte wissen, wo Sie in den fraglichen Nächten waren.»

«Arbeiten», sagte Kosminski und schneuzte sich die Nase im Bettlaken. «Ganze Nacht.»

«Und warum sind Sie heute zu Hause?»

«Ich gefeuert», jammerte Kosminski, «wegen meine Gewohnheiten.»

Lestrade blickte Dew an. «Gewohnheiten?» fragte er.

«Gewohnheiten», wiederholte Kosminski.

Vorsichtshalber trat Lestrade vom Bett zurück. «Sagen Sie mir, Kosminski, mögen Sie Frauen?»

Kosminski spie ausgiebig in eine Ecke. «Hasse sie», knurrte er, «sind schmutzig, ekelhaft, ja, sind sie. Sind nicht wert zu leben.»

Lestrade durchmaß ein paarmal das Zimmer. Er brauchte nicht viel Zeit dazu.

«Haben Sie sie deshalb umgebracht?» fragte er.

«Umgebracht?» Kosminski hatte inzwischen aufgehört zu weinen und starrte angestrengt durch die zerbrochene Fensterscheibe, durch die seine Besucher gekommen waren. «O ja, ich könnte sie umbringen. Weiber. Alle Weiber.» Und er spie noch einmal aus.

Lestrade warf dem Mann seine Hose und sein Hemd zu. «Ziehen Sie sich an», sagte er, «Sie kommen mit.»

«Ich unter Arrest?» Kosminski kauerte sich wieder zusammen.

«Nein», sagte Lestrade, «ich möchte Ihnen bloß ein paar Fragen stellen, das ist alles.»

Und er folgte ihnen folgsam wie ein Lamm.

Wie sich herausstellte, hatte Tadeusz Kosminski eine Latte von Vorstrafen wegen tätlicher Angriffe und schwerer Körperverletzungen. Er hatte einer Frau, die ihn komisch angeguckt hatte, den Kiefer gebrochen und zahlreichen Prostituierten ziemlich kräftige Tritte versetzt, als sie an diversen Hausmauern in Whitechapel ihrem Gewerbe nachgingen. Die Akten sagten nichts darüber, was er mit ihren verblüfften Kunden angestellt hatte. Aber Lestrade war nicht glücklich. In keinem dieser Fälle hatte Kosminski ein Messer benutzt; sein kahlgeschorener Kopf und seine untersetzte Gestalt paßten zu keinem der Männer, die Augenzeugen gesehen haben wollten, als sie sich mit den Frauen kurz vor deren Tod unterhielten, und vor allen Dingen hatte der Pole für zwei der Mordnächte ein wasserdichtes Alibi. Er saß in Cannon Row in der Zelle, weil er auf marschierende Abstinenzler und auf eine Dame von der Heilsarmee eingeschlagen hatte. Zwei andere Dinge gaben Lestrade zu denken. Zum einen war Kosminski tobsüchtig. Zum anderen würde ihm, Lestrade, wenn er jeden Ausländer, der ihm unter die Finger kam, verhaftete, bald Gregsons übler Ruf anhaften. Wenn er jeden Misog… Mysso… jeden, der Frauen haßte, hinter Gitter brachte, würde man ihn für immer in einem Atemzug mit Honeybun nennen, der inzwischen der *News of the World* gegenüber erklärt hatte, daß er von Gott dazu ausersehen sei, die Welt vom Laster zu befreien. Wenn er überhaupt jemanden verhaftete, würde nicht nur Rodney, sondern mancher andere anfangen, ihn Abberline zu nennen.

«Warum also hat Chubb Rupasobly ihn überhaupt verpfiffen?» fragte Wensley eines Morgens nach einer zermürbenden Sitzung im Verhörraum.

«Kosminski ist schlecht fürs Geschäft», erwiderte Lestrade und schlürfte wie besessen seinen Tee. «Ein ganz beträchtlicher Teil von Chubbs Einnahmen stammt aus Zuhälterei. Sie wissen, daß er wahrscheinlich in London der Mann ist, durch dessen Hände das meiste Bargeld läuft.»

«Und Kosminski war eine Bedrohung?»

Lestrade nickte. «Wie sagte Rupasobly? ‹Er vermasselt mir die Tour.› Seine Mädchen haben entsetzliche Angst um ihr Leben.»

«Aber sie sind immer noch da, Sholto», sagte Wensley nachdenklich, «auf den Straßen. Sie sind trotzdem bester Laune, mein Lieber – und sie werden vielleicht trotzdem umgebracht.»

«Sie glauben also, daß Kosminski nicht unser Mann ist?» fragte Lestrade.

«Nein. Ebensowenig wie Sie.»

«Da ist noch ein anderer Name, dem ich gern nachgehen möchte», sagte Lestrade. «Kosminski hat ihn mir in einem seiner helleren Augenblicke genannt.»

«Wie ist der Name?»
«Ich erzähle es Ihnen unterwegs.» Er griff nach seinem Donegal und seinem Bowler und ging zur Treppe. «Es ist Zeit für Bedlam.»

«Mr. Lestrade, richtig?» fragte der Mann im weißen Kittel.
«Richtig», erwiderte er. «Das ist Inspector Wensley, ebenfalls vom Yard.»
«Gentlemen.» Er schüttelte ihnen die Hände. «Hier entlang, wenn es recht ist.» Und er stapfte heftig und die Beine abspreizend durch den dunklen Flur. Nach ein paar Schritten blieb er stehen. «Gentlemen», sagte er leise, «eines ist bei der Behandlung der Geisteskranken von entscheidender Bedeutung: daß sie rasch und bedingungslos gehorchen. Es muß absolutes Vertrauen herrschen, verstehen Sie? Ich möchte… ich hasse es, Sie darum zu bitten, aber könnten Sie sich derselben Gangart befleißigen? Täten Sie's nicht, würde das die Autorität schwächen, die ich innehabe. Sie werden bemerken, daß einige der Insassen», er deutete auf die menschlichen Wracks, die kichernd oder in feierlichem Schweigen durch die Hallen wanderten, «uns nicht zu beachten scheinen, doch sie tun es sehr wohl. Bitte…» Und er stapfte beinewerfend als erster weiter, dann tat Wensley es ihm nach, bis alle drei wie Kriegsveteranen durch den Flur humpelten.
Eine große Gestalt im Anzug tauchte plötzlich aus einer Nebentür auf, flankiert von zwei weiteren Männern in weißen Kitteln. «Danke, Dick, ich will jetzt meinen Kittel zurückhaben.»
Der humpelnde Mann fuhr herum. «Nein, Sie haben es versprochen», schrie er.
«Morgen», schmunzelte der große Mann und tätschelte ihm den Kopf. «Jetzt gehen Sie schön mit Harry und Bert. Zeit für die Wasserbehandlung.»
Dick packte den Mann bei den Aufschlägen. «Oh, Doktor, kann ich die Tülle halten?» bettelte er hartnäckig.
«Nun…», begann der Doktor, «na ja, in Ordnung.» Er klopfte Dick nachsichtig auf die Schulter, und der kleine Mann humpelte davon. Harry und Bert folgten ihm, wie er ein Bein abgespreizt, und alle drei reckten gleichzeitig den Hals nach links, als sie über den Flur zurückstelzten.

«Der Zwischenfall tut mir leid, Gentlemen», sagte er und nötigte sie in ein Büro. «Ich bin wirklich Dr. McGregor.»
«Wer war das?» fragte Lestrade und nahm im angebotenen Sessel Platz.
«Das war Dick», schmunzelte McGregor. «Es ist das dritte Mal in dieser Woche, daß er meinen Kittel geklaut hat.»
«Sein Auftreten war ziemlich gebieterisch», bemerkte Wensley. «Natürlich sind wir nicht drauf reingefallen.»
«Es wäre aber gut möglich gewesen», sagte McGregor und rückte seinen Kneifer zurecht. «Er war mein Vorgänger an diesem Hospital.»
Die Männer vom Yard blickten einander an und fragten sich stumm, ob alle Ärzte des Bethlehem Hospital dort als Patienten endeten.
«Was ist mit seinem Bein los?» fragte Lestrade.
«Absolut nichts», sagte McGregor, «aber... ich konnte es gar nicht übersehen... was ist mit Ihrem Nacken los?»
«Oh, das ist auch nichts... oder vielmehr, es ist etwas anderes», sagte Lestrade hastig, der beinahe fürchtete, man werde ihn hier nicht mehr rauslassen.
«Dicks Bein ist für ihn zu einer fixen Idee geworden. Er glaubt, daß er humpeln muß, und er glaubt, daß jeder, mit dem er spricht, das gleiche Gebrechen haben müsse.»
«Was genau ist mit ihm los, Doktor?» fragte Wensley.
«Er ist verrückt», erwiderte McGregor, «und das bringt mich auf den Zweck Ihres Besuches. Michael Ostrog. Bei ihm handelt es sich um etwas völlig anderes. Ist es sehr wichtig für Sie, mit ihm zu sprechen?»
«Ja», sagte Lestrade.
McGregor legte seinen Kneifer auf den Tisch, lehnte sich zurück und spielte mit seiner goldenen Uhrkette. «Ich warne Sie, Sir, der Mann ist nervlich zerrüttet. Er ist gerissen, er ist rücksichtslos, und er hat unverkennbare Anlagen zu Mordtaten. Erst letzte Woche hat er fast einen Wärter umgebracht.»
«Warum?» fragte Wensley.
McGregor zuckte die Achseln. «Wenn ich das wüßte, Sir, könnten wir vermutlich diese gräßliche Anstalt schließen», sagte er. «Der Geist ist ein dunkler Ort, Mr.... Wensley, nicht wahr? Alles, was

die medizinische Wissenschaft tun kann, ist, hier und da ein einzelnes Streichholz zu entzünden, um Licht in das Dunkel zu bringen. Einige der Schatten sind furchteinflößend.»
«Wird Ostrog mit mir sprechen?» wollte Lestrade wissen.
«Möglich», nickte McGregor nach einigem Nachdenken, «aber ich bin gezwungen, Sie mit ihm in der Zelle einzuschließen. Sie ist gepolstert. Wenn er das Gitterfenster in der Tür schließt – und dazu hat er die Kraft –, würde es Minuten dauern, ehe wir Ihre Schreie hören. In diesen Minuten, Mr. Lestrade, das garantiere ich Ihnen, werden Sie sterben. Sagen Sie», McGregor lehnte sich wieder zurück, «sind Sie bewaffnet?»
Lestrade nickte.
«Welche Waffe Sie immer bei sich haben, lassen Sie sie hier. Jetzt gleich. Wenn er spitzkriegt, daß Sie bewaffnet sind, wird er Sie umbringen.»
Lestrade stand auf und ließ den Schlagring mit der versteckten Klinge auf McGregors Tisch fallen.
«Sholto, das ist Wahnsinn», sagte Wensley.
«Ungemein zutreffend», sagte McGregor. «Willkommen in Bedlam, Gentlemen.»
Die drei Männer verließen das Büro durch eine Nebentür. McGregor ging voran. Am Fuß einer Steintreppe begegnete ihnen ein Mädchen.
«Annie.» McGregor hielt sie an und hob ihr Kinn. Sie war hübsch, vielleicht einundzwanzig oder zweiundzwanzig Jahre alt.
«Du hast geweint», sagte er. «Wie geht's dem Baby?»
«Alice geht's gut, danke, Sir.» Sie knickste und huschte fort.
«Ich glaube, ich kenne dieses Mädchen», sagte Wensley.
«Annie Crook», sagte McGregor. «Ein trauriger Fall.»
«Crook?» wiederholte Wensley nachdenklich. «Nein, ich kann sie nicht unterbringen.»
«Wie lange ist Ostrog schon hier?» fragte Lestrade.
«Sechs Tage, diesmal», gab McGregor zur Antwort.
«Dann war er zur Zeit der Whitechapel-Morde auf freiem Fuß?»
McGregor zog eine Augenbraue hoch. «Von daher weht also der Wind?»
«Sie werden all das natürlich vertraulich behandeln, Doktor?» vergewisserte sich Lestrade.

McGregor nickte und stieg die Treppe hinauf. Oben trat ein bulliger Wärter beiseite und schob die schweren Riegel einer eisenbeschlagenen Tür weg.

«Lassen Sie ihn gewähren, Lestrade», war McGregors letzter Rat, ehe der Inspector in der Zelle verschwand. Wensley sprach ein stummes Gebet und lehnte sich gegen die Wand. Ein paar Sekunden darauf schritt er auf und ab. Als er plötzlich bemerkte, daß McGregor und der Wärter ihn beobachteten, blieb er stehen, kreuzte die Arme vor der Brust und starrte zu Boden. Das wirkte, jedenfalls nach seiner Ansicht, am wenigsten neurotisch.

Der Raum, in dem Lestrade sich wiederfand, hatte keine Ecken. Und er war strahlend weiß. Es gab auch keine Möbel. Als er sich umblickte und die Tür suchte, konnte er sie zuerst nicht entdecken, so perfekt war sie eingepaßt. Nur das winzige Gitterfenster in der Wand ließ auf ihre Anwesenheit schließen. Jedoch die schwarze, bärtige Gestalt in der entfernten Ecke konnte er nicht übersehen, deren dunkle, hypnotische Augen ihn förmlich durchbohrten.

«Mr. Ostrog?» fragte er mit gepreßter Stimme.

Durch seine Zwangsjacke behindert, stand der Russe auf und verbeugte sich. «Doktor.» Die Stimme war tief genug, um Möbel zum Zittern zu bringen, wären welche dagewesen. «Doktor Michail Ostrog, zu Ihren Diensten.»

Ungeachtet seiner zusammengeketteten Beine, humpelte er auf Lestrade zu. Er blickte ihm forschend in die Augen, ehe ein breites Lächeln auf seinem Gesicht erschien. «Towaritsch», sagte er, «*Sie* sind es.»

Lestrade sah verständnislos drein. Dann erinnerte er sich an McGregors Rat, den Mann gewähren zu lassen.

Tränen traten in Ostrogs Augen, und er brabbelte etwas Unverständliches.

«Sprechen Sie englisch», flüsterte Lestrade, nach oben deutend. «Das ist das Wichtigste. Sie» – er warf einen schnellen Blick nach links und rechts – «dürfen nicht erfahren, daß ich Russe bin.»

«Mein lieber Freund», strahlte Ostrog, «ich würde Sie umarmen, wenn ich könnte.»

Lestrade umarmte den bärtigen Mann mit einer Geste, die, wie er hoffte, genügend russisch wirkte und es ihm ersparte, sich wie ein Kosak auf dem Boden kugeln zu müssen.

«Haben Sie Wodka mitgebracht?»
Lestrade schüttelte den Kopf. «Sie haben mich gefilzt», erwiderte er.
«Sie sind also... nicht bewaffnet?» Lestrade kümmerte sich nicht um das Glitzern in den Augen des Mannes. Er schlug seinen Donegal zurück, um zu demonstrieren, daß er waffenlos war.
«Das ist eine sehr gute Verkleidung, Towaritsch.» Ostrog nickte anerkennend. «Was ist das?»
«Ein Donegal, den jeder gutgekleidete Engländer dieses Jahr trägt», log Lestrade. In Wirklichkeit hätte sich ein *gut*gekleideter Engländer darin nicht mal zu Grabe tragen lassen, selbst nicht vor zehn Jahren.
«Wie geht es Dragomilow?» fragte Ostrog.
«Gut, gut», bluffte Lestrade mit zusammengebissenen Zähnen. Er spürte, wie die weißen Wände der Zelle ihn immer enger einschlossen.
«Und Gorbatschow?»
«Er schickt liebe Grüße.» Lestrade wurde kühner, doch er erschrak, als er einen entsetzten Ausdruck auf Ostrogs Gesicht bemerkte.
«Anastasia Gorbatschowa ist eine Frau», sagte der Russe, «zumindest war sie eine, als ich sie zum letzten Mal sah.»
«Ach, Sie kennen doch diese Leute aus der Ukraine!» Lestrade lachte. Das war der einzige Teil des Zarenreiches, von dem er gehört hatte. Etwas anderes konnte er nicht ins Feld führen. Stille. Gefolgt von einem Grinsen. Dann brach Ostrog in ein anhaltendes rhythmisches Gelächter aus. «Diese Ukrainer!» gluckste er. «Das ist gut, Towaritsch. Sehr gut. Sie haben sie durchschaut!»
«Aber nun zu Ihnen», sagte Lestrade, froh, das Thema wechseln zu können, «wie ist es Ihnen ergangen?»
Ostrog zuckte die Achseln – das war ungefähr die einzige Bewegung, die ihm möglich war –, um seine Zwangslage zu verdeutlichen. «Aber mein Bericht. Sie sind wegen meines Berichtes gekommen.» Lestrade nickte. Ostrog kauerte in der Ecke nieder, wo ihre Unterhaltung begonnen hatte, und Lestrade hielt es für das beste, seinem Beispiel zu folgen.
«Wie Sie wissen, kam ich vor zwei Monaten auf dem Frachter *Uljanowa* an. An ihrem Albert-Kai sprang ich über Bord und machte mich auf den Weg nach ihrem Whitechapel.»

«Warum Whitechapel?» Lestrade hoffte, daß diese Frage nicht zu viel Unwissenheit verriet.
«Dort würde ich nicht auffallen, Towaritsch», erklärte Ostrog. «Ach, die unzähligen Ausländer in diesem Land. Es ist schlimmer als ein Bazar in Kiew.»
Lestrade stimmte in sein Lachen ein und lachte noch immer, als Ostrog verstummte. «Ich vergaß zu fragen», sagte er feierlich, «Seine Kaiserliche Majestät, der Zar...»
«Äh...», sagte Lestrade vorsichtig, «ihm geht's gut, den Umständen entsprechend.»
Ostrog nickte grimmig. «Das liegt am Kaviar», seufzte er wehmütig. «Daran oder an den Nihilisten.»
Lestrade war natürlich beklagenswerterweise keines der beiden Gerichte bekannt. «Fahren Sie mit Ihrem Bericht fort, Michail», sagte er und hoffte, er habe den Namen annähernd richtig ausgesprochen.
«Ich wohnte in ihrer Berners Street», fuhr Ostrog fort, «und nahm eine Stelle als Gehilfe eines Metzgers an. Ein seit langem bestehender Familienbetrieb mit Namen Prentiss. Das gewährte mir Zugang zu den schärfsten Messern.» In Lestrades Hals begann sich ein Kloß zu bilden. Das war es also! «Es gab mir auch die Möglichkeit, in den frühen Morgenstunden unbemerkt durch die Straßen zu spazieren.»
«Sie hatten keine Schwierigkeiten?»
«Nun ja», erwiderte Ostrog achselzuckend, «eigentlich nicht. Erst als ein Idiot namens Lusk Jagd auf die Juden in der Gegend zu machen anfing. Nicht, daß das an sich eine schlechte Sache wäre. Natürlich nicht. Seine Kaiserliche Majestät, der Zar, hat das sein Leben lang gemacht.»
«Natürlich.» Lestrade bemerkte, daß er zustimmte, als seien er und der Zar alte Kumpels.
«Aber Lusk machte es für mich schwierig, zu operieren...»
«Operieren?» wiederholte Lestrade.
Ostrog schmunzelte. «Ach, ich erinnere mich noch, als ich zuletzt operierte...»
«Whitechapel?» half Lestrade seinem Gedächtnis nach. «Dreizehnter September – eine Lady namens Catherine Eddowes.»
Ostrog schaute ihn verwirrt an. «Towaritsch», sagte er, «entweder

Sie haben getrunken, oder einer von uns ist verrückt.» Lestrade kicherte. Es war die höfliche Form des Schreis, den er in Wahrheit ausstoßen wollte. «Sagen Sie mir, Michail», bohrte er weiter, «hat Sie bei all dem die Polizei nicht gestört?»

Ostrog lachte laut. Lestrade hatte nichts anderes erwartet. «Ist das nicht der ganze Sinn der Übung, Towaritsch? Warum wurde ich überhaupt nach England geschickt? Pfui. Sie haben das Ochrana-Dossier nicht gelesen, oder?»

Lestrade lächelte schüchtern.

«Es war meine Aufgabe, unbemerkt nach London hineinzuschlüpfen, ein scheußliches Verbrechen zu begehen, um dadurch die britische Polizei in Verlegenheit zu bringen, und mich wieder abzusetzen.»

«Ich verstehe», sagte Lestrade. «Nun, Michail, ich muß zugeben, Sie haben prächtige Arbeit geleistet. Wir... äh... die Polizei ist tatsächlich in Verlegenheit. Haben Sie die vier Frauen auf gut Glück ausgewählt? Was war mit Martha Tabram? War sie die erste?»

Ostrog blickte ihn befremdet an. «Towaritsch, ich weiß nicht, wovon Sie sprechen. Ich wählte das Ziel, welches die britische Polizei mehr als jedes andere in Verlegenheit bringen würde.»

«Aha.» Lestrade hatte jeden Durchblick verloren.

«Ich tötete Ihre Majestät, Königin Victoria.»

«Ach ja», sagte Lestrade nach der unvermeidlichen Pause.

«Nun ja, sie ist die nächstbeste Schwiegermutter Seiner Kaiserlichen Majestät», schmunzelte Ostrog. «Welcher Mann möchte nicht gern seine Schwiegermutter loswerden?»

«Was... äh... was taten Sie?»

«Ich schnitt ihr die Kehle durch, dieser fetten, kleinen Kuh», sagte Ostrog mit sichtlichem Behagen.

«Ich verstehe. Also wird jetzt der... Prince of Wales König?»

«Wenn es an der Zeit ist», sagte Ostrog, als erörtere er das Einsetzen eines Schauers im August. «Ich lese ihre Londoner Illustrierten. Ich weiß, wie der arme Mann leidet. Nun, so steht's. Ich habe ihm unbeabsichtigt seine Chance gegeben. Aber», er richtete sich mit leuchtenden Augen auf, «was viel wichtiger ist: ich habe meine Pflicht getan.»

«Aber man hat Sie geschnappt, Michail», gab Lestrade ihm zu bedenken.

Ostrog blickte ihn geheimnisvoll an und stellte sich mühsam auf die Beine; sein Gesicht veränderte die Farbe, seine Schultern hoben sich, und der Wärter am Gitterfenster begann wie rasend die Tür zu entriegeln, von den verzweifelten Herren McGregor und Wensley unterstützt und angefeuert. Es gab ein reißendes Geräusch, als Ostrogs Gurte und Schnallen in alle Richtungen flogen und er sich aus der Zwangsjacke schälte.

Krachend flog die Tür auf, und die drei Männer stürzten in die Zelle. Aber Ostrog war die Gelassenheit selbst. «Auf Wiedersehen, mein lieber Freund.» Er drückte Lestrade eifrig die Hand. «Es hat mir Freude bereitet. Danke für Ihren Besuch.» Er trat dicht an Lestrade heran und flüsterte: «Keine Sorge, Towaritsch. Ich bin hier schon mal rausgekommen. Zweimal. Erlauben Sie mir übrigens, Sie zu Ihrer englischen Aussprache zu beglückwünschen. Höchst beeindruckend.»

McGregor nahm die Sache in die Hand. «Also dann, Doktor», strahlte er, «vielleicht später eine friedliche Partie Schach?»

Ostrog sah ihn an und durchbohrte ihn. «Ich glaube, ich sehe lieber zu, wie ein Joch rostet», sagte er gleichmütig und zog sich wieder in seine Ecke zurück.

McGregor winkte Lestrade und Wensley aus der Zelle. «Es ist ziemlich kühl geworden, Tom», sagte er zu dem Wärter. «Vielleicht möchte Dr. Ostrog gern eine andere Jacke anziehen.» Und er nickte wütend in die Richtung des Russen, als sie fortgingen.

Lestrade drückte sich mit dem Rücken an die rechte Seite der Tür.

«Guter Gott, Sholto», sagte Wensley, «Sie sind kreideweiß.»

«Das kommt von den weißen Wänden», schluckte Lestrade. «Kennen Sie eine Familie namens Prentiss?»

«Metzger in Spitalfields? Ja.»

«Er arbeitet für sie.» Lestrade deutete auf die Zelle. «Scharfe Messer. Lederschürzen. Blutflecken. Es paßt alles.»

«Sie meinen, der Ripper ist ein Prentiss?» fragte Wensley ungläubig.

«Das habe ich nicht gesagt, Fred. *The Hand and Gavel* ist doch hier in der Nähe, oder? Sie sind dran.» Und sie bedankten sich beim guten Doktor und flohen aus dem Gebäude, sorgsam darauf bedacht, die Beine abzuspreizen, als sie auf dem Weg nach draußen Dick begegneten.

M. J. Druitt

Der Besucher schäumte vor Zorn und marschierte abermals im Korridor hin und her.
«Er wird jetzt nicht mehr lange ausbleiben, Sir», sagte Sergeant Dixon.
Der Besucher sah erneut auf seine Uhr. «Ja, das sagten Sie mir», knurrte er und klopfte zum soundsovielten Mal gegen das Glas.
«Sollte mich nicht wundern, wenn uns Veränderungen ins Haus stehen.» Dixon rührte verträumt seinen Kakao mit dem Daumen um. Das stellte ihn vor das Problem, nicht zu wissen, wohin er mit der Haut sollte.
«Oh, das ist lachhaft. Ich kann nicht länger warten!» Und der Besucher griff nach seinem Hut und strebte der Tür zu. Es war sein Pech – und das Lestrades –, daß die beiden Männer zur selben Zeit am selben Punkt anlangten. Schädel krachten zusammen, und Lestrade drehte sich gewohnheitsmäßig seitlich weg, wobei er seinen Ellenbogen exakt in Dixons Kakao tauchte. Als der Sergeant seinen Vorgesetzten aufrichtete, fand er in ihm eine nützliche Ablage für die Kakaohaut.
«Sind Sie in Ordnung, meine Herren?» erkundigte sich der Sergeant.
Lestrade antwortete mit einem Stöhnen.
«Ich denke schon», erwiderte der andere Mann und erblickte zum ersten Mal Lestrades Nacken. «Gütiger Gott, habe ich das angerichtet?» fragte er.
«Nein, nein», versicherte Lestrade, «da sind viele Dinge zusammengekommen, wirklich.»
«Trotzdem, ich würde einen Arzt aufsuchen, wenn ich an Ihrer Stelle wäre.»
«Da Sie nun schon aneinandergeraten sind, Gentlemen», mischte Dixon sich ein, «gestatten Sie mir, Sie miteinander bekannt zu machen. Inspector Lestrade, das ist Dr. Druitt.»

«Ah, Lestrade.» Druitt streckte seine Hand aus. «Ich habe auf Sie gewartet.»

«Dixon, pusten Sie in Ihren Sprechapparat, und bestellen Sie zwei Tees – in mein Büro, aber dalli.»

«Sehr wohl, Sir.» Dixon nahm hinter seinem Schalter Haltung an. «Und passen Sie auf sich auf.»

Der Doktor und der Polizist zwängten sich in die winzige Kabine des Aufzuges. Die Krempe von Lestrades Bowler klebte unter Druitts Nase, so daß sie erleichtert in der ersten Etage ausstiegen.

«Was ich zu sagen habe», rückte Druitt seinem Mann vertraulich auf den Leib, «ist nur für Ihre Ohren bestimmt.» Er beugte sich zurück und warf Blicke nach links und rechts, um sich zu vergewissern, daß es keine Lauscher gab. «Eigentlich war es für die Ohren von Inspector Abberline bestimmt, doch er sagte mir, er könne sich nicht damit abgeben.»

Lestrade schnalzte mit der Zunge und schüttelte den Kopf. «Nehmen Sie Platz», sagte er.

«Ich werde mich natürlich über ihn beschweren», sagte Druitt.

«Ich kann Ihnen die Formulare besorgen», bot Lestrade vielleicht eine Spur zu eifrig an. «Ah, der Tee.»

Er legte seine Hände dankbar um den dampfenden Becher, dann knurrte er dem abgehenden Constable, der den Tee gebracht hatte, zu: «Ich dachte, wir würden heute mal Becher mit Henkeln kriegen!» Er lächelte Druitt an. «Also, Sir. Darf ich Sie noch einmal nach Ihrem Namen fragen?»

«Druitt, Lionel Druitt.»

«Mr. Druitt...» Lestrade begann zu notieren.

«*Doktor*», donnerte Druitt. «Hören Sie, Inspector, man hat mich von Pontius zu Pilatus geschickt, nicht beachtet, warten lassen, lächerlich gemacht, an der Nase herumgeführt, mir falsche Adressen genannt...»

«Wie lautet Ihre Adresse?» fragte Lestrade ungerührt.

«The Minories, 84. Ich habe dort eine Praxis.»

«Ich verstehe. Und wie kann ich Ihnen helfen, wenn Chief Inspector Abberline es nicht konnte?»

«Ich bin nur gezwungenermaßen hier», sagte Druitt. «Wenn Sie nicht eben gekommen wären... Ich kam auf Vorschlag eines Kollegen von mir, Dr. John Watson.»

«Ehemals 221 Baker Street?» Lestrade blickte auf.
«Ich glaube, ja. Wir haben zusammen studiert. Wir sind Mitglieder im selben Club und speisen gelegentlich zusammen.»
«Und warum hat Dr. Watson vorgeschlagen, Sie sollten mich aufsuchen?»
«Hat er ja nicht. Er schlug vor, ich solle Abberline aufsuchen. Und alles, was dieser Gentleman tat, war, auf eine Namensliste, so lang wie Ihr Quadriceps femoris, zu deuten und zu sagen ‹Warten Sie, bis Sie an der Reihe sind›. Offensichtlich arbeitete er sich durch ein paar hundert ausländische Matrosen...»
«Du meine Güte», entrüstete sich Lestrade, «das wird für Mrs. Abberline etwas ganz Neues sein.»
Druitt erhob sich. «Ich kann mich des Eindrucks nicht erwehren, daß Sie alles nicht sehr ernst nehmen, Lestrade! In Whitechapel werden Menschen auf entsetzliche Weise ermordet, die Polizei hat offensichtlich keinen Schimmer, was sie tun soll, und Sie machen schnoddrige Bemerkungen.»
«Tut mir leid», sagte Lestrade. «Was haben Sie mir denn zu sagen, Doktor?»
Druitt unterbrach seinen Redeschwall und nahm schwerfällig wieder Platz. Er warf einen Blick auf Lestrade, dann zog er rasch eine silberne Taschenflasche heraus und goß ihren Inhalt in den Tee. «Als Medizin, natürlich. Ich kann Darjeeling pur einfach nicht ausstehen.»
Lestrade war mit den sexuellen Praktiken der Hindus nicht vertraut und sagte nichts dazu.
«Der Whitechapel-Mörder», sagte Druitt und starrte Lestrade an. «Ich kenne ihn.»
Lestrade lehnte sich zurück und nahm sich erst einmal die Zeit, seinen Bowler abzunehmen. «Fahren Sie fort.»
«Mein Vetter Montague John Druitt», sagte der Doktor. «Ich glaube, daß er diese Frauen ermordet hat.»
«Das sind schwerwiegende Behauptungen, Doktor», sagte Lestrade mahnend.
Druitt nickte. «Ich weiß, aber ich muß sie aufrechterhalten.»
«Erzählen Sie mir von Ihrem Vetter.»
Druitt holte tief Luft. «Monty ist einunddreißig. Sein Leben nahm einen angemessenen Verlauf: Winchester, Oxford und so weiter.

Wir sind eine alte Familie. In Dorset gibt es seit Jahrhunderten Druitts.»
Lestrade schrieb in sein schwarzes Buch: «Stammen von den alten Druiden ab.»
«Er machte seinen Doktor – Altphilologie – im Jahre... warten Sie, 1880, muß es gewesen sein.»
«Und dann?»
«Dann hatte er Verlangen nach Oper...»
«Er wurde Sänger?»
«Nein, nach Operationen», knurrte Druitt. «Er wurde Chirurg, Mann. Eine Zeitlang arbeitete er in meiner Praxis mit und assistierte bei verschiedenen kleineren Operationen. Er konnte verblüffend gut mit dem Messer umgehen...»
Ihre Blicke kreuzten sich bedeutungsschwer.
«Dann warf er sich – ich habe im Grunde nie begriffen warum – auf die Juristerei; er trat in den Inner Temple ein. Vor drei Jahren wurde er als Anwalt zugelassen, kurz nachdem sein Vater starb.»
«Weiter.»
«Es läuft nicht gut für ihn. In der ganzen Zeit hatte er vielleicht drei Mandate. Infolgedessen nahm er eine Stelle als Lehrer an einer Schule in Blackheath an.»
«Doch nicht Mr. Poulsons Lehranstalt?» rief Lestrade.
«Nein, es ist eine von diesen entsetzlichen Paukanstalten», erwiderte Druitt ein wenig angewidert. «Demnächst wollen sie die Gebühren abschaffen. Ich weiß nicht, wohin das noch führen wird. Er ist dort auch nicht glücklich. Er hat keine Erfahrung, wissen Sie, hat vorher nur an einer Schule unterrichtet, und dort nur ein paar Wochen lang.»
«Ich sehe keinen Zusammenhang zwischen Ihrem Vetter und den Morden in Whitechapel», sagte Lestrade freimütig.
«Ich schätze, es ist das, was ihr Burschen ‹nebensächlich› nennen würdet», erwiderte Druitt. «Er kennt die Gegend wie die Rückseite seines Metatarsus – seit seiner Zeit in meiner Praxis The Minories. Dazu ist er im Umgang mit dem Messer ein Naturtalent. Ich habe irgendwo gelesen, daß diese armen Frauen verstümmelt worden seien, vermutlich mit einem Skalpell.»
«Vermissen Sie eines?»
«Sie können sie in jedem Eckladen kaufen», belehrte ihn Druitt.

«Mein Lieblingsskalpell habe ich gebraucht von einem Metzger in Smithfield gekauft. Bis zur Perfektion geschliffen.»
«War er das? Aber Sie sagten ‹nebensächlich›, Doktor.»
«Bis jetzt waren es vielleicht Nebensächlichkeiten. Aber ich habe Ihnen nicht erzählt, Inspector, daß Vetter Monty geistesgestört ist.»
«Verrückt.»
«Total. Seine Mutter, möge Gott ihr Frieden geben...»
«Tot?»
«Nein, in Chiswick.» Sie wußten beide, daß das auf dasselbe hinauslief. «Sie haben sie vor drei Monaten weggebracht.»
«Amtlich für geisteskrank erklärt?» fragte Lestrade nach, im Hinblick auf das Protokoll.
Druitt nickte. «Monty zeigt bedrückend ähnliche Neigungen. Stricken ohne Wolle und so weiter, Sie kennen das ja.»
Lestrade nickte weise.
«Frauen hat er nie gemocht», fuhr Druitt fort. «Hat seiner ersten Kinderfrau das Gebiß zerschlagen...»
Lestrade kannte einen ähnlich veranlagten Schulkaplan.
«...trotzdem, ich denke, sie hätte es nicht auf der Anrichte liegen lassen sollen; kein Wunder, daß etwas passierte.»
«Haben Sie ein Bild Ihres Vetters, Mr. Druitt?»
«Nicht bei mir. Oh, warten Sie einen Augenblick.» Er kramte in seiner Brieftasche und entnahm ihr die gebräunte Photographie eines geheimnisvollen, hübschen Gesichts mit traurigen Augen und einem Anflug von Bartwuchs. «Nein, das ist meine Gattin. Von Monty hab ich keins.»
«Vielleicht können Sie ihn beschreiben?»
«Er ist mittelgroß, dunkler Teint. Trägt einen Mittelscheitel. Kleiner Schnurrbart.»
«Hat er die Angewohnheit, Arbeiterkleidung zu tragen, Doktor? Eine flache Mütze? Ein rotes Halstuch?»
«Ganz bestimmt nicht!» Druitt war entsetzt. «Er mag verrückt sein, Inspector, aber er ist immer ordentlich gekleidet!»
«Gut, gut», nickte der Inspector.
«Ich bin kein Spinner, Inspector», sagte Druitt sich erhebend. «Ich fahre in einigen Wochen nach Australien; ich bin nicht für das verantwortlich, was während meiner Abwesenheit passiert. Glauben

Sie mir, ich bin schweren Herzens hergekommen. Diese Schande! Ein Druitt! Aber die Sonne bringt es an den Tag, Lestrade, so habe ich sagen hören.»

«Ich auch», murmelte Lestrade, ohne im Augenblick zu wissen, wo.

«Verlassen Sie sich darauf, Lestrade, wenn man Monty nicht Einhalt gebietet, wird er wieder töten.»

«Wo kann ich ihn finden?»

«Entweder in der Schule in Blackheath oder im Temple, King's Bench Walk, Nummer 9. Ich finde allein hinaus.»

Lestrade hatte die monatlichen Treffen mit dem Chef des Criminal Investigation Department immer gehaßt. Jetzt, da sie wöchentlich stattfanden, haßte er sie noch mehr. Und trotz eines Herbstes des Schreckens, der in vollem Gang war, trotz der jeden Tag fuderweise eintreffenden Verdächtigen, die verhört und abgeschoben werden mußten, sah er sich gezwungen, seinen Papierkram selber zu erledigen. Er hatte den Wunsch, George von Rhadegund zurückzubeordern. Selbst Derry und Toms wären besser gewesen als nichts. Aber diese eigenartige Sache mußte er noch eine Weile unter Verschluß halten. Was er am meisten fürchtete, war, daß der Tag kommen würde, an dem er sich seinen Tee selber würde zubereiten müssen.

«Wir haben heute morgen die Ehre», verkündete Rodney aufgeregt, «den Stellvertretenden Commissioner der City Police begrüßen zu dürfen, Major Henry ...»

«Smith», ergänzte der Stellvertretende Commissioner.

Das soll glauben, wer mag, dachte Lestrade, doch Fred Wensley schien den Mann zu kennen, und Fred lebte ganz und gar in der City, obgleich er für den Yard arbeitete.

«Gut.» Rodney lehnte sich zurück und rührte seinen Tee mit einer Gemütsruhe um, die bei einem Mann, dessen Stadt kurz vor einer Panik stand, merkwürdig berührte. «Gentlemen, heute morgen möchte ich Ihre Theorien hören. Dr. Robert Anderson steht Gewehr bei Fuß, um den Fall jederzeit zu übernehmen. Der letzten Nachricht zufolge hat er Gobelins erreicht.» Athelney Jones, der größte Einfaltspinsel von allen, brach in Beifall aus. Dreizehn Augen

starrten ihn an und ließen ihn verstummen. Das vierzehnte Auge, das Glasauge von Major Henry Smith, weigerte sich hartnäckig herumzuschwenken, obwohl es ihn einen Arm und ein Bein gekostet hatte.
«Inspector Gregson», sagte Rodney und sah Jones an, «Sie werden in Kürze an die Reihe kommen. Zuerst Chief Inspector Abberline.»
Abberline zog seine Nase aus seiner Gardenie, deren Blätter unverkennbar geknickt waren. «Gentlemen, mich schaudert es bei dem Gedanken an die vielen Arbeitsstunden, die wir auf diesen Fall verwendet haben. Die zurückgelegten Meilen, die abgelaufenen Stiefel. Aber jetzt endlich bin ich in der Lage, Namen zu nennen. Der Whitechapel-Mörder, der Mann, den wir alle als Jack the Ripper kennengelernt haben, ist kein anderer als George Chapman.»
Ein Raunen lief durch den Raum. «Wer?» Lestrade hielt es für besser, selbst zu fragen, da es unwahrscheinlich schien, daß ein anderer es tun würde.
«Chapman», strahlte Abberline triumphierend. «Er ist ein Friseur aus Whitechapel.»
«Kennt die Gegend», bekräftigte Jones.
«Hat Zugang zu scharfen Scheren», fügte Gregson hinzu.
«Aber diese Frauen sind nicht mit Scheren umgebracht worden», meinte Wensley einwerfen zu müssen. «Der Bericht des Coroner hat in allen Fällen...»
«Wir wissen nicht, womit sie getötet wurden», sagte Abberline.
«Wir wissen nicht, ob der Mörder Rechts- oder Linkshänder, ob er groß oder klein war, ob er mit seinen Opfern vor der Tat Geschlechtsverkehr hatte oder nicht.»
«Was ist mit George Chapman?» wollte Lestrade wissen. «Ist er Rechtshänder?»
«Ja», gab Abberline zur Antwort, beugte sich vor und wackelte begeistert mit einem Finger. «Und er ist groß. Außerdem, wie ich höre, ein Typ, auf den die Frauen fliegen. Große Ohren, wissen Sie. Und die Art von Schnurrbart, die Frauen verrückt macht.» Und voller Stolz zwirbelte er den eigenen. «Ich kenne diese Art von Schnurrbart», warf Wensley ein. «Ist Ihr Mann hellhaarig, ziemlich auffallende Erscheinung? Entblößt sich gern in Omnibussen?»
«Ich glaube...», druckste Abberline.

«Severin Klosowski», sagte Wensley.
«Wer?»
«Das ist sein richtiger Name. Gehörte zusammen mit Louis Diemschutz, Joseph Lawende und den etwa hundertzwanzig anderen zu denen, die Sie verhört haben!»
Wensley war übelgelaunt, was sonst nicht seine Art war, sprang von seinem Stuhl auf und marschierte gelangweilt zum Fenster, wo das regnerische Grau eines Novembermorgens von den Scheiben abprallte.
«Das reicht, Gregson!» Rodney meinte das Heft in die Hand nehmen zu müssen.
Der angesprochene Inspector öffnete den Mund zum Protest, aber Rodney war in Fahrt: «Haben Sie gegen diesen Chapman etwas Bestimmtes in der Hand?» fragte er Abberline.
«Genaugenommen nicht», mußte der Chief Inspector einräumen, «aber ich arbeite daran.»
«Mr. Lestrade», sagte Rodney. «Wir möchten gern von Ihnen hören…»
«Nun, es ist…», fing Lestrade an, um sogleich von einem ungewöhnlich energischen Rodney wieder unterbrochen zu werden. «Nein, Jones, Sie müssen noch warten. Jetzt ist Lestrade an der Reihe», und er wandte sich an Honeybun.
Der Inspector zog eine Seite der neuesten Ausgabe des *Charivari* aus der Tasche. «Hier, Gentlemen», rief er. «Die Nemesis des Versäumnisses.» Er hielt das hagere Schreckgespenst hoch, das, in ein Leichentuch gehüllt und aus blutunterlaufenen Augen starrend, sein langes Messer in den Schatten blitzen ließ. «Der Deckel ist gelüftet worden vom stinkenden Kessel des East End», kreischte er und zeigte sich, beflügelt von der Inbrunst des Wanderpredigers, der Situation gewachsen. «Benehmt euch wie Männer und kämpft!»
«Gegen wen?» fragte Smith.
«Um des Herrn willen möge niemanden der Mut verlassen!» Honeybun streckte einen Finger in die Höhe. «Mein kleiner Finger wird kraftvoller sein als meines Vaters Geschlecht.»
Spricht nicht für seinen Vater, dachte Lestrade, doch es zu sagen, war hier nicht der Ort.
«Denken Sie an eine bestimmte Person, Honeybun?» fuhr ihn

Abberline an. Er war immer ein gereizter Mann, und die Probleme der letzten Wochen hatten ihn an den Rand einer Niederlage geführt.
«Du bist der Mann!» schrie Honeybun und zeigte auf Abberline. Smith und Rodney, die unmittelbar neben ihm saßen, rückten ein wenig von ihm ab. Dreizehn Augen starrten jetzt den Chief Inspector an, der mit offenem Mund dasaß.
«Ich kenne Deinen Hochmut», tönte Honeybun, «und die Sündhaftigkeit Deines Herzens.»
Lestrade strahlte über das ganze Gesicht. «Da haben Sie's, Chief Inspector.»
«Maul halten!» knurrte Abberline. «Wir sprechen uns später. Assistant Commissioner, ich bestehe darauf, daß dieser Irre vom Fall abgezogen wird. Er ist verrückt.»
«Lestrade?» wollte sich Rodney Klarheit verschaffen.
«Honeybun!» brüllte Abberline.
«Ich denke, Sie werden besser etwas deutlicher, Honeybun.» Es war ein seltener Augenblick für Rodney: er hatte den richtigen Mann erwischt. «Wollen Sie andeuten, daß Abberline der Ripper ist?»
«Jeder von uns ist es», erklärte Honeybun. «Wir alle. Sehen Sie denn nicht, Sir, daß uns alle die Schuld trifft? Wir haben zugelassen, daß dieser Lasterpfuhl in Whitechapel existiert. Er ist dem Herrn ein Greuel.»
«Verrückt!» seufzte Abberline ergrimmt.
«Könnten Sie präziser werden?» fragte Rodney.
«Gewiß», sagte Honeybun. «Ein Mann mit sozialem Gewissen. Einer, der zu viel Leid und zu wenig Hoffnung gesehen hat. Er hat diese tief Herabgesunkenen getötet, um das Gewissen der Nation wachzurütteln.»
«*Wer* ist er?» Smiths Auge begann sich furchterregend zu drehen. Lestrade war nicht sicher, ob es das Glasauge oder das andere war.
«Äh...» Honeybuns kläglicher Tonfall erinnerte an Rodney. «Ich werde ihn finden», beteuerte er.
«Das reicht nicht!» sagte Rodney. «Leute sterben, Inspector, und Sie schwafeln. Wir sprechen uns nachher.» So hätte Dr. Nails sprechen können.

Honeybun sah beschämt aus, vielleicht zum ersten Mal in seinem Leben. «Siehe», murmelte er, «ein Tor bin ich gewesen und habe über die Maßen gefehlt.»

Jetzt hört es sich wirklich nach Rodney an, dachte Lestrade.

«Amen!» knurrte Abberline. Alle blickten ihn an.

«Also, Inspector... Gregson?» Wieder richtig. «Ihre Meinung?»

«Offensichtlich ein Ausländer», erwiderte der Inspector. «Zuerst dachte ich an die Juden – die Schmiererei auf der Mauer, die... betrüblicherweise... verschwand. Die Juden sind die Menschen, denen man nicht ohne Grund die Schuld gibt...»

«Und jetzt denken Sie nicht mehr so?» forschte Smith.

«Ich denke noch immer, daß es die Juden sind, Sir, aber es ist keiner aus der Gegend.» Gregson setzte eine würdevolle Miene auf und begann seine Pfeife anzuzünden.

«Irgend jemand würde ihn kennen und verpfeifen. Selbst in der jüdischen Gemeinschaft würde es eine undichte Stelle geben. Die Belohnung ist hoch genug.»

«Wo haben Sie folglich gesucht?»

Unter den Betten, dachte Lestrade.

«In den Häfen», antwortete Gregson. «Chief Inspector Abberline und ich haben alle ausländischen Frachter überprüft und nach einem Muster gesucht.»

«Und?» drängte Rodney.

«Es gibt keines», gab Gregson beschämt zur Antwort. «Es gibt kein einziges Schiff, das in allen fraglichen Nächten im Hafen lag.»

«Trotzdem», warf Jones ein, «Augenzeugen sagen aus, daß der Mann, der sich mit Catherine Eddowes unterhielt, wie ein Seemann aussah.»

Vom Fenster her mischte Wensley sich ein. «Das trifft auf jeden im East End zu. Da würden Sie mir doch recht geben, Major Smith?»

«Hm? O ja, natürlich.» Aufgrund seiner natürlichen Abneigung gegen East Enders hatte Smith keinen Schimmer, wie sie aussahen. Außerdem war die Meinung, die er von ihnen hatte, von vorneherein ein wenig einseitig. Doch er kannte Fred Wensleys guten Ruf und hielt es für das beste, ihm zuzustimmen.

«Wie wär's mit einem Hopfenpflücker?» äußerte Jones. «Jemand, den die Arbeiter in Kent aufgelesen haben? Das würde ihn zu einem Außenstehenden machen.»

«Um so mehr Grund für jemanden, ihn zu verpfeifen», sagte Lestrade. «Wenn diese Morde so gräßlich sind, daß sie einen Chawer gegen den anderen aufbringen, wie die Juden sagen, dann wären sie gewiß bei einem Fremden vorsichtig.»

«Ja», sagte Smith. «Der Untermieter.»

«Untermieter?» Rodney blickte ihn an.

«Denken wir doch mal nach.» Smith beherrschte die Bühne. «Der Mann, den wir suchen, kennt die Gegend. Er tötet in klaren Nächten. Kein Nebel kommt ihm zu Hilfe. Die Frauen, die er umgebracht hat, waren alle durchaus kräftig und dürften auf der Hut gewesen sein, besonders nach dem Tod von Annie Chapman. Er stranguliert sie, verstümmelt sie und verschwindet in der Nacht. Er kennt die Höfe und Gassen. Doch ich neige dazu, Gregson recht zu geben.» Rodney blickte Jones an. «Er ist kein Eingeborener, nicht im echten Sinn. Die einzige Personengruppe, die nicht ortsansässig ist, wohl aber ortskundig, ist jene, die nur vorübergehend im East End wohnt – die Untermieter.»

«In dem ganzen Bezirk wimmelt es von Untermietern, Sir», gab Wensley zu bedenken. «In jedem Wohnblock gibt es Hunderte.»

«Druitt», murmelte Lestrade.

«Kein Grund, beleidigend zu werden, Wensley», ermahnte ihn Rodney.

«Wer?» Abberline hatte genauer hingesehen.

«Nichts», entgegnete Lestrade, darum besorgt, daß man seine Theorien nicht zu rasch und zu genau unter die Lupe nahm.

«Von Ihnen haben wir noch nichts gehört, Jones», wandte sich Rodney an Lestrade. «Heraus damit.»

«Wir haben zwei stark Verdächtige ausgeschieden, Sir», erklärte Lestrade. «Kosminski und Ostrog. Beide sind geisteskrank, aber keiner von beiden ist der Mann, den wir suchen. Jedoch ich habe nachgedacht...»

«Ja, für alles gibt es ein erstes Mal», feixte Abberline.

Lestrade beachtete ihn nicht. «...über etwas, was einer meiner Constables sagte.»

«Constables!» knurrte Abberline.

«Fahren Sie fort», befahl Rodney aufgeregt.

«Was ist, wenn der Mann, den wir jagen, überhaupt kein Mann ist, sondern eine Frau?»

Im Raum breitete sich Schweigen aus.
«Wo ist Ihr Motiv?» fragte Abberline.
«Wo ist das Ihre?» konterte Lestrade. «Wenn der Mörder verrückt ist, brauchen wir kein Motiv, oder?»
«Stellen Sie mir eine Frage, oder belehren Sie mich, Lestrade?» zischte Abberline. «In all meinen Jahren...»
«Gentlemen, Gentlemen.» Rodney klopfte mit seinem Waverley auf die Tischplatte. «Warum eine Frau, Lestrade?» Er machte sich wirklich zusehends.
«Weil niemand etwas über einen blutbefleckten Mann ausgesagt hat», war die Antwort, «weil wir, immer wenn eine Frau angegriffen wird, automatisch einen Mann verdächtigen.»
Allgemeines Nicken und zustimmendes Gemurmel.
«Ich möchte Ihnen eine Theorie vortragen, Gentlemen», fuhr Lestrade fort. «Eine Theorie, die mir, wie ich zugebe, gerade in den Kopf gekommen ist. Was ist, wenn, wohlgemerkt, *wenn*, die Mörderin in Frauendingen Erfahrung hat?»
«Was?» Honeybun befand sich auf überraschend fremdem Terrain.
«Eine Engelmacherin», erklärte Wensley.
«Danke, Fred», sagte Lestrade.
«Keine Zeit für Zartgefühl, Lestrade», sagte Smith. «Weiter.»
«Was ist, wenn diese Frauen, die vier – oder waren es fünf? – Frauen, die gestorben sind, schwanger waren? Was ist, wenn sie zu dieser Frau, wer immer sie ist, gingen, und diese Frau recht und schlecht den Eingriff vornahm?»
«Das ist üblich», bemerkte Abberline als derjenige, der in diesen Dingen die größte Erfahrung hatte.
«Und um die Pfuscharbeit zu vertuschen, schneidet sie ihnen die Kehlen durch und läßt es wie das Werk eines Verrückten aussehen?» Smith hatte Lestrades Gedankengang begriffen. «Ja, ja», sagte er mit einiger Begeisterung, «da könnten Sie recht haben.» Es gab zustimmendes Gemurmel, selbst von Abberline, und Honeybun bereitete vor allem der Gedanke Freude, daß man dem Hurenvolk die Schuld geben konnte.
Lestrade war weniger überschwenglich als die übrigen. «Das wirft natürlich zwei Schwierigkeiten auf», sagte er.
«Ja?» sagte Rodney.

«Erstens: keiner der Coroners, weder Wynne Baxter noch ein anderer, hat eine Schwangerschaft festgestellt – vergessen Sie nicht, daß diese Frauen in den Vierzigern waren –, und zweitens: der Zeitraum. *Vier*, womöglich sogar fünf Frauen, *alle* schwanger, alle auf die Dienste einer Engelmacherin angewiesen, in einem winzigen Bezirk und in einem Zeitraum von *fünf* Wochen. Nein, Gentlemen, das kann man nicht glauben.»

Die hochgespannten Erwartungen zerplatzten wie eine Blase. «Also nichts als heiße Luft, Lestrade?» knurrte Abberline.

In diesem Augenblick klopfte es an Rodneys Glastür.

«Herein!» brummte der Assistant Commissioner.

Ein uniformierter Constable trat ein. «Verzeihung, Sir», sagte er. «Ein Telegramm für Mr. Lestrade.»

Rodney schlug abermals mit seinem Waverley auf den Tisch. Es war eine seiner weniger unangenehmen Angewohnheiten.

«Ich werde gehen müssen, Sir», sagte Lestrade. «Mein Sergeant ruft mich.»

«Äh… was ist los?»

«Ärger in Rhadegund Hall», erläuterte Lestrade. «Mein Sergeant George spricht von ‹unerwarteten Entwicklungen›. Ich muß sofort hin.»

«Ja, ja», sagte Rodney, «selbstverständlich. Ihr Krankenhaus-Fall in Nottinghamshire. Sie dürfen Sergeant Arthur nicht warten lassen.»

Es war bereits dunkel, als der Einspänner in den Hof von Rhadegund ratterte. Es war die Stunde der Züchtigung, und Lestrade hörte das Zischen und Pfeifen von Nails' Rohrstock, als er, vor Kälte starr, ausstieg. Constable Derry erwartete ihn, was sich als ein Fehler erwies, denn er sah sich genötigt, seine Taschen zu leeren, um den Kutscher zu bezahlen.

«Was sind das also für Entwicklungen?» fragte Lestrade und bekam einen durchdringenden Schrei zur Antwort, der durch den Abend gellte. Lestrade und Derry sahen einander an.

«Dr. Nails hat heute abend eine etwas harte Hand, wie ich höre», bemerkte Derry unsicher.

«Von wegen harte Hand, zum Teufel», sagte Lestrade. «Ist er dazu übergegangen, jetzt auch Frauen zu prügeln?» Dann fiel ihm ein, was die Oberschwester ihm über die Geliebte des Direktors in Balham erzählt hatte, und er fand seine Bemerkung weniger zutreffend.

«Kam von dort drüben!» Toms war am Fuß der Treppe angekommen, und die drei Yard-Männer eilten in das Gebüsch, um nachzusehen.

Es war Lestrade, der als erster etwas fand und der Länge nach über etwas stolperte, das aus den Rhododendren ragte. Trotz Lestrades Aufschrei folgte ihm Derry auf dem Fuße und landete bäuchlings neben ihm.

«Daran bin ich schuld», sagte Lestrade ein wenig verwirrt.

«Können Sie gar nicht, Sir», meinte Toms, der einzige Polizist, der noch auf den Beinen war. «Sie sind gerade erst angekommen.»

Sie folgten seinem Blick und erkannten die zitternde Gestalt der Oberin in weißer Schürze und Umhang. Ihr Gesicht war im Mondlicht eine lebendige Maske, und sie starrte auf das, was die Polizisten zu Fall gebracht hatte.

«Füße», bemerkte Derry, dessen Jahre bei der Polizei und der Yorkshire Light Infantry nicht umsonst gewesen waren.

Lestrade stieß den einen davon mit dem seinen an. «Und einer davon besteht aus Holz», stellte er fest.

«Adelstrop», riefen alle drei.

«Ja, ich erinnere mich.» Lestrade kam mit Hilfe seiner Constables mühsam auf die Beine. «Oberhausmeister und Bootshüter.» Er ging hinüber zur Oberin und nahm sie bei den Schultern, die sich hoben und senkten. «Madeleine?» flüsterte er.

«Oh, Sholto.» Sie drehte sich um und weinte an seinem Hals, während die Constables von einem Fuß auf den anderen traten.

Lestrade blickte hinunter. In ihrer Hand hielt sie ein Seil, das auf sonderbare Art geknotet war. «Madeleine?» sagte er noch einmal. «Was ist passiert?» Sie weinte stumm und klammerte sich an ihn wie eine Klette, unfähig oder nicht willens zu sprechen.

«Toms, wo ist George?»

«Schläft, Sir.»

«Schläft? Aber er hat mir ein Telegramm geschickt. ‹Unerwartete Entwicklungen›, stand drin... Warten Sie... Adelstrop konnte er nicht gemeint haben...»

«In der Tat nicht, Sir», sagte Toms. «Der Sergeant meinte...»

«Lestrade!» Ein widerhallender Ruf erscholl im Innenhof und prallte von der Kapelle und den Polizisten ab. «Bringen Sie dieses Weib zum Schweigen!»

«Oh!» Die Oberin sprang fort, und die Constables nahmen Haltung an.

«Guten Abend, Dr. Nails», sagte Lestrade. «Ich schätze, es geht Ihnen gut?»

«Gut? Gut? Was soll das heißen? Oberin, haben Sie so geschrien?»

«Ja, Direktor», flüsterte Madeleine.

«Carman?» Nails hob mißbilligend eine Augenbraue.

«Adelstrop», gab sie zur Antwort.

«Adelstrop?» Der Direktor wurde puterrot in der Dunkelheit.

«Ist doch nicht Ihr Typ, oder?»

«Das ist Vergangenheit, fürchte ich, Direktor», sagte Lestrade.

«Fangen Sie mit mir keinen Streit über die Syntax an, Lestrade», fauchte Nails. «Dafür fehlt Ihnen die Kenntnis.»

«Ich glaube, Direktor», erklärte Lestrade, «daß Sie sich nach einem neuen Oberhausmeister werden umsehen müssen. Mr. Adelstrop ist tot.» Er deutete auf die Stiefel, die aus dem Gebüsch ragten.

«Gütiger Himmel!» Nails' Blick wurde starr vor Staunen. «Er war doch noch gar nicht so alt. Oberin, es ist ein bißchen delikat, aber waren Sie und er...»

«Ich glaube nicht, daß sie damit etwas zu tun hat, Dr. Nails. Toms, Derry, schaffen Sie ihn sofort in die Sporthalle. Dieser Fleck ist abzusperren und zu bewachen.»

«Die ganze Nacht, Sir?» stöhnte Toms.

«Natürlich», gab Lestrade zurück. «Direktor, wenn Sie den Schrei gehört haben, trifft das auch auf andere zu.» Er blickte zum Schulgebäude hinüber. «Ich kann Fackeln erkennen, die auf uns zukommen. Bitte, schicken Sie die Leute zurück. Vielleicht finden sich hier wichtige Spuren.»

«Was sagen Sie da, Lestrade? Wollen Sie etwa sagen, Adelstrop ist ein weiteres...»

«Opfer, Direktor, ja. Das sechste, um genau zu sein. Darf ich Ihnen einen Vorschlag machen: Schließen Sie die Schule.»

«Die Schule schließen?» brüllte Nails. «Unvorstellbar!»

«Das hier», Lestrade stieß gegen Adelstrops echtes Bein, «passierte, obwohl drei Polizisten im Gebäude waren. Ich bin nicht dafür verantwortlich...»

«Offensichtlich nicht!» zischte Nails. «Aber irgend jemand ist es. Ich habe über die Zeitung verbreiten lassen, daß wir hier Diphtherie haben. Das ganze Anwesen steht unter Quarantäne. Das heißt, es bleibt uns gar nichts anderes übrig, als anzunehmen, daß der Mörder einer von uns ist.»

«Es sei denn, natürlich, der Mörder ist ein Analphabet, hält die Lokalzeitung nicht oder hat schon Diphtherie gehabt.»

«Lestrade!» tobte Nails.

«Tut mir leid, Direktor, Sie haben natürlich ganz recht. Eine Schlußfolgerung, zu der ich seit langem gelangt bin. Wir werden am Morgen darüber reden.»

«In der Tat, das werden wir!» Und der Direktor überquerte den Hof, um seine neugierigen Schäfchen in die Schlafsäle zurückzutreiben.

Am oberen Ende der Treppe wandte sich Lestrade nach links und stützte im Gehen die Oberschwester. In ihrem Zimmer goß er für jeden einen medizinischen Brandy ein und schleuderte seinen Bowler auf das Sofa.

«Nein», gebot sie ihm Einhalt, als er Anstalten machte, seinen Donegal abzulegen, «lassen Sie ihn an. Bitte.»

«Ich sollte vielleicht gehen», schlug er vor.

«O nein», sie hielt das Glas mit beiden Händen ruhig, «es ist bloß so etwas wie ein Schock, das ist alles.»

«Gewiß. Fühlen Sie sich kräftig genug, mir zu erzählen, was passierte?»

Sie ging zum Fenster hinüber und blickte nach unten auf den Schauplatz – die Gruppe von Constables, die beim Schein einer Laterne ein Seil um die Büsche spannten, und dahinter die Nacht.

«Von hier aus können Sie den Tatort gut sehen.» Er war neben sie getreten.

«Ich war nicht in meinem Zimmer», erzählte sie. «Ich war gerade aus dem Krankenrevier zurückgekommen. Der junge Spencer und die Eiercreme. Na ja, die Köchin warnte ihn.»

«Wann war das?»

Sie schauderte und verließ das Fenster. «Ich weiß nicht, etwa um

halb sechs, denke ich.» Lestrade blickte hinunter, wo Sergeant George, jetzt im Dienst, ihm unverschämt salutierte. Er zog die Vorhänge zu.
«Was passierte?» fragte er sie.
«Mir war nach einem Spaziergang zumute. Es herrscht hier seit Maggie Hollis' Tod eine schreckliche Atmosphäre, Sholto. Wie ein Laken, das schwer und erstickend über der Schule hängt. Ich brauchte frische Luft.»
«Genau wie Adelstrop», murmelte Lestrade. «Was dann?»
«Ich ging zuerst zum See. Ich sehe gern den Stockenten auf dem Wasser zu.»
«Haben Sie sonst jemanden gesehen?»
«Ruffage und seine Präfekten drehten ihre Runden.»
«Ist das üblich?»
«Ja. Besonders jetzt. Sie gehen Patrouille unter der Schirmherrschaft von Dr. Nails.»
«Sonst noch jemand?»
«Mr. Mercer.»
«Wo war er?»
«Ging in sein Büro. Er arbeitet oft in der Nacht. Er ist ein einsamer Mann, seit seine Frau tot ist.»
«Seine Frau?»
«Sie starb.»
«Hat er Sie gesehen?»
«Nein... ich glaube nicht. Dann kam ich zurück.»
«Durch die Büsche?»
«Was meinen Sie damit?» Plötzlich setzte sie sich mit dem Ausdruck eines aufgescheuchten Hasen.
«Ich meine, ob Sie durch die Büsche zurückkehrten?» Lestrade fragte sich, was an der Frage mißverständlich sein konnte.
«Ja.» Sie stand auf. «Und dort fand ich... ihn.»
«Adelstrop?»
Sie nickte. Dann warf sie sich plötzlich in seine Arme und schluchzte an seinem Hals. Er stellte sein Glas ab und strich ihr über das Haar.
«Wer ist der nächste?» flüsterte sie. «Sholto, ich habe solche Angst.»
Er hielt sie auf Armeslänge von sich. Der Schein der Petroleum-

lampe glühte warm auf ihren tränenbefleckten Wangen. Er löste die silberne Spange, und der Umhang sank zu Boden. Dann fiel das geflochtene Haar in Wellen über ihr weißes Mieder. Sie drängte sich an ihn und blickte in seine ruhigen, traurigen Augen.

«Wir werden ihn kriegen», sagte er, «und zwar bald.»

Er drückte einen heftigen Kuß auf ihre zitternden Lippen, und sie setzten sich auf das Sofa.

«Ich war nicht draußen, um mich mit Carman zu treffen», sagte sie.

Er lächelte. «Das habe ich nicht gesagt.»

«Es gibt Leute, die das sagen werden. Grausame Zungen, feindliche Augen.»

«Es ist also nicht wahr?»

«Da war was», sie senkte den Blick, als sie Schürze und Gürtel abband, «aber das ist vorbei. Ich weiß jetzt, was ich will.»

Er nickte und machte wieder Anstalten, den Donegal abzulegen.

«Nein», sagte sie flehentlich, «liebe mich, Sholto, und laß den Donegal an.»

Er guckte erstaunt, aber es war jetzt nicht die Zeit, Fragen zu stellen. Sie löste seinen Schlips und öffnete seine Weste, ihre warmen Finger fuhren unter seinem Hemd hin und her.

«Ist es denn so schrecklich von mir, daß ich dich will?» flüsterte sie. «Schließlich haben wir das Jahr 1888.»

«Das ist für dich Fortschritt.» Er küßte sie wieder. «Vorsicht, da ist... Au!»

«Oh, tut mir leid.» Sie setzte sich auf.

«Ist schon in Ordnung. Das ist ein Schlagring. Manchmal ganz nützlich. Nein! Laß die Finger von dieser Sperre. Das Ding hat eine versteckte Klinge. Ich wäre für keinen von uns mehr von großem Nutzen, fürchte ich.»

«Oh», lächelte sie verschämt. «Das glaube ich nicht», und sie atmete tief ein, damit er Zugang zu ihrem Korsett hatte. Langsam ließ sie sich nach hinten sinken. Mit dem stillen Wunsch, es möge nicht wieder in seinem Nacken knacken, folgte er ihrer Bewegung, bis er spürte, daß der Rock abgestreift und das Hemd hochgeschoben war. Strumpfbänder in den Farben von Rhadegund hatte er nicht erwartet, und er fragte sich flüchtig, wofür sie ihr verliehen worden waren, doch er hielt es für das beste, nicht allzu neugierig zu sein.

Erfahrene, heilkundige Finger streiften ihm die Hosen ab, und sein männlicher Stolz schnellte in die Höhe. Im nächsten Augenblick wanderten seine Hände ungehemmt über Madeleines nackten Körper. Ihre Brüste lagen prall und prächtig im Lampenlicht, sie erschauerte, als er sie streifte, und sie preßte ihren Mund auf den seinen. Der süße Duft ihrer Haare, warm und schwer, hüllte ihn ein. Sein Nacken war vergessen, sein Fall war vergessen. Sogar der tote Adelstrop in der Sporthalle. Dann zögerte er einen Augenblick. Die alten Zweifel und Ängste kehrten wieder. Er war ein Mann vom Yard, und er war im Dienst.

«Hör jetzt nicht auf.» Ihre Stimme war kaum vernehmbar. «Ein bißchen mehr. So ist es richtig. Aahh!»

«Tut mir leid», entschuldigte er sich, «ich habe schon lange vor, den Riß flicken zu lassen.»

Sie begann sich unter ihm zu bewegen, langsam, rhythmisch, und die Sprungfedern des durchgesessenen alten Sofas ächzten im gleichen Takt. Sie bewegte sich schneller und heftiger, als die Falten des groben Donegal wie ein Zelt über ihre wogenden Hüften fielen. Ein Klopfen an der Tür beendete den Taumel. Lestrades hochgereckter Hals erstarrte.

Lestrade erkannte Derrys Stimme: «Mr. Lestrade, Sir, können Sie gleich kommen?»

Die Oberschwester und der Inspector blickten einander an.

«Jetzt nicht, Constable, ich habe alle Hände voll zu tun», sagte er.

«Sergeant George läßt Sie bitten, Sir», fuhr Derry fort, «es ist was rausgekommen.»

«Ja, ich weiß», knurrte Lestrade. «Schieben Sie ab, Derry. Ich komme sofort zu Ihnen.»

«Jawohl, Sir.» Sie hörten Derry salutieren und dann seine beschlagenen Stiefel die Treppe hinunterrasseln.

«Zuerst Hardmans Laufbursche und jetzt der von George», murrte Lestrade. «In solchen Augenblicken fang ich an, an Verschwörungen zu glauben.»

«Oh, Sholto», stöhnte sie. «Hör nicht auf. Komm zurück.»

Er erhob sich, kniete über ihr und fummelte nach seiner Hose.

«Pflicht», seufzte er, dann beugte er sich zu ihr.

«Madeleine. Es hätte nicht geklappt. Glaube mir. Ich war... schlapp heute abend. Übermüdet. Ich hätte mich nicht...»

Sie unterbrach ihn mit einem Kuß, richtete sich ebenfalls auf und umschlang mit ihren kräftigen Beinen die seinen.

«Ja», sagte sie, «ja, du hättest. Ich verstehe. Es ist der Fall. Diese entsetzlichen Morde. Deine Männer. Du hast im Augenblick zuviel um die Ohren. Es ist nicht fair von mir. Es ist bloß so, daß ich solche Angst hatte. So große Angst.»

«Und jetzt?» Er band sich die Krawatte.

Sie trat zurück, so daß das volle Licht auf ihre spitzen Brüste und ihre geschwungenen Hüften fiel. «Jetzt nicht. Nicht mehr.»

Sie reichte ihm seinen Bowler, der durch das Gewicht der beiden Körper zerknautscht war. «Komm bald zu mir zurück.»

Er lächelte und drehte den Hals hin und her. «Das werde ich», sagte er.

Im Licht der Laterne trat Lestrade in den Kreis, der sich um den toten Hausmeister gebildet hatte. Adelstrop war ein Mann unbestimmten Alters. Haar und Bart waren silberfarben.

«Offensichtlich hat er sein Bein bei einem Dreschunfall verloren», sagte Toms, und seine Stimme hallte in der dunklen Sporthalle.

George sah Lestrade an. «Furchtbare Sache, Dreschen», sagte er, «besonders in dieser Gegend.»

Lestrade überhörte das. «Klingt so wie einer von Dr. Nails' Versuchen, die Ehre seiner Schule zu retten. Er verlor sein Bein bei einem Krawall, hier in Rhadegund. Also dann, Gentlemen», sagte er, «es wird Zeit, daß Sie sich Ihre Sporen verdienen. Derry, Todesursache?»

«Strangulieren, Sir.»

«Warum?»

«Aha, Sie sind schon beim Motiv.»

«Nein, ich meine, woher Sie wissen, daß er stranguliert wurde.»

«Die Lippen, Sir – und die Ohren – blau. Schauen Sie sich seine Zunge an.»

«Lieber nicht», murmelte Toms.

«So einer war bei der Marine», knurrte Lestrade. «Dies ist eine Morduntersuchung, Mann.»

«Was war das, was die Oberin in der Hand hatte?» fragte George.

«Wann?» Lestrade errötete so rasch, daß bloß Adelstrop es nicht bemerkte.
«Als sie die Leiche fand, Sir», erklärte George unschuldig.
«Ah, ich verstehe. Sie meinen das hier.» Lestrade zog den Strick aus der Tasche. «Der gleiche Knoten, Gentlemen. Derselbe, den wir auch an den Hälsen von Singh, dem Älteren, und von Anthony Denton fanden.»
«Unser Mann ist wenigstens konsequent», bemerkte George.
«Ja», bemerkte Lestrade. «Das ist einer seiner liebenswertesten Züge, finden Sie nicht auch? Ich will, daß dieses Grundstück auf den Kopf gestellt, wenn nötig, durchgesiebt wird, aber am Morgen will ich Hinweise haben. Habe ich mich klar ausgedrückt?»
«Kristallklar, Sir», sagten die drei Polizisten im Chor.
«Ich bin beim Quästor, falls Sie mich brauchen», rief Lestrade und verhedderte sich in den Kletterseilen, bevor er den Ausgang fand.

«Guten Abend, Constable!» war Mercers fröhlicher Gruß, als Lestrade in seinem Büro erschien.
«Sie arbeiten noch so spät, Sir?»
«Kann nicht schlafen.» Er ließ eine Photographie auf den Tisch krachen. «Ein Drink?»
«Nein, danke. Im Dienst nie», log Lestrade. «Die Oberin sagte mir, sie habe Sie heute schon einmal gesehen.»
«Wir sehen uns per... pera... permanent, Inspector. Wann soll das gewesen sein?»
«So gegen halb sechs. Sie schnappte frische Luft.»
«Ja, da war ich auf dem Weg hierher.» Er machte eine unbestimmte Handbewegung in den dunklen Raum.
Lestrade setzte sich und schüttelte die halbgeleerte Flasche.
«Brauchten Sie Trost, Mr. Mercer?»
Der Quästor blickte ihn an und nickte, alles andere als nüchtern. «Tue mir selber leid, schätze ich», sagte er, sein Glas hebend. «Ich trinke nicht oft, Mr. Lestrade, aber wenn ich's tue, dann gründlich.»
Lestrade füllte Mercers Glas und warf den Bowler auf die Akten. «Wußten Sie, daß Mr. Nails eine Geliebte hatte?» fragte er den Quästor.

Mercer prustete. «Hat er jetzt eine? Sumpft 'n bißchen rum, wie? Na, ich kann nicht sagen, daß mich das überrascht. Haben Sie sich seine Ehefrau schon mal genau angesehen? Sie ist wirklich weniger aufregend als die Südwand des Eiger – und hat haargenau dieselbe Farbe.»

«Sir?»

«Unter Bergsteigern gesprochen, Inspectorchen; Dr. Nails' zweite Liebe.»

«Sie wohnt in Balham», fügte Lestrade hinzu.

«Aha, Sie haben wieder mit dem Schwesterchen Oberin geplaudert.»

Lestrade bestritt das energisch.

«Weiber!» brüllte Mercer plötzlich. «Welch eine Verschwendung!»

«Oh, sie haben gewiß auch ihren Platz», wandte Lestrade ein.

«Misoga... Misogynie, Lestrade», sagte Mercer. «Das ist die einzige Hoffnung der Menschheit.»

Lestrade beugte sich vor. «Lassen wir doch die Religion aus dem Spiel», lächelte er und füllte Mercers Glas bis zum Rand. «Sie sind ein paar Jahre hier. Sie müssen Dr. Nails doch schon eine Weile kennen.»

«Aha!» Mercer drohte ihm mit dem Finger. «Sie haben Ihre Protokolle nicht gelesen, Lestrade. Wenn ja, würden Sie wissen, daß ich seit exakt zwei Jahren hier bin. Ich kenne Dr. Nails nicht besser, als ich Sie kenne.»

«Gewiß. Sie waren im Staatsdienst, nicht wahr?»

Mercer schmunzelte. «In gewisser Weise», sagte er. «Gott, die Flasche ist leer.» Er wankte zu einem Metallschrank, auf der Suche nach einer zweiten. Während Mercer ihm den Rücken zudrehte, griff Lestrade nach der fortgeworfenen Photographie, die Mercer bei seinem Eintreten in der Hand gehabt hatte. Sie zeigte das Porträt einer Frau, um die Dreißig, von ein wenig pausbäckiger Schönheit. Am unteren Rand stand in einer unordentlichen Handschrift der Name «Martha» und darunter «Für die alten Zeiten».

«Ihre Frau, Mr. Mercer?»

«Wie?» Der Quästor drehte sich um, die Flasche in der Hand. «Ja», seufzte er. «Martha, meine Frau.»

«Es war der Name meiner Mutter. Ist sie... fort?»

«Ja.» Er straffte sich und beobachtete prüfend seine Hand, als er sich eingoß.
«Tut mir leid», sagte Lestrade. «Jemanden zu verlieren, den man liebt…»
«Oh, ich habe sie nicht verloren, Lestrade. Ich habe mal einen Regenschirm verloren. Das tat mir leid. Es war ein guter Regenschirm. Vermutlich fährt er noch immer in der Untergrundbahn.»
«Ich verstehe nicht.»
«Ich verlor ihn in Baker Street», erklärte Mercer.
«Nein, ich meine Ihre Frau, Sir.»
«Ach, die.» Mercer stürzte den Brandy hinunter. «Sie verließ mich, Lestrade. Wegen eines anderen Mannes. Oder, um genau zu sein, wegen mehrerer anderer Männer.»
«Oh, das tut mir leid», sagte Lestrade. «Ich dachte…»
«…sie sei tot?» grinste Mercer. «Manchmal glaube ich das.»
«Sie haben nichts von ihr gehört?»
Mercer schüttelte den Kopf. «Inspector, es ist spät, wie Sie bereits sagten. Ich muß morgen zwei neue Mitglieder des Lehrkörpers aufsuchen, um mit ihnen über ihre Einkünfte zu sprechen.»
«Neue Lehrer?» fragte Lestrade.
«Ersatz für Denton und Bracegirdle. Ich hielt es für falsch, daß Nails zu diesem Zeitpunkt die Tore der Schule öffnete. Aber er bestand darauf, daß der Betrieb weiterläuft wie gewohnt.»
«Trotz Diphtherie?»
«Das hier ist St. Rhadegund's. Eine Kleinigkeit wie eine tödliche Krankheit hält gute Lehrer nicht von hier fern.»
«Aber vielleicht eine Kleinigkeit wie Mord?» fragte Lestrade.
Mercer zuckte die Achseln. «Ich habe das Gefühl, diese zwei können auf sich selber aufpassen. Einer von ihnen hat einen Revolver.»
«Wirklich?» Lestrade kannte nicht viele Lehrer, die Revolver mit sich herumschleppten. Aber er wußte aus eigener Erfahrung, wie eklig manche Jungen sein konnten. War es so weit gekommen?
«Da ist noch eine Sache», sagte Mercer, plötzlich nüchtern und ruhig.
«Ja?» Lestrade fand seinen Hut wieder.
«Ich habe heute abend auch jemanden gesehen. Auf meinem Weg hierher.»

«Wen?»
«Ich weiß es nicht. Er machte sich über den First Eleven Square aus dem Staub. Natürlich habe ich mir zu diesem Zeitpunkt nichts dabei gedacht. Dann hörte ich das vom alten Adelstrop.»
«Wie sah diese Person aus?»
Mercer schüttelte den Kopf. «Es war dunkel. Ich konnte das Gesicht nicht erkennen, jedoch...»
«Ja?»
«Oh, ich bin sicher, es hat nichts zu bedeuten...»
«Ja?» Lestrade ließ nicht locker.
«Er trug einen Talar.»
Lestrade stand an der Tür. «Nun ja, zumindest scheiden ein paar von uns dadurch aus, oder?»
«Meinen Sie wirklich, Lestrade?» sagte Mercer. «Im Ernst?»

Lestrade war kurz nach dem Frühstück in voller Tätigkeit. Er hatte die Leiche Adelstrops bei Tageslicht untersucht und den von seinen unermüdlichen Constables abgesperrten Tatort unter die Lupe genommen. Sie hatten kein Seil auftreiben können und sich beim Koch blaues Band ausgeliehen, um ihren Kordon zu spannen. Einer der Sprachlehrer hatte das gesehen und eine Anspielung auf «Cordon bleu» gemacht, was Derry witzlos fand. Der Lehrer war vor sich hin kichernd fortgegangen. Toms hielt das für geschmacklos.
Lestrade hatte außerdem den Kampf mit dem Rhadegund-Toast bestanden und ein weiteres ungenießbares Stück davon hinter die Anrichte geschnippt. Er hatte die Jungen beobachtet, die auf dem Weg zur Morgenandacht fröstelnd den Hof überquerten. Er hörte, wie Radaus Glocke sie rief, und das Dröhnen von Spooners gewaltigem Organ, der sie in der Kapelle ausschalt.
«Das ist Wahnsinn, Lestrade», brüllte Nails, der, in akademisches Schwarz gekleidet, wie ein Tiger im Käfig sein Opfer fauchend umkreiste, während er ihm eine Strafpredigt hielt. «Adelstrop starb direkt vor den Nasen Ihrer Männer! Sie beschuldigen mein Kollegium, schikanieren meine Jungen, und absolut nichts kommt dabei heraus. Ich möchte ein für allemal klarstellen», er richtete sich zu seiner vollen Größe auf, «*ich* schikaniere hier niemanden. Ich werde dafür bezahlt. Es ist das, was ich am besten kann.»

«Sie müssen die Schule schließen, Dr. Nails.» Lestrade blieb stur, während der Direktor sich wie ein Kreisel drehte.
«Und den Missetäter entkommen lassen? Hören Sie auf, Lestrade, mit einer derartigen Naivität können Sie nicht Inspector geworden sein. Ruffages Präfekten patrouillieren über die Wiesen, die Hauspräfekten halten an den Grenzen des Anwesens Wache. Die Lehrer haben sogar hinten Augen. Wenn ich die Schule schließe, wird derjenige, der diese scheußlichen Taten begangen hat, durch dieses Tor hinausmarschieren. So wie die Dinge liegen, ist er hier. Irgendwo. Er kann nicht raus. Und Sie brauchen nichts anderes zu tun als ihn fangen. Gütiger Gott, Mann, ist das zuviel verlangt?»
Ein Klopfen an der Tür brach das anschließende Schweigen.
«Ja?» knurrte Nails.
«Ich bin's bloß, mein Lieber.» Die kleine, vogelgleiche Mrs. Nails tauchte in der Eichentäfelung auf.
«Was willst du?» schnauzte der Direktor liebevoll.
«Die beiden neuen Mitglieder des Lehrkörpers möchten dich sprechen, Theophilus.»
«Lestrade, gehen Sie hinaus. Ich habe eine Schule zu leiten.»
«Dr. Nails...», begann Lestrade.
«Ein anderes Mal, Inspector, bitte. Ah, Gentlemen, kommen Sie herein.»
Er ergriff die Hände seiner neuen Helfer. Der erste war ein großgewachsener, falkenäugiger Mann mit einem Deerstalker und einer Neurose. Der andere Mann war kleiner, stämmiger, grauhaarig, trug einen Schnurrbart und sah nach einem normalen Menschen aus. Beide glotzten Lestrade an.
«Danke, Lestrade», sagte Nails. «Das wäre alles.»
«Wollen Sie uns nicht miteinander bekannt machen?» Lestrade lächelte eisig.
«Nein», antwortete Nails barsch.
«Inspector Lestrade, Scotland Yard.» Er streckte eine Hand aus.
«Wilson», erwiderte der kleinere Mann. «Leibesübungen und Kadettenkorps.»
«Entzückt», strahlte Lestrade. «Und Mr.... äh...?»
«Sherrinford», sagte der andere schwungvoll. «Altphilologie.»
«Altphilologie, Mr. Sherrinford?» fragte Lestrade herausfordernd.

«*Si fueris Romae, Romano vivito more*», sagte Sherrinford strahlend.
«Bravo!» Nails klopfte dem größeren Mann auf die Schulter.
«Vorsichtig!» jammerte Sherrinford.
«Geht es Ihnen nicht gut?» erkundigte sich Nails.
«Mein Bogenarm», erklärte er.
«Ah, Bogenschütze sind Sie auch noch? Das habe ich in Ihrem Lebenslauf gar nicht gelesen.»
«Geige», sagte Sherrinford.
«Wie bitte?» Nails war nicht sicher, ob er richtig gehört hatte.
«Ich spiele Geige. Ich schieße nicht mit Pfeilen.»
«Aha.» Nails machte ein langes Gesicht. «Schade. Die Welt wimmelt von Geigern, nicht wahr, Lestrade?»
«Ja, Direktor», pflichtete ihm der Inspector bei. «Irgend jemand meint immer, die erste Geige spielen zu müssen.»
«Ja, ja, ich will Sie nicht aufhalten.» Nails drängte ihn beinahe mit Gewalt zur Tür.
Lestrade ließ sich vor die Tür setzen und zündete sich, während er wartete, eine Verdauungszigarre an. Nach kurzer Zeit kamen die neuen Lehrer aus dem Gemeinschaftsraum, ihre Gesichter zu einem breiten Lächeln verzogen, das freilich bei Lestrades Anblick verschwand.
«Also gut, Lestrade», sagte Sherrinford. «Was wollen Sie?»
«Wollen, Mr. Sherrinford?» Lestrade war die Naivität selbst.
«Was tun Sie hier, Lestrade?» fragte Wilson.
«Dieselbe Frage wollte ich Ihnen gerade stellen, Dr....»
«Pst!» Wilson schlug mit den Armen wie ein Albatros, der gegen den Wind abhebt.
«...bevor ich Dr. Nails aufsuche.»
«Nein, nein!» sagte Wilson erbost. «Holmes... äh... ich meine, Sherrinford, was sollen wir machen?»
«Daran denken, Watson, daß wir beide erwachsene Männer sind, und zumindest einer von uns ein wenig Grips besitzt. Lestrade, hier rein.» Holmes huschte in eine Türöffnung nebenan, nur um ebenso schnell wieder herauszuhuschen, als ein Aufschrei ertönte.
«Das war die Damentoilette», sagte Lestrade. «Wollen wir?» Er stieß mit der Schulter eine andere Tür auf und drückte Saunders-Foote fast platt an die Wand. Glas splitterte, als der Inhalt seiner

Tasche gegen das Pissoir prallte. Er knickste und schluchzte, als er hinauseilte.
«Wer war denn das?» wollte Holmes wissen.
Lestrade schlug die Tür zu. «Also, Gentlemen. Sie haben exakt eine Minute, um Ihre Anwesenheit in diesem Haus zu erklären. Anschließend werde ich die Polizei rufen.»
«Na schön, Lestrade, Sie lassen uns keine andere Wahl», gab Holmes zur Antwort. «Sie werden genug über meine Methoden wissen, um nicht daran zu zweifeln, daß ich nicht dazu neige, Schatten nachzujagen oder Phantasiegebilden zu folgen – besonders, wenn es sich um Watsons Phantasien handelt.»
«Vorsicht, Holmes», entrüstete sich Watson.
Die Tür wurde aufgeklinkt, und die drei Männer wandten sich blitzartig den Pissoirs zu, um ihre Anwesenheit zu legitimieren.
«Morgen, Lestrade.» Der Stellvertretende Direktor stürzte herein, verrichtete sein Geschäft und verschwand.
«Wer war das?» wollte Holmes wissen.
Lestrade überhörte die Frage. «Ich wiederhole: Was tun Sie hier?»
«Sagen Sie's ihm, Watson.» Holmes zündete seine Meerschaumpfeife an.
«Warten Sie», sagte Lestrade. «Es ist hier ein bißchen auffällig. In die Kabinen.» Er ging in die nächstgelegene.
«Nicht alle in eine», wehrte Lestrade ab, und die Amateurdetektive und der Profi nahmen getrennt voneinander auf den blaugeblümten Klosettbecken Platz, von denen eines die verhängnisvolle Bezeichnung «Die Sintflut» trug.
«Sehr ehrwürdige Ausstattung hier.» Holmes bewunderte das Porzellan, ehe er sich bequem zurücklehnte, die Augen schloß und die Arme kreuzte.
«Nun, Dr. Watson?» Lestrade hatte sich mit seiner Jacke in der Vorrichtung verfangen, die das Zeitungspapier enthielt. Er überflog die Schlagzeile. Selbstverständlich war es die *Sun*. Offenbar hatte Mr. Peel gerade die Einkommenssteuer wieder eingeführt.
«Es war ein Tip, Lestrade», flüsterte Watson, und seine Stimme hallte durch die Kanalisation, «von einem alten Studienkollegen, Lionel Druitt.»
«Ja, ich weiß.»

«Sie wissen es?» Watson kippte fast von der Schüssel.
«Er suchte mich auf. Aber was hat der verrückte Montague mit Rhadegund zu schaffen?»
«Genau!» schnaubte Holmes verächtlich. «Das meine ich auch!»
«Aber er hat hier ein Schuljahr lang unterrichtet», erläuterte Watson. «Das hat Ihnen Lionel gewiß erzählt?»
Lestrade dachte nach. «Er sprach von einer anderen Schule, auf der Montague Erfahrung gesammelt habe, einer anderen als Blackheath, meine ich.»
«Das meinte ich», schmunzelte Watson, wenngleich Lestrade die selbstgefällige Miene des Doktors durch grüne Fliesen, Mörtel und Ziegelsteine bloß ahnen konnte. «Er war in Rhadegund.»
«Und stellen Sie sich unsere Überraschung vor», fiel Holmes ein, der nachdenklich Ringe zum Spülkasten über ihren Köpfen hinaufblies, «als wir entdeckten, daß ausgerechnet Rhadegund eine kleine Brutstätte für gewaltsame Tode war.»
«Ach ja.» Lestrade ging gehorsam auf ihn ein. «Die Diphtherie. Schrecklich, nicht?»
«Hol der Teufel die Diphtherie!» knurrte Holmes. «Was Sie vor sich haben, Lestrade, ist ein Massenmord, und wie üblich haben Sie keinen Schimmer, was Sie damit anfangen sollen.»
«In Wirklichkeit habe ich eine Menge Anhaltspunkte», wies ihn Lestrade zurück, «aber meine Aufgabe wäre erheblich einfacher, wenn mir nicht ständig Amateure dazwischenfunken würden.»
«Hören Sie mal!» Eine fremde Stimme mischte sich in die Unterhaltung, die darauf abrupt abbrach. «Wollt ihr Burschen da drin Wurzeln schlagen?»
Lestrade blickte mit geübtem Auge durch das Astloch in der Tür. Seit Mr. Labouchères Buggery Bill war das für Constables auf Streife *de rigueur* geworden, besonders auf Mary-Annes' Meile zwischen Jermyn Street und dem Parlamentsgebäude. Bitte nie einen Constable, etwas zu tun, was du selber tun kannst. Lestrade erkannte den verschwommenen Umriß eines weißen Kittels. Hatten sie Holmes am Ende eingeholt, oder handelte es sich um Rutherford, den Physiklehrer?
«Haben Sie nicht eine Stunde zu geben?» Lestrade hörte Holmes' schnarrende Stimme und das Knirschen von Zahnschmelz auf Meerschaum.

«Äh… ja, in der Tat», erwiderte Watson. «Wir sehen uns später, Ho… Sherrinford.»

Watson zog an der Kette, mit dem Erfolg, daß er leicht mit Gips bestäubt und mit einem metallischen Klirren belohnt wurde.

Er entschied sich für die Flucht nach vorn. «Es… äh… es funktioniert nicht.» Er schenkte Rutherford ein breites Grinsen, als er aus der Kabine trat.

«Ich werde dafür sorgen, daß Carman sich darum kümmert. Man kriegt ja heutzutage keine Klempner, nicht wahr?» sagte Rutherford. «Mr.… wie war der Name?»

«Wilson», sagte Watson geistesgegenwärtig. «Captain Wilson. Der neue Korpskommandant.»

«Ach ja, der Ersatz für den armen Bracegirdle.»

«Ja.» Watson witterte eine Spur. «Was ist ihm übrigens zugestoßen?»

«Er wurde eines Morgens gefunden», erwiderte Rutherford, «mit dem Ehrendegen von Rhadegund…»

«…neben sich.» Lestrade tauchte aus seiner Kabine auf. «Diphtherie im Endstadium.» Er starrte Rutherford so eindringlich an, daß dieser, vielleicht für einen Wissenschaftler ungewöhnlich, beinahe sofort Lestrades Absicht erkannte.

«Ja», sagte er. «Diphtherie. Ich schätze, ein alter Hase von der Armee wie Sie hat sie schon gehabt. Welchen Dienst haben Sie denn zelebriert?»

«Nein», mischte sich Lestrade wiederum ein. «Captain Wilson ist nicht der Kaplan, er ist verantwortlich für das Korps. Und für Leibesübungen. Hatten Sie nicht jetzt Unterricht, Captain?»

«Wie?» Watson war sprachlos. «O ja. Übrigens», er wühlte in seiner Tasche, «wie tragen Sie dieses Ding?» Er legte die Neunschwänzige auf seinen Kopf. «Scheint für meine Ohren zu groß zu sein. Könnte Ihnen womöglich passen, Lestrade, wie?» Und er lachte albern.

«Vermutlich», erwiderte Lestrade. «Aber nur wenn ich sie hier unten trüge», und er hielt den Riemen zur Züchtigung in Hüfthöhe, «dort wär's mehr von Nutzen. Guten Morgen, Gentlemen.»

In der Sporthalle arbeitete der Coroner in Anwesenheit von Lestrade und George. Derry und Toms waren draußen postiert, um den neuen Griechischlehrer und den neuen Korpskommandanten am Schnüffeln zu hindern. Der Coroner stellte fest, daß Adelstrop tot sei, was Lestrade mit einiger Zuversicht in bezug auf die Fähigkeiten des Mannes erfüllte. Als er verkündete, der Tod sei durch Strangulation und Unterbindung der Luftzufuhr hervorgerufen worden, bestätigten sich seine Hoffnungen. Am selben Nachmittag wurde Adelstrop in einer schlichten Zeremonie, der Nails, Gainsborough, Lestrade, George und Carman beiwohnten, zur letzten Ruhe gebettet. Der Reverend Spooner nahm die Beerdigung vor und schlug sich wacker mit den langen Worten herum.

«Denn dem Manne, aus dem Weibe geboren, bleibet nur eine kurze Zeit, auf Erden zu wallen.» Niemand hätte es besser ausdrücken können.

«Ist das wirklich Sherlock Holmes?» raunte George dem Inspector zu, während der Regen aus einem tiefliegenden Himmel nieselte.

«Natürlich», gab Lestrade zur Antwort. «Ich dachte, er sei eine der unerwarteten Entwicklungen, von denen Sie mir telegraphisch berichteten.»

«Nein, es war die Tatsache, daß der andere eine Webley trug, die mich beunruhigte. Ich hatte keine Ahnung, wer sie waren. Werden Sie sie aufhalten, Sir?»

«Nein, im Augenblick nicht, aber ich will, daß sie auf Trab gehalten werden. Sie sind hier, weil sie eine Verbindung zu Whitechapel vermuten. Sie wissen nicht – oder zumindest nicht genau –, was hier vorgeht. Sie, Derry und Toms werden sie beschatten. Wohin sie auch gehen, ich wünsche, daß ihnen ein Späher auf den Fersen ist. Verstanden?»

George nickte. «Er hatte also keine Familie?»

«Adelstrop? Wie es scheint, nicht. Am Ende erinnerte sich niemand an ihn.»

Remember, remember, the Fifth of November,
Gunpowder, Treason and…

«Trottel!» Eine Donnerstimme zerriß die Abendstimmung. «Wirklich, Wilson, haben Sie denn überhaupt keine Augen im Kopf?» Nails brach durch das Unterholz. «Anders rum, Mann!»

«Tut mir leid, Direktor.» Watson mühte sich mit der Wachskerze ab, die der kräftige Wind auszublasen drohte.

«Wie lange sind Sie jetzt bei uns?» fragte Nails und rückte sein Barett gerade.

«Drei Tage.»

«Ich war nicht zufrieden mit der lockeren Marschordnung bei der Nachhut.» Nails kam zur Sache.

«Ah... ja... äh?»

«Ganz zu schweigen von dem Debakel mit dem Korps gestern.»

«Debakel?» Watson meinte, sich recht ordentlich aus der Affäre gezogen zu haben.

«Waren Sie wirklich in der Armee?»

«Aber ja doch!» polterte Watson, in seiner Ehre verletzt. «Afghanistan.»

«Nun, sicherlich unterscheiden sich die Kommandos in der afghanischen Armee ein wenig von den unsrigen. Wäre nicht Ruffage ein so selbständiger und fähiger Unterführer, hätte die B-Kompanie heute abend in Peterborough biwakiert – ein Aufenthalt, den wohl niemand als angenehm empfinden würde.»

«Ich werde versuchen, es besser zu machen, Doktor», fauchte Watson.

«Gut. Sehen Sie zu, daß es geschieht.»

Die Schüler drängten sich um und hinter ihm zusammen, befolgten Ruffages rauhe Befehle und bildeten die Seiten eines leeren Vierecks in der Dunkelheit. Lestrade, George an seiner Seite, hielt sich im Hintergrund, lauerte auf etwas und hatte alles im Auge. Das Geschnatter der aufgeregten Jungen erstarb, als Nails Watson die Kerze entriß und in die Mitte des Vierecks trat.

«Es ziemt sich», posaunte er, «daß Rhadegund an diesem, dem fünften Tage des November, ein weiteres Mal, so wie es hier seit zweihundertundachtzig Jahren gehalten wird, der Tradition von Guy Fawkes folgt.»

Er hielt die Kerze hoch und erhellte flüchtig den gewaltigen Haufen von Holz, Kästen und Abfällen, der im Laufe der letzten Woche gesammelt worden war. Was immer über Rhadegund hereingebrochen sein mochte, die besten Traditionen mußten weitergeführt werden. Lestrade sah Holmes hinter der Reihe von Jungen entlangschleichen, und seine Adleraugen blitzten im Schein der Flammen, die am Boden des Haufens zu prasseln und zu züngeln begannen. Die Sitzenbleiber schien er besonders argwöhnisch zu beäugen, doch wer tat das nicht?

Ein Jubelschrei erhob sich bei den Untertertianern, die bei solchen Anlässen immer am wenigsten Disziplin hielten, und trampelnd und singend nahm die ganze Schule ihn auf. Zuerst Chaucer, dann Shakespeare, dann Milton, mit dem Brausen des Feuers wetteifernd, das zu Lestrades Linken ein wenig nachließ, dann wie eine Rakete aufstieg. Und das Jubelgeschrei ging in die Schulhymne über, die sich vierhundert Kehlen kraftvoll entrang. «Rhadegundia, Rhadegundia, Floreat Rhadegundia.»

«Singen Sie, Wilson», brüllte Nails Watson ins Ohr. «Schweigen ist schmutziger Hochverrat.»

Und Watson brummte mit.

Dann brachen sich die Sopranstimmen der Untertertianer. Es war nicht die Pubertät, die ihren Tribut forderte, sondern Entsetzen. Finger zeigten zum Himmel. Schreie und Rufe. Die tieferen Stimmen erlahmten, und Ruffages geordnete Reihen lösten sich auf.

«Wasser!» rief jemand.

«Nicht schon wieder», murmelte George, und er und Lestrade sprangen vor, mit den Ellenbogen die Kinder zur Seite drängend. Während die Lehrer ihre verschiedenen Schützlinge wegscheuchten und Platz schafften, rannten auch Holmes und Watson nach vorn.

«Das ist schon besser, Wilson», rief Nails, als er sah, wie sich Watson auf die wogenden, schreckstarren Leiber warf, die sich ihm in den Weg stellten, «aber ist das wirklich der richtige Augenblick, um mit der Unterweisung anzufangen?»

«Was ist los?» Lestrade hatte den Kordon als erster durchbrochen.

Die vier Männer blickten zur Spitze des Freudenfeuers hinauf, wo die Flammen züngelten und fauchten. Ein jäher Windstoß trieb die Funken zur Seite, wo sie umherwirbelten, Holmes' Deerstalker versengten und Lestrades Kopf knapp verfehlten. Entsetzt blickten sie nach oben, wo die Puppe schwankte und einen Augenblick zu stehen schien, bevor die Flammen sie verzehrten. Dann fiel sie krachend nach vorn und landete als brennender Haufen dicht vor Watson, zu dicht für seinen Geschmack.

«Wer ist das?» keuchte er und hielt den Arm vor das Gesicht, um es vor der Hitze zu schützen.
«Es ist nicht Guy Fawkes, Doktor», sagte Lestrade. «Wasser! Wasser her!» Und er drehte sich so langsam um, daß der Inhalt des ersten Eimers ihn mit voller Wucht traf. «Vielleicht nicht gerade hierher», sagte er tropfend.
Als die Flammen erstickt waren und während die Präfekten die Jungen in einem großen, zitternden Bogen in Schach hielten, beugte sich Watson über den Körper.
«Es ist ein Mann, Holmes», sprach der Mediziner.
«Gute Arbeit, Watson», bemerkte der Große Detektiv. «Wer?»
«Kann ich nicht sagen. Aua!» Er zog seine tastenden Finger von der verkohlten Leiche zurück. «Aber ich fürchte, er ist durch und durch verbrannt.»
«Nun, Lestrade?» Holmes sah auf. «Erkennen Sie ihn?»
Lestrade betrachtete den geschwärzten Schädel, die verschrumpelten Hautfetzen, die wie Herbstblätter von ihm abfielen. Er schüttelte den Kopf.
«Könnte er von allein da oben raufgekommen sein?» fragte George.
Die anderen blickten ihn an.
«Also, was geht hier vor?» Nails war zu ihnen getreten.
«Darf ich vorschlagen, einen...», begann Holmes.
«Einen was, Sherrinford?» fragte Nails. «Heraus damit, Mann!»
«...Zählappell durchzuführen», beendete Lestrade den Satz. «Wenn Sie so freundlich wären, Dr. Nails.»
Drei Personen hatten das Rhadegund-Freudenfeuer versäumt. Eine war Spencer, der Jüngere, der sich, unglückliches Opfer des Pflaumenkompotts, im Krankenrevier befand. Die zweite war der unglückselige Dollery, der im Schlafsaal in seinem Bett kauerte, weil er in der vorigen Nacht von Wasser geträumt hatte, das ihn ertränkte. Und das bedeutete für ihn Tod. Der dritte, der nicht antwortete, als er aufgerufen wurde, war Mercer, der Quästor. Doch er hatte das Freudenfeuer überhaupt nicht versäumt. Und sein verkohlter Leichnam, dem die Beine fehlten, wurde später in derselben Nacht von Derry und Toms vom Boden gekratzt.

Mary Kelly

Lestrade stellte den Kragen hoch, denn es war kalt. Es war ein frostiger, unfreundlicher Freitagmorgen, und der Inspector trat gegen die gefrorene Erde des Grabhügels von Adelstrop. Daneben wartete ein zweites Grab darauf, die sterblichen Überreste von Charles Mercer aufzunehmen.
«Sie haben also einen Ihrer Bundesgenossen verloren, Lestrade.» Holmes trat auf den kleinen Friedhof, der ungezählte Schulkatzen, einen Hausmeister und demnächst einen Quästor beherbergte.
«Wer hat Ihnen das erzählt?»
«Ihr anderer Bundesgenosse.»
«Ruffage.»
«Tadeln Sie ihn nicht, Lestrade. Auf seine Schultern ist in letzter Zeit eine Menge abgewälzt worden. Er wußte nicht, daß es definitiv Mercer war; ich habe es lediglich gefolgert – Sie kennen meine Methoden.»
«Nein», sagte Lestrade gleichmütig.
«Aber das Ganze ist doch sonderbar», fuhr Holmes fort. «Watson und ich kommen völlig umsonst, wie ich inzwischen glaube, im Zusammenhang mit einem anderen Fall hierher, und wir stolpern in einen anderen. Manchmal bewege ich mich auf geheimnisvollen Pfaden.»
«Wenn Sie mich entschuldigen wollen...»
«Nicht so eilig, Lestrade», hielt Holmes ihn zurück. «Es hat Zeiten gegeben, wo wir vielleicht nicht übereinstimmten, aber ich habe immer eingeräumt, daß Sie und, wie hieß er noch, Gregson, die besten in eurem miesen Verein seien.»
«Ich danke Ihnen, Mr. Holmes.» Lestrade lüftete mit gespielter Ehrerbietung den Bowler.
«Lestrade...»
Der Inspector wandte sich ihm zu. «Wir von Scotland Yard sind nicht neidisch auf Sie. Nein, Sir, Sie langweilen uns zu Tode, und

wenn Sie morgen runterkommen, findet sich nicht ein Mann, vom ältesten Inspector bis zum jüngsten Constable, der Sie nicht mit Freuden bei der Gurgel packen würde.»

«Sir! Sir!» George kam über die weißbereiften Wiesen galoppiert. «Ein Telegramm!»

Obwohl er Holmes' Neugier fürchtete, riskierte er es, den Umschlag aufzureißen. Er machte ein betretenes Gesicht, doch Holmes hatte Zeit genug, über seine Schulter zu blicken.

«Aha, der Ripper ist wieder am Werk», sagte er. «Sie werden sich in den Süden begeben. Was dagegen, wenn ich mich Ihnen anschließe?»

Lestrade drehte sich um. «Beklagenswerterweise ist dies ein freies Land, Mr. Holmes. Aber wenn Sie mir noch einmal in die Quere kommen, fege ich Sie von der Matte.»

George, Derry und Toms erhielten Anweisung, zu bleiben, wo sie waren, die Augen offen zu halten und zu warten. Watson bekam die gleiche Anweisung. Nails war außer sich über das plötzliche Verschwinden von Mr. Sherrinford wegen einer dringenden Familienangelegenheit und tobte innerlich so sehr, daß er das beste Porzellan von Gwendolines Mutter mit seinem tödlichen Rohrstock zertrümmerte. Er konnte sich nicht erinnern, wann ihm ein Mitglied seines Lehrkörpers zum letzten Mal die Stirn geboten hatte, doch er glaubte, daß es im Jahre 1868 gewesen sein mußte, als ein Lehrer für Gladstone gestimmt hatte. Danach war er nicht mehr lange geblieben.

«Sie müssen Nails die Sache übergeben, Lestrade.» Holmes hauchte an die gefrorenen Scheiben ihres Abteils erster Klasse.

«Muß ich das?» Lestrades Bemerkung war mürrischer als gewöhnlich. Holmes hatte auf dem Abteil erster Klasse beharrt, und der Inspector hatte tief in die Tasche greifen müssen; es war kalt, und ein neues Opfer des Whitechapel-Mörders lag auf einer Folterbank in Smithfield und wartete auf ihn.

«Die Art und Weise, wie er den Schulbetrieb weiterführte. Als sei nichts passiert. Trotzdem, merkwürdig, daß sich keine Eltern beschwert haben, finden Sie nicht? Nach so vielen … wie viele Morde sind es?»

«Fälle von Diphtherie», verbesserte Lestrade.
«Ach, kommen Sie, Lestrade.» Holmes suchte nach seiner Pfeife. «Für welch einen Idioten halten Sie mich?»
«Für welche Art von Idiot möchten Sie gerne gehalten werden?»
Der Zug ruckte an und nahm zischend und klappernd Fahrt auf.
«Das mit den Bluthunden war jedenfalls beschämend», lächelte Holmes und beäugte den verlegenen Lestrade durch den Tabaksqualm.
«Sie wissen davon?»
«O ja», erwiderte Holmes. «Watson und ich waren dabei. Ich hatte mir natürlich von dem Kreidegekritzel an der Mauer mehr erhofft.»
«Davon wissen Sie auch?» Lestrade konnte es nicht glauben.
«Natürlich.»
«Ach ja», erinnerte sich Lestrade. «Der Professor von der Londoner Universität – ganz zu schweigen von dem Sandhurst-Dozenten.»
«Ganz recht, Schatzi.» Holmes klimperte mit den Lidern und streckte seine Zunge heraus.
«Die große, männlich aussehende Prostituierte.» Lestrade schnippte mit den Fingern, als es ihm wieder einfiel.
«Stimmt», schmunzelte Holmes. «Nicht eine meiner überzeugendsten Verkleidungen. Dieses verdammte Korsett war mörderisch. Und dann die Betten in Fashion Street... Ehrlich gesagt, Lestrade, es ist mir rätselhaft, wie unsere großbritannischen Unglücklichen ihren Lebensunterhalt verdienen. Ich habe in genau drei Wochen exakt drei Shilling verdient.»
Lestrade drückte sich tiefer in das Polster. «Ich könnte Sie dafür natürlich einlochen lassen.»
«Es wurde alles mit größtmöglichem Takt durchgeführt, Lestrade. Außerdem war das in diesem Streit alles.»
«Streit?»
«Zum Wohle der Gerechtigkeit, Lestrade. Kann es einen Streit geben, der wichtiger wäre?»
«Was also lesen *Sie* aus der Kreideschrift heraus?» Lestrade kam sich vor wie der Teufel, der in der Not Fliegen fressen sollte.
«Die Lösung ist einfach, lieber Lestrade.» Holmes blies Rauchringe an die getäfelte Decke. «Freimaurer.»

«Wie bitte?» Lestrade rückte ein wenig vor.
«Die Juhden», sagte Holmes.
«Die Juden sind alle Freimaurer?»
«Nein, nein, die Schreibweise, Mann. Sie lockt auf eine falsche Fährte. Es geht nicht um die Juden, sondern um das ‹J›. Dahinter verbergen sich Jubelum, Jubela und Jubelo, die drei Maurer, die im Altertum des Mordes an ihrem Großmeister für schuldig erklärt wurden.»
«Ich sehe keinen Zusammenhang.»
«Natürlich nicht, Lestrade», lächelte Holmes. «Sie sind ein Polizist. Gemäß dem freimaurerischen Ritual mußten die Missetäter auf eine bestimmte Weise getötet werden.»
«Auf welche?»
«Zuerst mußten sie stranguliert werden. Lesen Sie noch mal die Berichte der Coroners über Mary Ann Nicholls, auch als Polly bekannt, Annie Chapman, Liz Stride und Kate Eddowes.»
«Die Sie natürlich eingesehen haben?»
«Natürlich. Dann wurden sie, die drei ‹J›s, auf die Erde gelegt, und ihnen wurden die Kehlen durchgeschnitten. Kommt Ihnen das nicht bekannt vor?»
«Schrecklich bekannt», gestand Lestrade.
«Zwischen den Füßen von Annie Chapman ein paar Münzen, richtig?»
Lestrade nickte.
«In einer sauberen Linie, sorgfältig plaziert, nicht von einem Verrückten in aller Eile verstreut.»
«Verstehe.»
«Ein weiteres freimaurerisches Symbol. Schließlich die entsetzliche Verstümmelung. Ausweidung, Lestrade, die Eingeweide sorgsam auf der Schulter angeordnet – typisch für Freimaurer.»
Lestrade starrte sein Gegenüber an. In Peterborough starrte er immer noch, als ein Mann einstieg, der sich mit Leinwänden, Pinseln und Paletten abschleppte.
«Angenommen, das träfe alles zu» – sowohl Lestrade als auch Holmes beachteten den Neuankömmling nicht –, «denken Sie an eine bestimmte Person?»
«Ach», Holmes klemmte sich die Pfeife zwischen die Zähne. «Ich weiß wirklich nicht, warum ich das alles mit Ihnen erörtere, Le-

strade, doch ich schätze, Sie brauchen jede Hilfe, die Sie kriegen können. Denken Sie mal einen Augenblick scharf nach – wer ist der ranghöchste Mann bei der Polizei?»

«Äh... Charles Warren, denke ich, aber er geht.»

«Aufgrund des öffentlichen Drucks, ja. Und auch ganz zu Recht. Dieser Mann ist ein Idiot. Aber er ist auch Freimaurer.»

«Ein Freimaurer?»

«Um genau zu sein, ehemaliger Großmeister der höchsten Großloge. Einer der mächtigsten Freimaurer der Welt.»

Lestrade beugte sich zu ihm. «Wollen Sie damit sagen, Sir Charles Warren, Commissioner der Metropolitan Police, sei Jack the Ripper? Als nächsten werden Sie Rodney beschuldigen.»

«Aber nicht doch», grinste Holmes, «außerdem ist er bereits gegangen.»

«Gegangen? Aber vor ein paar Tagen war ich noch mit ihm zusammen.»

«Und vor ein paar Tagen trat er zurück.»

«Wie können Sie das bloß wissen?» Lestrade haßte es, in Gegenwart dieses Mannes zu zeigen, daß er beeindruckt war, doch die Ereignisse hatten ihn überholt.

«Ich habe meine geheimen Quellen.» Holmes rieb sich seine Habichtsnase.

Dazu war wirklich nichts mehr zu sagen.

«Verzeihung», ertönte in diesem Augenblick eine Stimme aus der Ecke.

«Ja?» fragten Lestrade und Holmes zugleich.

«Sind Sie nicht der Große Detektiv?»

«Ja», sagten sie wiederum zugleich.

«Nein, nicht Sie.» Der Eindringling beachtete Lestrade nicht. «*Sie* sind Sherlock Holmes, nicht wahr?»

«Sie müssen entschuldigen, Lestrade», blies Holmes sich auf, «das passiert mir laufend. Sie haben recht, Mr....?»

«Paget.» Der Mann suchte in seinem Ulster nach seiner Visitenkarte. «Sidney Paget, der Maler.»

«*Der* Maler?» forschte Holmes.

«Ich möchte wissen... Oh, das ist wirklich eine Freude. Ich möchte wissen, ob Sie es als aufdringlich empfinden würden, wenn ich von Ihnen und Dr. Watson ein paar Skizzen machte?»

«Ich bin nicht...», begann Lestrade.
«Würdig?» unterbrach Paget. «Oh, Doktor, ich bitte Sie, verkaufen Sie sich nicht unter Wert.»
«Fangen Sie an», gab Holmes seine königliche Einwilligung, «doch von dem, was Sie hören, Mr. Paget, was zwischen uns gesprochen wird, darf keine Menschenseele etwas erfahren. Haben Sie mich verstanden?»
«Natürlich, Mr. Holmes, natürlich.»
Doch es war keine Menschenseele, um die sich Holmes und Lestrade Sorgen machten.

Kurz nach Mittag fuhr der Zug ratternd in Liverpool Street ein. Paget beendete seine Skizzen und versprach, Exemplare an Holmes in Baker Street, an die Praxis von Dr. Watson und an die Redaktion des *Strand Magazine* zu schicken, für das er gelegentlich arbeitete.
«Sie schicken besser eine Kopie an Inspector Lestrade in Scotland Yard», rief Holmes dem Künstler nach, der sich mit seiner Ausrüstung durch den Bahnhofsqualm kämpfte. «Die Bescheidenheit verbietet mir, es zuzugeben, aber ich bin, ich kann's nun mal nicht ändern, eines seiner Vorbilder.»
Lestrades Bemerkung wurde von einem jähen Dampfstrahl aus der Lokomotive verschluckt.
«Wohin geht's, Lestrade? Die Bedeutung Ihres Telegramms habe ich mitbekommen, aber keine Details. Whitechapel, das ist klar, aber wo genau?»
Lestrade tauchte plötzlich unter einer Sperre hindurch, drückte sich platt an eine Mauer und winkte Holmes zu sich. Der Große Detektiv eilte herüber, blickte verstohlen nach links und rechts und fragte sich, was wohl los sein könne oder ob es ein Scherz sei.
«Hier, Mr. Holmes!» Lestrade stieß plötzlich vor und fesselte Holmes mit seinen Handschellen an die Messingstange, die an den Kolben der Lokomotive entlangführte. Zu spät warf der Große Detektiv sich nach vorn, und es gelang ihm nur noch, den Inhalt seines Gladstone auf dem Bahnsteig zu verstreuen.
«Hol Sie der Teufel, Lestrade!» In seiner Wut rüttelte Holmes an seinen Ketten.

Der Inspector setzte ein strahlendes Lächeln auf, tippte an seinen Hut und eilte durch die feixende Menge fort. Auf seinem Weg winkte er einen Angestellten der Eisenbahngesellschaft zu sich. «Da hinten ist ein Verrückter, der sich selber an Ihre Lokomotive gekettet hat», teilte er ihm mit.

«Soll das ein Witz sein?» krächzte der Mann. «Na, der sollte sich besser verpissen. Ich fahr in zehn Minuten ab.» Und er eilte zum Tatort, wobei er sich unheildrohend die Ärmel aufkrempelte.

Auf seinem weiteren Weg stieß Lestrade auf einen Constable der City Force. «Ein Verrückter hat sich selber an eine Lokomotive gekettet», teilte er ihm mit und deutete in den Qualm, «und ein Angestellter der Eisenbahngesellschaft ist gerade dabei, ihn zusammenzuschlagen, fürchte ich.»

«Soll das ein Witz sein?» Der Constable rückte seinen Helm zurecht und zückte seinen verläßlichen Knüppel. «Wir werden uns darum kümmern», sagte er und eilte fort, um sich freudig in den Kampf zu stürzen.

«Paß auf dich auf», grinste Lestrade und winkte einem vorbeifahrenden Hansom.

«Morgen, Dew.» Lestrade bog in die Jauchegrube ein, die sich Millers' Court nannte, und fand den Constable zitternd und kreidebleich in einer Ecke.

«Wenn man's genau nimmt, Sir, ist es Mittag», sagte Dew.

«Stimmt. Schon zu Mittag gegessen?»

Dew schüttelte den Kopf.

«Frühstück?»

«Das liegt hinter mir, Sir.»

Lestrade warf einen Blick auf das Erbrochene auf dem Pflaster. Er drehte sich um und blickte Dew ins Gesicht. «Sie waren als erster am Tatort?»

«Wenn ich so sagen darf, Sir.»

«In Ordnung, Dew. Haben Sie Kleingeld?»

Der Constable wühlte in seiner Tasche. «Ja, Sir.»

«Gehen Sie einen trinken. Sie haben es nötig.»

«Aber... ich bin im Dienst, Sir.»

«Ich werde Mr. Wensley nichts erzählen.»

«Es ist nicht Mr. Wensley, der mir Sorgen macht, Sir, sondern Mrs. Dew.»
«Das ist ein Befehl, Dew», sagte Lestrade.
«Zu Befehl, Sir.» Der Constable salutierte dankbar und verschwand.
Lestrade wandte sich der Tür mit der überaus passenden Nummer 13 zu. Er stieß mit dem Fuß dagegen, aber sie rührte sich nicht. Er sah die eingeschlagene Fensterscheibe zu seiner Rechten, krümmte sich behutsam, um den Glassplittern auszuweichen, und hievte sich hinein. Es war ein Schlachthaus. Die Wände waren mit Blut beschmiert, das inzwischen dunkel und trocken geworden war. Was von der Frau übrig war, lag auf dem Bett, ihr Kopf war grotesk verdreht, als ob sie habe sehen wollen, wer so ohne weiteres durch ihr Fenster einstieg. Plötzlich begriff Lestrade, warum Dew sein Frühstück nicht hatte bei sich behalten können und keinen Appetit aufs Mittagessen gehabt hatte. Der Inspector hatte ähnliches schon gesehen – die Dreschmaschine im Hard-Fall und die Würgschraube auf dem Dachboden –, aber das hier übertraf alles und brachte seinen Magen zum Rumoren wie die Pflaumen in Rhadegund. Die Nase der Frau fehlte – zusammen mit den beiden Brüsten lag sie auf dem wackligen Tisch neben dem Bett. Links und rechts waren Eingeweide über die Bilderrahmen verteilt. Und eine Zeile aus der Bibel kam ihm in den Sinn, er wußte nicht, warum: ‹Unsere Schwester ist klein und hat keine Brüste.› Honeybun wäre stolz auf ihn gewesen.
«Sholto?» Als er seinen Namen hörte, fuhr er zusammen.
«Fred?» Er spähte durch die zerfetzten Gardinen und verschmierten Reste der Fensterscheibe.
«Ich hab einen Photographen hier. Der Chief Inspector ist unterwegs.»
«Wirklich?» Lestrade schob den Riegel der Tür zurück. «Dann sollten wir das hier lieber rasch hinter uns bringen.»
«Mein Gott!» Beim Anblick des entsetzlichen Zimmers schreckte Wensley zurück. «Sehe ich so furchtbar aus wie Sie?» fragte er.
«Das tun Sie immer.» Lestrade hielt den Polizeiphotographen zurück. «Haben Sie zu Mittag gegessen, Lichfield?»
«Ja, Sir», gab der Sergeant zur Antwort. «Warum fragen Sie?»
Lestrade klopfte ihm auf die Schulter. «Sie werden es nicht lange im

Magen haben. Seien Sie ein braver Junge, und rühren Sie hier nichts an.»

Er führte Wensley in eine weniger stinkende Ecke von Miller's Court, und gemeinsam schlenderten sie die Dorset Street entlang, bahnten sich ihren Weg durch die Zuschauer, die von Polizisten zurückgedrängt wurden.

«Was wissen wir über diese Frau, Fred?»

«Ihr Name ist Mary Kelly, schrieb sich auch Marie. Sie war vierundzwanzig. Lebte bis vor kurzem mit einem Joseph Barnett zusammen. Eine Dirne.»

«Ihr Zuhälter?»

«Sah ganz danach aus, als ich mit ihm sprach.»

«Wann war das?»

«Heute morgen. Etwa eine Stunde nachdem Kelly aufgefunden wurde.»

«Wer fand sie? Nicht Dew?»

«Nein, er war der erste Polizist, der am Tatort war. Der Bursche, der sie fand, war der Hauswirt oder, um genau zu sein, sein Helfer, ein gewisser Thomas Bowyer.»

«Sie war Miete schuldig?»

«Haben sie nicht alle Schulden? Das erinnert mich...» Er fummelte in seiner Brieftasche herum. Lestrade hätte geschworen, daß Motten herausflogen.

«Wissen wir, wieviel?»

«Fünfunddreißig Eier, glaube ich. Spielt das eine Rolle?»

Lestrade zuckte die Achseln. «Wer weiß das schon. In diesem Fall habe ich mich an mehr Strohhalme geklammert als ein Ährenleser zur Erntezeit», gestand er.

«Sir! Sir!» Beide Inspectors antworteten instinktiv «Ja?», und als sie sich umblickten, sahen sie Constable Dew herbeieilen, der einen Mann, dessen Ohr er zwischen Daumen und Zeigefinger hielt, mit sich schleppte. Der Rest des Mannes murmelte und knurrte etwas über Brutalität der Polizei.

«Nanu, Constable», sagte Wensley, «wen haben wir denn da?»

«George Hutchinson, Sir. Ich traf ihn im *Stoat and Salamander*. Er weiß was.»

«Wirklich?» Lestrade gab dem Constable ein Zeichen, den Mann in eine nahe Gasse zu schaffen.

«He, da geh ich mit euch Coppers nich rein!» Aber Dews Stiefel in der Nierengegend änderte seine Meinung.
«Also, Mr. Hutchinson.» Lestrade lehnte sich mit dem Rücken dankbar an eine Hauswand und zündete sich eine Zigarre an. «Was wissen Sie denn nun?»
Der Arbeiter beschloß, es auf die prahlerische Art zu versuchen. «Ich weiß, wieviel Unzen auf ein Pfund gehen», erwiderte er.
Lestrade blies ihm Rauch ins Gesicht und lächelte Wensley zu. «Aha, ein Witzbold», sagte er, sich vorbeugend. «Ich bin müde, Mr. Hutchinson. Und mein Kollege hier ist müde. Und mein anderer Kollege hat nicht zu Mittag gegessen. Und vom Frühstück hatte er auch nicht viel. Also hören wir jetzt auf, Zeit zu vergeuden, nicht wahr?» Das Lächeln verschwand. «Oder ich werde Ihren Schädel wie einen Kohlkopf durch diesen Hof kicken.»
Hutchinson schluckte heftig und rückte seinen Hut gerade. «Ja, natürlich, wenn Sie mich so höflich bitten.» Und er holte tief Luft. «Ich kenn Mary Kelly seit drei Jahren. Traf sie heut morgen so gegen zwei in Frawl Street. Sagt sie ‹Utchinsen, hast 'n Sixpence?› Und ich ‹Ja, danke›», und er begann zu lachen.
«Wir machen hier die Witze», sagten Lestrade und Wensley.
«‹Leihst du sie mir?› sagt sie, und ich ‹Kannich, brauch mein Geld, um nach Romford zu gehen…›»
«Wohin?» unterbrach ihn Lestrade.
«Romford», wiederholte Hutchinson beinahe gekränkt.
«Was machte Mary Kelly dann?» fragte Wensley.
«Sagte, müßte sich den Zaster irgendwie besorgen, und ging weg.»
«Ist das alles?»
«Nein. Sie ging die Flower and Dean runter und traf diesen Burschen. Ich hörte, wie sie zu ihm sagt ‹Gefall ich dir›, und er sagt ‹Du bist genau richtig für mich›, und sie lachen und so.»
«Und so?» Wensley begann, den Faden zu verlieren.
«Und dann?» Lestrade brachte ihn wieder auf die richtige Spur.
«Kamen zurück und an mir vorbei. Und ich hab ihn gesehen.»
«Das war um zwei Uhr morgens», gab Lestrade zu bedenken. «Wie deutlich sahen Sie ihn?»
«Sehr deutlich», beharrte Hutchinson. «Stand genau vorm *Queen's Head*.»

Lestrade blickte Wensley fragend an.
«Ist erleuchtet», sagte Wensley.
«In Ordnung», fuhr Lestrade fort. «Wie sah dieser Mann aus, den Sie mit Kelly zusammen sahen?»
«Ungefähr mein Alter...»
«Wie alt also?»
«Hm...» Hutchinson begann, seine Finger zu Hilfe zu nehmen. «...dreiunddreißig», brachte er schließlich heraus.
«Weiter.»
«War ungefähr fünfeinhalb Fuß groß, Jude, würd ich sagen. Kleiner Schnurrbart, dunkel, heller Anzug mit 'ner Goldkette. Hatte Gamaschen übern Schuhen und 'n Hufeisen als Schlipsnadel.»
«Schrittlänge?» warf Dew ein.
Lestrade und Wensley blickten sich an. «Constable», sagte Lestrade spöttisch, «demnächst fangen Sie noch an, Zeichen von Intelligenz zu zeigen. Ist das alles, Mr. Hutchinson?»
«Nich doch.» Hutchinson kostete jetzt seine große Stunde mit Behagen aus, seinen Auftritt auf der Bühne des Verbrechens. «Sie gingen weiter die Dorset Street runter, und ich hör sie sagen ‹In Ordnung, mein Schatz. Komm mit, wirst es hübsch haben›, und sie küßten sich und gingen in Miller's Court rein.»
«Und was machten Sie?»
«Ich? Ich ging nach Hause. Na, war doch klar, daß das 'n Freier war, und ich schätze mal, Mary hatte ihren Zaster.»
«Das ist nicht alles, was sie hatte», murmelte Lestrade.
«Wie? Ach so», kicherte Hutchinson. «Sie besorgt's einem prima, unsere Polly.»
«Polly?» fragte Lestrade.
«Ja, doch. Polly. Mary. Hört auf beides.»
«Jetzt hört sie auf keinen Namen mehr», sagte Lestrade.
«Was meinen Sie damit?»
«Sie ist tot, Mr. Hutchinson.»
Der Arbeiter wankte an die Mauer. «Der Ripper», flüsterte er, «es ist der Ripper, nich wahr?»
Lestrade wandte sich an den Constable. «Dew, bringen Sie Mr. Hutchinson auf das Revier Leman Street, und nehmen Sie seine Aussage zu Protokoll, hören Sie? Fred, kann ich Sie unter Umständen zum Yard mitschleppen?»

Die Lampen von Great Scotland Yard brannten in dieser Nacht lange. Sholto Lestrade und Fred Wensley saßen zusammengesunken in ihren Sesseln, in Rauchschwaden gehüllt und von Zigarrenstummeln umgeben. Zum soundsovielten Mal konzentrierten sie sich auf die Wand, die von der Decke bis zum Boden mit flatternden Zetteln bedeckt war.
«Also.» Lestrade suchte seine brennenden Augen zu überreden, nicht zu tränen. «Marie Kelly war vierundzwanzig. Zwischen ihr und den anderen liegen zwanzig Jahre.»
«Ausgenommen Martha Tabram», sagte Wensley. «Da liegen nur... Augenblick... elf Jahre dazwischen.»
«Martha Tabram, Martha Tabram.» Lestrade ging im Kreis herum und zwickte sich dabei Rücken und Nacken. «Ja, ich komme auch immer wieder auf sie zurück, Fred. Und doch...»
«Und doch?»
«Paßt sie trotzdem rein?»
«Warum nicht? Sie war eine Hure. East End. Kehle durchschnitten.»
«Aber keine Verstümmelungen, Fred. Keine anderen Wunden.»
«Das war bei Liz Stride auch so.»
«Weil unser Mann gestört wurde.»
«Wer kann sagen, ob das im Fall von Martha Tabram nicht auch so war?»
«Ja, wer kann das?» Lestrade starrte an die Wand und kaute geistesabwesend auf den Enden seines Schnurrbartes. «Herein!» rief er, als es an die Tür klopfte.
«Ihr Kakao, Sirs.» Sergeant Dixon erschien mit den dampfenden Tassen. «Und ein Brief von Dr. Macdonald, Sir.»
Lestrade griff nach dem Umschlag und überließ Wensley das Tablett, der mit seinem Bleistiftstummel umzurühren begann.
«Aha», sagte Lestrade, «das ist eine Neuigkeit, Fred. Untermauert ein wenig die Theorie von Mrs. Dew.»
«Was steht drin?»
«Der Doktor schreibt, daß Mary schwanger war. Er schätzt, etwa im dritten Monat.»
«Ist das richtig?» Wensley plagte sich mit der Kakaohaut ab, die für Männer mit Schnurrbärten ein immer wiederkehrendes Problem darstellt.

«Er hält sich nicht exakt ans Schema», war Lestrades Schlußfolgerung.
«Macdonald?»
«Der Ripper. Mary Kelly war jünger als die anderen. Sie war schwanger. Sie starb im Haus. Macdonald schätzt, daß der Mörder mehr als zwei Stunden gebraucht haben muß, um sie so zuzurichten.»
«Aber er ist hinter Huren her», wandte Wensley ein.
Lestrade nickte. «Das ist er. So sehr, daß er dieser beinahe die Haut abgezogen hat. Und der Bastard flitzt rein und raus, trotz der Polizeistreifen, als ob ihm das East End gehörte. Was ist das für ein Kerl, Fred?» Lestrade hämmerte an die Wand. «Zwischen Chubb Rupasobly, George Lusk und uns, da muß doch *irgend jemand* etwas gesehen haben, finden Sie nicht?»
«Es hat jemand was gesehen, Sir.» Es war Constable Dew, der in Lestrades Tür stand.
«Klopfen Sie nicht an, Constable?» knurrte Wensley, durch das unvorschriftsmäßige Verhalten einer seiner Männer gereizt.
«Kommen Sie rein, Mr. Dew.» Lestrade war großzügiger. «Was haben Sie für mich?»
«Einen Burschen, Sir, im *Truss and Ratchet*, Cleveland Street. Sergeant Thicke riet mir, Ihnen Bescheid zu geben, Sir.»
«Thicke?» stöhnte Lestrade. «Auch das noch. Abteilung H?»
«War das nicht der Mann, der die Lederschürze verhaftet hat?»
«Ja, Fred, ja. Eine echte Perle. In Ordnung, Dew. Und ich will nur hoffen, daß an der Sache was dran ist. Meinen Kakao kann ich vergessen.»
«Gehen Sie voran, MacDuff», gähnte Wensley.
«Dew, Sir. Constable Dew», korrigierte ihn Constable Dew.
«Natürlich», seufzte Wensley. «Wie konnte ich das vergessen?»

Die Polizeistunde, wie Mr. Gladstone sie festgesetzt hatte, war längst überschritten, doch jetzt, da Lord Salisbury am Ruder war, stellte niemand allzu viele Fragen. Lestrade und Wensley betraten den Schankraum, der erfüllt war von lächelnden Huren, Qualm und Lärm. Sie nahmen in der Nähe der Tür neben einer vierschrötigen zerlumpten Gestalt Platz.

«Du liebe Güte, Bill, Sie stinken wie eine Jauchegrube», stellte Lestrade fest. «Wer ist dran?»
«Das mach ich doch nur für Leute wie euch», knurrte Thicke und wischte sich mit dem Unterarm die Lippen ab. «Ihr seid schließlich nich in solchen Klamotten unterwegs. Wißt ihr, daß ich letzte Nacht sternhagelvoll war?»
«Aber, aber.» Lestrade schüttelte den Kopf. «Wieder mal Abberline im Rücken, wie?»
«Oh, ha, ha... Sir», knurrte Thicke wütend.
«Kopf hoch, Bill», lächelte Wensley. «Constable Dew sagt, daß Sie was haben.»
«Haben müssen», murmelte Lestrade vor sich hin.
«Alles bloß für euch Burschen, Gentlemen», wiederholte Thicke. «Ihr habt doch seit Jahren keine Absteige mehr von innen gesehen. Und wie ich rumlaufen muß! Dreißig Jahre mach ich diesen dreckigen Job, von Jugend an. Wißt ihr, was ich heute morgen zum Frühstück hatte?»
«Was ist mit diesem Burschen», drängte Lestrade.
«Mit welchem, Sir?» knurrte Thicke. «Oh, der! Ist der da drüben. Am Kamin. Der mit dem verdammten Zylinder. Aufgedonnerter Fatzke. Ich würd sechs Jahre brauchen, um mir so 'ne Weste kaufen zu können.»
«Was haben Sie gegen ihn?»
«Nun, ich bin größer, und ich hab noch meine eigenen Haare.»
«Nein, ich meine, was Sie über ihn wissen.» Lestrade gab sich Mühe, mit Thicke vernünftig zu reden. «Warum verdächtigen Sie ihn?»
Thicke zog unter seiner Einlegesohle ein kleines, schwarzes Buch hervor, schob es Lestrade unter dem Tisch zu, der die Flöhe wegwischte und zu lesen begann. Seine Augen wurden immer größer. «Wo haben Sie das alles her?» fragte er.
Thicke tippte an einen Flügel seiner schwarzen Nase. «Schtumm, Chef», begann er zu jüdeln. «Iss nabbich koscher, oder?»
«Vollkommen, Bill. Gut gemacht. Wo sind Sie heute nacht?»
«Dritter Brückenbogen vom beschissenen Blackfriars Bahnhof», sagte er, als sie den Tisch verließen. «Und in Zukunft fragt nicht so blöd. Alles bloß für euch Scheißkerle...»
Aber die Scheißkerle waren gegangen, wirbelten kurz durch die

Tanzenden, um auf der anderen Seite des Raumes wieder aufzutauchen. Wensley jedoch kam nicht so weit. Ein schmächtiges Mädchen mit wilden, roten Haaren hatte ihn mit ihrem Umhängetuch eingefangen, und das letzte, was Lestrade von ihm sah, war sein Frettchengesicht, das unter der schwergewichtigen Schönheit in Gestalt einer Madame verschwand, welche über die Zimmer in der ersten Etage herrschte.
«Offenbar gehn die Geschäfte schlecht», lächelte Lestrade, nickte Wensley zu und nahm neben dem Fatzke Platz. «Lister.» Er streckte eine Hand aus.
Der Fatzke erhob sich aus seinem Armstuhl und runzelte die Stirn, als habe Lestrade ihn in seinen Gedanken gestört. «Stephen», sagte er. Er war ein hübscher junger Mann mit dunklem Teint, vielleicht ein oder zwei Jahre jünger als Lestrade, dem das üppige blonde Haar, dessen Echtheit Thicke mißtraute, in ungebändigter Fülle über den Kragen fiel.
«Darf ich mich zu Ihnen setzen?» Lestrade nahm Platz auf dem Kaminbock und wärmte sich den Rücken.
«Wenn's sein muß.» Stephen überließ sich wieder seiner Einsamkeit.
«Kommen Sie, Sir», spielte Lestrade weiter den Biedermann, «das ist keine Nacht, um allein zu sein. Und schon gar nicht fern der Heimat. Gentlemen wie wir, die sich zu dieser frühen Stunde in die schäbigen Gassen wagen. Was ist, wenn der Ripper zuschlagen sollte?»
«Der Ripper?» Stephen richtete sich wieder auf. «Warum sagen Sie das?»
Lestrade rückte näher. «Es heißt, letzte Nacht habe er wieder zugeschlagen.»
Stephen blickte ihn finster an. «Ich lese die Zeitungen. Ich wundere mich, daß ihn noch keine dieser Huren angezeigt hat. Hundert Pfund Belohnung, hörte ich.»
«Je nun, er ist zu gerissen für sie», sagte Lestrade vertraulich. «Er führt die Polizei an der Nase herum.»
«Ja.» Stephen lächelte dünn. «Mir gefiel ganz besonders die Karikatur im *Charivari* mit dem Blindekuhspiel.»
Lestrade hatte sie nicht gesehen. Andererseits gehörte Blindheit offenbar zum Job.

«Wie lautet Ihre Theorie?» fragte Lestrade. «Über diesen Ripper. Wie schafft er es, immer wieder zu entwischen?»
Stephen starrte in die Flammen. «Sie sagen, er sei verrückt. Ein verrückter Arzt. Ha, ha, welch winzige Gehirne diese Bullen doch haben.»
Lestrade trieb sein Spiel weiter. «Das ist wahr. Aber wir wissen es besser, nicht wahr?»
«Meinen Sie?» Stephen starrte ihn finster an und trank sein Glas Champagner aus. «Das Zeug ist warm, Mr. Lister.» Er schleuderte das Glas ins Feuer, und es zerschellte auf dem Rost in tausend Stücke.
«He, he!» Der Herr Wirt, ein alles andere als gutmütiger Mann, ging auf ihn los. Zugegeben, ehrliche Besoffenheit war eine Sache, aber mutwillige Sachbeschädigung wollte er nicht durchgehen lassen. Die Grenzen seiner Toleranz verschoben sich freilich ein wenig, als Stephen plötzlich herumwirbelte und ihm die tödliche Klinge eines blitzenden Stockdegens an die Kehle setzte.
«Abschaum!» zischte Stephen. «Noch ein Schritt, und ich stech dich auf der Stelle ab.»
Der Wirt zog sich unterwürfig zurück, und es blieb Lestrade überlassen, den bebenden Degenfechter zu beruhigen.
«Das ist ein schickes, kleines Ding», sagte er. «Sehr schick.»
«Sagen Sie, Mr. Lister», sagte Stephen und ließ die verborgene Klinge wieder verschwinden, «halten Sie vielleicht nach einem neuen Gefährten Ausschau?»
«Äh… vielleicht», erwiderte Lestrade und hielt mit wachsender Verzweiflung nach dem im Gewühl verschwundenen Wensley Ausschau. «Denken Sie an eine bestimmte Person?»
Stephen lächelte, so daß seine Zähne im Feuerschein blitzten. Lestrade spürte eine Hand auf seinem Knie, und sein Nacken rastete aus.
«An mich», sagte der Fatzke. «Ich habe eine Wohnung, nur einen Steinwurf von hier entfernt.»
«Na denn», sagte Lestrade, sich erhebend, «wollen wir?» Und er sorgte dafür, daß Stephen voranging. Auf dem Wege zur Tür drehte er sich zweimal um und machte Thicke aufgeregt Zeichen, doch der saß bloß da und kratzte sich. «Ich weiß», murmelte Lestrade, «alles bloß für uns Burschen.»

«Wie bitte?» fragte Stephen.
«Ist 'ne gute Nacht für richtige Kerle», sagte Lestrade und zuckte zusammen, als Stephen ihn unterhakte.
Sie ließen Lärm, Licht und Wärme des *Truss* hinter sich und schritten heiter auf den vor ihnen liegenden Platz zu. Die Morgenluft war rauh und kalt. Die beiden Bobbies, die auf der Thrawl Street Streife gingen, warfen Lestrade komische Blicke zu. Als sie in die Goulston Street einbogen, stapfte unter dem grünen Licht der Gaslaterne George Lusk an ihnen vorbei, strotzend von Waffen, und hinter ihm, lässig den letzten Sternen zupfeifend, vier wie Außenabtritte gebaute Männer. Keiner von ihnen bemerkte Lestrade und seinen Freund.
«Hast du jemals einen Freund gehabt?» fragte ihn Stephen.
«Nun, ich… äh… ja», bluffte Lestrade völlig ratlos.
«Ich meine einen richtigen Freund, einen echten Freund.» Stephens Griff wurde dringlicher.
«Äh… ja.»
Stephen blieb unvermittelt stehen, und er blickte Lestrade ins Gesicht. «Und hat er dich je verletzt? Dich wegen eines anderen sitzenlassen?»
«Äh…» Diese Taktik hatte Lestrade dem Assistant Commissioner Rodney abgeguckt.
«Ich hatte einen Freund», sagte Stephen, schloß eine Tür auf und führte Lestrade eine Steintreppe hinauf, «der mir mit einer Liebe zugetan war, die Frauenliebe übersteigt.»
«Aha.» Lestrade nahm Zuflucht zu einsilbigen Worten. Auch das brachte der Job so mit sich. Er wurde in ein einfaches Zimmer geführt, das von einem großen Himmelbett beherrscht wurde. Stephen warf seinen seidenen Hut und seinen Stock mit Goldgriff zu Boden.
«Aber heute nacht habe ich die Absicht, ihn zu vergessen.» Er schniefte seine Tränen hoch.
«Oh.» Lestrade verspürte eine ungewohnte Panik. «Ist das klug? Ihre wahre Liebe?»
«Wahre Liebe?» knurrte Stephen und knöpfte seinen Gehrock auf. «Hier!» Er ergriff die silbergerahmte Photographie eines jungen Mannes in der Uniform der 10. Husaren.
«Ist das nicht…?» Lestrade spähte durch das Lampenlicht.

«Ja», erwiderte Stephen mit bebenden Nasenflügeln. «Der Liebling der Zehnten. Seine Hoheit Prince Albert Victor, Duke of Clarence. Mein Eddy...» Die Stimme versagte ihm, und seine Schultern begannen zu zucken.
«Sie sind...?» drängte Lestrade sanft.
«Sein Erzieher. Ich brachte ihm alles bei, was er weiß.»
Lestrade schielte auf die Ausbuchtung in der Hemdhose des königlichen Erziehers. «Ja, da bin ich sicher.»
Stephen wandte den Blick nicht von der Photographie.
«Ach, er ist es nicht wert», schmollte Lestrade, der sich jetzt auf seine Rolle einließ, «sein Hals ist zu lang, zu dünn. Seine Augen quellen zu weit raus...»
Stephens Gesicht brachte ihn zum Schweigen. Die Augen glühten mit einem Feuer, das Lestrade veranlaßte zurückzuweichen, und das nicht nur, weil der Erzieher sich in Unterwäsche präsentierte.
«Er ist vollkommen», sagte Stephen.
«Oh, es stimmt», schwadronierte Lestrade los und drehte die Photographie ein wenig. «Jetzt seh ich's. Es war das Licht. Vollkommen, ohne Zweifel. Ja, ich sehe es.»
«*Sie* sah es auch.» Stephen schälte sich aus seiner Hemdhose und legte sich auf das Bett. «Du bist noch nicht ausgezogen.»
«Äh... nein.» Lestrade näherte sich seinem Augenblick der Wahrheit. «Ist ein bißchen frostig.»
«Wirklich?» Stephen schmunzelte stillvergnügt. «Na, dann bring ihn her, ich werde ihn für dich heiß machen.»
«Wer war sie?» Lestrade versuchte krampfhaft, die Konversation aufrechtzuerhalten.
Stephen blieb stumm. «Ich will nicht darüber sprechen», sagte er nach einer Weile. «Komm her und leg dich neben mich.»
«Ich... ich habe mich nicht wohl gefühlt, gekränkelt», sagte er.
«Wenn's die Syph ist, Mr. Lister, keine Angst. Die habe ich selber. Eddy vielleicht auch...» Er setzte sich plötzlich auf. «*Sie* hat sie ihm angehängt! Diese Hündin!» Er schleuderte die Photographie quer durch das Zimmer in eine dunkle Ecke, wo der Rahmen zerschellte.
«Sie kann ihm nicht viel bedeutet haben», besänftigte Lestrade. «Nicht mehr als eine kleine Affäre, oder?»
Stephens Gesicht war eine lebendige Maske von Haß. «Er hat sie

geheiratet, oder etwa nicht? Sie hatten ein Kind.» Die Worte kamen ihm kaum über die Lippen. «Der uneheliche König von England.»
«Er hat sie geheiratet?» wiederholte Lestrade verwirrt, denn er konnte sich nicht erinnern, von diesem Ereignis in der *Illustrated London News* gelesen zu haben.
«Ein Blumenmädchen, Lister, eine schmutzige, kleine Schlampe, in der Gosse gezeugt. Nun ja, jetzt haben wir's ihr besorgt.»
«Ihr besorgt?» Lestrades Herz schlug hoch.
«Annie Crook. Er wird sie nie wiedersehen. Niemand wird sie je wiedersehen.»
Nach einer Weile verflaute Stephens Wut, und er sah mit erneut geweckter Begierde auf. «Gut, genug davon, laß mich dich in Hitze bringen, du wunderbarer...»
Aber er sprach mit sich selbst. Der Inspector war verschwunden.

In seiner Eile, das Haus zu verlassen, stieß Lestrade, der nach Westen eilte, mit Wensley zusammen, der nach Osten stürmte. «Was war mit Ihnen los?» riefen sie gleichzeitig, als die Sterne verblaßt waren.
«Ich habe zuerst gefragt», beharrte Lestrade.
«Nun ja, Sie haben es ja im *Truss* gesehen, daß es unvermeidlich war. Ich wurde aufgehalten.»
«Von einem Mädchen mit roten Haaren?»
«Und von seiner Mutter, der Madame.»
«Und?»
«Bevor ich wußte, wie mir geschah, war ich oben, lag platt auf dem Rücken, und das Mädchen mit den roten Haaren war auf mir.»
«Was taten Sie?»
«Erzählte ihr, ich wär ein Bulle.»
«Was tat sie?»
«Nahm mir das Doppelte ab. Jetzt bin ich dran. Was war bei Ihnen los?»
«Ach, Gott.» Lestrade schlug den Kragen hoch, denn der Morgen war naßkalt, und schlug mit den Armen wie eine Windmühle, um einen Hansom heranzuwinken oder um Frostbeulen zu vermeiden. «Ich bewegte mich in eine andere Richtung.»
Die zwei Bobbies, die Lestrade Minuten vorher mißtrauisch beäugt

hatten, kamen auf ihrem Streifengang abermals vorbei. Sie schauten Wensley an, dem die Hemdzipfel seit dem Nahkampf im *Truss* noch immer aus der Hose hingen, zogen mißbilligend die Augenbrauen hoch und gingen entschlossen weiter.
«Ich ging mit einem Mann ins Bett», hörten sie Lestrade sagen, und sie beschleunigten ihre Schritte.
«Sholto!» Wensley war entsetzt.
«Regen Sie sich nicht auf, Fred», sagte Lestrade und griff nach der Tür, als der Hansom anhielt. «Er war nicht mein Typ. Steigen Sie ein. Haben Sie Kleingeld?»
«Natürlich», seufzte Wensley.
«Bedlam, Kutscher», sagte Lestrade.
«Schon wieder», knurrte der Kutscher. «Immer dasselbe Scheißspiel so früh am Morgen.» Und er knallte mit der Peitsche.
«Glauben Sie, daß er mit Thicke verwandt ist?» fragte Lestrade.
«Da wir gerade von ihm sprechen...» Wensley entdeckte das Unziemliche seiner Bekleidung und brachte sie in Ordnung. «...was stand in dem Buch, das er Ihnen gab?»
«Genug.» Mechanisch warf Lestrade einen prüfenden Blick zur Klappe im Droschkendach, um sich zu vergewissern, daß sie nicht belauscht wurden. «Der Fatzke im *Truss* war kein anderer als James Kenneth Stephen.»
«Nein!» Wensley schlug die Hände überm Kopf zusammen.
Lestrade blickte auf seine Uhr. «Es ist zu früh für Scherze, Fred. Da Sie es offensichtlich nicht wissen, sage ich Ihnen, daß Stephen Erzieher am königlichen Hof ist. Speziell der Erzieher Seiner Königlichen Hoheit, des Herzogs von Clarence.»
«Erzieher dieser alten Schwuchtel? Was Sie nicht sagen!»
«Ja», murmelte Lestrade, dem ein neuer Gedanke kam. «Die alte Schwuchtel, ein Mann Ende Zwanzig, dunkles Haar, kleiner, brauner Schnurrbart, blasses Gesicht.» Er sah die Photographie vor sich, die den Liebling der Zehnten zeigte.
«Aha.»
«Konzentrieren Sie sich auf den Inhalt von etwa dreihundert Schuhkartons, Fred. Die Beschreibung paßt. Der Mann, der mit Annie Chapman alias Sievey sprach, und mit Polly Nicholls...»
«Der Bursche, den Hutchinson zusammen mit Mary Kelly sah...»

«Ein bißchen zu jüdisch, aber sonst stimmt's.»
«Augenblick.» Wensley sah Lestrade an. «Wollen Sie sagen, der Ripper sei der Herzog von Clarence?»
«Eddy? Nein, ich glaube nicht, doch ich bin nicht sicher, ob ich ihn mit jemandem, an dem mir liegt, in einem Zimmer allein lassen würde. Stephen hat mir einiges von ihm erzählt.»
«Ja? Erzählen Sie mir bloß nicht, daß er mit der Linken liebäugelt.»
«Also, Fred», seufzte Lestrade, «was ist es bloß, das mich denken läßt, Sie nähmen das alles nicht sehr ernst?»
«Tut mir leid, Sholto», grinste Wensley. «Aber was hatte der Erzieher des mutmaßlichen Thronerben in einer Spelunke in Cleveland Street zu suchen?»
«Ertränkte seinen Kummer, genauso wie Thicke. Sie sehen, Mr. Stephen ist nicht so wie andere Männer.»
«Kann er nicht sein, da er *Sie* abgeschleppt hat», bemerkte Wensley.
Lestrade ging nicht darauf ein. «Er hatte eine Affäre mit Eddy, und Eddy hat ihn sitzenlassen.»
«Wegen eines anderen Mannes? Dafür kann man Sie in den Tower werfen, Sholto.» Wensley stellte fest, daß er inzwischen flüsterte.
«Nein», schüttelte Lestrade den Kopf, «wegen einer Frau. Wegen eines Blumenmädchens namens Annie Crook.»
«Annie Crook?» Wensley sprang von seinem Sitz in die Höhe, so daß die Droschke schwankte und sie den auf seinem Bock halb erfrorenen Kutscher laut und anhaltend jammern hörten.
«Also dann kommen Sie, Fred, worauf warten wir noch?»
«Äh ... dieses Mädchen, dieses Mädchen ...» Ihr Name lag Wensley offenbar auf der Zunge. «Bedlam!» rief er.
«Ich weiß!» hörten sie den Kutscher rufen. «Hab ich schon beim ersten Mal begriffen.»
«Ich wußte, daß ich sie schon mal gesehen hatte. Sie arbeitete zeitweise in einem Tabakladen in Cleveland Street, glaube ich. Ich kaufte manchmal meine *Pickwicks* bei ihr.»
«Haben Sie sie je zusammen mit Eddy gesehen? Oder mit einem hübschen jungen Mann?»
«Nur mit einem Kunstjüngling, der über die Straße ein Atelier hatte. Stickler oder Stilton oder so ähnlich.»

«Schnurrbart?»

«Glattrasiert.»

«Dunkel?»

«Blond.»

«Ach ja», seufzte Lestrade.

«Aber was macht sie in Bedlam?»

«Das will ich ja eben rausfinden. Doch zuerst setze ich Sie beim Yard ab.»

«Warum?»

«Weil ich *alles* über Eddy und Stephen wissen will. Besonders über Stephen.»

«Schrittlänge inklusive?» fragte Wensley.

«Nein, danke», antwortete Lestrade mit einer Grimasse. «Ich denke, die kenne ich bereits.»

Dr. McGregor vom Royal Bethlehem Hospital war alles andere als erfreut, Lestrade am Samstag morgen zu sehen. Er hatte sich die ganze Nacht um die Ohren geschlagen, weil er sich in Altgriechisch mit einem Patienten unterhalten hatte, der von sich glaubte, er sei Aristoteles. Im übrigen war er Lestrade keine große Hilfe, denn Annie Crook und ihr Baby, die kleine Alice, waren verschwunden. Sie waren zwei Nächte zuvor fortgebracht worden. Die diensthabende Schwester stand zwar mit der Schreibarbeit auf Kriegsfuß, doch einem anderen als einem Arzt hätte sie nie erlaubt, einen Patienten wegzuschaffen. Wer der Arzt war? Sie war nicht sicher, aber es hörte sich an wie Herring oder Glaucous, eins von beiden. Und wohin hatte Dr. Herring seine Schutzbefohlenen gebracht? Wer wußte das schon! Es gab allein südlich der Themse sechzehn Heilanstalten, ganz zu schweigen von den privaten Einrichtungen und Obergeschossen. Die Polizei würde das sicherlich herausfinden. Oder vielleicht waren sie bei der Heilsarmee gelandet? Aber nein, wohl doch nicht, denn Annie Crook war ein treukatholisches Mädchen, und waren die Männer von General Booth nicht überzeugte Methodisten?

Der Höchste im Land

Captain Wilson, außerplanmäßiger Corpskommandant und Sportlehrer, schritt an diesem Samstagmorgen mannhaft über das felsige Vorgebirge und schwang beim Gehen seinen Stock. Hinter ihm flatterte sein Donegal im stechenden Wind. Doch heute trug Captain Wilson einen anderen Hut, nicht die alte, rote Dienstmütze der Sanitätstruppe, von der das Rangabzeichen sorgfältig entfernt war, sondern den Bowler eines praktischen Arzts, der nebenbei eine Armenarztpraxis betrieb. Was, fragte er sich, würde Holmes in dieser Situation tun? Und welch eine Feder könnte er sich an jede der beiden Kopfbedeckungen heften, wenn er, John Watson, Doktor der Medizin, das Problem der Rhadegund-Morde löste! Denn um Morde handelte es sich, das wußte er inzwischen. Er hatte völlig offen mit Ruffage gesprochen. Er hatte mit der Oberin gesprochen, die darauf bestand, ihm eine Massage zu verpassen, ehe er ging. Er hatte mit Spencer, dem Jüngeren, gesprochen, der sehr entgegenkommend gewesen war. Und er hatte mit Reverend Spooner gesprochen, doch als er ging, war er keinen Deut klüger gewesen. Welch eine merkwürdige Schule! Nails hatte der örtlichen Zeitung mitgeteilt, die Schule sei von einer Diphtheriewelle erfaßt worden, so daß alle Händler ihre Waren an den Toren deponierten, von wo aus sie Scharen von Jungen über das ganze Anwesen rollten. Die Eltern schienen durchaus bereit, diese Situation zu akzeptieren. Schließlich war das Herbstsemester mitnichten schon zu Ende. Es gab keinen Grund, einen der Schutzbefohlenen in der Zwischenzeit nach Hause fahren zu lassen. Lediglich ein Stabsoffizier der Gardekavallerie schrieb und fragte, warum sein Sohn nicht über die Tatsachen des ehelichen Lebens aufgeklärt werde, denn, gewarnt sein heiße, wie er schrieb, gewappnet sein. Jede Nacht hockten Dr. und Mrs. Nails bei dampfenden Wasserkesseln und öffneten und zensierten Briefe. Dr. Nails fühlte sich wie im Himmel, und die Welt war in Ordnung.

«Guten Morgen!» Watson grüßte mit seinem Stock die kleine, einsame Gestalt von Saunders-Foote, der wie ein kornischer Nachtfalke auf einem Grasbüschel hockte. «Schöner Tag!» rief Watson, in der Annahme, der alte Bursche habe ihn wegen des Windes nicht gehört. Schließlich gab er es auf und stieg zu den ausgedehnten Wiesen von Rhadegund hinunter. Es war sein Pech, zufällig mit Dr. Nails zusammenzustoßen, der mannhaft in dieselbe Richtung schritt. «Ah, Wilson, kleinen Spaziergang gemacht, wie? Geht nichts über frische Luft, was? Ich sehe, daß die First Fifteen da unten ist. Wolln mal sehen, aus welchem Holz sie geschnitzt sind. Wer als letzter an der Linie ankommt, ist ein Waschlappen!»
Nails raffte seinen Talar und sprintete los, daß der Nieselregen an seinem Schnurrbart kleben blieb. Watson hatte keine andere Wahl, als es ihm nachzumachen, und, der Tatsache eingedenk, daß Nails fünfzehn Jahre älter war, ärgerte es ihn, daß er schnaufend und keuchend im Schlepptau des großen Mannes ins Ziel kam und wußte, daß er letztlich doch ein Waschlappen war.
«So ist's richtig, Ruffage!» schrie der Direktor. «Mach ihn fertig, Rhadegund.» Er fing an, die Linie entlangzuschleichen. «Sie schlafen ja ein, Ovett», rief er, als der besagte Dreiviertelspieler mit Lichtgeschwindigkeit vorüberhuschte.
«Wilson, die Stürmer sind ein Sauhaufen. Gehen Sie rein, und machen Sie sie zur Schnecke!»
«Aber, Direktor, ich bin nicht dafür angezogen.»
«Läppische Ausflüchte!» schnauzte Nails ihn an. «Gehen Sie aufs Feld, Mann. Übrigens», Nails schnippte ihm den Bowler vom Kopf und knöpfte den Donegal auf, «gibt es etwas Neues von Sherrinford?»
«Nichts», bekannte Watson. Es war die reine Wahrheit. Seit er Rhadegund verlassen hatte, war er ohne Nachricht von Holmes. Im Knast von Bow Ditch war man mit der Post nicht so großzügig, und bis zum Vorliegen eines medizinischen Berichtes hatte man sich geweigert, den Großen Detektiv gegen Kaution aus der Haft zu entlassen. Jemand, der sich freiwillig an eine Lokomotive der LNER kettete und einen Angestellten ebendieser Gesellschaft vor den Augen eines Constable niederschlug, konnte kaum etwas anderes sein als geistesgestört. Auf diese Weise der Freiheit wie der Post beraubt, war Holmes nicht gerade kommunikativ.

«Nun gehen Sie schon!» Nails stieß ihn ins Gedränge, und der schmierige Ball traf ihn in die Leiste.

«Obacht!» rief er hoffnungsvoll, ehe die Stürmer ihn unter sich begruben. «Benutzen Sie Ihre Füße, Mann», hörte er Nails bellen, während genagelte Stiefel sich von allen Seiten in sein Norfolk-Jackett bohrten. Watson fummelte in seiner Tasche, und es gelang ihm, seine Trillerpfeife an die Lippen zu setzen. Das Ergebnis war zwar kläglich, doch die stechende und hackende Meute gehorchte und löste sich auf.

Es war eine schlammbedeckte Trauerweide, die sich mühsam im Nebel aufrichtete.

«Recht so», krächzte er. «Nicht schlecht, Rhadegund, aber ihr seid nicht mit dem Herzen bei der Sache. Ruffage, seien Sie so nett und übernehmen Sie...» Und er humpelte zur Marklinie. «Sie sind ein Wrack, Wilson», höhnte Nails und warf ihm mit einer großartigen Geste Talar, Jacke und Barett zu.

«Rhadegund.» Er hob einen Finger, und Ovett paßte ihm den Ball zu, den der Direktor auf dem hochgereckten Finger kreiseln ließ.

«Auf mich!» Und er rannte auf die entfernte Linie zu, und die Meute fiel über ihn her. Er rammte dem rehabilitierten Beaumont den Ellenbogen an den Kiefer, trat Ovett in den Magen, tauchte weg, duckte sich und schlug Haken. Seine Finger gruben sich in Harsmans Augen, er kickte den Ball in die Höhe, ließ zwei Schädel zusammenkrachen, bevor er über die vereint niedergestreckten Leiber sprang, und segelte heldenhaft über die Linie, durch ein großartiges Tackling von Ruffage kopfüber zu Fall gebracht. «Gut gespielt, Ruffage.» Nails wandte sich seinem Captain zu, zog seinen Stiefel scharf nach oben und traf ihn in die lebenswichtigen Teile.

«So, Wilson, so sollte man spielen.» Nails verbeugte sich.

«Weitermachen, Rhadegund», und er setzte sich in Marsch, seinem morgendlichen Bad entgegen.

Sergeant George hatte sich dazugesellt und blies sich im Morgengeniesel die froststarren Hände. «So also muß man spielen», sagte er. «Morgen, Dok... äh... ich meine, Captain.»

«Auf Ihrem Gesundheitsspaziergang gewesen, Sergeant?» fragte Watson.

«Nein, Sir, bin spazierengegangen.»

«Am Fluß?»

George nickte.

«Hübsches Fleckchen Erde, nicht wahr? Selbst an einem Tag wie heute. Etwas Neues von Lestrade?»

George schüttelte den Kopf. «Er läßt sich nicht in die Karten gukken. Wie ist es mit Ihrem Chef?»

«Mein was... oh, Sie meinen Holmes?» Watson war ein wenig verärgert über diese Bemerkung. «Holmes ist nicht mein Chef, wie Sie sich so drollig auszudrücken beliebten, George. Er ist mein Gefährte.»

«Na gut, haben Sie von Ihrem Gefährten irgendwelche Befehle bekommen?»

«Befehle? Verdammt noch mal, Mann. Haben Sie nicht zugehört? Welche Art von Befehlen?»

«Oh, ich weiß nicht, was zu tun ist, wenn ein neuer passieren sollte.»

«Ein neuer?» Watson schaute ihn durchtrieben an. «Meinen Sie etwa einen neuen Mord? Ich dachte, Lestrade versuche den Eindruck zu vermitteln, jedermann sei an Diphtherie gestorben. Maggie Hollis kippte um, als sie schrubbte, Anthony Denton erlag dem Klebs-Loeffler-Bazillus, als er sich erleichterte, Major Bracegirdle, das eindeutige Opfer fiebriger Ausschwitzung. Was Lestrade dabei natürlich vergißt, ist die Tatsache», fügte er mit einiger Würde hinzu, «daß ich Arzt bin.»

«Nun, ich bin nicht Lestrade», räumte George ein. «Und ich gebe freimütig zu, daß ich alle Hilfe brauche, die ich kriegen kann.»

Watson schaute den Mann an, der in der tropfnassen schwarzen Yard-Uniform vor ihm stand, und er tat ihm irgendwie leid. Er erkannte in ihm freilich auch einen Leidensgenossen. Sich selber, freilich nicht George gegenüber, gab er zu, daß er ohne Holmes führerlos war.

«Sehr schön», sagte er, «ich werde helfen, wenn Sie glauben, daß Sie Hilfe brauchen, doch ich glaube, daß wir eine Zeitlang keinen Ärger haben werden.»

«In Ordnung», sagte George, während, ein paar Zoll von ihnen entfernt, Beaumont mit einem unterdrückten Grunzen in den Schlamm gestoßen wurde. «Sieht heute morgen ja auch alles ganz friedlich aus.» Er deutete den Hügel hinauf. «Besonders Mr. Saunders-Foote. Er hat sich seit über einer Stunde nicht bewegt.»

Als er das sagte, erstarrte er. Watson ebenfalls. Sie wandten einander langsam die Gesichter zu und rissen die Mäuler auf wie Frösche in der Paarungszeit.
«Derry! Toms!» George fand als erster seine Stimme wieder, und vier Männer lösten sich von der Marklinie und kletterten den Hügel hinauf, wobei die aufgereihten Jungen sie mit amüsierter Verwunderung beobachteten.

«Wie lange ist er schon tot, Doktor?» fragte George.
Watson klopfte auf die eingefallene Brust des Mannes und löste das Seil, das die Kehle einschnürte. «Etwa zwei Stunden, würde ich sagen. Beim Frühstück war er noch wohlauf.»
«Meinen Sie, daß es das Kedgeree war?» fragte Toms, der sich selber nicht ganz wohl fühlte.
«Kedgeree kann vielleicht jemanden vergiften», klärte Watson ihn auf, «aber ich habe bisher nicht gewußt, daß es auch jemanden strangulieren kann.» Er stand auf. «Was machen wir jetzt?» fragte er George.
«Wir jagen diese Kinder weg. Derry, Toms, schafft sie fort. Und dann…» Er faßte seine ganzen Jahre an Erfahrung, seinen angehäuften Scharfsinn zusammen, «schicken wir ein Telegramm an Mr. Lestrade.» Unwillkürlich stieß Watson einen deutlichen Seufzer der Erleichterung aus. «Gute Idee, Sergeant. Ich werde eines an Holmes schicken.»
In Holmes' Fall gab es einen Fehlschlag. Der diensthabende Sergeant in Bow Street öffnete das Telegramm und erklärte zum soundsovielten Male in dieser Woche der besorgten, händeringenden Lady, die nicht von der Schwelle wich und behauptete, Holmes' Haushälterin zu sein, er wisse nichts von einem Großen Detektiv. Das Problem von Mrs. Hudson bestand darin, daß ihr Herr die Gewohnheit hatte, in Verkleidungen zu schlüpfen, die sie alle in völlige Verwirrung stürzten, so daß sie nie genau wußte, welches Kostüm er gerade trug. Nach allem, was sie wußte, war es nämlich gut möglich, daß Holmes sich in den diensthabenden Sergeant verwandelt hatte. Doch wenn das der Fall war, ließ er sich nichts anmerken. Im übrigen war sie sicher, daß ihr Herr nie eine Verkleidung wählen würde, die so weit ging, daß er in der Nase bohren mußte.

In Lestrades Fall gab es eine andere Schwierigkeit – Chief Inspector Abberline. Im November 1888 stand die Metropolitan Police ohne Commissioner da. Sir Charles Warren war gegangen. Sir Robert Anderson erließ Vorschriften über die Länge der Knüppel, die Breite der Krawatten und die äußere Erscheinung der Polizisten, nachdem er endlich den überaus nützlichen Aussichtspunkt auf dem Montmartre verlassen hatte, wo er eine kriminologische Abhandlung über Can-Can-Mädchen und kleinwüchsige, bärtige Maler verfertigte. Ebensowenig gab es für das Criminal Investigation Department einen Assistant Commissioner, obgleich Gerüchte kursierten, ein Kaffeepflanzer namens McNaghten sei für den Posten im Gespräch. Rodney hatte natürlich ein letztes großes Zittern bekommen, am oberen Ende der Treppe die Orientierung verloren und hatte ebenfalls gehen müssen. Was immer der Ripper geschafft haben mochte, die Zahl höherer Polizeibeamter, die er zu Fall gebracht hatte, war erstaunlich.

«Nein, Lestrade», rief Abberline. «Kommt nicht in Frage.»

«Aber ein Mann ist tot», gab Lestrade zu bedenken und fuchtelte ihm mit Georges Telegramm unter der Nase herum.

«Was ist schon ein Mann gegen fünf Frauen?» fragte Abberline, «oder waren es sechs?»

Verhältnisrechnung war nie Lestrades Stärke gewesen, also sagte er nichts.

«Ich kann Sie einfach nicht entbehren, Lestrade. Die Stadt ist in Panik. Polizisten zeigen sich tatsächlich selbst an und behaupten, der Ripper zu sein, bloß um in der Zelle mal eine Nacht ruhig schlafen zu können. Ich kann nicht zulassen, daß Sie sich irgendwo in die Landschaft verdrücken, nach Nottinghamshire...»

«Northampton», verbesserte Lestrade.

«Wo immer!» knurrte Abberline und griff mit zitternder Hand nach seinen Pillen und seinem Wasserglas. «Übrigens, ich hörte, daß Sie diesen Sherlock Holmes in Bow Street haben einlochen lassen.»

«Damit habe ich nichts zu tun», sagte Lestrade mit großen Augen. «Soviel ich weiß, ist er wegen vorsätzlicher Verkehrsbehinderung inhaftiert worden.»

«Sie wissen, daß er Sie wegen ungesetzlicher Festnahme verklagen könnte?»

«Er könnte es versuchen», lächelte Lestrade, «aber ich habe genügend gegen ihn in der Hand, inklusive Behinderung von Polizeibeamten, um ihn für immer hinter Gitter zu bringen.»
«Behinderung von Polizeibeamten?» Abberline hob eine Augenbraue. «Ich wußte nicht, daß es bei seinem Delikt *darum* ging. Trotzdem, sorgen Sie besser dafür, daß er in ein oder zwei Tagen rauskommt. Aber erst mal etwas anderes: ich habe ein Telegramm von Dr. Robert Anderson erhalten.»
«Von wem?»
«Ja, ja», seufzte Abberline. «Ich weiß. Es kommt vom Montmartre – das ist in Paris, falls Sie's nicht wissen, Lestrade.»
«Er kommt also immer näher, wie?»
«Er schlägt vor, wir sollten Mr. Lees einen Besuch abstatten.»
«Lees?»
«Das Medium.»
«Welcher Medizinmann?»
Abberline nippte wieder an seinem Glas, zog eine Grimasse und goß eine große Menge bernsteinfarbener Flüssigkeit hinein. «Bitte, Lestrade», sagte er und zuckte zusammen, als der Whisky seine Magengeschwüre umspülte, «wir müssen nach jedem Strohhalm greifen.»
Lestrade nahm Telegramm und Adresse entgegen.
«Lees ist eine Art menschlicher Bluthund, Lestrade. Nehmen Sie alles mit, was Sie vom Ripper-Fall haben, und lassen Sie ihn daran schnuppern.»
«In Ordnung, Mr. Abberline.» Lestrade ließ Abberline seinen Willen, obgleich sie sich beide an das Fiasko mit Barnaby und Burgho erinnerten. «Bitte, bleiben Sie sitzen. Ich finde selber hinaus.»

Das Parapsychologische Zentrum in Peckham war leicht zu finden, selbst für jemanden, der nicht über das Zweite Gesicht verfügte. Die Haupthalle war leer, abgesehen von einem Klavier und einem Strauß weißer Lilien. Ein Mann, ein wenig älter als Lestrade, saß im Schneidersitz mit ausgestreckten Armen in der Mitte des Fußbodens. Seine Augen waren geschlossen, sein bärtiger Kopf zurückgelegt. Er stöhnte leise, vielleicht, weil er aufgrund seiner Art zu sitzen einen Krampf hatte, wie Lestrade vermutete.

Er kam plötzlich zu sich, und seine kalten, blauen Augen funkelten, als sie den übermüdeten, lädierten Mann im Donegal gewahrten.
«Sie kommen von Scotland Yard», sagte er.
«Woher wissen Sie das?» Lestrade war insgeheim beeindruckt.
«Spielt keine Rolle», erwiderte Lees. «Sie haben Sorgen und brauchen Hilfe.»
«Vielleicht.»
«Kommen Sie näher.»
Der Inspector gehorchte und durchquerte die matten Sonnenstrahlen, die auf Lees und den glänzenden Boden ringsum fielen. «Und wer ist da bei Ihnen?» fragte er.
Lestrade blickte sich um. Es war niemand da.
«Ja. Sie lächelt. Verschrumpelte Hände», sagte er sachlich, «eine Waschfrau.»
«Mutter?» fragte Lestrade maßlos verwundert.
«Sie hat eine Botschaft für Sie», sagte Lees und warf der Aura, die er um Lestrades Kopf schweben sah, ein leeres Lächeln zu. Das Lächeln verschwand. «Wo sind die fünf Shilling, die Sie ihr schulden?»
«Mr. Lees...»
«Warten Sie», Lees hob die Hand, «da ist noch etwas.» Eine dunkle Röte zog über sein Gesicht. «Eine weitere Frage», und er flüsterte Lestrade ins Ohr.
Lestrade errötete ebenfalls und stand abrupt auf. «Nicht, seit meinem siebten Lebensjahr», sagte er energisch. «Deshalb bin ich nicht gekommen, Mr. Lees.»
«Aber ich kam zu Ihnen.» Lees stand auf und führte Lestrade in ein Nebenzimmer. «Vor einigen Wochen kam ich zum Yard.»
«Das wußte ich nicht. Wen haben Sie aufgesucht?»
«Einen hirnlosen Kriecher. Ich glaube, sein Name war Abberline.»
«Oh», grinste Lestrade. «*Diesen* hirnlosen Kriecher.»
«Ich sollte Sie darauf hinweisen, Sir, daß meine Kräfte ihren Gipfel erreicht haben. Ihre Majestät hat geruht, sich meiner verschiedene Male zu bedienen, um mit dem Prinzgemahl auf der anderen Seite in Verbindung zu treten.»
«War er zu Hause?» fragte Lestrade.
Lees wirbelte herum. «Sir, ich entdecke einen Unterton von Unglau-

ben. Ich war immerhin ein enger Freund des verstorbenen Earl of Beaconsfield.» Hastig drehte er eine Photographie von Keir Hardie zur Wand. «An stillen Abenden kommunizieren wir noch immer miteinander.»
«Ist er … gesund?» war alles, was Lestrade an Fragen einfiel.
«Kaum, er ist tot», feixte Lees. «Jene, die hinübergegangen sind, behalten nicht ihre irdischen Gebrechen. Benjamins Gicht ist verschwunden.»
«Oh, gut», lächelte Lestrade. «Nun, Mr. Lees, zum Anlaß meines Besuches …»
«Bevor wir dazu kommen, Mr … äh …?»
«Lestrade. Inspector Lestrade. Ja?»
«Ich kam an dem Tag zum Yard, an dem der Doppelmord passierte – Stunden *vorher*, verstehen Sie? Ich hatte eine böse Vorahnung, Inspector … ich fühlte mich nicht wohl.» Er wurde bleich und begann sich den Schweiß abzuwischen, der plötzlich auf seine Stirn getreten war. «Ich suchte meinen Arzt auf. Er empfahl mir Ruhe. Ich fuhr weg.»
«Wohin?»
«Ventnor.»
«Aha.»
«Auf der Rückfahrt», Lees' Augen strahlten wieder intensiv, «benutzte ich mit meiner Frau einen Omnibus, als …»
«Ja?»
«Ich hatte dieselben Wahrnehmungen. Wahrnehmungen, Mr. Lestrade, von einer mir bislang unbekannten Intensität. Ich kann sie Ihnen nicht beschreiben. Wir waren in Notting Hill …»
«Ach ja.» Alles wurde kristallklar.
«Ein Mann stieg ein. Ich wandte mich zu meiner Frau und sagte ‹Mrs. Lees›, sagte ich, ‹*dieser* Mann ist Jack the Ripper›.»
«Wie reagierte Ihre Frau darauf?»
Lees schauderte. «Ich fürchte, Mrs. Lees ist nicht von meiner Art, Mr. Lestrade. Sie spottete und nannte mich einen Narren.»
«Was taten Sie?»
«Ich beschloß, dem Mann zu folgen. Er stieg bei Marble Arch aus, und ich folgte ihm. Er war in einem Zustand der Unruhe, bis er in Piccadilly einer Droschke winkte. Ich berichtete sogar einem vorbeikommenden Constable von meinem Verdacht.»

«Was tat der?»

«Drohte, mich einzusperren, weil ich der Polizei die Zeit stehlen würde.»

«Ja», seufzte Lestrade, dem das langsam bekannt vorkam.

«Ich könnte Sie zu diesem Haus führen», flüsterte Lees, als hätten die Wände Ohren.

«In Ordnung», erwiderte Lestrade. «Doch erst werfen Sie einen Blick auf das hier.» Er reichte Lees eine blutgetränkte Schürze, steif und braun vom Lebenssaft Annie Chapmans. Lees betrachtete sie, schnüffelte daran, wie Abberline vorausgesagt hatte, hielt sie behutsam in den Fingern und drehte sie langsam hin und her.

«Eine Blüte der Nacht», murmelte er. «Etwa vierzig. Sie starb langsam. Qualvoll. Ich sehe... nein... der Name ist Anne oder Sylvie... weit weg... Haben Sie noch etwas anderes?»

«Von ihr? Nein. Was ist hiermit?»

Er gab ihm den zerknüllten Briefumschlag mit dem Wappen des Sussex-Regiments, den man ihm vor langer Zeit in der Nähe der Leiche von Mary Ann Nicholls ausgehändigt hatte. Lees hielt ihn an das Licht. «Das Sussex-Regiment», sagte er. «Ich sehe Blut, viel Blut...»

«Wie?» Lestrade ließ sich unruhig rittlings auf einem Stuhl nieder und stützte die Ellenbogen auf die Lehne.

«O nein», Lees machte ein enttäuschtes Gesicht. «Das ist Quebec. Das Regiment kämpfte dort. Hat mit diesem Fall überhaupt nichts zu tun.»

«Und wie steht's hiermit?»

Lees nahm die Stengel der Weintrauben, die ein Constable in der Nähe der Leiche von Liz Stride gefunden hatte. «Ja», sein Gesicht wurde aschfahl. «Sie aßen sie gemeinsam. Eine weitere Blume der Nacht. Ihr fehlen ein paar Zähne. Ich sehe... eine Kamera. Nein, das war bei einer anderen...»

«Ja.» Lestrade war wiederum beeindruckt. «Es wurden Aufnahmen gemacht...»

«... von den Augen der zweiten», sagte Lees plötzlich.

«Wieder richtig», bestätigte Lestrade. «Sie teilte sich die Weintrauben mit...?»

«Dem Mann im Omnibus», sagte er.

«Was ist mit diesen Dingern?» Lestrade gab Lees die Cashewkerne, die sich noch immer in dem Beutel befanden, wie an dem Tag, als Fred Wensley sie ihm gegeben hatte.

Lees hielt sie gegen seine Wange und schüttelte sie leicht. «Auch die hier», sagte er. «Ich sehe einen Mediziner», flüsterte er, «geschickte, geübte Finger, die das alles berührt haben.»

«Der verrückte Doktor», sagte Lestrade, halb zu sich selber.

«Verrückter, als Sie glauben.»

«Und zum Schluß das hier.» Er reichte dem Medium ein Stück von Martha Tabrams Kleid, ausgeblichen und zerfetzt.

Lees' Augen weiteten sich. Er sah verwirrt aus und runzelte die Stirn, als er den Stoff befühlte. «Nein», sagte er. «Das paßt nicht hinein.»

«Nicht unser Mann?» wollte Lestrade wissen.

«Nicht der *gleiche* Mann», sagte Lees. Lestrade war nicht überrascht. Irgendwie hatte Martha Tabram nie in das Muster gepaßt.

«Edmund. Der Name Edmund?» Lestrade blickte verständnislos.

«Warten Sie. Da ist noch mehr.» Er winkte Lestrade zu sich. «Ich sehe Jungen.»

Lestrade blickte sich um. «Jungen?» wiederholte er.

«Eine Schule. Ein Talar. Ich sehe ein Seil... Sie sind's!» keuchte er plötzlich und bohrte seinen Finger in Lestrades Auge. «Oh, ich bitte um Verzeihung, Inspector», sagte er. Lestrade starrte ihn durch den Tränenschleier an. «Schon in Ordnung», zischte er. «Beschuldigen Sie mich, Jack the Ripper zu sein?»

Lestrade stand auf, und sein Gesicht war aschfahl in der Morgensonne. «Nein», erwiderte er und hielt die Fetzen von Martha Tabrams Kleid in die Höhe, «aber Sie sind dem Mann begegnet, der das getan hat. Sie kennen ihn, Inspector.»

Der Inspector und das Medium nahmen an der Ecke einen Omnibus. Lees bezahlte. Kurz nach Mittag stiegen sie in Brook Street aus und standen vor der klassizistischen Fassade von Nr. 74.

«Lestrade», keuchte Lees und griff nach dem Arm des Inspector, «ich kann nicht... ich fühle mich nicht wohl...», und er sackte gegen eine Säule der Vorhalle.

«Schon gut, Mr. Lees.» Lestrade stützte ihn. «Das ist jetzt meine Aufgabe. Sie können heimgehen. Und vielen Dank. Sollte ich Sie wieder brauchen, weiß ich, wo Sie zu finden sind.»

Ein säuerlich dreinblickendes Hausmädchen führte Lestrade in einen vornehmen Salon, wo sie ihn zu warten bat. Er nahm die Pracht und die Macht in sich auf, und doch glaubte er, als er über die schwarzen und weißen Fliesen schritt, einen Hauch von tiefem, quälendem Leid zu spüren.

«Inspector Lestrade?» rief eine Lady vom oberen Ende einer mächtigen Treppenflucht. «Ich bin Lady Gull. Wie kann ich Ihnen helfen?»

Gull. Die Ornithologie, die in der El-Guano-Affäre für Lestrade so wichtig gewesen war, kam ihm jetzt zu Hilfe. Der Arzt, welcher Annie Crook aus Bedlam fortgeschafft hatte, war Herring oder Glaucous genannt worden, und beides waren Möwenarten.

«Ich würde gern Ihren Gatten sprechen, Madame, falls er der Besitzer des Hauses ist.»

Lady Gull glitt die Stufen hinab. «Peggy, eine Erfrischung für den Inspector – in die Bibliothek, denke ich. Wollen wir?» Sie führte ihn in den eichengetäfelten Raum mit Wänden voller anatomischer Wälzer und einem großen Globus, der mit einem Samttuch drapiert war, in das ein merkwürdiges Symbol – ein Stechzirkel – mit Goldfäden eingestickt war.

«Leider fühlt mein Gatte sich nicht wohl», sagte sie und lud ihn ein, Platz zu nehmen. «Er hat in der letzten Zeit unter ziemlich starker Anspannung gestanden.»

«Sie müssen mir verzeihen, Lady Gull, aber ich habe keine Ahnung, wer Ihr Gatte ist.»

«Sie sind gekommen, um ihn zu sprechen, Inspector, und Sie wissen nicht, wer er ist? Ist das nicht recht sonderbar?»

«Eigentlich nicht, Madame. Sie müssen wissen, ich komme von Scotland Yard.»

«Nun gut.» Lady Gull breitete ihr Satinkleid aus, das etwa die Hälfte der Chaiselongue überdeckte. «Er ist der Leibarzt Ihrer Majestät.»

«Das muß in der Tat eine anstrengende Tätigkeit sein», pflichtete Lestrade ihr bei.

«Es ist nicht nur das.» Lady Gull sah besorgt aus. «Man hat meinen Mann verfolgt, Inspector. Bis hierher, zu seinem Haus.»

«War es vielleicht ein bärtiger Herr mit blauen Augen und einem wilden Gesichtsausdruck?»

«Aber ja! Woher wissen Sie das? Ach, Peggy.» Das Hausmädchen kam herein. «Nehmen Sie Tee, Inspector?»
«Sehr gern, danke.»
«Ich mache das schon, Peggy.» Das Mädchen knickste und verschwand. «Sahne und Zucker, Mr. Lestrade?»
«Ja, bitte.»
«Dieser Mann, der William verfolgte – war er ein Polizist?»
«Nein, Madame. Er ist ein Medium.»
«Ein Medium?» Lady Gull war verblüfft. «Meinen Sie, er ist ein Spiritualist?»
«Ein Hellseher.»
«Ich verstehe nicht.»
«Lady Gull.» Der heiße Tee verbrannte Lestrade schrecklich die Zunge, doch er versuchte verzweifelt, sich nichts anmerken zu lassen. «Ich sollte Ihnen vielleicht sagen, daß ich die Morde in Whitechapel untersuche.»
Lady Gulls Antwort bestand darin, daß sie ihre Tasse auf den chinesischen Teppich fallen ließ. «Sie wissen es also», sagte sie.
Lestrade verspürte ein Kribbeln in seinen Nackenhaaren. «Vielleicht möchten Sie mir etwas sagen», sagte er vorsichtig.
Lady Gull schritt zum Fenster. «Mein Gatte war in den Mordnächten nicht zu Hause, Inspector», gestand sie, «nicht in einer dieser Nächte. Zuerst schenkte ich dieser Tatsache natürlich keine Beachtung. William ist ein vielbeschäftigter Mann. Er hält Vorlesungen, er betreut die königliche Familie, er besucht die Versammlungen der Loge...»
«Der Loge?» unterbrach Lestrade.
Lady Gull deutete auf die Samtdecke mit den goldenen Insignien. «Mein Gatte ist Freimaurer, Inspector. Ich glaube, sogar ein hochrangiger.»
Bei Lestrade klingelte es. Konnte es wahr sein, daß Sherlock Holmes recht hatte?
«Fahren Sie fort», sagte er.
«In der Nacht, in der die arme Chapman den Tod fand, kam William spät heim – um drei, vielleicht um vier Uhr morgens. Sein Hemd war mit Blut bedeckt...» Lady Gull versagte die Stimme. Sie sprangen beide auf, als krachend eine Tür ins Schloß fiel. Wie es sich gehörte, sorgte Lestrade dafür, daß sich der Inhalt seiner Tasse mit

dem Tee Lady Gulls auf dem Teppich vereinigte. Ein schwergewichtiger, furchteinflößender Mann mit tiefliegenden Augen und einem Mittelscheitel stand da, die Daumen in die Jackettaschen gehakt, der goldene Uhranhänger schaukelte an seiner Weste.
«Hilda. Wen haben wir denn da?» knurrte er, ein wenig unangenehm berührt.
«Das, mein Lieber», sagte sie und spielte mit dem Messinggerät auf der Kommode, «ist Inspector Lestrade von Scotland Yard. Mr. Lestrade, mein Mann, Sir William Gull.»
Lestrade erhob sich. «Ich bin hier wegen der...»
«... Whitechapel-Morde, ja, ich hörte es. Was haben sie mit mir zu tun?» Er schob sich an Lestrade vorbei und schenkte sich aus dem Flaschenständer einen Brandy ein.
«Ich hoffte, das würden Sie mir sagen, Sir.»
Gull fuhr herum. «Was, zum Teufel, soll das heißen?» fragte er.
«Lady Gull hat mir erzählt, daß Sie in den fraglichen Nächten außer Haus waren.»
Gull warf seiner Frau einen finsteren Blick zu, und sie wich zurück.
«William», flüsterte sie, «ich mußte es tun.»
«Ich wette, daß halb London außer Haus war.» Er blieb bei seiner trotzigen Haltung. «Die fraglichen Nächte!» Er stürzte den Brandy hinunter und goß sich einen zweiten ein. «Wie erbärmlich euer Jargon ist, ihr Plattfüße. Seit dem Bravo-Fall habe ich die Nase voll von Coppers...»
«William!» brauste Lady Gull auf, doch auf einen stechenden Blick von ihm wich sie wieder zurück. «William, es hat keinen Zweck. Dieser Gentleman weiß Bescheid.»
«Was weiß er?»
«Er weiß von dem blutbefleckten Hemd», sagte sie, und über ihre bleichen Wangen liefen Tränen.
«Ein Nasenbluten», sagte er wegwerfend. «Sonst nichts.»
«Jubela, Jubelum, Jubelo», sagte Lestrade. «Die ‹J›'s sind die Menschen, denen man nicht ohne Grund die Schuld gibt.»
Gulls Glas entsank seiner Hand, fiel zu Boden und gesellte sich zu den beiden Tassen, die bereits dort waren. Er fiel nieder, die Knie in den Porzellanscherben. Lady Gull stürzte zu ihm, um ihn zu trösten, während der riesige Mann stumm kniete. Als er wieder zu Lestrade aufblickte, war sein Kampfgeist gebrochen. «Ich habe mich nicht

wohl gefühlt», sagte er. «In der Nacht, in der Annie Chapman starb, fand ich mich oben in meinem Zimmer auf einem Stuhl wieder. Ich habe nicht die leiseste Ahnung, wie ich dort hingekommen oder wo ich gewesen bin.»

«Kennen Sie sich in Whitechapel aus, Sir?»

Gull schüttelte den Kopf. «Ich nicht, aber mein Kutscher, Netley.»

«Mögen Sie Weintrauben, Sir?»

Der große Leibarzt blickte Lestrade an. «Nun, ja. Warum fragen Sie?»

«Und Cashewnüsse?»

«Ich müßte etwas gegen diese Erkältung tun», sagte Gull dumpf. Er stand schwerfällig auf. «Seit geraumer Zeit bin ich nicht mehr ich selbst gewesen», sagte er. Er ging auf Lestrade zu und starrte ihn aus seinen dunklen, durchdringenden Augen an. «Lestrade, bin ich der Whitechapel-Mörder? Bin ich Jack the Ripper?»

Doch ehe Lestrade antworten konnte, erschien das Hausmädchen wieder. «Ich bitte um Verzeihung, Sir, Madame, ein paar Ärzte möchten Sir William sprechen.»

Lady Gull nahm Lestrade beim Arm. «Mr. Lestrade, es liegt auf der Hand, daß wir unsere Unterhaltung fortsetzen müssen. Gleichwohl möchte ich Sie fragen, ob Sie meinem Gatten gestatten würden, diese Männer zu empfangen? Es handelt sich um Kollegen meines Mannes. Ich habe sie um ihr Kommen gebeten. Es ist von größter Wichtigkeit, daß sie mit ihm sprechen.»

Lestrade zögerte eine lange, gefährliche Sekunde, dann gab er nach. «Ich werde morgen wiederkommen. Lady Gull, Sir William.»

Als er die Bibliothek verließ, marschierte ein Dutzend Männer in schwarzen Mänteln und Zylindern an ihm vorbei durch die Halle. Als Lady Gull herauskam, sah Lestrade, bevor die Tür sich schloß, daß die Gäste einer nach dem anderen die Knie über ihre Arme hängten, ehe sie Gulls Hand schüttelten. Er machte es ebenso.

Als Lestrade wie besprochen zu Nummer 74 Brook Street, Mayfair, zurückkehrte, fand er das Haus dunkel, die Läden geschlossen und verriegelt. Wütend über sich selbst, rannte er um das Haus herum, hämmerte wie ein Verrückter an jede Tür, die er finden konnte.

Schließlich erschien das Hausmädchen an der Terrassentür auf der Rückseite.

«Wo ist er?» herrschte Lestrade sie an. «Wo ist Sir William Gull?»

«Ach, Sir», schluchzte das Mädchen in seine Schürze, «er ist fort, Sir.»

«Das sehe ich», fauchte Lestrade. «Wohin?»

Sie deutete gen Himmel, und langsam begann es Lestrade zu dämmern. Er nahm das Mädchen bei den knochigen Schultern. «Was? Wollen Sie sagen, daß er tot ist?»

«Mausetot», sagte sie.

«Aber gestern war er quicklebendig. Kippte Brandy in sich hinein.»

«Ich weiß», schluchzte sie, «aber gleich nachdem diese Gentlemen gegangen waren, wurde er ganz komisch. Ein Schlaganfall war's. Er hatte letztes Jahr schon mal einen. Missus war so tapfer.»

«Wo ist Lady Gull?»

«Bei Freunden, Sir, bis zur Beerdigung.»

«Bei welchen Freunden? Wo?» Lestrade schüttelte sie.

«Bei meiner Seele, ich weiß es nicht, Sir. Missus hat's mir nicht gesagt. Ich sollte das Haus verschließen und heimgehen. Ich war gerade dabei, als Sie kamen. Was immer er getan hat, Sir, das ist jetzt alles vorbei, nicht wahr?»

Lestrade schob seinen Bowler in den Nacken und seufzte. «Nein, mein liebes Kind, das ist es bei weitem nicht.»

Wegen des Drucks auf die Metropolitan Police und die City Forces in diesem November weigerte sich Abberline, einen Copper zur Jagd auf einen Toten abzustellen. Davon überzeugt, daß Sir William Gull mitnichten mausetot sei, durchkämmte Lestrade die Londoner Leichenbestatter von *Jay's* bis zum *Seven Dials Emporium* und konnte nicht einen finden, der zugab, den Leibarzt oder sonst etwas Medizinisches aufgebahrt zu haben. Mehrere zeigten sich von Lestrades Pergamenthaut und seiner sauertöpfischen Miene jedoch beeindruckt; acht von ihnen überreichten ihm ihre Karte, falls er sie in naher Zukunft mal brauchen sollte, und zwei der Herren boten ihm eine Stellung an.

Auch die Friedhöfe und Kapellen halfen ihm nicht weiter. Er schwankte gefährlich auf der Holzverschalung über einer frischen, gähnenden Grube in Kensal Green, brachte eine Beerdigung in Highgate zum Stillstand, weil er darauf bestand, die Leiche zu inspizieren, und mußte erleben, daß man ihn in Abney Park in eine Gruft einsperrte, als der Friedhof geschlossen wurde. Im Lauf der Nacht wurde er zweimal an den alten Polizeiwitz erinnert: neben sich auf dem Grabsockel hörte er deutlich eine Stimme sagen: «Ziemlich kalt hier drin, was?» Er hielt es seiner Erschöpfung zugute.

Am folgenden Morgen stolperte er, nach der unvermeidlichen Auseinandersetzung mit dem Friedhofswärter, benommen in eine andere Richtung – nach King's Bench Walk im Temple, auf der Suche nach seinem anderen Verdächtigen, Mr. Druitt. Es war immerhin möglich, daß eine weitere Frau aus dem East End starb, wenn Gull wirklich tot und Lestrade zu falschen Schlußfolgerungen verführt worden war. Man mußte jeden Stein umdrehen. Aber Mr. Druitt war nicht da. Und andere Kollegen in seiner Kanzlei sagten ihm, Druitt habe sich seit geraumer Zeit nicht mehr blicken lassen. Er hätte die Angewohnheit, die Praxis seines Vetters Lionel in The Minories aufzusuchen – ob der Inspector daran gedacht hätte, es dort zu versuchen.

Im Herbst des Schreckens wurde das lebendige Gesicht der Stadt grauer und älter, als er nach Osten fuhr. Die Fröhlichkeit der Straßenhändler und Verkäufer klang ein wenig gedämpfter, leiser. Die Bobbies waren auf den Hauptstraßen von jeher zu zweit Streife gegangen, jetzt jedoch taten das auch die Werbeoffiziere, und die Huren hatten sich zu Grüppchen von drei oder vier Frauen zusammengeschlossen. Sogar die alte Blumenfrau, die Lestrade einen glückbringenden Busch Heide andrehen wollte, hatte in ihrem Korb einen Ziegelstein. Aus den Balkenüberschriften von *Standard* und *News* ertönte der Schrei der Presse nach Vergeltung und polizeilichen Maßnahmen. Angesichts der kalten Feindseligkeit schlug Lestrade den Kragen hoch und betätigte die Praxisglocke von Dr. Druitt. Es öffnete ein Mann, ein paar Jahre jünger als Lestrade, mit traurigen dunklen Augen, einem schmalen Schnurrbart und einem Mittelscheitel, nicht unähnlich der Photographie des Duke of Clarence, die man kürzlich vor Lestrades Augen zerschmettert

hatte. Und auch nicht unähnlich jenen Männern, die nach den Beschreibungen von Augenzeugen mit den Mordopfern nahe Buck's Row, Hanbury Street, Berners Street, Mitre Square und Dorset Street gesprochen hatten.
«Ich suche Dr. Druitt», log Lestrade.
«Tut mir leid, die Praxis ist geschlossen; ich bin Montague Druitt, der Vetter des Doktors. Vielleicht kann ich Ihnen helfen.»
«Ich bin Inspector Lestrade von Scotland Yard.»
«Ah, so.»
Lestrade bemerkte die Reaktion. «Ich untersuche die Whitechapel-Morde. Wir haben Grund zu glauben, daß Ihr Vetter darin verwikkelt sein könnte.»
«Lionel?» Druitt war sichtlich geschockt. «Ganz bestimmt nicht. Kann ich Ihnen irgend etwas anbieten, Inspector?»
«Nun...» Lestrade hätte mit allem vorliebgenommen.
«Eiskaffee?»
Er machte ein langes Gesicht. «Nein, danke», lehnte er ab. «Haben Sie Zugang zu den Instrumenten Ihres Vetters, Mr. Druitt?»
«O ja, es gab mal eine Zeit, als ich mit dem Gedanken spielte, Mediziner zu werden. Ich verbringe hier einen recht großen Teil meiner Zeit, Inspector.»
Mit flinken Bewegungen schloß er einen Laborschrank auf und zog einige mit schimmernden Stahlwerkzeugen gefüllte Schubladen heraus. Einige davon ließen Lestrade erblassen – sie hatte er vorher immer nur bei Abdeckern gesehen.
«Das ist sein Lieblingsmesser», lächelte Druitt und hob ein Messer mit einem Ebenholzgriff hoch.
«Einseitig geschliffen», murmelte Lestrade, «etwa ein Zoll breit.»
«Was?»
«Nichts. Sagen Sie, Mr. Druitt, wäre es nach Ihrer Kenntnis der Anatomie möglich, mit diesem Messer Knochen zu durchschneiden?»
«Nein. Dazu würden Sie wahrscheinlich eine Säge brauchen. So eine», er hielt eine in die Höhe, «oder, für eine kompliziertere Arbeit, diese hier», er zeigte Lestrade eine Art Laubsäge. Dann schloß er die Schubladen wieder. «Inspector, Sie verdächtigen Lionel doch nicht ernstlich?»

«Warum nicht?» Lestrade suchte nach einem Stuhl, um sich zu setzen.
«Er kennt die Gegend, er hat das Werkzeug und die nötige Ausbildung, um diese entsetzlichen Verstümmelungen auszuführen.»
«Aber diese Frauen waren... Unglückliche, Inspector. Was sollte Lionel mit ihnen zu schaffen haben?»
«Was ist, wenn es keine Unglücklichen sind, die er tötet, Mr. Druitt?»
«Ich kann Ihnen nicht folgen.»
«Was ist, wenn Ihr Vetter geistesgestört ist? Wenn es in seiner Vorstellung... wie soll ich es sagen?... seine Mutter ist, die er tötet? Oder die Ihre?»
Druitt wurde blaß und mußte sich an das Skelett lehnen, das unter seinem Gewicht klapperte.
«Meine Mutter?» flüsterte er. «Warum bringen Sie meine Mutter ins Spiel?»
«Oh, nur so.» Lestrade beobachtete Druitt scharf.
Druitt starrte ihn an. «Nur so. Das ist sehr geschickt, Mr. Lestrade. Sie wissen selbstverständlich, daß Lionel wirklich verrückt ist, nicht wahr?»
«Wirklich, Mr. Druitt? Könnten Sie mir das erläutern?»
Der gescheiterte Anwalt ließ sich in einen Sessel fallen, eben jenen, den Lestrade nicht hatte finden können. «Es sind die kleinen Dinge, die ihn verraten.»
«Zum Beispiel?»
«Zum Beispiel seine Telephongespräche aus der Praxis mit Freunden in Edinburgh.»
«In Edinburgh gibt's keine Telephone?» riet Lestrade.
Druitt schüttelte den Kopf. «In dieser Praxis gibt es kein Telephon», sagte er. «Dann ist da Australien.»
«Was ist damit?»
«Er möchte dort hingehen, Inspector. Können Sie sich ein deutlicheres Symptom von Geisteskrankheit vorstellen, Inspector, als das? Nein, ich fürchte, Vetter Lionel schlägt seiner Mutter nach.»
«*Seiner* Mutter?»
Druitt nickte vielsagend. «Meine Tante. Bevor sie starb, redete sie irre und beschuldigte ihn, Spring-Heeled Jack zu sein. Das arme Geschöpf begriff nicht, daß er in Wirklichkeit Jack the Ripper war.»

«Eigentlich beschuldige ich Ihren Vetter nicht, Mr. Druitt», sagte Lestrade.
«Oh? Aber ich dachte… na gut, egal. Würde es Ihnen helfen, Mr. Lestrade, wenn Sie einen Blick auf seinen Operationssaal werfen würden?»
«Danke, vielleicht.»
Druitt suchte in seiner Tasche nach dem Schlüssel. Dabei fiel eine schwarze Phiole heraus und rollte über den Teppich vor Lestrades Füße. Er bückte sich, hob sie auf und betrachtete sie ungläubig. «Was ist das, Mr. Druitt?»
«Ein Talisman», erhielt Lestrade zur Antwort. «Er enthält Schriftzüge…»
«…aus dem *Dharmasutra*», beendete Lestrade den Satz.
«Ja. Woher wissen Sie das?»
«Darf ich fragen, woher Sie den Talisman haben?»
«Gewiß. Er wurde mir von einem Sikh-Jungen geschenkt, dessen Lehrer ich einmal war.»
«Ein Schüler in Blackheath?»
«Sie sind bemerkenswert gut informiert, Inspector.» Druitt wurde zum ersten Mal argwöhnisch. «Überprüfen Sie immer so detailliert die Lebensumstände der Vettern Ihrer Verdächtigen?»
«Immer», schmunzelte Lestrade.
«Ich glaube, eigentlich besuchte Cherak Singh eine Schule in den Midlands, Northampton.»
«St. Rhadegund's?»
«Ja, ja, woher wissen Sie das?»
«Vielleicht könnten Sie mir etwas über Cherak Singh erzählen, Mr. Druitt.»
«Er und sein Bruder – ein etwa siebzehnjähriger Junge, glaube ich – machten letztes Jahr an einem Wochenende einen Besuch in London. Ich begegnete ihnen im Temple, und wir kamen ins Gespräch. Es stellte sich heraus, daß der junge Cherak ein wenig schwach in Geschichte war, also bot ich meine Hilfe an. Wenn Ferien in Rhadegund waren – ich kenne die Schule einigermaßen, da ich dort selbst einmal ein Semester lang unterrichtet habe –, mieteten sie sich im *Castle and Falcon* in Aldersgate Street ein, und jeden Tag, wenn ich hier war, nahmen wir uns die Meder und Perser vor.»
«Das wurde auch Zeit», murmelte Lestrade, dessen Kenntnisse in

der alten Geschichte kaum über Hammurabi hinausreichten. «Dort haben die Jungen also Rotwelsch gelernt», sagte Lestrade.
«Verzeihung, Inspector, kennen Sie die Singhs?»
«Ich kannte sie, Sir. Sie sind beide tot.»
«Tot? Wie ist das möglich?» stieß Druitt keuchend hervor.
«Einer der beiden wurde stranguliert. Der andere wahrscheinlich auch, aber das ließ sich nicht feststellen, weil die Leiche bis zur Unkenntlichkeit verbrannt war.»
Druitt schloß die Augen. «Mein Gott, wie ist das möglich? Ist die Welt verrückt geworden? Was ist in St. Rhadegund's passiert?»
Lestrade griff nach seinem Hut. «Ich glaube, Mr. Druitt, ich fange gerade an, dahinterzukommen.»

Leman Street gehörte nicht zu den Lieblingsrevieren Lestrades. Der diensthabende Sergeant der Nachmittagswache hatte einen Bernhardiner, der, als Vorleger getarnt, direkt hinter der Tür lag. Gegenüber allen Schurken, die über ihn stolperten, verhielt er sich friedlich. Polizisten in Zivil dagegen weckten den Wolf in ihm, und an diesem Novembernachmittag ging er in eindeutiger Weise auf Lestrade los.
«Wen wünschen Sie zu sprechen, Sir?» fragte der Sergeant, mit dem Untier kämpfend. «Platz, Phaedrus, Platz.»
«Inspector Wensley!» schrie Lestrade und suchte das Gebell des Ungeheuers zu übertönen.
«Es ist der Hut, Sir», brüllte der Sergeant, «nehmen Sie den Bowler ab, oder er wird Sie bei der Kehle packen. Phaedrus, laß den Gentleman los!» Die Stiefel des Sergeant hämmerten eine Tätowierung in die Flanken des Köters. «Wenn's Ihnen nichts ausmacht, Sir. Geben Sie ihm den Hut. Ich sorge dafür, daß die Jungens hier für einen neuen sammeln. Phaedrus! He!»
Der Hund gehorchte auf der Stelle, und Lestrade kreischte vor Schmerz. «Nicht seine Hacken, du verdammter Idiot!» schrie der Sergeant. «Phaedrus!»
Lestrade warf dem rasenden Raubtier seinen Bowler zu, das ihn mit seinem geifernden Maul schnappte und sich in eine Ecke zurückzog, wo es daranging, ihn mit der ganzen Manierlichkeit eines Gentleman zu verspeisen.

«Also, Sholto», sagte Wensley, der den Lärm gehört hatte und die Treppe herunterkam: «Nehmen Sie's dem Hund nicht übel, ist ein braver Kerl.»
Lestrade stolperte auf ihn zu, die Reste seines Fußes hinter sich herschleppend. Er rollte sein Hosenbein hoch.
«Keine Zeit für eine Logenversammlung, Sholto. Was wollen Sie?»
«Irgendwas Neues im Ripper-Fall?»
«Nein. Oh, eine Sache. Wußten Sie, daß Kenneth Stephens Brüder Räume im Temple hatten? Um genau zu sein, King's Bench Walk.»
«Nein», antwortete Lestrade, der wirklich darüber hinaus war, sich um Verwicklungen solcher Art zu scheren.
«Und noch etwas. Das hätten wir früher wissen sollen.»
«Was?»
«Catherine Eddowes war auch als Anne Kelly bekannt. Komisch, nicht wahr? Anne Kelly und Mary Kelly. Hört sich fast so an, als wären sie…»
«Das ist es!» Lestrade spielte mit dem Gedanken, Wensley an seine Brust zu drücken, doch dann dachte er daran, daß Phaedrus und Kenneth Stephen das falsch auffassen könnten. Der eine würde sich über die neuerliche Zurückweisung ärgern. Und vom anderen konnte man sich durchaus vorstellen, daß er ihn umbringen würde.
«Was?» Wensley war verwirrt. «Sholto, was meinen Sie?»
Aber der Inspector hatte sich auf den Weg nach Norden gemacht.

Zug der Ereignisse

Als er in die Tenter Street einbog, wurde es Lestrade unbehaglich zumute. Er gewahrte zwei Gestalten, groß, breitschultrig, makellos gekleidet, welche die Lücke vor ihm verengten und ihn zwangen, von der Whitechapel High Street nach links abzubiegen. Dann bemerkte er, daß sich hinter ihm eine weitere Gestalt befand. Die Zylinderhüte begannen auf den Barhäuptigen loszugehen, und gleich würde Lestrade sie bitten müssen, den Weg freizugeben. Wenn es Lusks Männer waren, würde er vielleicht mit einem blauen Auge davonkommen. Wenn es Rupasoblys Männer waren, vermutlich nicht.

«Mr. Lestrade?» Ein vierter Mann baute sich in den Schatten vor ihm auf und versperrte ihm den Weg.

«Wer will das wissen?» Lestrade konnte sich ebenso begriffsstutzig stellen, wie der erste beste, aber dieser hatte nun mal eine Pistole gespannt und bohrte sie ihm in die Nieren. Da er nicht den ausgesprochenen Wunsch hatte, daß diese Körperteile von Dr. Openshaw im Pathologischen Institut ans Licht gehalten wurden, sagte er: «Wenn das so ist, ja, der bin ich.»

«Hier entlang», sagte der Sprecher, und Lestrade wurde zu einem wartenden, in prachtvollem Schwarz schimmernden Landauer getrieben, der mit vier Braunen bespannt war. Als er ins Innere stolperte, bemerkte er die Gestalt, die bereits auf dem gegenüberliegenden Sitz Platz genommen hatte.

«Ihre geheimen Quellen, Mr. Holmes?» fragte er, als die Herren mit den Zylindern sich neben ihnen niederließen.

«Ich dachte zuerst, es seien die Ihren», erwiderte Holmes spitzbübisch, «aber dann wurde mir klar, daß sie keine Polizisten sein konnten. Dafür waren sie viel zu gut angezogen.»

«Was soll das hier bedeuten?» fragte Lestrade den Mann, der neben ihm saß, nachdem er sich zuerst vergewissert hatte, daß dieser seine Pistole weggesteckt hatte.

«Ich habe alles versucht, mein lieber Freund», meinte Holmes. «Sie antworten nicht.»

Lestrade achtete nicht auf ihn. «Hat Rupasobly Sie geschickt?»

Keine Antwort.

«Lusk?»

Nichts.

«Sie können es ruhig aufgeben, Lestrade. Soweit es Sie und mich betrifft, sind sie stumm. Das gibt mir reichlich Gelegenheit, Sie an die Tatsache zu erinnern, daß ich aufgrund Ihrer Empfehlung ein paar sehr unbehagliche Tage auf dem Revier in Bow Street zugebracht habe. Die Betten waren hart, die Laken verwanzt und die Frühstücke unbeschreiblich. Es erübrigt sich zu sagen, daß meine Trinkgelder klein waren.»

Lestrade hatte davon gehört, aber er wollte Holmes nicht noch mehr in Verlegenheit bringen.

«Tut mir leid», war alles, was er sagte, und dann machte er einen Satz zur Tür. Vier stämmige Arme packten ihn und rissen ihn zurück, während sein Kopf unter dem eisenharten Oberschenkel eines der Gentlemen landete.

«Das ist sinnlos, Lestrade. Zu dieser logischen Schlußfolgerung bin ich bereits vor vierzehn Minuten gelangt. Diese Gentlemen sind Ihnen vier zu eins überlegen. Unter diesen Voraussetzungen haben Sie keine Chance zu fliehen.»

Auf ein Zeichen des Sprechers ließen die zwei anderen Männer Lestrade los, und er richtete sich dankbar auf, renkte seinen Hals einigermaßen wieder ein und legte ein Bein über das andere. Holmes nahm gleichzeitig dieselbe Haltung ein, so daß ihre Knie zusammenprallten.

«Wir fahren nach Norden», schlußfolgerte der Große Detektiv.

«Gut», erwiderte Lestrade. «Da wollte ich sowieso hin.»

Der Rest war Schweigen.

Es war dunkel, als die schweißbedeckten Pferde den sanften Anstieg zu den Eight Bells nahmen. Unter dem Bogen von St. Etheldred's Church rasselten sie über das Pflaster, und die sechs Insassen der Kalesche taumelten, als der Kutscher die Zügel anzog. «Verzeihen Sie mir», sagte Lestrade, als er aus dem Wagen gezogen wurde, «ich habe kein Kleingeld.» Und er schüttelte seine Hosentaschen.

«Wirklich, Lestrade», stöhnte Holmes, «haben Sie denn kein Gespür für die Situation. Vergessen Sie nicht, wo Sie sind, Mann!»

Lestrade hatte keine Ahnung, wo er war. Soweit er sich erinnern konnte, war er in seinem Leben noch nie hier gewesen. Vor ihm lag – ein riesiges «E» bildend –, schwarz gegen den frostigen Nachthimmel, ein mächtiges elisabethanisches Haus, ein wenig verfallen und zur Hälfte mit Fachwerk versehen. Seine vielen Schornsteine und Türmchen wanden und schlängelten sich himmelwärts, und man hörte Hundegebell und den unverkennbaren Klang von Musik, der aus der mittleren Halle kam, deren hohe Fenster das Licht zahlreicher Kandelaber brachen.

«Ah», seufzte Holmes, «eine Gaillarde. Dowland, glaube ich.»

Lestrade hatte keinen Schimmer, wer der Architekt war. Ihn beunruhigte weit mehr, warum er überhaupt hier war.

«Sie müssen uns unsere Manieren verzeihen, Gentlemen», sagte der Sprecher. «Ich versichere Ihnen, wir haben unsere Gründe. Hier entlang.»

Lestrade folgte den Herren, die wie Leichenbestatter aussahen, durch eine niedrige Tür in einen mit einer Mauer umgebenen Garten. Dieser war vollkommen symmetrisch angelegt, und seine sauber geschnittenen Hecken bildeten ein Fischgrätmuster, das sich vor ihnen entfaltete.

«Welche Okulation!» Holmes war beeindruckt.

«Der Mann hat sich doch entschuldigt.» Lestrade war in diesen Dingen im ganzen genommen großzügiger.

Sie wurden in ein Vorzimmer geführt, und dann in eine Art Laboratorium. Retorten, Gestelle, Röhren und Flüssigkeiten in den verblüffendsten Farbschattierungen standen überall. Holmes war fasziniert, lief mit der Zunge schnalzend und vor Entzücken in die Hände klatschend herum, betastete, beschnüffelte alles und kicherte dabei vor sich hin.

«Germanium!» rief er.

Lestrade konnte nirgendwo eine Blume entdecken.

«Hier, Lestrade. Winklers Verfahren – das Eka-Silizium von Mendelejews Tisch.»

Für Lestrade war der Tisch nicht mehr als ein Möbelstück. Immer-

hin war Holmes so schlau, ihn als ein ungarisches Fabrikat zu erkennen.
«Und das hier.» Mit einem Riesensatz sprang er durch den Raum. «Wie sonderbar! Es ist Titanium, Lestrade. Die meisten Leute stellen sich vor, es sei selten, aber es gehört zu den acht Elementen, die in der Erdkruste am häufigsten vorkommen.»
Holmes war zweifellos verrückt, und, wie um es zu beweisen, zwinkerte eine rosaäugige Ratte aus einem nahen Käfig Lestrade zu.
«Gentlemen!»
Ein großer, leicht vornübergebeugter Mann mit einer Glatze und einem Vollbart stand am oberen Ende einer Steintreppe, die in eine Ecke des Raumes hinunterführte.
«Ist das nicht...?» flüsterte Lestrade Holmes zu.
«Erraten.» Holmes' große Nasenflügel bebten vor Stolz. «Robert Arthur Talbot Gascoyne-Cecil, Dritter Marquis of Salisbury. Ihr Premierminister... und der meine.» Er stand fast auf den Zehenspitzen.
«Mr. Holmes.» Salisbury stieg die Treppe hinunter. «Sie sind also der Große Detektiv?»
Holmes verbeugte sich, als zeige das Winklersche Verfahren plötzlich Wirkungen beträchtlichen Ausmaßes in seiner Lendengegend.
«Ich habe so viel von Ihnen gehört. Die *Studie in Scharlachrot* – besonders gelungen.»
«Ich fühle mich geehrt, Mylord.»
Salisbury hielt Holmes' Hand mit beiden Händen. «Danke Ihnen, danke, daß Sie gekommen sind... oh, und Sie, Lestrade.» Und er wandte sich einem Pult zu, jener Art, wie sie vor vierzig Jahren von Schreibern oder von Chemielehrern in Rhadegund Hall benutzt wurden.
«Bitte, Gentlemen, machen Sie es sich bequem. Nicht da, Lestrade.»
Der Inspector erblaßte, als er bemerkte, wie nahe er den Schneidezähnen der Ratte gekommen war. Er lehnte sich behutsam gegen ein mit Chemikalien gefülltes Gestell. Es kam ihm ausreichend stabil vor.
«Ich muß es kurz machen», sagte der große Mann. «Ich habe heute

abend viele Gäste im Hause. Vertreter der East Africa Company. Ihre Majestät haben geruht, ihnen Freibriefe zu gewähren. Wir haben so etwas wie eine Feier. Oh, einen Augenblick», er bückte sich, um seine Kleidung unterhalb des Knies zu richten, «mein Hosenband bringt mich um. Also, wo sind wir?»
«Aus London hergeschafft, auf ziemlich unhöfliche Art», erinnerte Lestrade.
«Ganz recht, Inspector. Und ich bitte um Verzeihung. Was ich Ihnen jetzt sagen werde, Gentlemen, ist von allergrößter Tragweite. Niemals darf eine Menschenseele davon erfahren. Und darauf muß ich Ihr Wort haben, bevor ich fortfahre. Mr. Holmes?»
«Sie haben mein Wort, Mylord», sagte Holmes feierlich.
«Lestrade?»
«Sir, ich habe eine andere Stellung als Mr. Holmes.»
«Das ist mir bewußt, Lestrade, aber ich muß Ihr Wort haben, Sir.»
Lestrade blickte auf die beiden. Er hielt sich hinter seinem Rücken selber die Daumen. «Mein Wort.» Er verbeugte sich.
«Gentlemen, Sie haben sich beide in jüngster Zeit mit den Morden in Whitechapel befaßt.»
Beide nickten.
«Wäre es zutreffend, Mr. Holmes, zu sagen, daß es sich bei einem Ihrer Hauptverdächtigen in dieser unglückseligen Geschichte um Sir William Gull handelt, Leibarzt Ihrer Majestät?»
Einen Augenblick lang hätte Lestrade schwören können, daß er auf Holmes' Gesicht den Ausdruck totaler Verblüffung sah. Es war ein Ausdruck, von dem Watson gesagt hätte, Holmes sei dazu unfähig. Seine Blicke wanderten hilflos zu Lestrade, ehe er sich zusammenriß und sagte: «Es könnte sein, Mylord.»
«Und Sie, Lestrade, haben, wie ich hörte, einen Besuch in Sir Williams Haus in Mayfair gemacht?» sagte Salisbury zum Inspector.
«Das stimmt, Sir.» Lestrade fühlte die Spitze, und er genoß sie.
«Und ich habe weiterhin gehört, daß während Ihrer Anwesenheit in dem Haus eine Anzahl von Sir Williams Kollegen eintraf.»
«Das stimmt.» Lestrades Augen verengten sich. Über dem Kopf des Premierministers hatte er eine Samtdecke bemerkt, die mit Gold bestickt war. Sie trug das Zeichen des Stechzirkels, das er in Gulls Bibliothek gesehen hatte.

«Was hielten Sie davon?» fragte ihn Salisbury.
«Es war eine Untersuchung, Mylord», sagte Lestrade. «Es waren zwölf Männer. Sie bildeten eine Jury, deren Aufgabe es war, ihn zum Tode zu verurteilen.»
«Wegen welcher Verbrechen?» fragte Salisbury.
«Wegen der Morde an fünf Frauen, begangen innerhalb und außerhalb des Bezirkes Whitechapel, zwischen August und November dieses Jahres.»
«Wo ist Ihr Beweis?»
«Er hat beinahe gestanden», erwiderte Lestrade.
Salisbury seufzte. «Ja, ich weiß.»
«Wo ist Sir William Gull, Mylord?» forschte Lestrade.
«Tot», bluffte der Premierminister.
«Dann haben ihn also diese Geschworenen sowohl schuldig gesprochen als auch hingerichtet?» fragte Lestrade.
Salisbury nickte bedächtig.
Lestrade schritt vor, wobei es ihm gelang, einer Retorte auszuweichen, nur um die nächste zu erwischen. «Ich glaube Ihnen nicht, Prime Minister.»
«Lestrade!» entrüstete sich Holmes, doch Salisbury winkte ab. So etwas hatten ihm Gladstone und Chamberlain schon ungezählte Male gesagt.
«Nun gut», sagte der alte Mann. «Zufällig, Inspector, haben Sie ganz recht. William Gull lebt noch. Zumindest körperlich.»
«Sie meinen...?» Es kam nicht oft vor, daß Holmes die Worte fehlten.
«Er ist verrückt, Mr. Holmes... Nervlich zerrüttet.»
«Wo ist er?» wollte Lestrade wissen.
«An einem sicheren Ort», sagte Salisbury. Er bemerkte, daß Lestrade einen Blick auf das Samttuch warf. «Ja, Mr. Lestrade, wir Freimaurer kümmern uns selbst um unsere Angelegenheiten.»
«Das wird nicht genügen, Lord Salisbury», sagte der Inspector.
«Warum nicht? Weil der Mann einen Ehrbegriff hat? Das ist die Quintessenz Englands, sein Lebensnerv.»
«Und was ist mit dem Lebensnerv von Mary Nicholls, Annie Chapman und den anderen?»
«Ist es Gerechtigkeit, die Sie wollen, Mr. Lestrade», fragte Salisbury herausfordernd, «oder ist es Rache?»

Lestrade zuckte die Achseln. «Vielleicht beides.»

«Mit Gull haben Sie den falschen Mann», sagte Salisbury, «und ich kann es beweisen.» Er läutete eine kleine Glocke auf dem Pult, und aus dem Nirgendwo erschien der Sprecher mit dem makellosen seidenen Zylinder.

«Erzählen Sie diesen Gentlemen, wer Sie sind», sagte Salisbury.

«Ich bin John Netley, Mylord, Kutscher bei Sir William Gull.»

«Und?»

«Privatsekretär von Mr. Henry Matthews.»

«Dem Innenminister?» Lestrades Kinnlade klappte herunter.

«Brillant, Inspector!» zischte Holmes.

«Berichten Sie über Sir William, Netley», sagte Salisbury.

«Sir William glaubt, er könne diese Unglücklichen getötet haben. Tatsächlich ist er an allen fünf Morden unschuldig.»

«Warum sollte ein Privatsekretär des Innenministeriums den Kutscher für den Leibarzt der Königin spielen?» Lestrade witterte Unrat, wie vielleicht auch die Ratte, die ihm vorhin zugeblinzelt hatte.

«Mylord?» Netley wandte sich Salisbury zu.

«Gentlemen. Wenngleich mir William Gull ein teurer Freund ist, stellt er gleichwohl nicht meine Hauptsorge dar. Diese Sache betrifft den Höchsten im Land.»

Während Lestrade sich fragte, wie wohl der Ben Nevis in das Ganze paßte, fuhr Salisbury fort: «Es geht um Seine Hoheit den Duke of Clarence.»

«Alte Schwuchtel», murmelte Holmes.

«Richtig.» Der Große Detektiv kam Salisbury zunehmend weniger beeindruckend vor. «Der Herzog ist ein unbesonnener junger Mann, der stürmischen Neigungen nachgibt. Ich muß Ihnen sagen, daß er einem Ladenmädchen begegnete, sich in die Frau verliebte... und sie *heiratete.*»

«Annie Crook», sagte Lestrade.

Dieses Mal zuckte Salisbury mit der Wimper. «Sie wissen davon?» keuchte er.

«Und sie und das Kind aus dieser Ehe, Alice, wurden von Sir William Gull aus Bedlam entführt. Ja, ich weiß. Nennen Sie mir einen Grund, Mylord, warum ich diesen Mann nicht verhaften sollte.»

«Er hat nichts getan», sagte Netley. «Er hat lediglich für die Überführung von Annie und ihrem Kind von einer Anstalt in eine andere gesorgt.»
«Warum?» fragte Lestrade.
«Das ist die übliche Praxis», warf Holmes ein.
«Wenn der Patient geistesgestört ist, ja», entgegnete Lestrade. «Wie stand es mit Annie Crook?»
Schweigen.
«Sie haben recht, Lestrade.» Der Kleinere Detektiv kam Salisbury zunehmend beeindruckender vor. «Sie ist nicht geistesgestört. Tiefbetrübt vielleicht. Sie mußte von Seiner Hoheit getrennt werden.»
«Wirklich?» fragte Lestrade.
Salisbury mochte von Lestrade beeindruckt sein, doch er machte ihn auch ärgerlich. «Natürlich!» donnerte er. «Ein Ladenmädchen, Lestrade! Und noch dazu eine Katholikin! Da hätte er ja gleich eine Lehrerin heiraten können! Der Mann ist der Erbe des Throns von England, vom Empire ganz zu schweigen. Der König von England darf kein anderes Bündnis kennen.»
«Also ließen Sie den verrückten Gull auf sie los? Und die anderen? Was ist mit ihnen?»
«Wie Netley Ihnen gesagt hat, Lestrade», erwiderte Salisbury, «er ist unschuldig.» Er stieg von seinem Hochsitz zu den Sterblichen herab. «In Wirklichkeit begann alles mit einem zwanglosen Schwätzchen. Sie sind doch gewiß mit der Geschichte von Henry II. und den Rittern vertraut?»
«Will mich denn niemand von diesem ungestümen Priester befreien?» fragte Holmes, als ob er und Salisbury sich an einem privaten historischen Witz erfreuten.
«Richtig. Seine Königliche Hoheit, der Prince of Wales, wußte natürlich von der Unbedachtheit seines älteren Sohnes, aber er wußte nicht, wie er die Situation meistern sollte. William Gull sagte ganz einfach: ‹Überlassen Sie das mir, Sir.›»
«Und was meinte er damit?»
Salisbury blickte Lestrade an. «Er schaffte Annie und ihr Kind fort. Vertraute sie Dr. McGregors Obhut in Bedlam an. Dann stellte sich heraus, daß sie eine Freundin hatte, die von der heimlichen Heirat wußte.»

«Wer war das?» fragte Lestrade.

«Ja nun, an diesem Punkt setzte eine gewisse Verwirrung ein. Annie weigerte sich, Gull den Namen zu nennen. Offenbar war sie die meiste Zeit in Tränen aufgelöst. Verständlich, wie ich meine... Wir dachten, ihr Name sei Polly.»

«Polly Nicholls und Polly Kelly», sagte Lestrade.

«Ganz recht», nickte Salisbury. «Aber die Verwirrung schuf eine neue. Wir dachten auch, ihr Name sei Kelly...»

«Catherine Eddowes alias Anne Kelly; und Mary Kelly», warf Lestrade ein.

«Trotzdem. Der arme Sir William konnte sich in einem solchen Durcheinander nicht zurechtfinden.»

«Also tötete er alle drei – und noch zwei Frauen obendrein», sagte Lestrade.

«Nein, er bestach Polly Nicholls, und dann starb sie. Als ich die Nachricht las und begriff, daß es dasselbe Mädchen war, nahm ich an, es sei wegen seines Geldes umgebracht worden. Sir William begab sich mehrere Male ins East End, um herauszufinden, wer das Geld gestohlen hatte und vor allem, ob Polly überhaupt die richtige Empfängerin gewesen war. Er war zu dem Schluß gekommen, daß er die falsche Polly gefunden hatte, und machte sich auf die Suche nach einem Mädchen namens Kelly...»

«Bei jedem dieser Besuche fuhr ich ihn», sagte Netley. «Seine geistige Verwirrung wurde schlimmer. Er konnte kaum die Tür seines eigenen Hauses finden, geschweige denn eine East-End-Hure in einem Meer von Huren. Für ihn sahen sie alle gleich aus. Mr. Lestrade, wenn mein Wort als Staatsdiener Ihnen überhaupt etwas bedeutet, glauben Sie mir, daß Dr. Gull niemanden getötet hat. Zumindest nicht außerhalb eines Krankenzimmers.»

«Und das blutbefleckte Hemd?»

«In der Nacht, in der Annie Chapman ermordet wurde, hatte er Nasenbluten. Wie gewöhnlich bin ich während unserer Nachforschungen die ganze Zeit bei ihm gewesen.»

«Er ist der loyalste Mann, Lestrade», sagte Salisbury. «Er hatte versprochen, seinem Prinzen zu helfen, und er tat sein Bestes.»

Lestrade blickte auf den Premierminister und seinen Staatsdiener. «Warum also mußten diese Frauen sterben? Sogar Lady Gull verdächtigte ihren Gatten.»

«Natürlich», erwiderte Salisbury. «Zog man die durch die Umstände bedingten Beweise gegen ihn in Betracht, sah es schlimm aus. Sie selbst waren dieser Ansicht. Lady Gull genießt inzwischen, ebenso wie Sie, unser Vertrauen. Es war grausam, ihr die Wahrheit nicht zu enthüllen, doch das Sicherheitsrisiko war immens. Das ist es noch immer. Was die Person betrifft, welche diese schäbigen Gassen mit gezücktem Messer durchschlich, habe ich wirklich nicht die geringste Ahnung, wer sie sein könnte. Gulls Kollegen, seine Logenbrüder, kamen an jenem Abend zu ihm, um ihn fortzuschaffen. Die arme Seele ist nicht mehr in der Lage, seinen Beruf als Arzt auszuüben. Trauriges Ende einer großen und hervorragenden Laufbahn.»
«Ich wiederhole, Lord Salisbury», beharrte Lestrade und blickte ihn ruhig an, «wo ist er?»
«Im Augenblick in Bedlam. Netley glaubt, daß er nicht mehr lange zu leben hat.»
«Er ist ein gebrochener Mann, Mr. Lestrade», sagte Netley, «aber er erkannte die Klugheit seiner Logenbrüder, und er weiß, daß es das Beste ist.»
«Wir hielten es für ratsam, seinen Tod vorzutäuschen», erklärte Salisbury. «Ein plötzlicher Schlaganfall – er hatte bereits einen erlitten. Es ist das Beste so, wirklich.»
Lestrade warf Holmes einen Blick zu. Während der letzten zehn Minuten hatte er ihn fast vergessen. Wunschdenken, natürlich.
«Gentlemen, ich bat Sie heimlich her, weil Sie beide, jeder auf einem anderen Weg, der Wahrheit nahegekommen waren.»
Die Detektive sahen einander an.
«Ich konnte nicht – und kann es weiterhin nicht – riskieren, daß diese Dinge in der Öffentlichkeit bekanntwerden. Würde durchsikkern, daß der Duke of Clarence diese unkluge Ehe geschlossen hat, wenn das Papsttum öffentlich mit dem englischen Thron in Verbindung gebracht würde…»
«Ja, gewiß, Mylord», sagte Holmes. «Es ist fast so, als wenn der Thronerbe eine geschiedene Amerikanerin geheiratet hätte…»
Salisbury wurde blaß und griff sich an die Brust. «Bitte, Mr. Holmes, ich bin nicht mehr der Jüngste», murmelte er.
«Ihr Geheimnis, Sir, ist bei uns sicher», sagte Holmes. «Ist es nicht so, Lestrade?»

«Äh … o ja», antwortete Lestrade finster, «natürlich.»
«Ich danke Ihnen, Gentlemen.» Salisbury schüttelte ihnen die Hand, und eine Träne stieg ihm ins Auge. «Gott segne Sie.»
Netley brachte sie hinaus, und eine Droschke fuhr sie zum Bahnhof.
«Wohin soll's denn gehen, Lestrade?» hielt Holmes ihn auf, als er in die entgegengesetzte Richtung ging.
«Ich habe einen Job zu Ende zu bringen, Mr. Holmes», sagte er, «in Rhadegund Hall.»
«Rhadegund?» Holmes grinste. «Lappalien, wirklich, Lestrade. Sollten Sie Watson sehen, schicken Sie ihn in die Baker Street, würden Sie so nett sein?»
«Zurück in den Ruhestand, Mr. Holmes», fragte Lestrade, «bis der nächste Fall ansteht?»
«Ruhestand?» Holmes trat dicht an ihn heran. «Mein lieber Freund, Sie haben doch wohl nicht geschluckt, was man Ihnen in Hatfield House aufgetischt hat?»
«Was denn?»
«Kommen Sie, kommen Sie, Mann. Das sieht doch ein Blinder. Gull ist der Ripper. Er tötet die Huren mit seiner beträchtlichen chirurgischen Geschicklichkeit. Netley kutschiert ihn zu den Schauplätzen der Verbrechen und bringt ihn zurück; das ist der Grund, warum Ihre Burschen – von Lusks ganz zu schweigen – keine blutbefleckte Gestalt entdecken können, die heimgeht. Und sie brauchten natürlich jemanden, der Schmiere stand.»
«Wen?»
«Salisbury.»
«Salisbury?» Lestrade war völlig verblüfft.
«Und dieses unheilige Trio schlägt wieder zu, Lestrade, glauben Sie mir. Bis zum Ende der Woche wird es einen neuen Mord geben. Nur dieses Mal werde ich dort sein.»
«Natürlich», gab Lestrade ein wenig einfältig zur Antwort und wandte sich unerbittlich ab.
«Sie haben sich natürlich durch dieses ganze chauvinistische Gewäsch über England hinters Licht führen lassen. Ich nicht. Clarence und ein Ladenmädchen heiraten! Absurd! Es ist dünn, Lestrade, aber Sie sind drauf reingefallen. Wie Salisbury vorausgesehen hatte. Zum Glück sind ein paar von uns aus anderem Holz geschnitzt. Auf Wiedersehen.»

Und die Detektive trennten sich, nicht zum ersten und nicht zum letzten Mal in ihren Karrieren.

Es lag eine merkwürdige Spannung über Rhadegund Hall, als Lestrade früh an diesem Morgen dort eintraf. Er spielte mit dem Gedanken, sich von Sergeant George detailliert berichten zu lassen, was Saunders-Foote zugestoßen war, doch dann glaubte er fast, es zu wissen. Das Telegramm war kurz und knapp gewesen, wenn auch kaum ein Schock. Doch der Verlust an Menschenleben war schlimmer. Maggie Hollis, Anthony Denton, Major Bracegirdle, Adelstrop, Charles Mercer und die Singhs – alle ruhten sie jetzt neben dem onkelhaften, weinerlichen Griechischlehrer.
In einer Hofecke sah Lestrade den Umriß eines Mannes, den er kannte. «Watson.»
«Huh!» Der gute Doktor sprang jäh aus seiner dösenden Haltung auf.
«Lestrade, Sie hätten meinen Koronargefäßen den Rest geben können!»
«Dazu hatte ich keine Zeit», erklärte der Inspector. «Ich bin in Eile. Was treiben Sie hier?»
Watson preßte sich flach an die Glyzine und deutete aufgeregt nach oben. «Gainsborough», flüsterte er. «Er ist unser Mann!»
«Ja? Woher wissen Sie das?»
«Wissen Sie, an dem Morgen, als man Bracegirdle fand, war er draußen auf einem Spaziergang.»
«Das weiß ich.»
«Und Saunders-Foote... ach ja, natürlich. Sie waren ja nicht hier.»
«George benachrichtigte mich. Was hat Gainsborough damit zu tun?»
«Saunders-Foote wurde am frühen Morgen stranguliert auf einem kleinen Hügel gefunden. Zur Zeit von Gainsboroughs Verdauungsspaziergang.»
«Und das Motiv?» wollte Lestrade wissen.
«Wie? Nun ja... Haben Sie irgendwas von Holmes gehört?»
«Das habe ich in der Tat. Er läßt sich empfehlen und bittet Sie, nach Baker Street zurückzukehren.»

«Was? Jetzt? Aber ich kann nicht. Das Spiel ist in vollem Gang.»
«Ich könnte mir vorstellen, daß Mr. Holmes bei einem noch größeren Spiel mitmischen möchte.»
«Lestrade, wohin gehen Sie? Ich bin schon die ganze Nacht hier. Ich hätte gegen ein bißchen Hilfe nichts einzuwenden.»
«Das glaube ich Ihnen gern, Doktor, aber bedauerlicherweise muß ich einen Mörder fangen.»
«Äh ... ich ...» Und Lestrade verließ Watson, der sich mit einer verzweifelten Gebärde der Glyzine zuwandte.
Am oberen Ende der Treppen wandte sich der Inspector nach links. Er klopfte leise an. Nichts rührte sich. Im flackernden Licht der Gaslampe warf er einen Blick auf seine Uhr. Jetzt, da Mercer nicht mehr da war, wurde an nichts gespart, fiel ihm auf. Er seufzte und wandte sich zum Gehen. Es war spät. Vielleicht zu spät.
«Sholto?» Madeleine erschien verschlafen im Türrahmen. «Bist du's?»
«Es ist spät», sagte er. «Ich wollte dich nicht stören.»
«Hast du nicht», erwiderte sie. «Willst du nicht reinkommen?»
Er lächelte und trat auf sie zu, dann sah er den schwarzen Sergemantel und den Bowler auf dem Sofa liegen. Es waren der Mantel und der Hut von Sergeant George. «Nein», sagte er, «ich kam bloß vorbei, um Lebewohl zu sagen.»
«Lebewohl?» Sie griff mit einer schnellen, impulsiven Geste nach seiner Hand.
«Meine Arbeit hier ist beendet.»
«Werde ich ... dich wiedersehen?» fragte sie.
Er zuckte lächelnd die Achseln. «Wer weiß. Paß auf dich auf, ja?»
Sie nickte, und ihre Augen waren größer und feuchter, als er sie in Erinnerung hatte. Er starrte sie eine lange, lange Sekunde an, dann wandte er sich zum Gehen. «Oh, da fällt mir ein. Solltest du Sergeant George sehen, sage ihm, ich möchte ihn und die Constables im Yard sehen. Wenn sie hier fertig sind.»
Er lächelte noch einmal.
«Ja, Sholto», flüsterte sie, «ich werd's ihm sagen ... wenn ich ihn sehe.»

Er überquerte den größeren Hof, vorbei an dem Gerippe der Bibliothek, wo man Cherak Singh, den Jüngeren, gefunden hatte. Er hörte die Stockenten auf dem See, wo Cherak Singh, der Ältere, gestorben war. Und er war schon auf der unteren Treppe, unter den Adlerblikken staubiger Direktoren und vergoldeten Namen, als er ihn erblickte. Mit Barett und gebauschtem Talar schritt er kraftvoll zur Rhadegund-Kutsche unten im Hof. Doch es saß kein Carman auf dem Bock. Er sprang selber hinauf und gab den Pferden die Peitsche.
Lestrade eilte die Treppe hinab, daß sein Donegal flatterte. Am Fuß prallte er gegen die Mauer, schürfte sich die Haut an der Wange auf, doch er rannte blindlings weiter, bis er der Länge nach auf den Pflastersteinen landete, die im Nebel, der im November über Northamptonshire aufstieg, feucht waren. Während er sich wünschte, die Beine von Ovett und die Lunge von Bracegirdle zu haben, warf er den Donegal weg, riß die Krawatte ab und rannte mit gleichmäßigen federnden Schritten durch den Bogengang und die Auffahrt entlang. Am Tor blieb er stehen, um seinem hämmernden Herzen Zeit zu geben, den Rest seines Körpers einzuholen. Und der Bahnhof war fast eine Meile entfernt. Er hatte keine Wahl. Er konnte es nicht riskieren, ihn jetzt zu verlieren.
Diese Meile schien fünfzig Meilen lang zu sein. Lestrade versuchte, seinen Kopf in einen leeren Raum zu verwandeln, eine Aufgabe, die ihm leichter fiel als manchen anderen. Irgendwie mußte er seine Gedanken von seinen gequälten Lungen und den nutzlosen Bleiklumpen ablenken, die auf die Straße hämmerten. Er bog von der Straße ab und lief aufwärts durch den Wald, wo Dornengesträuch ihn festhielt und junge Bäume zurückfederten. Wie ein Mann, der ein Spießrutenlaufen hinter sich hat, taumelte er auf den Bahnsteig, wo er schliddernd zum Stehen kam, so daß seine genagelten Stiefel in der Dunkelheit Funken schlugen. Er kam gerade rechtzeitig, um den letzten Waggon des Zuges in südlicher Richtung verschwinden zu sehen.
«He!» Ein Eisenbahner winkte ihm zu. «Sie müssen hier 'ne Fahrkarte kaufen, Meister!»
«Wann geht der nächste Zug?» japste Lestrade.
Der Eisenbahner blickte auf seine Uhr und schüttelte den Kopf. «Erst um halb elf», sagte er. «Aber er fährt nicht von hier ab.»

Lestrade ließ den Idioten stehen und hörte ihn rufen: «Aber wir kommen dort hin.»

Er schlidderte auf den Vorplatz und stieß mit der Flanke des Rhadegund-Ponys zusammen.

«Sie da!» rief er einer Gestalt zu, die auf einem Stapel von Fässern döste. «Der Mann, der mit dieser Kutsche gekommen ist, hat er den Zug erwischt?»

«Wie soll ich das wissen?» bekam er zur Antwort. «Ich arbeite hier bloß.»

Lestrade kletterte auf den Bock und betätigte die Peitsche. In bezug auf das Laufbrett eines Einspänners hatte er etwa so viel Sachkenntnis wie ein griechischer Prinz, doch er tat sein Bestes. Dem Tier die Peitsche gebend, sauste er durch die einsetzende Morgendämmerung, vorbei an den Ausläufern des großen mittelalterlichen Forstes von Rockingham. Daß er bei Geddington Quenn Eleanor's Cross knapp verfehlte, würde er nie erfahren, doch in Benefield schonte er die Peitsche, damit der schlafende Oundle vom Widerhall des Rhadegund-Skandals nicht geweckt wurde.

Am Bahnhof von Thorpe rasselte Lestrade gegen einen Sperrpfosten mitten auf der Straße und sah den Zug nur noch abfahren. Sich mit den Fingernägeln festklammernd, rannte der zerbeulte Inspector glatt einen Polizisten über den Haufen. Glücklicherweise schlief der Mann gerade und merkte nichts. Lestrade fragte sich flüchtig, ob es Sergeant Thicke gewesen war, der sich mal wieder verkleidet hatte.

Als die graue Dämmerung einsetzte, wendeten sich die Dinge für Lestrade endlich zum Guten. Vor ihm gähnte der Killington-Tunnel, gute anderthalb Meilen lang, und die Signale der LNER hatten den Zug zum Halten gezwungen. Lestrade brachte den Einspänner zum Stehen und ließ dankbar die Zügel fallen, die in seinen Handflächen große Schwielen hinterlassen hatten. Er krabbelte den Abhang hinauf, glitt auf dem Geröll der Böschung aus und mußte einen Hieb von einem hingestreckten Schläfer einstecken. Der Landstreicher murmelte etwas in der Landessprache und drehte sich um, an seiner leeren Flasche nuckelnd.

Lestrade tauchte in die totale Dunkelheit des Tunnels und hüpfte immer wieder aufs neue in die Höhe, um in die Abteile zu spähen. Jene Fahrgäste, die wach waren und die Rouleaus hochgezogen hatten, machten Bemerkungen über den entsprungenen Irren, der an die Scheiben klopfte und blöde gestikulierte. Was unternahm eigentlich die Polizei dagegen? Und wann würde der Zug endlich weiterfahren?

Der Inspector fand ein Abteil mit geschlossenen Rouleaus. Er zerrte am Handgriff und hörte sogleich einen Schrei.

«Bitte vielmals um Verzeihung, Madame.» Er griff nach seinem Bowler, begriff, daß er hutlos war, und zog statt dessen an seiner Stirnlocke. Schrilles Pfeifen gellte durch den Tunnel, und die dampfende, schnaufende Maschine fing stoßweise an, in Schwung zu kommen. Irgendwo weit vorn wurde eine Laterne geschwenkt, und Lestrade sprang zur erstbesten Abteiltür hinauf und stieg ein. Er würde bis zum nächsten Bahnhof warten müssen, um seinen Mann zu finden.

«Hallo, Lestrade, was führt Sie her?»

Der Yard-Mann, noch völlig außer Atem, blinzelte. Langsam stellten sich seine Augen auf das Halbdunkel ein, und sein Blut gefror. «Dr. Nails.» Dieses Barett und diesen Schnurrbart, die sich als Schattenriß vor dem Fenster abhoben, hätte er überall erkannt. «Was für ein Zufall.»

«Sie waren also der Idiot im Rhadegund-Einspänner? Ich erhaschte im offenen Gelände ein- oder zweimal einen Blick auf den alten Jem. Ich kannte seine Zeichnung wieder und diese sonderbare Gangart. Natürlich erkannte ich auch das Pferd wieder.»

«Es gibt da ein paar andere Vorgänge, an denen ich mehr interessiert bin», sagte Lestrade, «und ich glaube, Sie können mir dabei helfen.»

«Warum ich?» bellte Nails. «Warum immer ich?»

«Am Anfang war es ein bißchen zu offensichtlich», begann Lestrade. «Das Bergsteigerseil. Sie waren bereit, dieses Risiko einzugehen, weil es sich um eine weitverbreitete Art von Seil handelte. Unglücklicherweise führte mich Charles Mercer in seiner Arglosigkeit auf Ihre Spur. Sie kletterten im Himalaja. Sie waren mit den indischen Bräuchen vertraut.»

«Ach, ja, die Thugs. Das stimmt in der Tat.»

«Sie waren es, der die Pforten der Schule für Dunkelhäutige öffnete – die Gebrüder Singh. Als Direktor hatten Sie Zugang zur Wäscherei, zum Ehrendegen, zum Bootshaus, zu allen Winkeln.»

«Ganz recht», grinste Nails.

«Sie legten auch eine ganze Reihe falscher Spuren. Sie entkleideten den älteren Singh, weil Sie wußten, daß Carstairs und Channing-Lover ihn finden würden. Sie hofften, ich würde annehmen, daß die beiden darin verwickelt seien.»

«Ach ja», sinnierte Nails, «die Liebe, die ihren Namen nicht zu nennen wagt.»

«Sie hofften außerdem, mich dadurch zu verwirren, indem Sie für die Morde drei verschiedene Methoden wählten. Das Thug-Seil. Wasser. Und Feuer. Alle drei waren vielleicht dazu bestimmt, mich glauben zu machen, es gebe in Rhadegund mehr als einen Mörder.»

Nails lachte. «Mord verbirgt sich in jedermanns Herz, Lestrade. Und an einem Ort wie Rhadegund, einem heißen Kessel voll von Leidenschaften, Eifersucht und Stolz... hätten Sie vierhundert Mörder haben können. Schlau von Ihnen, die Zahl immer mehr einzugrenzen, bis meine Wenigkeit übrigblieb.»

«Ehe der Zug weiterfährt, Dr. Nails», sagte Lestrade, «würde es Ihnen etwas ausmachen, mir zu sagen, warum?»

«Na, na, Lestrade», schalt ihn Nails, wie nur er es konnte. «Die Besten von Scotland Yard und Sie haben es nicht geahnt! Weitermachen, wie ich meinen Jungen immer sage, wenn sie sich zum erstenmal zaghaft mit Livius befassen, frisch drauflos, Mann! Die Toten beißen nicht.»

«Es war einer meiner Freunde, der Sie ins Verderben stürzte», fuhr Lestrade fort. «Wir arbeiteten an einem völlig anderen Fall, und er machte mich darauf aufmerksam, daß zwei der Opfer denselben Namen trugen. Im Kopf des Mörders, verstehen Sie, gab es eine ziemliche Verwirrung. Das war es, was mich lange Zeit durcheinanderbrachte. Ich versuchte herauszubekommen, was Ihre Opfer gemeinsam hatten, außer daß sie alle in Rhadegund Hall gewohnt hatten. Dann ging mir ein Licht auf: nichts. Sie wollten nur eine einzige Person töten. Und diese Person war Cherak Singh, der Jüngere. Die anderen dienten bloß der Tarnung.» Abermals hörte man Pfeifen von der Spitze des Zuges, und er begann zu beben und zu rucken und setzte sich in Bewegung. «Es war natürlich schlau von Ihnen, nicht mit Singh anzufangen. Hätte man Sie nach dem Tod von Maggie Hollis entdeckt, wäre Singh am Leben geblieben. Die

anderen natürlich auch. Und welches Geheimnis auch immer Singh hütete, es wäre ans Tageslicht gekommen.»
Nails kicherte wiederum, während der Zug an Fahrt gewann. «Und warum wollte ich nach Ihrer Meinung, daß der junge Singh sterben sollte? Teilte ich Bracegirdles Haß auf die kleinen Nigger wegen ihrer Greueltaten in Chilianwala und Cawnpore?»
«Nein», gab Lestrade zur Antwort. «Es handelt sich ganz und gar um etwas Persönliches. Und es hat mit Mrs. Payne zu tun, Ihrer Geliebten. Die Oberschwester hat mir da weitergeholfen...»
«Dessen bin ich sicher.» Die in Dunkel gehüllten Gesichtszüge verrieten ein Grinsen.
«Nur, daß es nicht Balham war, oder? Es war Whitechapel.»
«Nein, es war nicht Balham, Lestrade. Und was den jungen Singh betrifft, haben Sie völlig recht. Der kleine, schwarze Bastard erpreßte mich. Er hatte ein Talent, unheimliche Briefe zu schreiben.»
«Ich weiß; ich habe einen davon gelesen.»
«Aber Balham war nicht der einzige Fehler, den Sie begingen. Sie machten noch zwei weitere...»
«Oh, und welche, Dr. Nails?»
Der Waggon glitt in das Licht eines grauen Morgens, und Lestrade kniff die Augen zusammen, als der Himmel wieder strahlte. Er saß mit offenem Mund da, als der Direktor seinen Schnurrbart abzog und sein Barett auf Lestrades Sitz warf.
«Dies ist Ihr erster», sagte er. Die Stimme hatte sich verändert.
«Mercer?» Lestrade legte den Kopf schief, um sich zu vergewissern, daß er nicht träumte.
«Der Quästor», sagte Mercer. «Zu Ihren Diensten. Mützengröße, Junge?»
Lestrade saß wie angenagelt da.
«Was ist los, Lestrade? Haben sich wieder mal geirrt, nicht wahr? Pfui! Wenn ich Nails wäre, würde ich Sie dafür durchprügeln. Sie spielten auf jedem Schritt des Weges das Blatt, das ich Ihnen zuteilte, wissen Sie. Ja, ich habe den Direktor reingelegt in der Hoffnung, daß Sie ihn rascher verdächtigen würden. Das Kletterseil, die Bemerkung über den Himalaja. Was Ihnen natürlich entging, war die Entgegnung des lieben, alten Theophilus, ich kenne den Himalaja ebenfalls. Ich hoffte inständig, daß Sie seine Worte überhören

würden. Sie taten es. Und als Quästor hatte ich alle Schlüssel, die ich brauchte – Zugang zur Wäscherei, dem Ehrendegen, dem Bootshaus. In der Verwirrung, die beim Brand der Bibliothek herrschte, hätte jeder sich davonstehlen und Bracegirdle folgen können. Zugegeben, ich mußte ein wenig rennen, um ihn einzuholen. Sie hätten seinen Gesichtsausdruck sehen sollen, als ich ihn aufspießte.»

Lestrade hatte sich nicht bewegt.

Mercer kicherte. «Eigentlich war keiner der Morde schwierig. Maggie Hollis habe ich natürlich in der Seifenlauge ertränkt. Gegen das Wasser *und* die Schlinge hatte sie keine Chance. Anthony Dentons Hände waren voll von anderen Dingen, als ich ihn erwischte. Für diesen Mord brauchte ich nicht mal eine Schlinge. Seine Brillenkette war ideal.»

«Was war mit dem älteren Singh?»

«Ich sandte ihm eine Nachricht, er möge mich im Bootshaus treffen. Solche Verabredungen waren üblich, Lestrade. Singh war Maggie Hollis' Liebhaber. Ich wußte das, und ich gab vor, ein Mitglied ihrer Familie zu sein und Informationen über ihren Tod zu besitzen. Die hatte ich ja. Schließlich hatte ich sie umgebracht. Die Thug-Schlinge, besonders in der Dunkelheit, ist für einen Sikh genau das Richtige. Die Schüler der Kali haben das in Indien tausende Male bewiesen. Es machte mir am meisten Freude, Sie auf falsche Spuren zu führen. Der Hinweis auf unerlaubte Beziehungen zwischen Denton und Saunders-Foote, das muskelbewehrte Christentum Spooners. Um ein offenkundiges Schwein wie Hardman in die Sache hineinzuziehen, brauchte ich gar nichts zu tun. Und Nails' Brutalität sprach natürlich für sich selbst.»

«Und das von Ihnen, einem früheren Staatsbeamten.» Lestrade schüttelte den Kopf.

«Ach, ja», lächelte Mercer. «Aber ich war im Staatsdienst in *Indien*. Daher habe ich meine Ausbildung. Das Bedürfnis nach unbedingter Verantwortlichkeit, Präzision bis ins letzte Detail. Die Kleider des älteren Singh legte ich sogar in den Stapel für den Wiederverkauf zurück», lächelte er. «Ich möchte wissen, ob der unglückliche Dollery ahnt, wessen Blazer er trägt.»

«Da wir gerade von Blazern sprechen», fuhr Lestrade fort, «Ihr eigener ‹Tod› war schlau eingefädelt.»

«Wenngleich ein hartes Stück Arbeit», seufzte Mercer und lehnte sich zurück. «Ich mußte nicht nur den alten Adelstrop wieder ausbuddeln – nicht gerade die leichteste und angenehmste Aufgabe –, sondern ich mußte ihm auch den Bart abrasieren, vorsichtshalber. Ich wußte, daß seine Augen verschwinden und sein Gesicht unkenntlich werden würde, aber Bartstoppeln können hartnäckig sein, oder?» Er blickte ein wenig angewidert zu den grauen Schatten auf Lestrades Pergamentgesicht hinüber. «Sein Holzbein war natürlich kein Problem. Ich wußte, daß es zusammen mit dem echten Bein verbrennen würde. Das Schlimmste war, ihn oben auf das Freudenfeuer zu befördern. Die Strohpuppe mußte ich im Holzstoß verstekken. Als alles getan war, beobachtete ich die ganze Sache natürlich aus sicherer Entfernung. Prächtiges Schauspiel, wie?»

«Aber das war vor etwa drei Wochen», sagte Lestrade. «Sind Sie die ganze Zeit in Rhadegund gewesen?»

«Mit Ruffage und seinen Präfekten hatte ich nicht gerechnet. Er wird es weit bringen, dieser Bursche, merken Sie sich meine Worte! Sie hatten um das Anwesen einen ziemlich dichten Ring gebildet. Dann waren da noch Hardman und die Hauspräfekten, ganz zu schweigen von den drei Trampeltieren, die Sie zurückgelassen hatten.»

«Und natürlich Captain Wilson», erinnerte Lestrade.

«Wer? Sie erinnern sich vielleicht an unsere erste Begegnung, Lestrade. Der junge Singh betrat mein Büro durch eine Tür in der Täfelung. In Rhadegund wimmelt es natürlich von solchen geheimen Türen und Gängen. Das Gebäude ist ein richtiger Fuchsbau. Ich brauchte dort nur abzuwarten und durch die Gänge zur Küche zu kriechen. Dafür, daß ich mich drei Wochen von Käse und Dörrpflaumen ernährt habe, bin ich wirklich gut bei Kräften. Die Köchin muß mit ihren Fallen riesigen Spaß gehabt haben, aber um mich zu erwischen, hätte sie sich etwas ganz anderes ausdenken müssen.»

«Warum Saunders-Foote?» fragte Lestrade. «Gewiß, wir waren alle davon überzeugt, daß Sie tot waren...»

«Nennen Sie es Prahlerei, wenn Sie wollen. Ich konnte mir nicht vorstellen, daß man einen toten Mann als Mörder verfolgen würde. Das Risiko reizte mich. Wie auch immer, eigentlich habe ich ihm einen Gefallen getan. Saunders-Foote hat den jungen Denton aufrichtig geliebt. Er war ein netter, alter Bursche. Er hat nicht über Gebühr leiden müssen.»

«Und heute nacht... gestern nacht... bot sich Ihnen also die erste Chance zu fliehen.»
«Es kam mir in den Sinn, daß die einzige Möglichkeit darin bestand, mich als eine andere Person auszugeben. Wer war besser geeignet als Nails? Sein kräftiger Gang, sein großspuriges Auftreten, die dröhnende Stimme. Alle Jungen können ihn nachmachen. Warum nicht auch ich? Alles, was ich brauchte, waren der Talar und das Barett, und die gibt es in Rhadegund haufenweise. Ich gebe zu, der Schnurrbart war ein bißchen übertrieben, aber er erfüllte seinen Zweck. Auch Sie hat er getäuscht.»
Das mußte Lestrade zugeben. «Und Balham?» fragte er.
«Ach, ja. Balham. In diesem Punkt hatten Sie natürlich recht. Es war Whitechapel. Ich gestehe, daß ich vom kleinen Sündenfall des lieben Direktors in diesem Bezirk nichts wußte. Aber andererseits, vermute ich, war die Oberschwester, wie mir scheint, mir gegenüber weniger mitteilsam als Ihnen.»
«Wie das Leben spielt», bemerkte Lestrade, der jetzt leicht schwankte, als der Zug die Höchstgeschwindigkeit erreichte.
«Cherak Singh erpreßte mich tatsächlich. Und das schreckliche Geheimnis? Wissen Sie, nach allem, was geschehen ist, erscheint es jetzt nicht so schrecklich. War es Zufall oder Schicksal, wodurch der kleine Sikh in jener verhängnisvollen Nacht in jenen Yard geführt wurde?»
«Yard? Nacht?» Lestrade verstand kein Wort.
«Es war George Yard, und es war die Nacht des siebten August.»
Lestrade runzelte die Augenbrauen. «Martha Tabram!» rief er.
Mercer nickte. «Martha», sagte er.
«Lees hatte also recht», murmelte Lestrade.
«Wer?»
«Ein Hellseher, den ich kenne», erklärte Lestrade. «Als ich ihm ein Stück von Martha Tabrams Kleid gab, sagte er... wie war das noch?... ‹Ich sehe Jungen. Ein Seil. Einen Talar.› Und er sagte, der Mörder sei mir bekannt.»
«Na, das war keine große Hilfe, wie?»
«Er sagte noch etwas anderes», fiel Lestrade ein. «Er sagte den Namen ‹Edmund›.»
Mercer lehnte sich zurück, während die grünen Felder vorbeiflogen und der Zug über die Nahtstellen der Gleise schlingerte.

«Oh, Lestrade, Lestrade. Sie haben das alles wirklich nicht kapiert, überhaupt nicht. Es ist wirklich zum Lachen. Als Sie zum ersten Mal nach Rhadegund kamen, sprach ich mit Spooner. Er ist ein geschwätziger Bursche, wenn man es versteht, ihn in Fahrt zu bringen. Er erzählte mir, warum Sie gekommen waren – um den Tod von Edmund Gurney zu untersuchen. Ich dachte, mich träfe der Schlag, als mir klar wurde, daß Spooner mit ihm befreundet war.»
«Sie kannten Gurney ebenfalls?»
«Indirekt. Sehen Sie, Lestrade. Martha Tabram war nicht ihr richtiger Name. Sie hieß früher Martha Mercer.»
Bei Lestrade, so erschöpft er war, fiel der Groschen.
«Ihre Frau? Die Sie verlassen hat?»
Zum ersten Mal auf dieser Fahrt verschwand Mercers Lächeln. «Ja, sie verließ mich, Lestrade. Oh, wir waren mal glücklich, in Indien. Dann fing das mit dem Kokettieren an. Mit meinen Kollegen, mit Offizieren der dortigen Garnison. Man erzählte sich, daß sie sich sogar mit den indischen Wasserträgern des Regiments einlasse... Stellen Sie sich die Schande vor, Lestrade. Meine Frau war willens, mit Eingeborenen zu schlafen. Wir hatten eine Auseinandersetzung – eine Reihe von Auseinandersetzungen –, und sie ging fort. Für immer. Ich hörte, sie sei nach Hause zurückgekehrt, nach London, und ich folgte ihr. Ich bekam heraus, daß sie mit einem Mann namens Gurney zusammenlebte, einem Spiritisten und Philosophen. Ich suchte sie auf, versuchte, ihr gut zuzureden, bat sie zurückzukommen. Sie floh vor mir, Lestrade, und vor Gurney. Monatelang suchte ich sie. Wann immer ich mich in Rhadegund freimachen konnte, suchte ich sie. Immer suchte ich im Süden, immer durchkämmte ich die Hotels.»
«Und Sie fanden sie wieder?»
«Ja, ich fand sie. Die Hotels wurden schäbiger und schäbiger, als sie nach Osten zog. Ich erkannte, daß Gurney ebenfalls nach ihr suchte. Er muß sie geliebt haben, Lestrade. Ist das nicht voller Ironie?»
«Ironie?»
«Daß ich sie als erster fand. In George Yard in der Nacht des siebten August. Oh, ich schätze, daß ich sie bitten wollte, ein letztes Mal zu mir zurückzukommen. In den Schatten erkannte sie mich ebensowenig wie Sie mich vorhin. Alles, was sie sah, war der Zy-

linder, der Umhang. Sie sagte zu mir ‹Hast du Lust, Schätzchen?› und hob ihr Kleid. Sie war eine gewöhnliche Hure geworden, Lestrade. Eine East-End-Nutte. Am Vormittag hatte ich für Nails ein paar neue Ausrüstungsgegenstände gekauft. Ich hielt ein Steigeisen in der Hand. Eine Art von... rotem Nebel stieg vor mir auf, und ich holte aus. Ich erinnere mich noch an ihren ungläubigen Gesichtsausdruck, als das Blut aus ihrer Kehle sprudelte.»

Mercer saß da, bleich und ein wenig zitternd. «Dann drehte ich mich um, ließ sie auf der Treppe liegen und stand plötzlich Cherak Singh gegenüber. Er habe mich schon vor geraumer Zeit bemerkt, sagte er, durch reinen Zufall. Er war neugierig und wollte wissen, warum ich mich zu dieser Stunde an diesem Ort aufhielt. Ich schätze, es wäre einfacher gewesen, wenn ich ihn auf der Stelle umgebracht hätte, aber ich tat's nicht. Als ich nach Rhadegund zurückgekehrt war, fingen die Erpressungen an. Oh, er machte das ganz ungeniert. Und er war nicht habgierig. Aber ich konnte so nicht leben, Lestrade. Er wußte von Martha, verstehen Sie? Ich glaube, es wäre mir gleichgültig gewesen, wenn die Welt erfahren hätte, daß ich sie getötet hatte, aber da war diese gräßliche Vorstellung, jeder würde über sie Bescheid wissen, darüber, was aus ihr geworden war. Nein, das konnte ich nicht ertragen. Und Cherak Singh konnte ich nicht trauen.»

«Und so wurde eine akademische Übung daraus», sagte Lestrade.

«Ja. Als Spooner mir erzählte, Gurney sei tot, wollte ich es nicht glauben. Hatte er mit Martha Kontakt aufgenommen? Hatten sie ein Treffen vereinbart? Wurde er in den Selbstmord getrieben, weil sie die Verabredung nicht einhielt? Oder war auch er dahintergekommen, wie tief sie gesunken war? Ich weiß es nicht.»

Lestrade begann, sich über seine Situation Gedanken zu machen.

«Keine Sorge, Inspector. Von hier bis King's Cross hält der Zug nicht mehr. Vergessen Sie nicht, ich kenne die Strecke gut. Das gibt mir Gelegenheit, aus Ihrem zweiten Fehler Nutzen zu ziehen.»

«Aus welchem Fehler?» fragte Lestrade.

«Mit mir allein in einem Waggon zu fahren.» Und Mercer sprang vor und schlang dabei ein Seil um Lestrades Hals. Instinktiv griff Lestrade nach dem Schlagring in der Tasche seines Donegal, ehe ihm einfiel, daß er ihn irgendwo in Northamptonshire abgeworfen

hatte und folglich völlig wehrlos war. Mit den muskulösen Armen eines Bergsteigers und Würgers zwang Mercer sein Opfer, auf dem Boden niederzuknien, dann rammte er ihm das Knie in den Rücken. Lestrades malträtierter Kehlkopf brachte nur noch sonderbare krächzende Geräusche hervor, und er selbst umklammerte krampfhaft die Schlinge, die tief in seine Kehle einschnitt.
«Leben Sie wohl, Lestrade», zischte Mercer. Gerade als den Inspector eine Betäubung überflutete, krachte plötzlich Glas und splitterte Holz, und Lestrade wurde nach vorn geschleudert, so daß er mit dem Gesicht im Polster landete. Während er sich mühsam hochrappelte, verzweifelt die Schlinge lockerte und nach Atem rang, sah er, daß die entfernte Wagentür offenstand, und er spürte den Wind des ländlichen Essex, der hindurchfegte. Die andere Seite des Waggons war beinahe so eingedrückt, als sei ein Meteor vorbeigeschossen. Lestrade sprang zur offenen Tür und blickte nach hinten. Ein paar Yards unter dem Bahndamm lag, wie ein Lumpenbündel, auf dem Feld alles, was von Charles Mercer übrig war. Seinen Kopf hatte der Viertel-nach-sechs von King's Cross, der pfeifend und ratternd seinen Weg nach Norden fortsetzte, zu Brei gequetscht.
Lestrade wandte sich dem neuen Mitreisenden zu.
«Sind Sie's diesmal wirklich, Dr. Nails?»
«Natürlich!» bellte der Direktor. «Täuschen mich meine Augen, Lestrade, oder war das Charles Mercer, der Ihnen ein Seil um den Hals legte?»
«Er war's», krächzte Lestrade, schlug die Tür zu und fiel erschöpft in seinen Sitz. «Sagen Sie mir, kamen Sie bloß so vorbei oder...?»
«Ich folgte Ihnen, seit Sie Rhadegund verließen. Ich sah Sie wie einen Verrückten hinter der Rhadegund-Kutsche herrennen. Da niemand den Auftrag hatte, Rhadegund zu verlassen, wußte ich, daß etwas im Gange war. Unglücklicherweise konnte ich eine ganze Weile keine Droschke bekommen – unchristliche Tageszeit und so weiter. Mir wurde klar, daß Sie den Zug erwischt hatten, und ich folgte auf einem Fahrrad. Der Schurke von Besitzer wollte sich nicht davon trennen, aber schließlich beruhigte er sich. Oder er wird es zumindest tun.»
Lestrade zeigte auf die eingedrückte Tür. «Aber...?»
«Ich gelangte auf eine der Brücken und sprang auf. Ich muß sagen, es ist recht erfrischend. Ich bin noch nie auf einem Berg gewesen, der sich *bewegte*.»

«Sie hätten sich dabei den Hals brechen können», knurrte Lestrade und rieb sich den Nacken.

«Sie auch, wie es scheint. Ich trampelte da oben 'ne ganze Weile herum. Als ich am richtigen Abteil angekommen war, sah es aus, als wär's gleich mit Ihnen vorbei. Hören Sie, sollten wir nicht die Notbremse ziehen oder sonst was unternehmen? Ich meine, der Mann dort hinten ist mein Quästor, der den Viertel-nach-sechs erwischt zu haben scheint.»

«Ich glaube nicht, daß das viel Sinn hat, Direktor. Ich werde die Essex Constabulary verständigen, wenn wir in King's Cross angekommen sind. In der Zwischenzeit möchte ich Ihnen gern eine kleine Geschichte erzählen...»

Der Inspector und der Direktor stiegen auf Bahnsteig drei aus. Im Qualm und Lärm des großen Bahnhofs schüttelten sie sich die Hände.

«Ich verdanke Ihnen mein Leben, Dr. Nails», sagte Lestrade.

«Und ich verdanke Ihnen meine Schule, Inspector Lestrade. Ich glaube, damit sind wir quitt.»

«Vielleicht», sagte Lestrade und winkte einer Polizeidroschke, die am Ausgang vorbeifuhr, «aber wenn ich es je wiedergutmachen kann...»

«Nun, das können Sie in der Tat. Könnten Sie Ihren Burschen dort bitten, mich nach Balham mitzunehmen?»

Assistant Chief Constable Melville McNaghten, der ehemalige Kaffeepflanzer, saß an seinem neuen Schreibtisch und bewunderte seinen neuen Teppich. Er überprüfte seinen neuen Kalender, mit dem ein neues Jahr, das Jahr 1889, begann. Er zwirbelte seinen schwach gewichsten Schnurrbart und rückte seine Krawatte zurecht.

«Herein!» rief er, als sich an der Tür ein inspectoriales Klopfen hören ließ.

«Inspector Lestrade ist da, Sir.» Der Constable salutierte und ging.

«Aha, Lestrade, nicht wahr?» McNaghten schüttelte ihm die Hand.

«Ich habe gerade Ihren Bericht gelesen. Gute Arbeit. Gute Arbeit.»

«Danke, Sir.» Lestrade strich mit einem Anflug von Selbstzufriedenheit über seinen neuen Bowler und zupfte an seinem Donegal, der ihm von Ex-Sergeant George und Mrs. George aus Northamptonshire zugeschickt worden war.
«Den Fall der unglücklichen Martha Tabram hätten wir also aufgeklärt. Aber wie steht es mit den Ripper-Morden, Lestrade? Hat Mercer die auch begangen?»
«Ich denke, nicht, Sir.»
McNaghten sah ihn an. «Wer hat's dann getan, Lestrade, wer?»
«Hm... Es ist Chief Inspector Abberlines Fall, Sir.»
«Ich weiß sehr wohl, wessen Fall das ist, Lestrade...»
Ein zweites Klopfen unterbrach ihn. «Herein!» bellte er.
Eine große junge Lady mit langem, dunklem Haar und lebhaften Augen wirbelte ins Zimmer. «Papa, ich habe gerade dieses entzükkende kleine Brettspiel gekauft. Es heißt ‹Wie fangen wir Jack›... Oh, entschuldige, ich habe gar nicht gemerkt, daß du beschäftigt bist...»
«Schon gut, mein Schatz.» McNaghten war ohne Zweifel ein wenig verlegen. «Das ist Inspector...»
«Lestrade», sagte er.
«Lestrade», wiederholte McNaghten. «Meine Tochter, Miss McNaghten.»
«Arabella», sagte sie und zog ihn sanft mit ihrer behandschuhten Hand zu sich. «Ich freue mich darauf, Sie öfter zu sehen, Inspector.» Sie streichelte seinen Ärmel, während ihr Vater an seiner Krawatte zupfte. Und dann sagte sie mit leiserer Stimme: «Ich habe eine Schwäche für Männer in Donegals.»

Sir William Withey Gull, Leibarzt Ihrer Majestät, starb in einer Anstalt für unheilbar Geisteskranke am 27. Januar 1890, vermutlich an einer Gehirnblutung. Seine Königliche Hoheit, der Duke of Clarence – Eddy –, starb im bitterkalten Januar des Jahres 1892 an Grippe. Montague John Druitt fand man, nahe Chiswick in der Themse treibend, am 31. Dezember 1888, in seiner Tasche ein bißchen Kleingeld und ein Busfahrschein.
Und Jack the Ripper verfolgt uns noch immer...

Anmerkungen

Seite 9
«Es sind Kippers» – Gebratene Heringe; unverzichtbarer Bestandteil des traditionellen britischen Frühstücks, wie es heutzutage bevorzugt von Touristen verspeist wird. Denn wer vertilgt heute auf der Insel noch Cereals (Weizenflocken, Müsli oder ähnliches), danach gebratene Eier, Tomaten, Speck, Würstchen und Heringe, um das Mahl mit Orangenmarmelade auf Toast zu beschließen – außer Deutschen und Amerikanern?

«Miss Adler hat gewiß noch keine Zeit gehabt, die Post zu holen» – Eine äußerst unpassende Bemerkung über Irene Adler, ehemalige Kontra-Altistin an der Kaiserlichen Oper in Warschau und die große, unerfüllte Liebe im Leben Sherlock Holmes'.
Die Einzelheiten finden sich in der Erzählung *Ein Skandal in Böhmen* (in dem Erzählungsband *Die Abenteuer des Sherlock Holmes*, 1892).

Seite 10
«*The Thunderer* ist nicht mehr das, was er mal war» – Mit diesem Beinamen – «Der Donnerer» – wurde einst *The Times* benannt, als das Blatt noch eine gewisse journalistische Reputation hatte, beispielsweise während der fünfziger Jahre des 19. Jahrhunderts mit der Berichterstattung über und der Kritik am Krimkrieg.

Seite 13
«Howard Vincent... der Schöpfer des C. I. D.» – Zehn Jahre zuvor – 1878 – war das Criminal Investigation Department gegründet worden; der erste Leiter Howard Vincent holte Lestrade zu Scotland Yard.
Mehr über die Geschichte der Londoner Polizei steht im Nachwort zum fünften Lestrade-Roman *Lestrade und das Einmaleins des Todes* (rororo thriller Nr. 2990).

Seite 15
«dem Fall Mr. Edmund Gurney» – Gemeinsam mit einigen Freunden gründete Edmund Gurney (1847–1888) im Jahr 1881 die Society of Psychical Research, um die Existenz von Geistern mit wissenschaftlichen Methoden zu prüfen.
1888 nahm sich Edmund Gurney das Leben. Jahrelang hatte er Menschen vertraut, die ihm von Geistererscheinungen berichteten. Etwa 1887 muß Gurney bemerkt haben, daß all diese Erlebnisse Phantasien und Lügengeschichten waren.

Seite 16

«Die Messrs. W. H. Smith enttäuschten ihn» – Weniger enttäuschend dürfte sein, was die Nachfahren machten: Auf nahezu allen britischen Bahnhöfen und Flughäfen findet man heute zumeist gut sortierte Zeitungs- und Zeitschriftenläden mit englischer und internationaler Presse sowie sonstigem Schnickschnack und Reisebedarf. Den Grundstein zu diesem Erfolg legte William Henry Smith (1792–1865), der im Zeitungskiosk seiner Eltern begann.

«Zuerst hatte er *The Flashing Lieutenant* gelesen» – Eine beachtliche Leistung, handelt es sich doch um einen erfundenen Buchtitel, etwa *Leutnant de luxe*.

«The Water Babies» – Ein lange Zeit populäres Kinderbuch von Charles Kingsley (1819–1875). Dieser anglikanische Kirchenmann und Sozialreformer gehörte zu den ersten, die Charles Darwins Evolutionstheorie verbreiteten, und er war einer der einflußreichsten Autoren seiner Zeit.

«Lestrade stieg aus *The Belle*» – In den zwanziger und dreißiger Jahren ist *The Brighton Belle* einer der berühmtesten Züge auf der Insel.
Der Legende nach wurde *The Brighton Belle* von Liebespaaren bevorzugt, die ein ‹Dirty Weekend› am Meer verleben wollten.

Seite 17

«Ihre Hotelliste hat nicht die Spannung von der *Frau in Weiß*» – Der 1860 erschienene Schauerroman *The Woman in White* war einer der größten Erfolge von Wilkie Collins (1824–1889).

Seite 19

«Im Bericht des Coroners» – (von lat. corona, Krone), ein ursprünglich den König vertretender Beamter, der bei Todesfällen mit nicht eindeutig geklärter Ursache ermittelt, beispielsweise durch eine Leichenschau.

Seite 21

«Sie haben doch *Erscheinungen des Lebendigen* gelesen» – *Phantasms of the Living* ist der Titel des 1884 publizierten Hauptwerkes von Edmund Gurney (siehe Anmerkung zu Seite 13). Gemeinsam mit zwei Freunden hat Gurney in dieser Fallsammlung Berichte über Geistererscheinungen zusammengetragen, bei denen die Geister nicht Verkörperungen von Toten, sondern von Lebenden waren – eben *Erscheinungen des Lebendigen*.

Seite 22

«Er war groß, wenigstens fünf Fuß vier» – etwa 1,62 m.

Seite 23

«Schottisch. County Clare, da kannte sie sich aus» – Wohl nicht, denn County Clare ist eine irische Grafschaft.

«um seinen Gesundheitszustand zu ameliorieren» – lateinisch-französisch verbessern; im allgemeinen wird das Wort ameliorieren im Zusammenhang mit dem Ackerboden gebraucht.

«die harten, mörderischen Züge von Kate Webster» – Eine irische Hausangestellte, die ihre Arbeitgeberin ermordete, die Leiche zerteilte und kochte. Die so gewonnenen Produkte versuchte Kate Webster als Küchenfett zu verkaufen – erfolglos.
Das Old Bailey verurteilte sie zum Tode durch den Strang, 1879 wurde sie hingerichtet.

Seite 30
«wie ein Geschöpf aus der Feder von Mary Shelley» – Mary Wollstonecraft Shelley (1797–1851) hat die wohl berühmteste Erzählung des Grauens geschrieben: *Frankenstein, oder Der moderne Prometheus* (1818).

Seite 31
«Er ist selbst den ganzen Sommer im Himalaja gewesen. Folgte Whympers Fußstapfen» – Ausgerechnet da hat Edward Whymper (1840–1911) sich nie herumgetrieben.
Berühmt wurde er für seine Erstbesteigung des Matterhorns. Der achte Versuch am 14. Juli 1865 war erfolgreich. Beim Abstieg rutschte einer aus der Gruppe aus und zog drei weitere Bergsteiger mit sich in den Tod. Whymper überlebte mit zwei Kletterern, weil das Seil riß.
Die Mischung aus Tragik und Erfolg bereitete den Zeitgenossen einen wohligen Schauer und machte das Geschehen zu einem der populärsten Bergsteigerunglücke im vergangenen Jahrhundert, wozu Whympers Bücher nicht unwesentlich beitrugen.

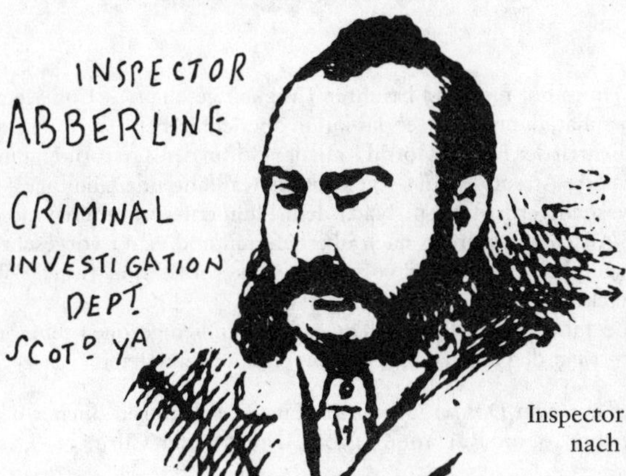

Inspector Abberline, nach dem Leben gezeichnet

Seite 32
«von der Abteilung J» – Der Londoner Polizeidistrikt bestand damals aus 21 (heute 23) Abteilungen (divisions), die nach den Buchstaben des Alphabets unterschieden wurden.

«in der Nähe von The Minories» – Londoner Straße an der Grenze zwischen City und East End, die zur Nordostecke des Towers führt.

Constable Neil findet den Körper von Polly Nicholls.

Seite 40
«Auch die Thugs hat niemand bei ihrer Tätigkeit gesehen» – Und wenn sie jemand gesehen hat, dann dürfte er das kaum überlebt haben.
Die Thugs dienten der Hindu-Göttin Kali, der Göttin der Zerstörung, und waren wohlorganisierte Attentäter, die – getarnt als wallfahrende Gläubige – vermögende Mitreisende erdrosselten. Nach dem Plündern verbrannten sie die Leichen. Diese Anschläge wurden nach überlieferten und exakt vorgeschriebenen Formen ausgeführt, nicht ohne vorherige Zuckeropfer und rituelle Weihung einer Spitzhacke.
Mehr als 300 Jahre lang sollen die Thugs durch Indien gezogen sein, bevor die Briten 1831–1837 den Riten dieses Ordens ein Ende bereiteten.

«ein Auszug aus dem *Dasam Granth*» – Eines der Heiligen Bücher der Sikhs, geschrieben von Gobind Raj (1666–1708), dem Zehnten Guru.

Seite 47
«Es war September» – Und zwar Samstag, der 8. September 1888, als die 47jährige Annie Chapman gefunden wird.

Zeitgenössische Abbildung (Vorbild für das heutige Reality-TV).

Seite 50
«ein Mitglied der Fabian Society» – Gegründet wurde die Fabian Society 1884, u. a. von Sidney (1859–1947) und Beatrice (1858–1943) Webb, den Mitbegründern der London School of Economics, sowie von Herbert George Wells (1866–1946) und George Bernard Shaw (1856–1950).
Das Ziel der Fabier war die Veränderung des Manchesterkapitalismus durch Evolution, nicht durch Revolution. Die Fabian Society war 1906 wesentlich an der Gründung der Labour Party beteiligt.

Seite 51
«Wie geht's Charlie Warren?» – Das wird Lestrade noch erfahren, wahrscheinlich eher, als ihm lieb ist.

«Er war mit Napier bei Magdala» – Baron Napier (1810–1890) war einer der erfolgreichsten Offiziere des britischen Empire im 19. Jahrhundert, der in Indien zahlreiche Straßen, Kanäle und Brücken baute und an der Niederschlagung der Sikh-Aufstände wesentlich beteiligt war. 1868 besiegte er den äthiopischen Herrscher Tewodros II. bei Magdala.

Seite 55
«Wir sind nicht sehr beliebt seit dem Blutigen Sonntag» – Am 13. November 1887 zogen große Arbeiterdemonstrationen zum Trafalgar Square. Auf Befehl von Chief Commissioner Charles Warren griffen 2000 Polizisten der Metropolitan Police und von Scotland Yard, gemeinsam mit der königlichen berittenen Leibgarde, die Demonstranten mit blankem Degen an: es gab 65 Schwerverletzte und einen Toten.

Seite 57
«Pizer trägt einen Deerstalker» – Lestrade wird mißtrauisch, weil ein Deerstalker – eine Mütze mit einem Schirm vorne und einem hinten – auch die Lieblingskopfbedeckung von Sherlock Holmes ist.

Seite 60
«Dew, Sir. Walter Dew» – Walter Dew wird der getreueste Mitarbeiter von Sholto Lestrade, gewissermaßen sein Watson. Darüber berichten die anderen Lestrade-Romane.

Seite 61
«Charles Bradlaugh» – Ein Kämpfer für die Rechte des Individuums, Herausgeber des *National Reformer* und Member of Parliament. Die *Encyclopaedia Britannica* charakterisiert Charles Bradlaugh (1833–1891) als Freidenker in der Tradition eines Voltaire und Thomas Paine.

Seite 62
«der Ikonoklast» – lat. Bilderstürmer.

«zusammen mit der teuren Mrs. Besant» – Anne Besant (1847–1933), Anwältin in zahllosen unorthodoxen Fällen, war ihm zwischen 1874 und 1885 eng verbunden.

Seite 71
«Diesem prinzipienlosen Verrückten Gladstone» – William Ewart Gladstone (1809–1898), der ‹Große Alte Mann› der Liberalen, war viermal Premierminister.

Seite 80
«zur Erinnerung an Agincourt» – Am 25. Oktober 1415 vernichteten die Engländer unter Henry V. bei Agincourt ein überlegenes französisches Heer.

«Deo gratias» – lat. gedankt sei Gott.

Seite 92
«Charlie Peace» – Ein recht erfolgreicher Einbrecher in den siebziger Jahren des 19. Jahrhunderts, der eine faltbare Leiter unter dem Mantel mit sich trug.

Seite 109
«*Ich bin hinter Huren her*» – Am 28. September 1888 war dieser Brief – abgestempelt in London East Central – bei der Central News Agency eingegangen und wurde am nächsten Tag in den Zeitungen veröffentlicht. Der Verfasser konnte niemals identifiziert werden; einige vermuten, daß ein Journalist den Brief geschrieben hat, andere halten den Ripper-Mörder für den Absender.

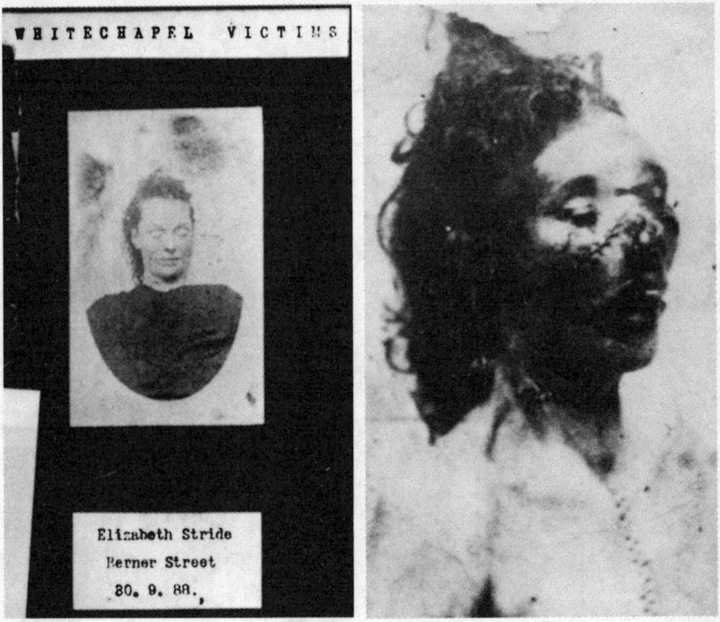

Elizabeth Stride, The Archives of Scotland Yard.

Seite 111
«Ingwerbier» – Leicht alkoholisches Erfrischungsgetränk, heutzutage ist eher die nichtalkoholische Variante verbreitet.

Seite 113
«Der liebe Lord Beaconsfield erzählte mir einmal von einem jungen Polizisten» – Der liebe Lord Beaconsfield war Benjamin Disraeli (1804–1881), der zweimalige Premierminister und enge Vertraute von Queen Victoria.
Im Alter von 21 Jahren war Lestrade – an seinem zweiten Tag als Polizist – Disraeli begegnet. Was geschah, erzählt *Lestrade und das Einmaleins des Todes*.

Seite 114
«Lord Salisbury» – Robert Arthur Talbot Gascoyne-Cecil, Dritter Marquis of Salisbury (1830–1903), war zwischen 1886 und 1892 Premierminister Ihrer Majestät.

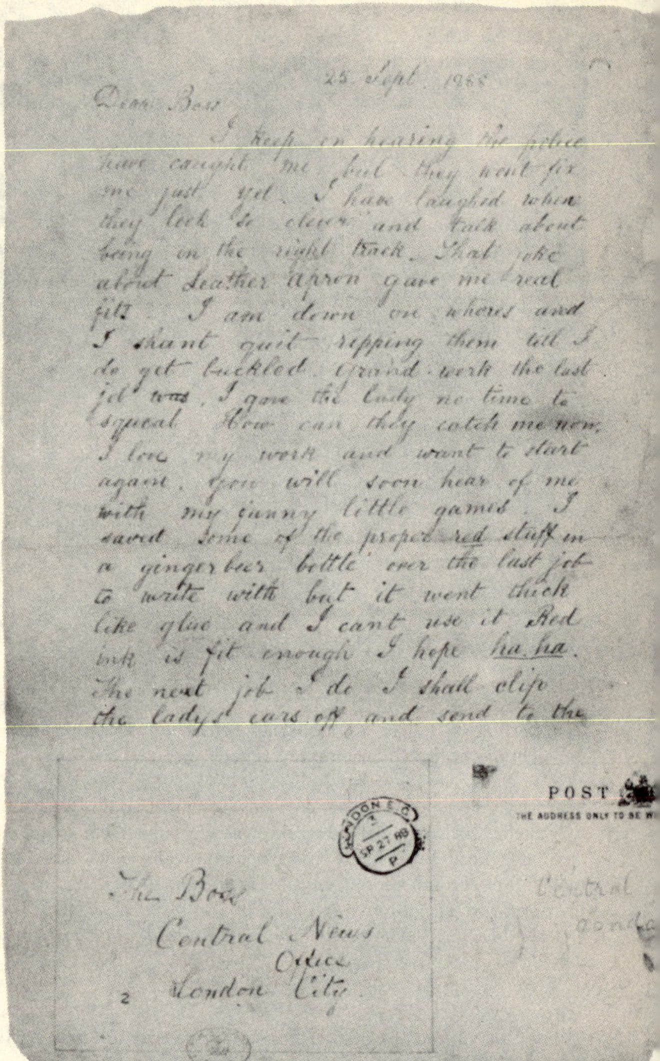

25 Sept. 1888

Dear Boss

I keep on hearing the police have caught me but they wont fix me just yet. I have laughed when they look so clever and talk about being on the right track. That joke about Leather Apron gave me real fits. I am down on whores and I shant quit ripping them till I do get buckled. Grand work the last job was. I gave the lady no time to squeal. How can they catch me now. I love my work and want to start again. You will soon hear of me with my funny little games. I saved some of the proper red stuff in a ginger beer bottle over the last job to write with but it went thick like glue and I cant use it. Red ink is fit enough I hope ha. ha. The next job I do I shall clip the ladys ears off and send to the

The Boss
Central News
Office
London City

2

LONDON E.C. 2 SP 27 88 P

POST

THE ADDRESS ONLY TO BE W

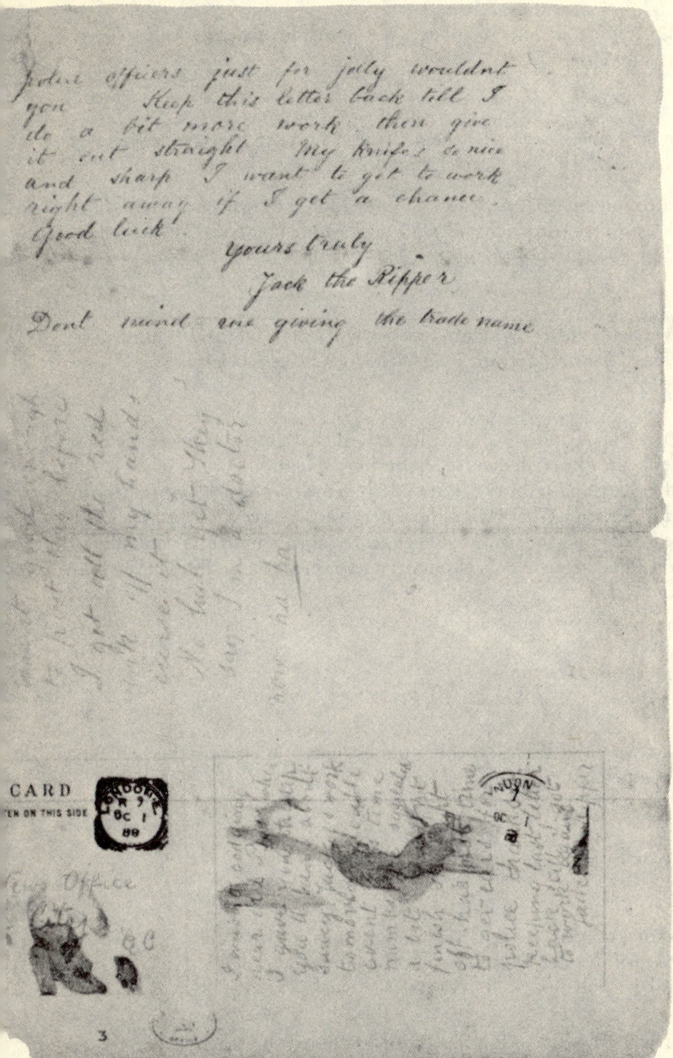

police officers just for jolly wouldnt you. Keep this letter back till I do a bit more work then give it out straight. My knife's so nice and sharp I want to get to work right away if I get a chance. Good luck.

Yours truly
Jack the Ripper

Dont mind me giving the trade name

CARD

Seite 118
«Quis custodiet ipsos custodes» – lat. «Wer wird die Wächter selbst bewachen», in Juvenals *Satiren.*

Seite 119
«wenn es um die Fenier ging» – Die Fenier waren ein 1858 gegründeter irischer Geheimbund, der die britische Herrschaft in Irland stürzen wollte.

«keinen zweiten Phoenix-Park-Mord» – Am 6. Mai 1882 wurden im Dubliner Phoenix Park der oberste britische Verwaltungsbeamte und sein Assistent erstochen.

Seite 131
«Teacher's, wie ich sehe» – William Teacher war ein Wein- und Branntweinhändler, der im 19. Jahrhundert für seine Blended Whiskeys bekannt war.

Seite 132
«an Lord Shaftesbury erinnerte» – An die Earls of Shaftesbury erinnern die meisten Londoner heute nur noch diverse Shaftesbury Avenues.
Hier ist Lord Ashley Shaftesbury (1801–1885) gemeint, einer der einflußreichsten Sozialreformer seiner Zeit. Mit seinem Bergwerksgesetz von 1842 verbot er die Untertagearbeit von Kindern, die jünger als 10 Jahre waren, und von Frauen. Bei seinen Untersuchungen in Schachtanlagen hatte er vier- und fünfjährige Jungen entdeckt.

Seite 135
«In cumulo» – lat. im Gesamten.

Seite 138
«nach den Worten eines Lestrade völlig unbekannten jungen irischen Stückeschreibers» – namens George Bernard Shaw.

Seite 144
«Proximaes Accessit» – Preis für den Zweitbesten.

Seite 145
«Ich war Victor Ludorum» – Ein auch heute noch in den Public Schools gebräuchlicher Begriff für den Sieger bei sportlichen Wettkämpfen.

Seite 149
«mit seinen Deltamuskeln» – Ein aus drei Abschnitten bestehender, dreieckig geformter Muskel, der – laienhaft ausgedrückt – vom Schlüsselbein zum Oberarmknochen führt.

«sie verbarrikadierten sich in den Orlitarien» – Provisorische Gebäude.

Seite 152
«Adsum» – lat. Ich bin da.

Die Bluthunde Barnaby & Burgho haben Witterung aufgenommen.

Seite 159
«Sie ist ein Pandämonium» – lat. Aufenthaltsort aller Dämonen.

Seite 164
«*Mutatis mutandis*» – lat. nach Änderung des zu Ändernden.

Seite 167
«an ihre Raleigh» – Berühmte Fahrradmarke.

Seite 171
«Fragen Sie General Booth» – William Booth (1829–1912) war ursprünglich Methodistenprediger und gründete 1861 im Osten Londons die «Christliche Mission», aus der 1878 die «Heilsarmee» hervorging.

Seite 188
«so lang wie ihr Quadriceps femoris» – Oberschenkel.

Seite 189
«Wie die Rückseite seines Metatarsus» – Mittelfuß.

Seite 193
«eine Seite der neuesten Ausgabe des *Charivari*» – *Punch, or the London Charivari*, von 1841 bis 1992 erschienen, war der Inbegriff der humoristischen und satirischen Zeitschrift. Mit Polizisten gingen die Zeichner und Texter nicht gerade höflich um.

PUNCH, OR THE LONDON CHARIVARI — SEPTEMBER 29, 1888

THE NEMESIS OF NEGLECT

Seite 211
«*Si fueris Romae, Romano vivito more*» – lat. wenn du nach Rom gehst, lebe dort, wie Römer es tun.

Seite 212
«Offenbar hatte Mr. Peel gerade die Einkommensteuer wieder eingeführt» – Eine typische Ente der *Sun*, denn der frühere Premier Robert Peel (1788–1850) war vor 38 Jahren verstorben.

Seite 213
«Seit Mr. Laboucheres Buggery Bill» – Der Journalist und Politiker Henry Du Pré Labouchere (1831–1912) war 1884 für das erste Gesetz der Neuzeit verantwortlich, das Homosexualität unter Strafe stellte.

«*de rigeur*» – franz. mit Strenge, Härte.

«auf Mary-Anne's Meile zwischen Jermyn Street und dem Parlamentsgebäude» – Homosexuelle wurden Mary-Anne genannt, und in diesem Revier gingen sie auf Kontaktsuche.

Seite 215
«daß der andere eine Webley trug» – Revolver.

«*Remember, remember, the Fifth of November, Gunpowder, Treason and…*» – Kindervers aus dem 17. Jahrhundert:

Remember, remember, the Fifth of November
Gunpowder, Treason and Plot,
we know no reason why Gunpowder-Treason
should ever be forgot.

Angeführt von Guy Fawkes (1570–1606) versuchte eine Gruppe Katholiken, am 5. November 1605 das Parlamentsgebäude mit König James I. in die Luft zu sprengen. Die Verschwörer wurden verraten, Guy Fawkes hingerichtet. Noch heute wird in Großbritannien am 5. November der Guy-Fawkes-Tag mit Feuerwerk und Freudenfeuern begangen.

Seite 223
«Sidney Paget, der Maler» – Diese Begegnung wird fruchtbar werden, denn das Bild Sherlock Holmes' in der Öffentlichkeit prägte Sidney Paget mit seinen Zeichnungen. Seit März 1891 illustrierte das *Strand Magazine* die Erzählungen Conan Doyles mit den Bildern von Paget.

Eine berühmte Illustration von Sidney Paget. Bislang wurde angenommen, die linke Gestalt solle Dr. Watson darstellen…

Seite 226
«Und eine Zeile aus der Bibel kam ihm in den Sinn, er wußte nicht, warum: ‹Unsere Schwester ist klein und hat keine Brüste›.» – Das Hohelied Salomos, 8,8.

«Lichfield» – Ein Fotograf namens Lord Lichfield ist erst in unseren Tagen berühmt geworden.

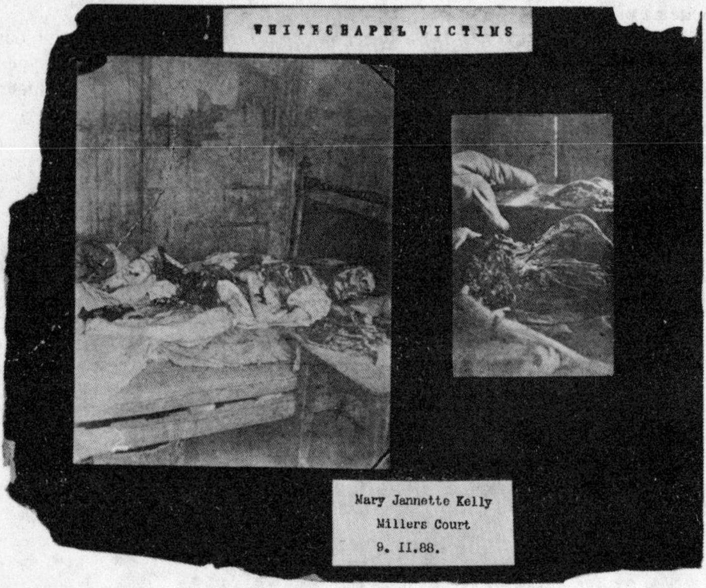

Mary Kelly, The Archives of Scotland Yard.

Seite 231
«Gehen Sie voran, Macduff» – Allerdings heißt es bei William Shakespeare *Macbeth* fünfter Akt, siebte Szene: «lay on, Macduff», also etwa: «Kämpfe, Macduff», und nicht: «Lead on, Macduff».
In Großbritannien wird allerdings gerne die verballhornte Fassung zitiert.

Seite 236
«Seine Hoheit Prince Albert Victor, Duke of Clarence» – Der Sohn des Thronfolgers sei als Ripper identifiziert, dies behauptete 1970 der Arzt Thomas Stowell. Seine Auffassung konnte sich nicht durchsetzen.
Clarence, der Sohn des Thronfolgers, war ein schwieriger Zeitgenosse: Aktenkundig sind die Befürchtungen der Staatsanwaltschaft, der Name des Herzogs könne in Mitleidenschaft gezogen werden durch einen Prozeß gegen den Besitzer und die Kunden eines Männerbordells in No. 19 Cleveland Street in London. Doch Clarences Name gelangte nie in die Öffentlichkeit. Auch Lestrade macht seine speziellen Erfahrungen mit diesem Herrn, in *Lestrade und die Struwwelpeter-Morde* (rororo thriller Nr. 2952).
Bislang wurde angenommen, daß der Duke of Clarence geistig umnachtet im Irrenhaus gestorben sei – als Folge einer Infektion mit Syphilis. 1991 wurden Indizien vorgelegt, nach denen er weiter gelebt haben soll, versteckt in den Königlichen Schlössern, heimlich und krank.

Mehr über diese Theorie in *Lestrade und der Schloßgeist von Balmoral*, das 1995 erscheint.

Seite 238
«war kein anderer als James Kenneth Stephen» – Auch Stephens wurde eine Zeitlang als Ripper verdächtigt. Neben der Prinzenerziehung hat er sich als schlechter Dichter und Misanthrop betätigt.

Seite 239
«Wegen eines Blumenmädchens namens Annie Crook» – Angeblich soll der Enkel von Queen Victoria das Mädchen im Atelier des Malers Walter Sickert kennengelernt und später geheiratet haben. Die gemeinsame Tochter Alice hätte demnach in der Thronfolge berücksichtigt werden müssen. Dummerweise waren die Crooks Katholiken, Grund genug für die Palastbürokratie – so die These –, die beiden Frauen in der Psychiatrie verschwinden zu lassen.

«ich kaufte manchmal meine *Pickwicks* bei ihr» – Streichholzmarke.

«Nur mit einem Kunstjüngling, der über die Straße ein Atelier hatte. Stickler oder Stilton oder so ähnlich» – Walter Sickert (1860–1942) war der bedeutendste impressionistische Maler Großbritanniens. Tatsächlich wurde auch er als Ripper-Mörder verdächtigt.

Seite 242
«an eine Lokomotive der LNER kettete» – London & North Eastern Railway.

Seite 244
«erlag dem Klebs-Loeffler-Bazillus» – Watson kennt sich aus, der Klebs-Loeffler-Bazillus ist der 1884 identifizierte Diphtherie-Erreger.

Seite 245
«Meinen Sie, daß es das Kedgeree war?» – Interessantes Frühstück aus diesen Zutaten: Kalter Fisch, 1 Teetasse gekochter Reis, Butter, Senf, 2 weichgekochte Eier, Salz und Cayenne-Pfeffer. Der Fisch wird mit den anderen Zutaten vermengt und heiß serviert.

Seite 246
«ein Kaffeepflanzer namens McNaghten sei für den Posten im Gespräch» – In der Tat wird der ehemalige Kolonialoffizier Melville McNaghten (1853–1921) im Jahr 1889 die Leitung von Scotland Yard übernehmen.
Lestrade und die Struwwelpeter-Morde berichtet über Lestrades Bekanntschaft mit McNaghtens Tochter.

Seite 249
«Hastig drehte er eine Photographie von Keir Hardie zur Wand» – Der schottische Gewerkschaftsführer James Keir Hardie (1856–1915) wurde 1892 als er-

ster sozialistischer Abgeordneter ins Unterhaus gewählt und war für seinen Deerstalker bekannt.

Seite 249
«Ventnor» – Der Badeort auf der Isle of Wight war in der Viktorianischen Ära en vogue, weil sich auf der Insel der Lieblingswohnsitz von Queen Victoria und Prinzgemahl Albert befand.

Seite 254
«Mr. Lestrade, mein Mann Sir William Gull» – Der Leibarzt Queen Victorias war einer der bedeutendsten Ärzte seiner Zeit. Sir William Gull (1816–1890) kurierte Queen Victorias Sohn, den Prince of Wales, vom Typhus, wurde deswegen geadelt und avancierte zu einem Arzt der Reichen und Schönen.
Die Theorie, daß Gull Jack the Ripper sei, wurde besonders von Joseph Sickert (dem Sohn des Malers) verbreitet. In der *Sunday Times* vom 18. Juni 1978 hat Sickert die Geschichte allerdings als ‹Hoax› (engl. Schwindel, Ente, Falschmeldung) bezeichnet.

«seit dem Bravo-Fall habe ich die Nase voll von Coppers» – 1870 hatte ein Dr. Gully eine Affäre mit einer Mrs. Bravo, die daraufhin ihren Mann vergiftete. Der Mord wurde entdeckt und die Dame gehängt.

Seite 259
«Spring-heeled Jack» – Bis heute ist ungeklärt, wer Spring-heeled Jack war. Ein Unbekannter fiel in den Jahren um 1850 in Parks und Heidelandschaften rings um London Frauen an. Seine Lust bestand wohl nur im Erschrecken, denn er tat seinen Opfern keinerlei körperliche Gewalt an. Genauso schnell, wie er auftauchte, verschwand Spring-heeled Jack auch wieder. Eine der Theorien erklärt das Phänomen mit Sprungfedern, die Jack unter seinen Schuhen gehabt habe und mit deren Hilfe er auch Hindernisse wie Mauern mühelos hätte überwinden können.

Seite 265
«eine Gaillarde. Dowland, glaube ich» – Die Gaillarde wurde im 15. Jahrhundert als lombardischer Tanz erwähnt, im 17. Jahrhundert wurde sie in Frankreich als leichter, ausgelassener Tanz gepflegt.
John Dowland (1562/3–1626) war einer der berühmtesten Musiker und Komponisten seiner Zeit.

«Welche Okulation!» – Holmes als Gärtner: Okulation nennt man die Veredelung einer Pflanze, wenn die geschlossenen Knospen einer hochwertigen Pflanze unter die angeschnittene Rinde des zu veredelnden Gewächses geschoben werden.

Seite 226
«Die *Studie in Scharlachrot* – besonders gelungen» – Der Prime Minister scheint eine Menge Zeit für Unterhaltungslektüre zu haben, wenn er *A Study in Scarlet* lesen konnte. Dieser erste Bericht über die Erlebnisse der Messrs. Holmes & Watson war wenige Monate zuvor in einer Weihnachtsanthologie erschienen.

Seite 269
«wie wohl der Ben Nevis in das Ganze paßte» – Ben Nevis, mit 1343 m der höchste Berg Schottlands (und Großbritanniens).

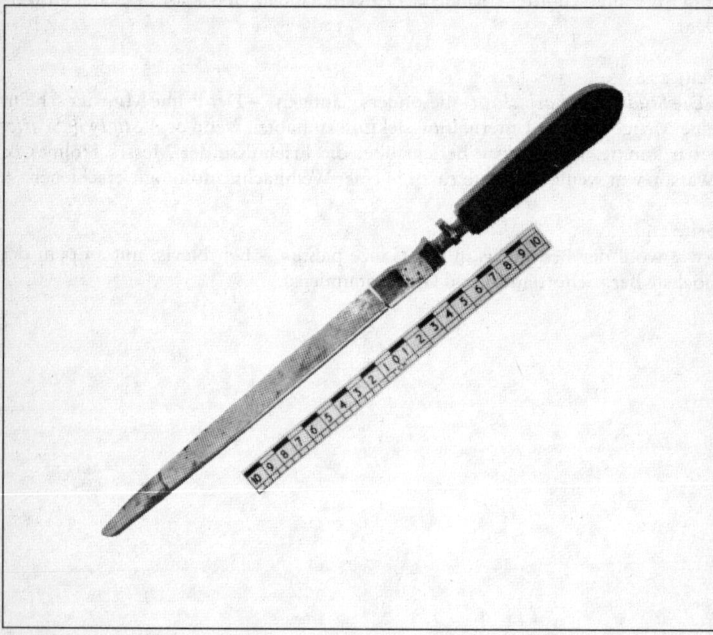

Corpus delicti, ein Ausstellungsstück aus dem Black Museum von New Scotland Yard.

Der Herbst des Grauens oder Jack the Ripper und seine Taten

Von Thomas Schreiber

für Sabine Reifenberg

Seit Jahren versammeln sich, egal ob Sommer oder Winter, an jedem Abend um halb acht Fremde und Einheimische am Ausgang der U-Bahn-Station Tower Hill. An einem schneereichen und eisig kalten Novemberabend treffen sich drei Schülerinnen aus Alabama, vier ältliche Damen aus Schweden, ein Dubliner Gitarrist, ein Angestelltenpärchen, das aus dem Norden in die Hauptstadt gezogen ist, und ein Mann, der von seiner Frau zum Hochzeitstag ein Ticket für diesen Abend bekommen hat. Sie alle wollen das East End von London sehen, bei einem Spaziergang auf den Spuren von Jack the Ripper.

Die Schauplätze dieser fünf Morde findet man kaum. Die deutsche Luftwaffe hat bei ihren Angriffen große Teile des East End zerstört, und die Modernisierung hat das ihrige getan. Wo der Mord an Mary Kelly geschah, steht heute ein Parkhaus. Und wenn auch der Mitre Square erhalten ist, die Bebauung dort hat sich verändert. Anstelle der Zigarettenfabrik wurde ein Bürogebäude errichtet, und das Kopfsteinpflaster ist sicher nicht mehr das, auf dem Catherine Eddowes ihre Seele aushauchte.

Doch für die Touristen, die in der Dunkelheit durch die Straßen gehen, ist der *Jack the Ripper Walk* keine Enttäuschung. Sie erfahren viel über die Kehrseite der Viktorianischen Epoche, über das Elend und das Leben jener Zeit. Und solange kluge Köpfe skurrile Thesen über die Identität und die Motive dieses Mörders entwickeln, solange müssen die Fremdenführer nicht um ihre Arbeit bangen.

Die Taten dieses Mörders gehören inzwischen zu den Ikonen der Neuzeit: immer mal wieder zeigen Fernsehfilme bisweilen bizarre, mitunter aber auch seriöse Darstellungen der Morde. In Großbritannien hat sich eine Ripper-Industrie entwickelt. Nahezu jedes Jahr erscheinen neue Bücher mit teilweise abenteuerlichen Theorien über den Ripper und seine Taten, und die Hartgesottenen versorgt alle drei Monate die Zeitschrift *Ripperania* mit Klatsch und Tratsch.
Für Amerikaner mit gesundem Appetit und Lust am Schauder bietet ein Club in Charlottesville, Virginia, das ideale Ambiente. In einem Dekor, das die viktorianische Atmosphäre um 1888 widerspiegeln soll, sind die Speisen nach den Mordopfern benannt: neben dem *Annie Stride Sandwich* und dem *Mary Kelly Käsekuchen* steht auch *Poor old Jack's roast beef* auf der Karte.
Was mag die Faszination erklären, die auch heute noch von den Taten eines Unbekannten in einem Londoner Slum-Viertel im Jahre 1888 auszugehen scheint?
Jack the Ripper wurde nie gefaßt, seine Identität ist – trotz aller Amateurdetektive und der absonderlichsten Erklärungen – bis heute ungeklärt. Wäre er gefaßt worden, sein Name tauchte wohl nur noch in Lehrbüchern über Kriminalgeschichte, Kapitel Serienverbrecher, auf.
Die Morde wurden innerhalb weniger Wochen begangen, zwischen dem 31. August und dem 9. November 1888. Genauso schlagartig, wie sie begannen, hörten sie auch wieder auf.
Die Grausamkeit der Morde war ohne Beispiel. Die verstümmelten Leichen wurden mitten in der Hauptstadt des Empire gefunden, eines Reiches, in dem die Sonne nicht unterging. Der Schock muß ungeheuer gewesen sein.
Jack the Ripper war der erste Serien-Sexualmörder der Neuzeit, dessen Taten dokumentiert sind. Zwar soll die sadistische Gräfin Elizabeth Báthory im Ungarn des 16. Jahrhunderts für den Tod von 650 Mädchen verantwortlich sein – angeblich, um in ihrem Blute zu baden – doch Sexualmorde, zumindest die aufgeklärten Fälle, waren Einzeltaten. Und die Fallsammlungen des 17. und 18. Jahrhunderts berichten beinahe ausschließlich über Raub und Mord aus Eifersucht und Habgier.
Im Viktorianischen Zeitalter hatten sich Sittlichkeitsempfinden und Schamgefühl rasant entwickelt. Während in den ersten Jahrzehnten

des 19. Jahrhunderts Männer und Frauen noch unbekleidet im Meer baden konnten, galt zur Zeit der Morde ein unverhülltes Tischbein schon fast als anstößig, da der Betrachter ja an ein Bein aus Fleisch und Blut erinnert werden könne. Die Untaten Jack the Rippers waren eindeutig Sexualmorde, und die entstehende Boulevardpresse tat alles, um die Nachricht davon möglichst detailgenau zu verbreiten. Das bislang Unaussprechliche wurde zum Tagesgespräch.

Der Ruhm und das Geheimnis Jack the Rippers leben fort. Wer fragt nach der Geschichte der Opfer?

*

Um 1888 lebten rund 900 000 Menschen im East End von London. Die Zustände müssen unbeschreiblich gewesen sein, schlimmer als heute in den ärmsten Vierteln der Slums von Kalkutta, Lagos oder Mexico City. In den Häusern lebten pro Zimmer fünf- bis neunköpfige Familien. Fließendes Wasser und Toiletten gab es nicht. In jedem Zimmer stand im allgemeinen nur ein Bett, die Strohmatratze war die Heimstätte unzähliger Flöhe. Treppengeländer fehlten, die wurden im Winter als Brennmaterial gebraucht. Viele Bewohner hielten Kleintiere wie Hühner oder Kaninchen. Im East End waren zahlreiche Schlachthöfe und Metzgereien, das Blut und der Urin flossen durch die Hauseingänge auf die Straßen. Der Müll lag zumeist in den Hinterhöfen. Die meisten Menschen hatten ihre Fenster wohl nie geöffnet, der Gestank draußen muß widerlicher gewesen sein als der Mief in den Zimmern.

Mehr als die Hälfte der Kinder im East End starben, bevor sie fünf Jahre alt wurden.

Zu den Ärmsten der Armen gehörten die Frauen mit Kindern, die von ihren Männern verlassen worden waren oder deren Partner gestorben war. Wenn der Ernährer fehlte, half keine Sozialversicherung und keine wohltätige Institution. Das Grauenhafteste, was geschehen konnte, war die Einweisung ins Arbeitshaus. Die Lebensbedingungen dort glichen denen in einem Gefängnis.

Nach einer Untersuchung der medizinischen Zeitschrift *The Lancet* aus dem Jahr 1857 gab es in der prächtigsten Hauptstadt der Erde etwa 6000 Bordelle oder Absteigen mit mindestens 80 000 Prostituierten. Für Frauen, die keine Arbeit fanden, gab es keine Möglichkeit des Überlebens außer der, ihren Körper zu verkaufen. Das konnte die Haupteinnahmequelle sein; Zehntausende prostituierten sich gelegentlich, als allerletzte Möglichkeit.

Auch im Elend bestanden Unterschiede. Wer nicht auf der Straße übernachten wollte, konnte in ein Doss House gehen. Eine Nacht auf einer Strohmatratze kostete Fourpence, im Doppelbett Eightpence. Nachts wurden in den Treppenhäusern Seile gespannt – wer dort, im Stehen zwischen Wand und Seil, schlafen wollte, bezahlte Twopence.

Jack the Ripper hat zumindest eines erreicht: nach den Morden konnte niemand mehr die elenden Lebensbedingungen im East End leugnen. Institutionen wie die Kirche, vermögende Bürger und teilweise auch die Krone engagierten sich mit Suppenküchen, Frauenhäusern und anderen sozialen Einrichtungen. Reformer wie William Booth, der Gründer der Heilsarmee, oder der Pfarrer Samuel Barnett standen nicht mehr allein.

*

Mary Anne Nicholls, genannt Polly, wurde am 31. August 1888 um 03.45 Uhr in Buck's Row gefunden. Sie lag auf ihrem Rücken, mit einer Hand ein Stalltor berührend, die andere auf ihrem schwarzen Strohhut. Ihre Bekleidung war bis zur Taille hinaufgeschoben.

Erst als Police Constable 97J John Neil am Tatort erschien, wurde im Licht seiner Lampe deutlich, daß die Frau nicht betrunken und auch nicht das Opfer einer Vergewaltigung geworden war: die Kehle war ihr von einem Ohr zum anderen durchschnitten worden, Luft- und Speiseröhre bis zur Wirbelsäule durchtrennt.

In jener Zeit waren die kriminaltechnischen Methoden noch wenig entwickelt. Erst 17 Jahre nach den Ripper-Morden konnten die Ärzte beispielsweise zwischen tierischen und menschlichen Blutkörpern unterscheiden.

Nachdem der Körper von Polly Nicholls in die Morgue gebracht wurde, beschränkte sich die polizeiliche Untersuchung des Tatortes darauf, mit einem Eimer Wasser die Blutspuren wegzuspülen.

Polly Nicholls war als Zwölfjährige an einen Drucker aus Fleet Street verheiratet worden. Das Ehepaar hatte sechs Kinder, und der Mann trennte sich 1880 wegen ihres Alkoholkonsums von seiner Frau. Die ersten Jahre nach der Trennung hatte sie von ihrem Mann wöchentlich fünf Shilling Unterhalt bekommen. Nachdem er hörte, daß sie als Prostituierte lebte, weigerte er sich, weiter zu zahlen.

Eineinviertel Stunde vor ihrem Tod hatte eine Freundin Polly Nicholls zum letzten Mal gesehen. Sie trug ihren neuen, mit schwarzem Samt verzierten Strohhut und erzählte, daß sie ihr Doss Money vertrunken habe, aber da, wo der neue Hut herkomme, da sei noch mehr zu holen. Sie bat ihre Freundin, im Doss House ein Bett freizuhalten, sie werde bald zurück sein.

Nachdem Annie Chapman am 8. September morgens gegen 06.00 Uhr gefunden wurde, untersuchte die Polizei den Tatort in der Hanbury Street sorgfältiger als bei dem ersten Mord. Die Leiche lag im Durchgang zum Hinterhof von Hausnummer 29 und war geradezu ausgeweidet worden. Der Uterus fehlte. Neben den Füßen lagen einige Pennies und zwei Ringe, die der Mörder ihr von den Fingern gezogen hatte.

Annie Chapman war bei ihrem Tode 45 Jahre alt, eine schmale, aber kräftige Frau, die bessere Tage gesehen hatte. Die letzten vier Jahre hatte sie von ihrem Mann, einem Kutscher im königlichen Schloß von Windsor, getrennt gelebt. Achtzehn Monate vor ihrem Tod hörten die wöchentlichen Unterhaltszahlungen von zehn Shilling auf, und Annie Chapman mußte erfahren, daß ihr Mann gestorben war.

Die Frau eines Parkwächters hatte Annie Chapman als letzte lebend gesehen. Das war eine halbe Stunde vor ihrem Tod, Annie hatte mit einem etwa vierzig Jahre alten Mann vor dem Durchgang von Nummer 29 gestanden, und auf seine Frage «Willst du?» habe Annie Chapman «Ja» erwidert. Der Mann sei ein dunkler Typ gewesen, vermutlich ein Ausländer, und habe einen Deerstalker getragen.

Am 30. September wurden die beiden nächsten Opfer gefunden. Kurz nach 01.00 Uhr entdeckte ein Händler in einem kleinen Hinterhof an der Berner Street die tote Elizabeth Stride. Als Elizabeth Gustafsdotter war sie 1843 in Torslanda nördlich von Göteborg geboren worden. Nach der Schule arbeitete sie als Hausmädchen, wurde aber mehrfach von der Polizei wegen Prostitution aufgegriffen. Nach einer schweren Geschlechtskrankheit zog sie 1866 nach London. Hier scheint sie mit mehreren Männern zusammengelebt

zu haben. Die letzte eheähnliche Beziehung ging wegen ihres Alkoholismus in die Brüche, seitdem lebte sie auf der Straße.
Auch ihr war die Kehle durchschnitten worden, ihren Körper hatte Jack the Ripper nicht verstümmelt. Mehrere Zeugen wollen Elizabeth Stride kurz vor ihrem Tod mit einem Mann gesehen haben. Er soll ca. 1,75 m groß gewesen sein, etwa 30 Jahre alt oder etwas jünger und mit Schnauzbart; insgesamt eine respektable Erscheinung.
Das zweite Opfer jener Nacht, Catherine Eddowes, wurde um 01.45 Uhr von einem Bobby am Rande des Mitre Square gefunden. Ihre Leiche war fürchterlich zugerichtet: ein Schnitt in ihrem Gesicht führte von der Nasenspitze zu ihrem rechten Ohr, und ihr Leib war vom Darm bis zum Brustbein aufgetrennt. Der Uterus und die linke Niere fehlten.
Auch der Ehemann von Catherine Eddowes hatte sich wegen ihres Alkoholkonsums von ihr getrennt. Die letzten Jahre lebte sie mit einem John Kelly zusammen, drei Tage vor ihrem Tod waren die beiden von der Hopfenernte aus Kent zurück nach London gewandert. Sie wollte zu ihrer Tochter weiter, vermutlich um sich Geld zu leihen. Am Samstagabend vor ihrem Tod war Catherine Eddowes von einem Polizisten betrunken auf einem Bürgersteig gefunden und in die Ausnüchterungszelle der Wache Bishopsgate gebracht worden. Um 00.30 Uhr forderte sie ihre Freilassung, sie sei nüchtern und könne sich um sich selber kümmern. Catherine Eddowes wurde freigelassen und traf ihren Mörder, ihr Leichnam fand sich 400 Meter von der Polizeiwache entfernt.
Am Vormittag des 9. November 1888 klopfte Thomas Bowyer, der Assistent des Vermieters, an die Tür zu Mary Kellys Zimmer in Miller's Court, um Mietschulden einzutreiben. Als Mary Kelly nicht antwortete, schob er durch ein Loch in der Fensterscheibe die Gardine zur Seite. Was er sah, erinnerte nur vage an das, was einmal ein menschliches Wesen war: die Kehle war mit solcher Gewalt durchgeschnitten, daß der Kopf fast vollständig vom Körper abgetrennt war. Die Brüste lagen auf dem Nachttisch. Die Nase war abgeschnitten, Teile der Stirn gehäutet. Die Beinmuskeln waren bis auf den Knochen entfernt, die Leber wurde zwischen den Füßen gefunden. Das Herz fehlte.

*

Nach dieser Tat hörten die Morde auf. Möglicherweise hatte die Grausamkeit des letzten Mordes Jack the Ripper befriedigt. Vielleicht kam er – wenn er ein Seemann war oder in einer anderen Stadt lebte – nicht mehr nach London. Vielleicht war er aber auch in die Armee eingetreten, oder er hatte sich das Leben genommen. Die Spekulationen und Theorien sind zahllos.

Von Premier Gladstone wird erzählt, daß er mitunter nach einem Abend in der Oper in alten Kleidern ins East End ging, um den Mädchen und Frauen zu helfen. Er gab ihnen Geld und versuchte, sie von der Straße zu bringen. Doch vielleicht, so fragten einige Kleingeister, wollte er mehr als das?

Montague Druitt wurde am 3. Dezember 1888 das letzte Mal gesehen. Seinen Körper fand man, in der Nähe Chiswicks in der Themse treibend, am 31. Dezember. Montague Druitt soll sich in einem Zustand akuter Depression das Leben genommen haben, weil er befürchtete, daß er wie seine Mutter verrückt würde. Nach dem Tod fanden Polizisten blutgetränkte Kleidung in seiner Wohnung. Über Jahre galt er für Scotland Yard als Hauptverdächtiger.

Dr. Neill Cream wurde am 15. November 1892 in Newgate Prison gehängt, weil er vier Londoner Prostituierte mit Strychnin vergiftet hatte. Im Moment des Hängens soll Dr. Cream gerufen haben «Ich bin Jack the ...», dann brach das Seil ihm die Wirbelsäule. Vielleicht sollte der Satz ja lauten «Ich bin Jack the Ripper». Allerdings hatte Dr. Cream zwischen November 1881 und Juli 1891 wegen Mordes eine Haftstrafe im Illinois Staatsgefängnis von Joliet verbüßt.

Der Duke of Clarence, der Sohn des späteren Königs Edward VII, wird von einigen Autoren verdächtigt. Entweder soll er selber die Taten begangen haben, oder – so eine der jüngsten Theorien – einige Freunde mordeten für ihn. Joseph Sickert, der Sohn des Malers Walter Sickert, behauptet, daß Clarence die Katholikin Alice Crook geheiratet habe. Eine Heirat des möglichen Thronerben, der zugleich der anglikanischen Kirche vorsteht, mit einer Katholikin sei für das Königshaus untragbar gewesen. Die Mordopfer hätten von dieser Heirat gewußt und deshalb sterben müssen.

Und dann gibt es da noch die Theorie, nach der Albert Victor Duke of Clarence nach seinem offiziellen Tod im Jahre 1892 weitergelebt habe, versteckt und heimlich in den königlichen Palästen. Mehr

über diese Theorie in dem Roman *Lestrade und der Schloßgeist von Balmoral* (erscheint 1995 als rororo thriller Nr. 3034).
Nahezu alle Theorien sehen einen Mann als Täter. Doch Jack the Ripper könnte auch eine ‹Jill the Ripper› gewesen sein, vielleicht eine Frau, die auf Abtreibungen spezialisiert war.
Der jüngste Versuch, *die* definitive Aufklärung zu liefern, erschien im Oktober 1993 in Großbritannien: *The Diaries of Jack the Ripper (Die Tagebücher)*. Danach soll ein Liverpooler Kaufmann namens James Maybrick der Mörder sein. Zumindest ist sein Tagebuch sehr detailfreudig. James Maybrick wurde von seiner Frau vergiftet und sie vor Gericht freigesprochen. Die meisten britischen Ripper-Experten halten die Tagebücher für eine gute und unterhaltsame Fälschung.

Die Legenden um Jack the Ripper leben weiter.

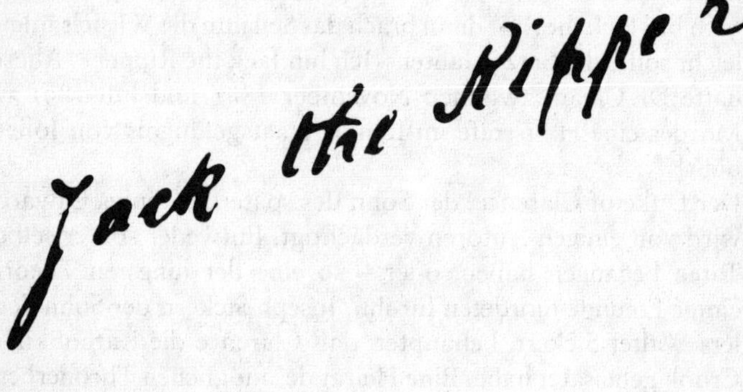

BLIND-MAN'S BUFF.

(As played by the Police.)

"TURN ROUND THREE TIMES,
AND CATCH WHOM YOU MAY!"

5
4
3
LANCASHIRE
Manch
Liverpool
Bangor
Crewe
53
0 5 10 15 20 25 30 35 40 45
MILES.
N
W A L E S
SHROPSHIRE
WORC
SH
HEREFORDSHIRE
52
Haverfordwest
RIVER SEVERN
Bristol
ATLANTIC
EXMOOR
51
SOMERSET
OCEAN
DEVONSHIRE
DORSET
Exeter
LANDS
END
CORNWALL
DART-
MOOR
Plymouth
St. Ives
Falmouth
MOUNTS
BAY
BAY
ENGLISH
50
5
4
3

York
Leeds
YORKSHIRE
Humber
GERMAN
OCEAN
The Wash
Nottingham
Derby
Leicester
Norwich
BROADS
PETER
BOROUGH
NORFOLK
EAST ANGLIA
Birmingham
NORTHAMPTON
CAMBRIDGE-
SHIRE
BEDFORD-
SHIRE
Cambridge
SUFFOLK
Rhadegund Hall
BUCKINGHAMSHIRE
Harwich
OXFORDSHIRE
HERTFORDSHIRE
Oxford
ESSEX
Hatfield House
BERKSHIRE
MIDDLESEX
Eton
Windsor
London
THAMES RIVER
WILT-
SHIRE
MAIDSTONE
Canterbury
Aldershot
SURREY
KENT
Dover
Tunbridge Wells
Salisbury
HAMPSHIRE
Winchester
THE WEALD
SUSSEX
Southampton
SOUTH DOWNS
Lewes
NEW FOREST
SOLENT
Portsmouth
Southsea
Brighton
ISLE OF
WIGHT
FRANCE
ENGLAND
CHANNEL
JULIAN
WOLFF
1940
Dieppe
53
52
51
50
2
1
0
1

Thomas Schreiber, 1959 geboren, Journalist beim Norddeutschen Rundfunk in Hamburg; Kurt-Magnus-Preis 1992.
Mitherausgeber der Bände *Über Arno Schmidt I* 1984, *Über Arno Schmidt II* 1987, betreut die Lestrade-Romane von M. J. Trow seit 1990 als *Editor-in-Chief*.

Hans J. Schütz, 1936 geboren, Übersetzer und Autor in Bremen, veröffentlichte zuletzt *Juden in der dt. Literatur. Eine deutsch-jüdische Literaturgeschichte* 1992 und übersetzte zuletzt T. J. Lustig *Die Verschwörung oder mein Leben als Pferd* 1993.

Dank an Uschi Moon, London, Constanze Bickel, Catrin Sell, Dieter Döllken, Bernd Schröder sowie der Bibliothek des NDR und den mahnenden Damen vom British Council, alle Hamburg, für ihre stets hilfsbereite und großzügige Unterstützung.